Bernd Franzinger

GOLDRAUSCH

Bernd Franzinger

GOLDRAUSCH

Tannenbergs zweiter Fall

**Bibliografische Information
Der Deutschen Bibliothek**
Die Deutsche Bibliothek verzeichnet diese
Publikation in der Deutschen Nationalbibliografie;
detaillierte bibliografische Daten sind im Internet über
http://dnb.ddb.de abrufbar.

Besuchen Sie uns im Internet:
www.gmeiner-verlag.de

© 2004 – Gmeiner-Verlag GmbH
Im Ehnried 5, 88605 Meßkirch
Telefon 0 7575/2095–0
info@gmeiner-verlag.de
Alle Rechte vorbehalten
2. Auflage 2005

Lektorat: Claudia Senghaas, Kirchardt
Umschlaggestaltung: U.O.R.G. Lutz Eberle, Stuttgart
Gesetzt aus der 9,5/13 Punkt StempelGaramond
Druck: Druckerei C. H. Beck, Nördlingen
Printed in Germany
ISBN 3-89977-609-7

»Da sprach **Midas**: ›Darf ich wählen, großer Bakchos, so schaffe, dass alles, was mein Leib berührt, sich in glänzendes Gold verwandle.‹ Der Gott bedauerte, dass jener keine bessere Wahl getroffen, doch winkte er dem Wunsche Erfüllung.

Des schlimmen Geschenkes froh, eilte **Midas** hinweg und versuchte sogleich, ob die Verheißung sich auch bewähre; und siehe, der grünende Zweig, den er von einer Eiche brach, verwandelte sich in Gold.

Rasch erhob er einen Stein vom Boden, der Stein ward zum funkelnden Goldklumpen. Er brach die reifen Ähren vom Halm und erntete Gold; das Obst, das er vom Baume pflückte, strahlte wie die Äpfel der Hesperiden.

Ganz entzückt lief er hinein in seinen Palast. Kaum berührte sein Finger die Pfosten der Tür, so leuchteten die Pfosten wie Feuer; ja selbst das Wasser, in das er seine Hände tauchte, verwandelte sich in Gold.

Außer sich vor Freude, befahl er den Dienern, ihm ein leckeres Mahl zu richten. Bald stand der Tisch bereit, mit köstlichem Braten und weißem Brote belastet.

Jetzt griff er nach dem Brote, – die heilige Gabe der Demeter ward zu steinhartem Metall; er steckte das Fleisch in den Mund, schimmerndes Blech klirrte ihm zwischen den Zähnen; er nahm den Pokal, den duftenden Wein zu schlürfen, – flüssiges Gold schien die Kehle hinabzugleiten.

Nun ward es ihm doch klar, welch ein schreckliches Gut er sich erbeten hatte; so reich und doch so arm, verwünschte er seine Torheit; denn nicht einmal Hunger und Durst konnte er stillen, ein entsetzlicher Tod war ihm gewiss.«

Aus einer griechischen Sage

1

Die Frau, die kurze Zeit später einem grausamen Verbrechen zum Opfer fallen sollte, senkte andächtig den Blick in die vor ihr stehende weiße Espressotasse. Ihr Inhalt war genau so, wie er sein musste: tiefschwarz, aromatisch und mit einer sahnigen, ockerfarbenen Crema bedeckt.

Gedankenversunken nahm sie den Zuckerstreuer in die rechte Hand, neigte ihn vorsichtig zur Seite und verfolgte gebannt den flachen Strahl der aus dem Edelstahlröhrchen herausrieselnden Kristalle. Die glitzernden Zuckerkörnchen verschmolzen auf der sämigen Crema für einen winzigen Augenblick zu einem braunen Karamellbrocken, der sich sogleich auf den Weg in Richtung des Tassenbodens machte.

Sie hatte nie recht verstanden, wieso die meisten ihrer Zeitgenossen sich dieses eindrucksvolle Schauspiel dadurch entgehen ließen, indem sie mit einer abrupten Kippbewegung den Zucker lieblos in das dickwandige kleine Porzellantässchen hineinschütteten.

So wie es Männer tun, diese kulturlosen Banausen! Als ob sie einen Pudding stürzen würden. Eigentlich hab ich noch keinen erlebt, der das nicht so gemacht hätte. Weil bei denen immer alles schnell gehen muss. Die können einfach nicht genießen. Anstatt dieses köstliche Getränk langsam zu schlürfen, warten sie, bis es etwas abgekühlt ist, um es dann wie einen kalten Schnaps mit einem Schwung in sich hineinzukippen, dachte sie, während sie mit einem kleinen Silberlöffel vorsichtig ihr Lieblingsgetränk mit der siruppartigen Beigabe vermischte.

Da sie sich gänzlich unbeobachtet wähnte, streute sie als Krönung ihres Espresso-Rituals eine Prise Zucker auf die Handinnenfläche, tupfte mit der Zunge die süßen Kristalle behutsam ab und verteilte sie in ihrem Mund.

Nun war alles vorbereitet.

Ihre leicht geöffneten Lippen umschlossen den wulstigen Tassenrand. Genüsslich sog sie die ersten Tropfen der zartherben Flüssigkeit auf.

Es war der letzte angenehme Sinneseindruck ihres Lebens.

»Los, mach schon, du blöde Ampel – spring endlich um!«, zischte Tannenberg in Richtung der Signalanlage, die sich aber von seiner Schimpftirade völlig unbeeindruckt zeigte und ihn auch weiterhin provozierend aus ihrem leuchtend-roten Glasauge angrinste.

Wie ein nervöses Rennpferd, das mit allen Fasern seines athletischen Körpers dem erlösenden Öffnen der Startbox entgegenfieberte, wartete er ungeduldig auf die Grünphase.

Wenn sich auch nur eine kleine Lücke aufgetan hätte, ich wäre schnell bei Rot hinübergehuscht – egal, ob an dieser verdammten Ampel Kinder stehen oder nicht, grollte es in seinem Innern.

Die langsam in beide Fahrtrichtungen, Stoßstange an Stoßstange dahinkriechenden Blechkarawanen ließen ihm jedoch nicht die geringste Chance.

Obwohl sein Körper von der Fußsohle bis zum Scheitel von einer enormen Anspannung beherrscht wurde, hatte er die äußerst suspekte Person natürlich gleich bemerkt, die auf der anderen Straßenseite hektisch hin und her lief, ab und an einen kurzen, verstohlenen Blick in das Innere des Postgebäudes warf und schließlich hinter einer Hausecke verschwand.

Aber solange dieser Kerl nicht gerade jetzt irgendjemanden ermordet oder selbst ermordet wird, bin ich nicht zuständig! Außerdem hab ich heute dienstfrei, huschte ein Anflug von klammheimlicher Freude über sein strapaziertes Gemüt. – Verdammter Blechkasten, wenn du jetzt nicht gleich spurst, montier ich dich nachher ab und werf dich in die Schrottpresse!

Die massive Drohung verfehlte ihre Wirkung nicht, denn plötzlich lächelte die eingeschüchterte Ampel in ihrem freundlichsten Grün wohlwollend auf ihn herab.

Triumphierend setzte sich der Leiter der Kaiserslauterer Mordkommission sofort in Bewegung und erhöhte umgehend seine Schrittfrequenz, schließlich hatte er es eilig – mehr als eilig; denn anhand der überdimensionierten Uhr, die ihm von der frisch renovierten Bahnhofsfassade herunter ihren großen schwarzen Zeigefinger mahnend entgegenstreckte, konnte er sich davon überzeugen, dass der Intercity aus Mannheim bereits eingelaufen sein musste.

Mit kurzen, schnellen Trippelschritten eilte er hinunter in die von kaltem Neonlicht durchfluteten Katakomben.

Gleis 5. Da ist es ja schon, stellte Tannenberg erleichtert fest und spurtete hektisch die schwarzgelben Betonstufen hinauf.

Wo ist der Zug, wo sind die Passagiere, pochte es hinter seiner Schädeldecke.

Hechelnd wie ein erfolgloser Jagdhund, der gerade abgehetzt zu seinem Besitzer zurückkehrte, blickte er frustriert die Gleise entlang – erst ungläubig in die eine Richtung, dann kopfschüttelnd in die andere.

Vielleicht steh ich ja nur auf dem falschen Bahnsteig, sagte er gerade zu sich selbst, als auf dem gegenüberliegenden Gleis ein von einer roten Diesellok gezogener, altmodischer Personenzug mit schrill quietschenden Bremsen einfuhr.

Plötzlich spürte er von hinten einen kräftigen Stoß in seinen Rücken. Erschrocken zuckte er zusammen. Adrenalinschübe schossen durch seinen Körper. Ein Griff an die Dienstwaffe – die er gar nicht dabei hatte.

Mit einer schnellen Bewegung drehte er sich um.

»Und wenn ich nun einer wäre, der es nicht so gut mit dir meint wie ich?«, fragte Eva Glück-Mankowski mit einem derart herausfordernden Lächeln, dass Tannenberg sich nicht mehr beherrschen konnte.

»Was soll der Schwachsinn? Ich hätte fast einen Herzinfarkt bekommen!« Er konnte sich überhaupt nicht mehr beruhigen. Als ob er eine Heerschar aufgescheuchter Wespen zu verjagen hätte, stapfte er wild mit den Armen um sich schlagend auf dem Bahnsteig herum. »Für solche Scherze hab ich überhaupt kein Verständnis! Ich renn mir hier einen ab – und du hast nichts anderes zu tun, als mir Todesangst einzujagen.«

Die Psychologin in Diensten des Landeskriminalamtes blieb ganz ruhig, verfolgte nahezu regungslos seinen Tobsuchtsanfall. »Weißt du, was der Herr Oberstaatsanwalt jetzt sagen würde?«

»Was soll denn das nun schon wieder?« Tannenberg baute sich drohend vor ihr auf. »Bist du nur hierher gekommen, um mich zu provozieren? Meine Stimmung ist doch schon total im Eimer!«

Eva ignorierte seine Worte. »Er würde sicherlich sagen«, sie veränderte ihre Stimme und fuhr in der tiefsten Tonlage, zu der sie fähig war, fort: »Liebe Frau Kollegin, hören Sie, wie der Herr Hauptkommissar mal wieder Amok läuft? Jetzt wissen Sie auch, warum ich ihn irgendwann einmal Wotan getauft habe.«

»Ich lach mich gleich kaputt! Dann geh doch zu deinem Dr. Hollerbach. Der ist garantiert immer noch scharf auf dich.«

»Hör ich da so etwas wie Eifersucht heraus?«

»Das hättest du wohl gerne!«

Eva ging einen Schritt auf Tannenberg zu und legte ihre Arme um seinen Hals. »Wolf, ich hab mich wirklich sehr auf dich und unser gemeinsames Wochenende hier unten bei dir gefreut. Schließlich ist es das erste Mal seit der Mordserie vor gut einem Jahr, dass ich wieder in Kaiserslautern bin. Wir sollten nicht streiten. Es tut mir Leid, dass ich dich erschreckt habe. Das wollte ich wirklich nicht.«

Tannenberg befreite sich vorsichtig aus der zärtlichen Umklammerung.

»Ist schon gut«, murmelte er leise vor sich hin, während er an ihrem Kopf vorbei in Richtung des mächtigen Sandsteinmassivs blickte, das den Hauptbahnhof von Norden her begrenzt.

»Denkst du eigentlich noch oft an diese verrückte Sache von damals?«

»Eva, komm tu mir bitte einen Gefallen: keine Psycho-

kacke! Keine Traumabewältigung oder so 'n Zeug. Auch
kein Wort über den alten Fall! Okay?«

»Okay! Und was machen wir nun mit dem angebro-
chenen Abend?«

»Verrat ich jetzt noch nicht. Lass dich einfach mal
überraschen«, entgegnete der Leiter der Kaiserslauterer
Mordkommission geheimnisvoll und verabschiedete sich
mit seiner rothaarigen Begleiterin grußlos von der tristen,
kalten Gleisanlage.

Als die beiden die kathedralenähnliche Bahnhofshalle
betraten und Tannenberg die vielen hektischen Menschen
wahrnahm, die dort für kurze Zeit wie in einem pulsierenden Ameisenhaufen aufeinander trafen, um sich danach
gleich wieder in alle Himmelsrichtungen zu zerstreuen,
begann er zu grübeln.

Jeder weiß in diesem unüberschaubaren Chaos anscheinend genau, wo er hin will. Aber wo will ich denn
eigentlich mit Eva hin?, fragte er sich, wieder einmal völlig
willenlos diesem ohne jegliche Vorwarnung aufkeimenden Melancholieschub ausgeliefert, der sich ab und an in
sein Bewusstsein einschlich und ihn heimtückisch wie ein
plötzlicher Migräneschmerz überfiel. Will ich überhaupt
irgendwo mit ihr hin? Gibt es überhaupt einen Weg in eine
gemeinsame Zukunft mit ihr?

Sie hatten sich letztes Jahr im Sommer kennen gelernt,
waren sich seitdem aber erst zwei Mal wieder begegnet.
Tannenberg hatte sie im Herbst in Mainz besucht, wo
sie mit einer völlig überdrehten, affektierten Künstlerin
in einer Wohngemeinschaft zusammenlebte. Außerdem
hatten sie sich anlässlich eines Rolling-Stones-Konzerts
im Frühjahr in Düsseldorf getroffen.

Es war bislang keine tiefe emotionale Bindung entstanden, jedenfalls nicht von seiner Seite aus. Eva schien möglicherweise anders zu empfinden. Genau wusste er das allerdings auch nicht. Diesem Thema ging er stets aus dem Weg. Er hatte ihr gesagt, dass er Zeit brauche, auch wegen Lea, seiner Frau, die vor einigen Jahren verstorben war, die ihn aber in Wirklichkeit nie verlassen hatte, sondern ihn immer noch Tag für Tag durch sein Leben begleitete.

»Du, Wolf, das ist schon merkwürdig«, drängte sich die Mitarbeiterin des Landeskriminalamtes mit Vehemenz in Tannenbergs Gedankenwelt.

»Was ist merkwürdig?«, fragte er mürrisch.

»Na ja, ich bin schon lange nicht mehr mit der Bahn gefahren und hab eigentlich gedacht, es hätte sich nach der Privatisierung dieses ehemaligen Staatsunternehmens einiges zum Positiven verändert. Das scheint aber nicht der Fall zu sein: Die Züge werden immer noch von unfreundlichem Personal begleitet, sind immer noch überfüllt und dreckig. Da scheint sich wirklich nichts Entscheidendes getan zu haben.«

»Wie auch? Es sind ja immer noch dieselben Leute, die dort arbeiten«, knurrte er übellaunig vor sich hin.

»Aber die investieren doch enorme Summen.«

»Vielleicht in Gleise – oder was weiß ich«, meinte Tannenberg zusehends genervter.

Dieses Thema schien ihn überhaupt nicht zu interessieren.

»Du beschäftigst dich wohl nicht sehr gerne mit wirtschaftlichen Dingen, oder?«, ließ sie nicht locker.

»Nein, damit hab ich wirklich nichts am Hut.«

»Zu recht!«, bemerkte Dr. Eva Glück-Mankowski mit

ironischem Unterton, fasste Tannenberg an seiner linken Schulter, wartete, bis er sich zu ihr gedreht hatte und blickte ihm dann tief in die Augen. »Du bist schließlich Beamter; und ein Beamter braucht sich um solche Sachen ja auch nicht zu kümmern. Der bekommt sein Geld vom Staat, zahlt keine Sozialversicherung, zieht sich abends seine Zipfelmütze über die Ohren, zündet sich eine Kerze an und begibt sich nach vollbrachtem Tagwerk zufrieden zur Nachtruhe, wo er dann von der nächsten Beförderung träumt.«

»Meine liebe Eva, wenn du mich zum tumben Deutschen Michel degradieren willst, solltest du nicht vergessen, dass du selbst Beamtin bist«, entgegnete der altgediente Kriminalhauptkommissar schlagfertig.

»Ja, und? Ich interessiere mich trotzdem für ökonomische Zusammenhänge«, rief Eva über eine wie an einer Perlenschnur aufgezogene Jugendgruppe hinweg, die sich zwischen sie und Tannenberg gedrängt hatte.

Der Leiter der Kaiserslauterer Mordkommission hatte keine Lust mehr, sich die Seele aus dem Leib zu schreien und forderte deshalb seine Begleiterin mit eindeutigen Gesten zum beschleunigten Verlassen der überfüllten Bahnhofshalle auf.

Als sie schließlich draußen im Freien standen, gab die Kriminalpsychologin immer noch keine Ruhe. Wie ein zeterndes altes Marktweib, das gerade von einem Kunden auf verdorbene Ware hingewiesen wurde, redete sie gestenreich weiter auf ihn ein: »Auch einem Beamten sollte doch eigentlich klar sein, dass die Wirtschaft unsere Gesellschaft bestimmt und nicht umgekehrt! – Und was heißt das?«

Schweigend drehte Tannenberg sein Gesicht in die letzten wärmenden Sonnenstrahlen eines bilderbuchmäßigen Herbsttages.

»Und das heißt letztlich: Wir sollten uns alle für ökonomische Zusammenhänge interessieren, weil sie – und ich betone ausdrücklich, nur sie – der Garant für den reibungslosen Fortbestand unserer freiheitlichen, demokratischen Gesellschaft sind! Oder was glaubst du wohl, wie schnell unser politisches System mit all seinen schönen sozialen und humanistischen Werten zusammenbrechen würde, wenn die Arbeitslosigkeit steigt und steigt, den Leuten ihr Wohlstand flöten geht, Klassenkämpfe wieder ausbrechen ...«

»Jetzt hör aber mal auf!«, warf Tannenberg energisch dazwischen. »Du redest ja wie eine Wirtschaftspolitikerin! Was soll ich denn machen, um dich zufrieden zu stellen? Mir Telekom-Aktien kaufen?«

»Na, das wäre sicherlich nicht die beste Entscheidung«, stellte die Kriminalpsychologin belustigt fest. »Welcher einigermaßen intelligente Mensch wäre denn bereit, einem privatisierten Staatsunternehmen sein sauer verdientes Geld in die Rippen zu werfen? Nein, aber du könntest dich einem Investmentclub anschließen.«

»Was für 'n Quatsch! Was soll ich denn da?«

»Zum Beispiel etwas lernen. Du würdest staunen, von welchen Dingen du bislang überhaupt keine Ahnung hast! Und du könntest übrigens auch nebenbei ein bisschen Geld verdienen. Wir haben im PFI ...«

»Wo?«, unterbrach Tannenberg verständnislos.

»In unserem Privaten Frauen-Investmentclub, mein Guter! Wir haben im PFI eine Durchschnitts-Performance von 19% in den letzten 6 Jahren erreicht. Das sind 114% Gesamtgewinn, nicht schlecht oder?«

»Performance? Du, bitte wechsle das Thema, dieses Zeug interessiert mich wirklich nicht die Bohne«, flehte Tannenberg. »Solange die Kripo nicht privatisiert wird, kann mir dieser ganze Kram den Buckel runterrutschen!«

»Kripo privatisieren – eine interessante Vorstellung! Wie würde da wohl die Dividende aussehen?«

»Eva, komm, es reicht!«

Die ersten Platanen hatten bereits damit begonnen, sich geräuschlos ihres farbenprächtigen Herbstkleides zu entledigen. Tannenberg verfolgte mit seinem nachdenklichen Blick ein großes, buntes Blatt, das auf einem kühlen Windstoß tanzend, langsam zur asphaltierten Erde schwebte.

Erneut kreisten seine Gedanken um die Frage, welche Art von Beziehung er zu Eva hatte. War sie seine Freundin, war sie seine Geliebte, war sie beides – war sie weder das eine noch das andere? Da er jetzt sowieso keine neuen Antworten auf dieses alte, ungelöste Problem zu finden meinte, beschloss er, dieses leidige Thema umgehend zu vertagen.

»Du, Eva, ich hab eben mal in Ruhe darüber nachgedacht: Ich hab doch eine intensive Beziehung zur Wirtschaft!«, sagte er plötzlich in die bedrückende Stille hinein – und war sich sofort sicher, einen genialen Überraschungscoup gelandet zu haben.

»Wieso? In welchem Bereich?«, fragte sie doch tatsächlich gleich neugierig nach.

»Na ja, im ursprünglichsten Bereich der Wirtschaft natürlich. Da bin ich sogar ein ausgesprochen großer Wirtschaftsfreund!«

16

»Versteh nicht, was du meinst!«

»Wirtschaft-Gaststätte-Kneipe-Lokal – oder wie sagt man bei euch da oben: Pinte oder Bistro? Wobei wir übrigens beim ersten Teil meines Überraschungsprogramms für heute Abend angekommen wären: Dort vorne an der Ecke befindet sich nämlich das *Chez Philippe* – soll wirklich gut sein. Meint jedenfalls mein Bruder. Und der kennt sich bestens aus, wenn's um teure Restaurants geht. Ich geh ja immer nur um die Ecke ins *La Mamma*. Aber heute möchte ich dir schon etwas Besonderes bieten.«

»Sehr nobel, der Herr«, freute sich die LKA-Mitarbeiterin.

Tannenberg hatte sich bei seinem Bruder kundig gemacht und bestellte für beide das *Menu Surprise* und einen *1996er Elsässer Riesling*. Als kalte Vorspeise servierte der Kellner *Crudités*.

»Was macht denn eigentlich deine Sekretärin – wie hieß sie noch mal?«, fragte Eva, während sie sich begeistert über den vor ihr stehenden, kunstvoll arrangierten Rohkostteller hermachte.

»Sie lebt zum Glück noch und heißt nach wie vor Petra Flockerzie, genannte Flocke«, korrigierte Tannenberg arrogant.

Die Kriminalpsychologin überging zunächst die oberlehrerhafte Bemerkung ihres Gegenübers. »Sucht sie immer noch nach der idealen Diät?«

»Klar, das ist ihre Lebensaufgabe. Jetzt weiß ich auch, wieso du auf sie kommst – wegen der Rohkost.«

»Erraten! Ich bin ganz schön gespannt, wie es bei diesem *Menu Surprise* weitergeht. Gib mal 'nen Tipp ab.«

Tannenberg zuckte nur kurz mit den Schultern und

wandte sich lieber dem hervorragenden Riesling zu. Evas Frage wurde ziemlich schnell beantwortet: *Quiche Lorraine* – und zwar in einer besonders köstlichen Zubereitungsvariation.

»Die Fahrt hier herunter zu dir hat sich ja schon allein wegen des vorzüglichen Essens gelohnt«, bemerkte die Psychologin anerkennend und tupfte sich mit ihrer blütenweißen Textilserviette leicht auf die Mundwinkel. »Das liegt bestimmt an der räumlichen Nähe zum Elsass.«

»Wahrscheinlich. Mein Bruder hat mir erzählt, der Koch hätte vorher im berühmten *Cheval Blanc* gearbeitet.« Tannenbergs Stimmung besserte sich zusehends. Er bestellte eine zweite Flasche Wein. »Willst du eigentlich nicht wissen, wie die nächste Überraschung für heute Abend aussieht?«

»Doch, natürlich!«

Der musikbegeisterte Kriminalbeamte zog in Zeitlupe zwei Eintrittskarten aus der Innentasche seines Sakkos, drehte sie aber noch nicht um. »Was glaubst du wohl, was das ist?«

»Schätze mal, zwei Eintrittskarten.«

»Sehr gut! Und wofür?«

»Für's Theater? – Hoffentlich nicht für ein Fußballspiel!« Eva schnitt angewidert eine Grimasse, als ob sie gerade in eine Zitrone gebissen hätte.

»Nein. – Aber schade, dass ich da nicht selbst drauf gekommen bin!« Ganz langsam drehte Wolfram Tannenberg sein rechtes Handgelenk nach außen, so dass sie den Aufdruck auf den beiden Karten lesen konnte.

»Wahnsinn! Dire Straits! In Kaiserslautern? Das glaub ich nicht!«

»Das kannst du aber ruhig glauben. In zwei Stunden beginnt das Konzert im Kulturzentrum ›Kammgarn‹. Ich freu mich nämlich auch schon die ganze Woche über bärenmäßig drauf!«

»Schön, Wolf! Die Überraschung ist dir wirklich gelungen«, sagte Eva, zog die Hand mit den Konzertkarten zu sich herunter und streichelte sie zärtlich. »Sag mal, was war eigentlich in der letzten Zeit dienstlich bei euch so los?«

»Ach, nichts Besonderes«, entgegnete Tannenberg, während er die Eintrittskarten zurück in seine Jacke steckte.

»Was? Kein einziger Fall von Mord und Totschlag in Kaiserslautern? In der ganzen Zeit nicht?«

»Doch natürlich, aber das Übliche halt nur, nichts Spektakuläres: Ein im Suff begangener Totschlag im Pennermilieu und ein brutalen Mord an einem Zuhälter. Aber lass uns doch bitte von etwas anderem reden!«

»In Ordnung! – Ah, da kommt ja auch schon der nächste Gang des Überraschungsmenüs«, rief Eva Glück-Mankowski erwartungsvoll aus und beobachtete interessiert den jungen, attraktiven Kellner, wie dieser mit ebenso graziösen wie gemächlichen Bewegungen einen schmalen Servierwagen seitlich an den Tisch der beiden Gäste heranschob und mit ausdrucksloser Mimik daneben stehen blieb.

Auf was wartet dieser gestylte Latin Lover den? fragte sich Tannenberg. Verflucht! Was will der Kerl bloß?

Eva warf ihm einen unruhigen, flackernden Blick zu. Sie zog die Augenbrauen hoch. Ihre Hände öffneten sich zu einer fordernden Geste.

Mist! Trial and error, fiel ihm plötzlich das Grundprinzip der Evolution aus seiner Schulzeit ein: Ausprobieren! Erster Versuch: dezentes Lächeln und Kopfnicken.

Anscheinend hatte er zufällig direkt ins Schwarze getroffen, denn der livreeartig gekleidete Kellner reagierte sofort, bedachte ihn ebenfalls mit einem freundlichen Lächeln, beugte sich kurz nach vorne und lupfte anschließend mit einer etwas übertriebenen Theatralik den silberfarbenen Deckel einer auf einem Rechaud stehenden Servierschüssel. Dann sagte er: »*Filet Surprise* – bon appétit!«

Entsetzt blickte Tannenberg auf den Berg braungebratener Pfifferlinge, die mit ihren schlaffen Körpern leblos über den Fleischstückchen hingen. Völlig irritiert schaute er zu Eva, die augenscheinlich ebenfalls ihrer Sprachfähigkeit beraubt worden war. Dann ging ein plötzlicher Ruck durch seinen Körper.

»Die Rechnung bitte«, sagte er mit zitternder Stimme.

Nun war der südländische Restaurantbedienstete seinerseits sichtlich irritiert und gaffte erst Eva und danach ihren Begleiter mit offenem Mund fassungslos an.

»Haben Sie nicht gehört: die Rechnung bitte«, wiederholte der Kriminalbeamte; und als der anscheinend schockgefrostete Mann immer noch keine Reaktion zeigte, ergänzte er auf Französisch: »L' addition, s'il vous plait!«

Der Kellner wollte zuerst stotternd etwas entgegnen, entschied sich dann aber spontan dafür, Tannenbergs Forderung kommentarlos nachzukommen und verschwand in Richtung Küche. Kurze Zeit später erschien ein sympathischer älterer Herr in der typischen weißen Berufskleidung eines Kochs, der sich mit einem wunderbaren französischen Akzent als Inhaber des Restaurants vorstellte und um Aufklärung über die plötzliche Appetitlosigkeit seiner Gäste bat.

Nun konnte Tannenberg natürlich nicht den wahren Grund dafür nennen, weshalb er seit der Mordserie vor über einem Jahr keinen einzigen Speisepilz mehr gegessen hatte. Also erfand er eine – wenig glaubhafte – Ausrede, die aus einem dringenden dienstlichen Termin bestand. Kopfschüttelnd verließ der frustrierte Restaurantbesitzer den Tisch, wobei er in seiner Muttersprache irgendwelche unverständliche Brocken schimpfend vor sich hinmurmelte.

Eva wusste natürlich ganz genau, was in Tannenberg vorgegangen war, als man ihn mit dem unerwarteten Anblick der Pfifferlinge konfrontiert hatte. Schließlich war sie ihm damals in ihrer Funktion als Profilerin des Landeskriminalamtes die ganze Zeit über tapfer zur Seite gestanden – bis zum bitteren Ende.

»Wolf, ich hab 'ne total irre Idee: Wir gehen jetzt einfach zu McDonalds und essen noch einen Hamburger«, schlug sie spontan vor, nachdem die beiden das französische Spezialitätenlokal verlassen hatten und nun im Nieselregen unter einer weit herabhängenden Bogenlaterne standen. »Das hab ich nämlich noch nie gemacht.«

»Ehrlich?«, seufzte Tannenberg nachdenklich.

»Und jetzt machen wir das! Los, komm!«

In diesem Moment schoss ein Auto um die Ecke der Bismarckstraße und raste mit hoher Geschwindigkeit auf die beiden zu. Tannenberg wollte gerade seine direkt am Fahrbahnrand stehende Begleiterin zu sich in Richtung der Restauranttreppe zerren, als er das zivile Dienstfahrzeug der Polizei erkannte.

»Mensch Michael, du verdammter Idiot! Bist du verrückt geworden?«, schrie er aufgebracht seinen Mitarbeiter an.

»Tut mir Leid, Wolf, ich wollte euch nicht erschrecken«, entschuldigte sich Kriminalkommissar Schauß durch das heruntergelassene Seitenfenster. »Hallo, Frau Doktor! Du warst über dein Handy nicht zu erreichen. Und da habe ich dich eben überall gesucht. Dein Bruder hat mir dann den entscheidenden Tipp gegeben.«

»Und warum veranstaltest du diesen ganzen Zirkus?«, wollte Tannenberg von seinem jungen Kollegen wissen.

»Die Feuerwehr hat oben im PRE-Park einen Brand gelöscht und dabei eine verkohlte Leiche gefunden.«

»Nein, nicht heute! Nicht heute, wo wir doch zum Dire-Straits-Konzert wollen«, jammerte Dr. Eva Glück-Mankowski.

»Du kannst ja schon vorgehen. Vielleicht schaff ich's ja auch noch rechtzeitig. Die fangen sowieso immer später an. Ich komm auf alle Fälle nach in die Kammgarn.«

Die LKA-Beamtin überlegte nur einen kurzen Augenblick und entgegnete dann resolut: »Das kommt ja gar nicht in Frage! Ich fahr natürlich mit! Du weißt doch ganz genau, dass ich bei einem spektakulären Mordfall einfach nicht widerstehen kann.«

»Wer sagt dir denn, dass es sich bei dieser Sache um einen spektakulären Mordfall handelt? Es kann ja wohl auch ein Unfall gewesen sein«, gab Tannenberg zu bedenken. »Aber gut, wenn du unbedingt willst! Da triffst du wahrscheinlich auch endlich deinen geliebten Oberstaatsanwalt wieder.«

»Kollege Schauß, wo fahren wir da hin? In einen PRE-

Park? Was ist denn das? Ein Vergnügungs- oder Freizeitpark?«, fragte die Kriminalpsychologin interessiert, nachdem sie auf der Rückbank des silbernen Mercedes Platz genommen hatte.

»Nein, so was ist das nicht. Das ist mehr so eine Art modernes Gewerbegebiet. Aber warum das Ding PRE-Park heißt, weiß ich eigentlich auch nicht. – Du, Wolf?«

»Keine Ahnung! Jedenfalls ist es das Kaiserslauterer Silicon Valley: Softwarefirmen und so'n Computerzeug eben.«

Während sich die beiden anderen Fahrzeuginsassen angeregt miteinander unterhielten, blickte Tannenberg geistesabwesend durch die mit einer Vielzahl von kleinen Wassertröpfchen benetzte Windschutzscheibe. Obwohl der Nieselregen immerfort für weiteren Nachschub sorgte, hatte er jedoch im ungleichen Kampf mit den viel mächtigeren Wischerblättern keinerlei Siegchancen; denn jedes Mal, wenn sich eine neue Tröpfchenarmada auf der gewölbten Sicherheitsglasfläche niedergelassen hatte, nahte bereits das zerstörerische Unheil in Form der unerbittlichen schwarzen Gummibänder, die erbarmungslos alles vernichteten, was sich ihnen in den Weg stellte.

Das wär's doch: Einfach alles wegwischen – alle Erinnerungen, alle Ängste, alle Selbstvorwürfe! Seine Augen folgten den rhythmisch ihre Arbeit verrichtenden Scheibenwischern. Das wäre tatsächlich das Beste, stellte er mit einem tiefen inneren Stoßseufzer fest.

Aber bislang war es ihm noch nicht gelungen, sich dauerhaft der zermürbenden Vorwurfsattacken zu entledigen, die ihn wie eine lästige Gichterkrankung schubweise heimsuchten. Vor allem nachts, wenn sein ruheloses Gehirn ihn mit stetig wiederkehrenden Erinnerungsbildern konfrontierte, war er ihnen wehrlos ausgeliefert.

Immer dann, wenn auf seiner inneren Kinoleinwand die Felsen und die dekorierten Frauenleichen auftauchten, sagte er sich zwar sofort, dass er damals gar nicht anders hatte handeln können. Aber diese rationalen Interventionsversuche nutzten einfach nichts, denn die bösartigen Folterknechte in seinem Kopf ließen sich davon nicht im Geringsten beeindrucken.

Wie hatte sein Mentor, der alte Kriminalrat Weilacher, immer wieder gesagt: Junge, jeder schwierige Fall wird dich dein Leben lang begleiten – wie schlechter Mundgeruch. Du kannst dir so oft, wie du willst, die Zähne putzen, du wirst ihn nie ganz los. Du kannst ihn nicht abschütteln, denn, egal, wo du bist, egal, was du tust, er ist immer schon da – mal mehr, mal weniger aufdringlich. Das Einzige, was hilft, ist: akzeptieren. Wehre dich nicht gegen die bohrenden Vorwürfe, die du dir machst. Es hat keinen Sinn! Du bist auch nur ein Mensch, und Menschen machen eben nun mal Fehler! Und bei deinem nächsten Fall kannst du ja versuchen, es besser zu machen.

Mein nächster Fall. Eigentlich hab ich überhaupt keine Lust auf einen neuen Fall, meldete sich seine innere Stimme wieder einmal ungefragt zu Wort. Aber vielleicht ist es ja gar kein neuer Fall, sondern wirklich nur ein Un-Fall, zu dem man mich nur routinemäßig ruft, weil die Möglichkeit ja eigentlich nie von vornherein gänzlich auszuschließen ist, dass es sich doch um eine Straftat gegen Leib und Leben handelt – und die Angelegenheit damit eindeutig in meinen Zuständigkeitsbereich fällt.

»Sag mal Wolf, wo ist denn die Kopenhagener Straße eigentlich?«, fragte plötzlich Michael Schauß.

»Keine Ahnung, Herr Kollege. Ich weiß zwar einigermaßen, wo Kopenhagen liegt, aber bis vor zwei Minuten wusste ich noch nichts von der Existenz einer Kopenhagener Straße in Kaiserlautern. Aber zur Klärung derartiger Fragen soll es ja bekanntermaßen solche komischen Dinger geben, auf denen Straßen, Schulen usw. eingezeichnet sind.«

»Alter Klugscheißer! Komm, dann greif mal ins Handschuhfach und hol mir den Stadtplan raus!«, forderte der junge Kommissar und stoppte den silbernen Mercedes Kombi.

Während sich sein Mitarbeiter mit dem Falk-Plan abmühte, wurde Tannenberg auf das hell erleuchtete Fitnessstudio aufmerksam, hinter dessen etwa zehn Meter entfernter Glasfassade sich Dutzende Menschen aus diversen Altersklassen mit allen möglichen modernen Folterwerkzeugen herumquälten.

»Eva, das wäre doch mal was für dich: Fitnessstudio! Schau mal, wie sich diese fetten Tanten auf den Heimtrainern einen abstrampeln. So ein Schwachsinn! Und da zahlen die noch ’nen Haufen Geld dafür. Aber diese komischen Anzüge, die sie tragen, sehen gar nicht so schlecht aus – richtig sexy. Oder, wie sagt man heute so schön: echt geil, ey!«

Gemächlich befreite sich die Kriminalpsychologin von ihrem Sicherheitsgurt und drückte ihren fülligen Oberkörper betont lässig zwischen die Rückenlehnen der beiden Vordersitze. »Du, wenn ich deinen Body – wie man heute so schön sagt – richtig in Erinnerung habe, könnte dir so was auch nicht schaden.«

Volltreffer.

Tannenberg reagierte auf diese schlagfertige Retourkutsche mit seiner altbewährten Ablenkungsstrategie und fragte umgehend seinen Kollegen, ob dieser die Kopenhagener Straße inzwischen endlich gefunden habe. Schauß antwortete nicht sofort, sondern faltete den Stadtplan erst einmal in aller Ruhe wieder zusammen und überreichte ihn dann grinsend seinem Vorgesetzten.

»Ja, Wolf, ich weiß jetzt, wo's ist. Aber möchtest du dich nicht lieber noch ein wenig an dem Anblick der hübschen Damen ergötzen? Das ist ja hier ein richtiges Spannerparadies! Ich glaub, hier fahr ich öfter mal hin!«

»Laber nicht, fahr endlich!«, knurrte Tannenberg wie ein angeketteter Hofhund, dem man gerade den frisch gefüllten Fressnapf mit Hilfe eines langen Stocks aus seinem Einflussbereich weggeschoben hatte.

Als der silbergraue Dienstwagen in die Europaallee einbog, sahen die Kriminalbeamten bereits von weitem die vielen kreisenden Blaulichter und die milchigen Leuchtkegel der an den größeren der zahlreichen Feuerwehrautos angebrachten Halogenstrahler.

»Da hätten wir uns den Blick in den Stadtplan ja sparen können. Bei dem Aufmarsch, den die hier veranstalten«, meinte Kommissar Schauß mit vorwurfsvollem Unterton und warf seinem Chef einen kurzen, leicht verächtlichen Blick zu, den dieser aber vorsätzlich ignorierte.

Stur wie einer der alten Panzer, die hier früher jahrzehntelang vor sich hingerostet waren, starrte Tannenberg scheinbar teilnahmslos in Richtung der unwirklichen nächtlichen Beleuchtungsorgie im hinteren Teil des ehemaligen Kasernengeländes.

»Mensch Leute, macht doch endlich mal das Blaulicht aus«, schrie er, gleich nachdem er das Auto verlassen hatte unwirsch in die vor dem Gebäude versammelte Menschenmenge, die sich aus Schaulustigen, Reportern, uniformierten Polizisten und Feuerwehrmännern zusammensetzte. »Ich denke, der Brand ist schon lange gelöscht. Warum macht ihr dann noch so'n Aufstand?«

»Das ist unser spezieller Service für dich, Tanne. Damit du blindes Huhn überhaupt weißt, wo du hin musst«, rief Brandrat Schäffner lachend zurück.

»Besten Dank, alte Keule!«, begrüßte Tannenberg seinen alten Kumpel, mit dem er viele Jahre beim TUS Dansenberg in derselben Handball-Mannschaft gespielt hatte. »Freut mich Berti, dass sie dir auch mal wieder das Wochenende versaut haben. – So, nun leg mal los: Was ist denn überhaupt passiert?«

»Also«, begann der hoch aufgeschossene, kräftige Mann, dessen Gesicht von einem gewaltigen graumelierten Schnurrbart dominiert wurde, »vor etwa vier Stunden hat uns ein Wachmann angerufen und den Brand gemeldet. Als wir hier eintrafen, stand der hintere Teil des mittleren Gebäudekomplexes lichterloh in Flammen. Da wir mit den Löschzügen direkt an den Brandherd heranfahren konnten, hatten wir das Feuer aber ziemlich schnell unter Kontrolle. Und beim anschließenden Inspektionsgang hat dann einer meiner Mitarbeiter die Leiche gefunden, die …«

»Kommt, dann gehen wir jetzt mal gleich dahin und schauen uns die Sache genauer an«, drängte sich Schauß dazwischen.

Tannenberg war nicht bereit, die unerwünschte Einmischung des jungen Kommissars zu tolerieren und rüffelte

27

ihn mit betont langsam vorgetragenen Worten: »Lieber Herr Kollege, uns interessiert nicht ›die Sache‹. Wenn ich dich daran erinnern dürfte: Wir sind keine Brandsachverständigen. Deshalb interessiert uns nicht primär, was gebrannt hat, wie es gebrannt hat, wo es gebrannt hat. Sondern wir kümmern uns darum, wer verbrannt ist, warum derjenige verbrannt ist, ob der Mensch bereits tot war, als er verbrannt ist usw. Kapiert?«

Michael Schauß antwortete nicht. Er schäumte zwar innerlich vor Wut angesichts dieser öffentlichen Zurechtweisung, aber er setzte sich nicht dagegen zur Wehr, sondern schluckte seinen Ärger wie bittere Medizin kommentarlos hinunter und begab sich grollend zur Befragung des Wachmanns und der Kollegen von der Schutzpolizei, die bereits lange vor ihnen am Brandort eingetroffen waren.

»Die Leiche lag versteckt unter den Überresten der ehemaligen Deckenverkleidung und dem ganzen anderen Gerümpel, das eben bei solch einem Zimmerbrand am Schluss übrig bleibt«, schloss Brandrat Schäffner seinen kleinen Informationsvortrag nach der von Tannenberg hervorgerufenen kurzen Unterbrechung ab.

»Gut, dann gehen wir mal hoch und schauen uns den Toten an.«

»Viel ist davon aber nicht mehr übrig«, entgegnete der Einsatzleiter, während die beiden Männer mit der Kriminalpsychologin im Schlepptau in Richtung des turmähnlichen Zentralgebäudes lostrotteten. »Wir gehen vorne rein. Da ist alles noch unversehrt.«

»Warte mal, Berti«, sagte Tannenberg und blieb plötzlich stehen.

Seine Augen hatten das große, mehrfarbige Unternehmenslogo an der gläsernen Außenfassade entdeckt.

»Was ist denn das überhaupt für eine Firma? ›FIT.net – Innovative Softwarelösungen für den Finanzbereich‹«, las er gleichermaßen langsam wie verständnislos vor.

»Keine Ahnung. Ich kenn mich mit so'm Zeug auch nicht aus«, pflichtete ihm der Brandrat schulterzuckend bei.

»Hinsichtlich dieser Frage kann ich den beiden Herren wahrscheinlich behilflich sein«, bemerkte plötzlich ein auffällig nobel gekleideter, etwa vierzigjähriger Mann, der den Beamten mit ausgestreckter Hand entgegenkam. »Gestatten: Prof. Dr. Siegfried von Wandlitz, CEO der Firma FIT.net.«

Ach du Scheiße, ein Professor – und dann auch noch ein Adliger, schoss es Tannenberg in sein Bewusstsein, das sich allerdings nicht tiefgehender mit diesem Thema beschäftigen konnte, wartete der distinguierte Herr doch mit wichtigen Informationen auf.

»FIT.net ist eine der führenden Firmen im Bereich CRM und …«

»Jetzt erst mal langsam, guter Mann«, unterbrach Tannenberg, während er seine Hände, wie bei der Abwehr eines aggressiven Zeitgenossen, weit auseinandergespreizt vor seinen Oberkörper hielt. »CEO, CRM – könnten Sie sich bitte so artikulieren, dass Ihnen auch ein begriffsstutziger Beamter zu folgen vermag?«

»Herr Professor, darf ich das bitte übernehmen? – Dr. Eva Glück-Mankowski, Kriminalpsychologin in Diensten des Landeskriminalamtes«, stellte sich die Dame, die das Gespräch der beiden Männer die ganze Zeit über interessiert verfolgt hatte, selbst vor.

»Aber liebend gern, Frau Doktor«, entgegnete von Wandlitz überrascht und drehte sich erwartungsvoll zu ihr hin.

»CEO bedeutet ›Chief Executive Officer‹ und ist inhaltlich vergleichbar mit der Position eines Vorstandsvorsitzenden einer Aktiengesellschaft. Diese englischen Bezeichnungen für die oberste Hierarchieebene eines Unternehmensmanagements werden vor allem von Firmen benutzt, die über Geschäftsbeziehungen zum nordamerikanischen Markt verfügen ...«

»Wie zum Beispiel *FIT.net*, wo der Ausbau unserer Präsenz in den Vereinigen Staaten zurzeit ganz oben auf der Agenda steht!«

Durch ein Kopfnicken bestätigte die Kriminalpsychologin, dass *sie* zumindest in der Lage war, dem Einwurf des Professors inhaltlich folgen zu können. An ihre erläuterungsbedürftigen Kollegen gerichtet, fuhr sie mit ihren Begriffserklärungen fort: »Und CRM ist die Abkürzung für ›Customer Relationship Management‹.«

»Respekt, meine Dame, Respekt! So viel ökonomische Sachkenntnis bei einer Beamtin, das findet man selten. Respekt!«

Zuerst hatte es Tannenberg angesichts Evas unerwarteten Produziergehabes die Sprachfähigkeit geraubt. Aber sein Schockzustand währte nur kurz. Dann ging er in die Offensive. »Lass mal den Herrn Professor weitermachen! Der soll sich einfach mal vorstellen, ich sei ein neuer Kunde, dem er so allgemeinverständlich wie nur irgend möglich erklären soll, was seine Firma verkaufen will – denn darum geht's ja wohl, trotz aller Fremdwörter, immer noch, oder?«

»Genau darum geht es, Herr Kommissar. Entschuldigung: Oberkommissar, Hauptkommissar?«

»Hauptkommissar. Kommen Sie jetzt bitte zur Sache«, mahnte Tannenberg immer genervter.

»Nun gut, unsere Firma entwickelt Software – also Computerprogramme.«

Von Wandlitz legte eine Pause ein, anscheinend um eine Rückmeldung über Tannenbergs Verständnisfähigkeit zu erhalten.

»Mit den Begriffen ›Software‹ und ›Computerprogramme‹ kann sogar ich etwas anfangen«, erlöste ihn der Kriminalbeamte kopfschüttelnd.

»Gut. Wir entwickeln also Softwarelösungen, mit denen es unseren Klienten – Banken, Versicherungen, Bausparkassen usw. – möglich ist, ihre Kundenbeziehungen über das Internet herzustellen, zu pflegen, Werbung zu betreiben, Beratertermine zu vereinbaren, die …«

»Danke, das reicht«, beendete Wolfram Tannenberg abrupt den Wortschwall des Firmenchefs. »Sie halten sich hier bitte zur Verfügung. Vielleicht brauchen wir Sie nachher noch mal. – Eva, du bleibst am besten auch hier unten!«

»Kommt gar nicht in die Tüte!«, stellte die Kriminalpsychologin unmissverständlich klar.

»Entschuldigung, Herr Hauptkommissar, aber ich möchte unbedingt mit. Es ist wichtig für mich, weil ich mir doch so einen Überblick über den Schaden verschaffen kann und ich Mitarbeiter informieren und die Versicherung verständigen muss.«

»Tut mir wirklich Leid, aber Sie müssen sich noch ein wenig gedulden, Herr von Wandlitz«, unterbrach Tannenberg erneut.

Berti Schäffner zupfte seinen alten Sportkameraden am Arm. »Wir gehen hier vorne rein. Da kommen wir direkt zum Brandherd.«

Der Einsatzleiter forderte von einem Mitarbeiter, der ein paar Meter von ihm entfernt an einem kleineren Feuerwehrauto stand, zwei leuchtstarke Handlampen für seine Begleiter.

Nachdem diese ausgehändigt waren, begaben sich die drei Personen in den architektonisch sehr modern gestalteten Firmenkomplex.

»Den Strom haben wir natürlich vor den Löscharbeiten abgeschaltet – wegen der Kurzschlussgefahr.«

»Natürlich«, murmelte Tannenberg, der sehr überrascht darüber war, dass er in dem Treppenhaus keinen Brandgeruch wahrnahm. »Warum riecht es denn hier kaum nach Rauch? Oder bild ich mir das nur ein?«

»Nein, Tanne. Das liegt daran, dass zwischen den verschiedenen Gebäudeteilen Brandschutzsperren installiert sind. Und die sind zum Glück ziemlich dicht.«

Im zweiten Obergeschoss führte sie ein breiter Korridor vom offenen Treppenhaus zu einem Großraumbüro, in dem in Wabenform jede Menge Computerarbeitsplätze eingerichtet waren. Am anderen Ende der weitläufigen Halle konnte Tannenberg zunächst keine Tür erkennen. Erst als der Feuerwehrmann sie zu einer neben einer Automatenzeile versteckten zweiflügligen Metalltür geleitete, entdeckte auch er die massive Brandschutzvorrichtung.

»Das hab ich gemeint, Tanne: Die ganze Seite hier besteht aus einer durchgängigen Betonwand. Nur durch diesen Ausgang kann man in den anderen Gebäudeteil gelangen«, erklärte der Einsatzleiter und öffnete die in Raumfarbe gestrichene, schwergängige Tür.

Reflexartig zückte Tannenberg sofort sein Taschentuch und hielt es sich vor die Nase.

»Es riecht hier zwar nicht sehr angenehm; aber du brauchst dir wegen möglicher Gesundheitsgefahren keine Gedanken zu machen. Wir haben mehrmals die Luft gemessen. Kein Grund zur Sorge.«

Verlegen entfernte der Leiter der Kaiserslauterer Mordkommission die provisorische Atemschutzmaske aus seinem Gesicht und ließ sie dezent in der Hosentasche verschwinden. Der aufdringliche Gestank, der aus der geöffneten Korridortür herausströmte und sich erfolgreich den Weg in sein Riechzentrum gebahnt hatte, löste bei ihm ein spontanes Déjà-vu-Erlebnis aus: Es roch so ähnlich wie damals, als er gemeinsam mit seinen Freunden am Ende einer Fete das Lagerfeuer ausgepinkelt hatte. Es war allerdings nicht exakt derselbe Geruch; denn obwohl dieser hier auch sehr feucht war, enthielt er als zusätzliche Komponente verbrannten Kunststoff.

Leicht schmunzelnd blickte Tannenberg sich im Treppenhaus um, leuchtete erst nach unten und dann nach oben. Wie man deutlich sehen konnte, hatte das Feuer zwar die Flurtür etwas angeknabbert, aber sonst in diesem Bereich relativ wenig Schaden angerichtet. Auf den ersten Blick waren im abwärts führenden Treppenhaus nur an den Wandflächen direkt neben den Stufen leichte Brandspuren im milchigen Strahlerkegel der Taschenlampe zu erkennen.

»Komm weiter. Da kannst du sehen, wo das Feuer richtig gewütet hat«, forderte Schäffner.

Aber Tannenberg rührte sich nicht von der Stelle. »Wo kommen diese Rußspuren da an der Wand her?«

»Sehr gut beobachtet, Herr Kommissar! Wir vermuten, dass der Brandstifter sich hier eine Feuerspur gelegt hat.«

»Eine Feuerspur?«, fragte Eva Glück-Mankowski verwundert.

»Ja, es sieht sehr danach aus, als ob irgendjemand unten vom Hinterausgang bis hier hoch mit Brandbeschleunigern – wahrscheinlich Benzin – eine Spur gelegt hat«, bemerkte Berti Schäffner, und korrigierte sich sogleich: »Beziehungsweise von hier oben nach unten. Ist wohl wahrscheinlicher!«

»Praktisch 'ne flüssige Zündschnur.«

»Könnte man so nennen, Tanne.«

»Aber warum?«, fragte die Kriminalpsychologin leise.

»Um Zeit zu gewinnen – und um sich nicht selbst zu gefährden«, spekulierte der Brandexperte.

»Das werden die Sachverständigen sicherlich genauer abklären können. Komm, Berti, lass uns jetzt mal da reingehen«, drängte Tannenberg und richtete den Leuchtstrahl seiner Lampe in einen rabenschwarzen, ausgebrannten Flur, dessen Boden mit einem weißen Schaumteppich überzogen war. Aus ihm ragten eine Vielzahl verkohlter Gegenstände heraus, die von der zerstörerischen Kraft des Feuers so stark verändert worden waren, dass ihr ursprünglicher Zustand nur noch zu erahnen war.

»Vorsicht – nicht stolpern! Unter dem Schaum liegt alles mögliche Zeug rum. Außerdem ist es hier ziemlich glitschig. Eigentlich sollte ich euch im Dunkeln hier gar nicht reinlassen. Aber, wartet mal: Ich sag den Jungs einfach, sie sollen hier hinten nochmals die Strahler anmachen. Hätte ich ja schon längst dran denken können! Aber, Tanne, das ist eben der leidige Zahn der Zeit, der immer mehr an uns alten Männern nagt. Oder hast du mit dem Älterwerden noch keine Probleme?«

»Hör endlich auf, hier so blöd rumzuquatschen!«, war alles, was der Angesprochene zu diesem Thema beitragen wollte.

Kurz nachdem der Einsatzleiter mit seinen Kollegen draußen vor dem Gebäude telefoniert hatte, hörte man, wie Dieselmotoren gestartet wurden. Mit nur geringer zeitlicher Verzögerung zündeten leuchtstarke Halogenscheinwerfer, die den Korridor von der hinteren Seite her erhellten.

»Stopp!«, rief plötzlich eine dunkle Männerstimme aus dem Treppenhaus.

Es war der Leiter der Kriminaltechnik, der mit seinem Team und dem Gerichtsmediziner Dr. Rainer Schönthaler die Treppe emporgestiegen kam.

»Hallo, lieber Mertel! Ihr seht einfach putzig aus, in euren weißen Ganzkörperanzügen – wie kleine Eisbären«, begrüßte Eva den Chef der Spurensicherung.

»Das gibt es ja gar nicht! Da rennen wir uns ab und das LKA ist wieder mal vor uns da!«

»Purer Zufall. Ich bin nur rein privat hier.«

Dem vielsagenden Blick des Kriminaltechnikers hielt Tannenberg tapfer stand. »Mertel, ich weiß genau, was du jetzt sagen wirst.«

»Dann mal los, Wolf! Da bin ich aber gespannt.«

»Wegen der Lösch- und Aufräumarbeiten der Feuerwehr sind die meisten Spuren vernichtet worden. Weil diese unbelehrbaren Trampeltiere einfach keine Rücksicht auf uns nehmen usw., usw.«

»Stimmt ziemlich genau. Wenn du so treffsicher in die Zukunft schauen kannst, solltest du es vielleicht mal mit Lottospielen versuchen.«

»Ja, sollen wir mit dem Löschen und mit der Brandnachschau etwa warten, bis der Herr Oberspurensicher aufgekreuzt ist?«, wetterte Brandrat Schäffner los.

Weil Mertel diese, für einen leidenschaftlichen Kriminaltechniker wie ihn, nahezu unerträglichen Situationen schon des öfteren erlebt hatte, sah er sich genötigt, gleich noch eine weitere Breitseite abzufeuern: »Da diese vorsätzlichen Spurenvernichter bekanntlich immer ganze Arbeit leisten, könnt ihr gleich mit reinkommen. Aber mindestens zwei Meter Abstand zum Leichnam. Klar?«

Die allseitige Einverständniserklärung erfolgte wortlos. Die beiden Kriminalbeamten und der Einsatzleiter traten etwas zur Seite und ließen die Kriminaltechniker und den Gerichtsmediziner mit ihren großen Alu-Koffern passieren. In ausreichendem Sicherheitsabstand folgten sie dann den Männern in den hell erleuchteten, dreieckigen Raum, dessen Glasfassade anscheinend von der Hitze des Feuers oder einer Explosion zum Teil weggesprengt worden war.

Durch die offenen Glasflächen drückte sich leichter Nieselregen ins Gebäudeinnere.

Das helle Scheinwerferlicht blendete Tannenberg so stark, dass er zunächst nur grell aufblitzende Sternchen sah. Erst als er sich mit dem Rücken zur Lichtquelle drehte, konnte er die stark verkohlte Leiche inmitten eines fürchterlichen Trümmerchaos erkennen. Sie lag flach auf dem Rücken neben einem dürren Stahlgerippe.

Wahrscheinlich ein ehemaliger Schreibtisch, schlussfolgerte er.

Neben ihr stieg heller Wasserdampf aus verkohlten, mit
weißen Schaumkronen besetzten Gerümpelteilen empor,
die vielleicht einmal zu einer Regalwand oder zur Deckenverkleidung gehört hatten.

»Wir haben die Leiche erst ziemlich spät und auch eher
zufällig entdeckt. Eigentlich nur deshalb, weil ein Kollege bei der Brandbegehung den Unrat durchwühlt hat, um
den möglichen Ausbruchsherd des Feuers ausfindig zu
machen«, erklärte der ranghohe Feuerwehrmann.

»Und dann hat er das ganze Zeug, das auf dem Toten
gelegen hat, entfernt, irgendwohin geschmissen und als
Krönung auch noch die Sachen, die direkt um die Leiche
herumlagen, zur Seite geräumt. Es ist echt zum Kotzen
mit euch!«, rief Mertel zornig und kniete sich vor dieses
verkohlte schwarze Etwas, das einmal ein Mensch gewesen sein sollte.

Tannenberg tastete mit seinen Blicken den verwüsteten Raum ab. Die einzigen Dinge, die sich der enormen
Zerstörungskraft des Flammeninfernos trotzig widersetzt
hatten und so nahezu unbeschadet ihren Originalzustand
bewahren konnten, waren ein an der rechten Wand ange-
brachtes Waschbecken und mehrere mit Ruß geschwärz-
te Heizkörper. Ansonsten hatte das ausgehungerte Feuer
alles, was es in diesem großflächigen Büro finden konnte,
gierig in seinen gefräßigen Schlund gezogen, darauf herum-
gekaut und anschließend die unverdaulichen, schwarzen
Brocken wieder ausgespien.

Als er in der anderen Raumecke die Überreste einer teuren Gastronomie-Espressomaschine entdeckte, versetzte

37

ihm dieser deprimierende Anblick einen regelrechten Stich ins Herz.

»Verfluchtes Feuer!«, schimpfte er leise vor sich hin.

»Wolf, kommst du mal?«, rief plötzlich der Gerichtsmediziner, der sich ebenfalls neben dem verbrannten Leichnam niedergekniet hatte.

Tannenberg zögerte. »Sag mir's doch einfach. Ich muss mir das doch wirklich nicht antun, schließlich hab ich gerade zu Abend gegessen.«

»Du alte Memme! Also gut: Die Leiche weist schwerste Kopfverletzungen auf. Um es auf den Punkt zu bringen: Ihr Schädel wurde regelrecht zertrümmert. Die Knochen von Stirn und Hinterkopf liegen praktisch direkt aufeinander.«

»Was?«, fragte Tannenberg fassungslos.

»Ja, du hast richtig gehört. Von daher kann man eigentlich froh sein, dass der Mensch hier verbrannt ist.«

»Warum?«

»Was meinst du wohl, wie das hier vor dem Brand ausgesehen hat: Eine Matschepampe aus Gehirnmasse und …

»Komm, sei ruhig!«, befahl Tannenberg und ging ein paar Schritte zurück in den durch die geborstenen Fensterscheiben hereinströmenden Frischluftkanal. »Könnten diese Verletzungen nicht auch durch herabgestürzte Deckenplatten verursacht worden sein?«

»Nein, Wolf, sicher nicht, denn dann würden wir ein, vielleicht auch zwei Bruchstellen in der Schädeldecke finden. Und das aber auch nur dann, wenn es extrem schwere Deckenverkleidungen gewesen wären, die meines Wissens im Innenausbau aber schon seit vielen Jahren gar nicht mehr erlaubt sind. Das hier sieht irgendwie so aus, als ob einer mit einem Mörser eine Walnuss zerstoßen hätte.«

»Das kann nur ein Wahnsinniger gewesen sein«, murmelte Tannenberg, der seinen alten Freund, den Gerichtsmediziner, in dienstlichen Angelegenheiten nicht zuletzt wegen seiner stets außergewöhnlich anschaulichen Vergleiche so sehr schätzte, leise vor sich hin.

»Leider nicht, Herr Hauptkommissar«, bemerkte die Kriminalpsychologin mit ruhiger Stimme. »Fast jeder Mensch ist zu solch einer barbarischen Handlung fähig. Das steckt tief in uns drin, vor allem in euch Männern. Denk nur mal an die liebevollen Familienväter, die im Blutrausch zu bestialischen Kriegsverbrechern wurden. Diese Dispositionen treten vor allem in emotionalen Extremsituationen zutage, wo dann plötzlich alle humanistischen Hemmschwellen wegfallen und sämtliche Sicherungen durchbrennen.«

Tannenberg ging nicht auf die männerfeindlichen Provokationen ein, die Eva Glück-Makowski in ihren kleinen Vortrag hineingepackt hatte, sondern versuchte sich ihrer psychologischen Fachkompetenz zu bedienen, auf die er in der Vergangenheit schon des Öfteren zurückgegriffen hatte: »Irre! Du meinst, das hier kann die Tat eines ganz normalen Biedermanns sein?«

»Genau! Oft sind es sogar diejenigen, die sich sonst in ihrem Leben besonders korrekt und angepasst verhalten. Wenn die dann mal aus irgendeinem Grund ausflippen, dann aber gleich richtig.«

»Schau mal, was ich gefunden habe«, rief Mertel von der Kriminaltechnik dazwischen, der sich bereits auf den Weg zu Tannenberg gemacht hatte. Er hielt ihm eine kleine, durchsichtige Plastiktüte mit einem Kettchen und zwei Ringen entgegen. »Ich schätze mal, es handelt sich bei dem Leichnam um eine Frau. Diese Schmuckstücke passen wohl kaum zu einem Mann, vor allem nicht dieser Diamantring.«

»Da hast du sicherlich Recht.« Tannenberg begab sich zum Einsatzleiter der Feuerwehr, der sich ein paar Meter von ihm entfernt gerade mit einem auf der Drehleiter stehenden Kollegen unterhielt. »Du, Berti, sei so gut und sag mal deinen Leute unten vorm Eingang, dass einer von ihnen diesen Professor von Wandlitz hier zu uns hochbringen soll.«

Brandrat Schäffner instruierte umgehend seine Mitarbeiter.

Kurze Zeit später erschien der Firmenchef und wurde von Tannenberg und seiner Begleiterin noch im Treppenhaus in Empfang genommen.

»Kann ich jetzt endlich mal den angerichteten Schaden begutachten?«, legte er gleich fordernd los.

»Gemach, gemach, Herr Professor. Sie können in der nächsten Zeit hier noch nicht rein. Die Spurensicherung muss erst ihre Arbeit fertig machen; und das kann dauern!«, gab der Leiter der Kaiserslauterer Mordkommission scharf zurück.

»Na gut. Ich sehe ja auch von hier, dass anscheinend nur das Büro von Susanne zerstört wurde und der Bereich der Softwareentwicklung verschont geblieben ist. Gott sei Dank! Wir haben nämlich zurzeit einen wichtigen Großauftrag abzuwickeln. Und in unserem harten Konkurrenzgeschäft zählt jeder Tag. – Gut, dann werde ich jetzt nach Hause fahren und versuchen, jemanden von der Brandversicherung zu erreichen, damit die so schnell wie möglich den Schaden aufnehmen. Weiß man eigentlich schon etwas über die Ursache des Feuers?«

»Nein«, log Tannenberg ohne Gewissensbisse. »Wessen Büro ist das überhaupt? Sie sagten Susanne ...«

»Ja, Susanne Niebergall, CFO und Mitgesellschafterin unseres Unternehmens. Bevor Sie wieder Ihre Kollegin fragen müssen«, ergänzte von Wandlitz überheblich: »CFO ist die Abkürzung für ›Chief Financial Officer‹ – früher hätte man ganz einfach ›Chef-Buchhalterin‹ gesagt. So, jetzt muss ich aber los!«

»Entschuldigung, Herr Professor, da wäre noch etwas«, entgegnete der Kriminalbeamte eher beiläufig.

»Ja, was gibt's denn noch?«

Tannenberg zog das Tütchen mit dem von Ruß geschwärzten Silberschmuck der Toten aus seiner Sakkotasche und leuchtete es mit der Taschenlampe an. »Haben sie dieses Kettchen und diese Ringe hier schon mal gesehen?«

Von Wandlitz griff mit seiner rechten Hand an den leicht angekohlten Türrahmen und stützte sich ab. Dann nahm er das Plastiktütchen und setzte sich auf die oberste Stufe der Treppe. »Oh Gott, das ist ja Susannes Schmuck. Was ist denn passiert? Ist sie etwa da drin?«, fragte er stockend. Er schlug sich mit der anderen Hand leicht an die Stirn, schluckte mehrmals und räusperte sich, bevor er schniefend nachschob: »Ist sie tot?«

»Wir können noch nichts Definitives über die Identität der oder des Toten sagen, den die Feuerwehr im Büro Ihrer Kollegin entdeckt hat«, entgegnete Tannenberg und bat anschließend die Kriminalpsychologin, den Professor nach unten zu begleiten und dafür zu sorgen, dass er, falls er nicht mit seinem eigenen Auto hierher gekommen sei, von einem Streifenwagen nach Hause gebracht würde.

Anschließend begab er sich wieder in den verwüsteten Büroraum, um bei Dr. Schönthaler weitere Informationen einzuholen: »Was ist, hast du etwas Interessantes für mich gefunden?«

Aber der Rechtsmediziner schien nicht bereit, auf Tannenbergs Frage einzugehen, denn er wandte sich an Mertel: »Du alter Spuren- und Dreckschnüffler, was fehlt hier in diesem verwüsteten Raum eindeutig?«

Der angesprochene Kriminaltechniker, der sich im Laufe der Jahre mit der manchmal etwas provokanten und makaberen Ausdrucksweise des Pathologen wohl oder übel arrangiert hatte, blickte kurz hoch, sah sich um und widmete sich dann weiter seiner analytischen Arbeit.

»Also, dir fällt nichts auf, Mertel?«, ließ Dr. Schönthaler nicht locker.

»Nein! Komm, nerv mich nicht! Wenn du fertig bist, dann sei froh und geh nach Hause. Wir haben hier leider noch eine ganze Weile zu tun.«

Der Gerichtsmediziner bahnte sich einen Weg zu dem neben der Toten stehenden Schreibtisch-Gerippe. »Wolf, dir fällt auch nichts auf?«

»Nein! Auf was willst du eigentlich mit diesem blöden Ratespiel hinaus?«

»Ganz einfach: Ich will euch auf die wahrscheinliche Tatwaffe aufmerksam machen.«

»Da bin ich nun aber wirklich gespannt, Rainer.«

Der Pathologe zeigte auf eine massive Tierskulptur, die

42

zwischen zwei schmalen Stahlrohrträgern in der Ecke des ehemaligen Schreibtischs hing.

»Das soll die Mordwaffe sein?«, fragte Tannenberg skeptisch. »Was ist das überhaupt?«

»Ein Bulle. Ich schätzte mal aus Granit, etwa 5 Kilogramm schwer.«

Mertel brummte zustimmend. »Ja, damit lässt sich ein menschlicher Schädel ganz gut zertrümmern. Was meinst du, Wolf?«

»Kann gut sein.«

»Aber, meine Herren, Sie werden sich doch von mir nicht so einfach in die Irre führen lassen! Das hier ist nämlich – jedenfalls nach meiner begründeten Vermutung – nicht die Tatwaffe.«

»Also, Rainer, ich kann dich ja wirklich ganz gut leiden. Aber manchmal treibst du mich fast zum Wahnsinn. Warum kommt dieses Ding denn auf einmal nicht mehr als Mordwaffe in Betracht?«

»Fangen wir eben noch mal ganz von vorne an. Was …«

»Also, ich geh jetzt runter zu Schauß. Mir ist das wirklich zu blöd«, platzte es aus Tannenberg heraus.

Dr. Schönthaler ließ sich aber von der harschen Reaktion seines alten Freundes nicht im Geringsten beeindrucken.

»Was gehört zum Bullen, wie das Feuer zu einer verkohlten Leiche, meine Herren Kriminalisten?«, fragte er munter weiter drauf los.

Mertel und Tannenberg schwiegen, schauten sich fassungslos an und stellten wortlos die beiderseitige Überzeugung her, dass es nun endgültig an der Zeit war, die Landespsychiatrie zu verständigen.

43

»Was gehört zum Bullen, wie Apollo zu Dionysos, wie der Mann zur Frau?«

»Die Bullin – du Idiot!«, rief Tannenberg laut und unterstützte seine Einschätzung der aktuellen Geistesverfassung des Gerichtsmediziners mit einem mehrfachen Scheibenwischergruß.

»Genau! Weil zum Mann ja auch die Männin gehört, Herr Hauptkommissar! Biologie – setzen sechs!«

»Also, damit du endlich Ruhe gibst: Zum Bullen gehört als Pendant natürlich die Kuh! Richtig?«, war das letzte, was Tannenberg bereit war zu diesem nerven- und zeitraubenden Ratespiel beizutragen.

»Falsch: der Bär! Bulle und Bär. Die Symbole der Börse und des Lebens: Der Bulle steht für den Optimismus der Menschen, der Bär für das genaue Gegenteil. Und diese beiden Figuren gehören eben nun mal unzertrennbar zusammen. Also folgt daraus meine Hypothese, dass der Schädel dieser Toten hier mit einer schweren Bärenskulptur auf brutalste Art und Weise in seine Einzelteile zerlegt wurde.«

2

Endlich!

Wie lange hab ich darauf gewartet. Und nun ist es so weit. Genau um 10 Uhr muss ich in der Merkurstraße sein. Auf alle Fälle nicht später! Aber auch nicht früher. Das macht beides keinen guten Eindruck. Und ich will ja auch weiterhin einen guten Eindruck machen. Schließlich bekommt man so eine Chance nur ein Mal im Leben. Und ich hab sie wahrgenommen und ich werd sie auch weiterhin wahrnehmen! Yeah!

Ich hab ja auch viel investiert. Die ganzen Schulungen an den Wochenenden; hab meinen Urlaub sogar dafür geopfert. Aber es hat sich gelohnt! Und es wird sich in Zukunft noch viel mehr lohnen!

Voller Tatendrang streifte sich Armin Geiger seine alte, verschlissene Windjacke über und schlenderte pfeifend zur Zeitungsbox. Es war ein kalter, diesiger Oktobermorgen. Aber er registrierte die herbstlichen Wetterkapriolen überhaupt nicht. Er war viel zu sehr mit sich und seinen Gedanken beschäftigt.

Was ist schöner als Geld? Nichts!

Geld regiert die Welt!

Oder wie Carlo Weinhold immer so schön sagt: Geld ist nicht alles – aber ohne Geld ist alles nichts!

Wie Recht er doch damit hat! Denn hat man kein Geld, hat man auch keine Weiber.

So einfach ist das!

Ich hab's ja am eigenen Leib zu spüren bekommen. Immer diese Sprüche von Bianca: Du elender Versager! Nie haben wir Geld. Kein Geld für schicke Klamotten, kein Geld für'n geilen Urlaub, kein Geld für'n anständiges Auto! Du armseliger kleiner Beamtenarsch!

Ich und ein Versager! Das war wirklich die Höhe. *Die* hat doch den ganzen Tag auf der Couch gelegen und gefaulenzt.

Und dann war sie plötzlich weg. Einfach weg, von einem auf den anderen Tag. Hatte nur einen Zettel dagelassen, auf dem geschrieben stand: Hab die Schnauze so gestrichen voll von dir. Ich such mir jetzt einen reichen Mann. Und dann werd ich mein Leben genießen. Such mich nicht. Ich komm nie mehr zu dir zurück!

Ha, wenn diese Nutte gewusst hätte, was der angebliche Versager einmal für Kohle machen wird. Wenn die das jetzt mitkriegen würde, käme sie sofort wieder angekrochen. Diese kleine Schlampe! Aber die würde ich dermaßen abblitzen lassen!

Da werden sich in Zukunft noch einige wundern! Denen werden die Augen noch vor Neid aus dem Kopf fallen, wenn die mitkriegen, was ich für tolle Weiber abschleppe. Die werden vor Neid noch platzen! Und wenn die erst mal meinen geilen Porsche sehen!

Kriminalhauptmeister Geiger goss dampfenden Kaffee in eine weiße Henkeltasse. Dann nahm er sie in die Hand, betrachtete mit strahlenden Augen den goldfarbenen Schriftzug ›Midas-Power-Investments – der Weg in *Ihre* goldene Zukunft‹ und streichelte anschließend mit seinem rechten Daumen zärtlich über die leicht erhabenen Buchstaben.

Den politischen Teil der *Rheinpfalz* hatte er schon immer ignoriert. Ihn interessierten nur Sportteil, Fernsehprogramm und Todesanzeigen. An guten Tagen überflog er manchmal auch noch die Schlagzeilen des Lokalteils. Aber seit einiger Zeit bohrte sich sein lüsterner Blick zu allererst in den Wirtschaftsteil, weidete sich ausgiebig darin.

Denn hier ging es schließlich um Geld, und zwar um viel Geld.

Auch um sein Geld, hatte er seine Ersparnisse doch in *Midas*-Investment-Fonds angelegt. Und deren Kurse stiegen und stiegen.

Only the sky is the limit!, sagt Carlo Weinhold immer.

Armin Geiger faltete die Zeitung wieder zusammen und warf sie mit Schwung in die direkt unter dem vorhanglosen Küchenfenster aufgestellte, blaugelbe Bananenkiste, die ihm seit Jahren als innerhäusliche Altpapiersammelstelle diente. Dann zog er behutsam einen mit dem goldenen *Midas*-Logo bedruckten Schnellhefter aus seiner schwarzen Ledertasche, atmete einmal tief durch und schlug vorsichtig die Mappe auf.

»Meine Schatztruhe, meine goldene Zukunft. Ja, ja, ja!«, schmetterte er in die lieblos eingerichtete Wohnküche, wobei er seine Fäuste ballte und den fast haarlosen Kopf wie ein Glockenpendel mehrmals abrupt nach hinten warf.

Während der Taxifahrt in das im Westen der Stadt angesiedelte Gewerbegebiet hielt er die Ledertasche derart verkrampft umklammert, dass sein junger Chauffeur sich eine kecke Anspielung auf den von seinem Fahrgast transportierten Inhalt nicht verkneifen konnte.

Aber Geiger rächte sich und gab ihm keinen einzigen Cent Trinkgeld.

Schadenfroh grinsend verließ er den lahmen Diesel-Benz und begab sich in das Innere des recht protzig wirkenden Verwaltungsgebäudes, wo er bereits von seinem gutgelaunten Mentor erwartet wurde.

»Ich mag pünktliche Menschen, Herr Geiger. Sie wissen ja selbst: In unserem Geschäft ist Zeit Geld. Und wir Mitarbeiter von *Midas-Power-Investments* wollen ja alle viel Geld verdienen. Oder etwa nicht, Herr Geiger?«, stellte Carlo Weinhold eine seiner berühmten rhetorischen Fragen.

»Doch, doch, natürlich wollen wir das!«, stimmte der Kriminalbeamte begeistert zu.

»Sehr gut, Herr Geiger. Genauso wünscht sich der Chef seine Junior Consultants: fröhlich – optimistisch – sympathisch. Sie verkörpern genau das, was ein Finanzberater unbedingt ausstrahlen muss: Zukunftsoptimismus! Denn, seien Sie mal ehrlich: Würden Sie bei einem depressiven Grieskram Ihr Geld anlegen wollen?«

»Nein, natürlich nicht.« Geiger lachte.

»Sehen Sie. Da sind wir uns doch ganz schnell einig. Also kommen wir am besten gleich zur Sache.« Carlo Weinhold fixierte sein Gegenüber mit eiskalten, stahlblauen Augen. »Was haben Sie uns denn heute Morgen Schönes mitgebracht?«

Stolz präsentierte Armin Geiger das Ergebnis seiner Klientengenerierung, wie man die Neukundengewinnung bei *MPI* – so die prägnante Kurzfassung des Firmennamens – nannte.

Der betont dezent gestylte Vertriebscoach blätterte die Investmentverträge durch.

»32 neue Klienten. Und das in nur 3 Monaten. Meinen Respekt, Herr Geiger! Wenn Sie so weitermachen, sind Sie in einem halben Jahr Magnum Consultant. Und Sie wissen ja, was das bedeutet.«

Natürlich wusste Geiger, was das bedeutet.

Aber als Beweis seiner bedingungslosen Unterwürfigkeit zerstörte er nicht die Pointe seines Mentors, sondern wartete, bis dieser, wie ein Dirigent mit dem Taktstock, seinem nebenberuflichen Mitarbeiter das erwartete Startsignal gab.

Wie aus der Pistole geschossen legte er dann aber sofort los: »Magnum Consultant: Zweite Stufe auf der *MPI*-Karriereleiter, Großkundenbetreuung, Mentor eines eigenen Stabs von Junior Consultants und …«

»Und noch mehr Geld!«, vollendete Weinhold den Satz. »Sehr gut, Herr Geiger. Sie sind unser Mann. Der Chef hat noch viel mit Ihnen vor, soll ich Ihnen übrigens von ihm persönlich ausrichten.«

»Wirklich?«, fragte der Kriminalbeamte mit glänzenden Augen.

»Ja. Das waren exakt seine Worte. Und nun zur Abrechnung.« Carlo Weinhold zog einen vorbereiteten Scheck aus seiner Dokumentenmappe. »Das haben wir ja schnell. Da brauchen wir keinen Taschenrechner, oder Herr Geiger?«

»Nein, das kriegen wir auch so hin.«

»Dann rechnen Sie mal vor.«

Diese faszinierende Kalkulation hatte Kriminalhauptmeister Geiger in den letzten Tagen und Nächten schon so oft im Kopf durchgerechnet, dass er die Summe sofort hätte auswendig aufsagen können. Aber er spürte, dass sein Mentor jetzt etwas anderes von ihm erwartete. »32 Abschlüsse mal 2.000 Euro Provision für mich, ergibt zusammengerechnet genau 64.000 Euro.«

»64.000 Euro.« Weinhold lauschte andächtig dem Nachhall dieser beeindruckenden Zahl. »64.000 Euro. Dafür muss eine alte Frau ganz schön lange stricken! Nicht wahr, Herr Geiger?«

»Ja, das stimmt!«, bestätigte der Angesprochene kopfnickend.

»Und Sie haben diese enorme Geldmenge bei uns in nur drei Monaten verdient! Wahnsinn, oder?«

»Das ist wirklich Wahnsinn!«

»Ein Monatsverdienst von über 20.000 Euro. Unglaublich, Herr Geiger, oder?«

»Das ist wirklich unglaublich.«

Carlo Weinhold zückte seinen goldenen Füllfederhalter, schraubte theatralisch die Verschlusskappe ab und trug behutsam die fünf Ziffern und ihre Buchstabengeschwister in die dafür vorgesehenen Felder ein. Anschließend setzte er mit langsamen Schwungbewegungen seine Unterschrift in das Scheckformular. Dann hielt er das wertvolle Papier vor seinen Mund und ließ seinen warmen Atem wie einen trocknenden Sommerwind zart über die noch feuchten Buchstaben streichen.

»So, Herr Geiger, Sie sind von nun an ein reicher Mann«, sagte der Vertriebsleiter der Firma *Midas-Power-Investments* und überreichte einem seiner verkaufsstärksten Mitarbeiter den wertvollen Barscheck. »Ihnen ist allerdings klar, welche Verantwortung *MPI* mit der Ausschüttung dieser gigantischen Gewinnbeteiligung an Sie überträgt? Wir haben es ja schon telefonisch besprochen. Und an die langjährigen Gepflogenheiten bei uns werden Sie sich natürlich auch gebunden sehen, oder Herr Geiger?«

»Natürlich.«

»Gut. Das sind ja schließlich auch Investitionen in Ihre goldene finanzielle Zukunft.«

»Natürlich.«

»Die meisten Leute würden diesen Scheck jetzt zu Ihrer Sparkasse bringen und ihr Geld in irgendeiner unrentablen Anlageform verkümmern lassen. Aber wie hat mein alter Vater, ein Rodenbacher Bäuerlein, immer gesagt: »Geld darf nicht faul auf der Bank rumliegen. Es muss arbeiten, bis es schwitzt – so wie ich.«

»Das ist ein guter Spruch«, stimmte Geiger lachend zu.

Carlo Weinhold setzte eine bedenklichere Miene auf. »Es wissen einfach immer noch viel zu wenige Menschen von den unglaublichen Renditen, die sie mit ihrem Geld bei uns einstreichen könnten.«

Wie ein Chamäleon seine Farbe, so wechselte der Vertriebscoach schlagartig seinen Gesichtsausdruck: Unbändige Energie und Dynamik verdrängten die gespielte Lethargie.

»Und das wollen wir doch ändern, Herr Geiger, nicht wahr?«, schrie er in den Raum hinein, während seine rechte Faust auf die Schreibtischplatte niederfuhr.

»Selbstverständlich, Herr Weinhold!«

»Gut. Sie haben ja in Ihrem Heimatdorf vor allem im Sportverein und in Ihrer Nachbarschaft die neuen Klienten gewonnen. Das war schon mal strategisch sehr klug, wirklich sehr klug!«

»Danke.«

Geiger strahlte über das ganze Gesicht.

»Und nun wollen wir neue Absatzmärkte für die attraktiven *MPI*-Finanzprodukte erschließen. Sie wissen, was ich meine, Herr Geiger?«

»Natürlich: meine Kollegen. Wir haben ja am Telefon schon darüber geredet.«

»Genau! Denn wie kann man wohl am besten die Leute, die sich über unsere Investment-Möglichkeiten informieren, von der Seriosität unserer Firma überzeugen?«

Weinhold blickte sein Gegenüber fragend an und als dieser nicht umgehend reagierte, schob er nach: »Natürlich in dem wir unsere potentiellen Klienten über die Zusammensetzung unserer Investorengemeinschaft aufklären. Da haben wir ja nichts zu verbergen; da können wir sogar sehr stolz darauf sein.«

Zufrieden lehnte er sich für einen Augenblick in seinem Ledersessel zurück, um dann aber gleich wieder nach vorne zu schnellen und Geiger mit seinem stechenden Blick aus nur kurzer Entfernung zu fixieren.

»Denn nicht umsonst wendet sich *MPI* mit seiner Vermögensberatung besonders an die Mitglieder von Berufsständen, die in der Bevölkerung hinsichtlich Seriosität ein besonders hohes Ansehen genießen, wie z.B. Ärzte, Apotheker, Lehrer, Finanzbeamte – und eben Polizisten.«

»Genau!«, stimmte der Kriminalbeamte zu. »Die Leute sagen sich nämlich: Wo Polizisten ihr Geld hinbringen, kann ich meins auch ohne Bedenken hinbringen. Denn wenn mit dieser Firma was nicht in Ordnung wär, hätten die das bei der Polizei doch schon längst mitgekriegt. Die wären ja nicht so blöd und würden die Firma, bei der sie

ihr mühsam verdientes Geld anlegen, nicht vorher überprüfen.«

»So ist es, Herr Geiger. Aber Sie wissen ja selbst, welche infamen Gerüchte die neidische Konkurrenz schon
über uns verbreitet hat. Und genau davor können wir uns
am besten schützen, wenn wir besonders seriöse Klienten
betreuen.«

»Das ist ganz wichtig.«

»Und wie erschließt man am besten neue Klienten-
gruppen?«

Wieder wartete Carlo Weinhold nicht die Reaktion seines Mitarbeiters ab.

»Das haben schon die alten Rodenbacher Bauern gewusst. Mein Vater hat nämlich immer gesagt: Junge, merk
dir das für dein Leben – mit Speck fängt man Mäuse!«,
ergänzte er schnell.

»Ja, die Bauern sind ganz schön schlau!«

»Und wie diese bewährte Strategie bei Ihren Kollegen
aussehen könnte, haben wir ja schon am Telefon besprochen.«

»Genau: Die Mäuse sind die Polizisten und der Speck
ist der Porsche, den ich mir jetzt kaufen gehe.«

»Herr Geiger, Respekt! Sie lernen wirklich sehr schnell
und Sie bringen die Dinge immer genau auf den Punkt.
Dann mal los. Auf zu neuen Taten! Übrigens gibt es im
Leben durchaus unangenehmere Verpflichtungen, als sich
einen Porsche kaufen zu müssen. Oder stimmt das etwa
nicht, Herr Geiger?«

»Doch, natürlich stimmt das!«

»Der Chef hat Sie übrigens schon im Porsche-Center
avisiert. Die werden Ihnen dort ein paar supertolle Autos

53

präsentieren, von denen Sie sich eins aussuchen können. Zu nahezu unglaublichen Sonderkonditionen natürlich. Das versteht sich ja wohl von selbst. Das Unternehmen ist ja schließlich auch ein sehr guter Kunde von uns!«

»Die auch?«

»Klar! Also los, kaufen Sie sich jetzt endlich Ihren Porsche!«

»Mit Vergnügen«, übte sich Kriminalhauptmeister Geiger in weltmännischer Rhetorik.

Wenig später stand er wieder draußen vor dem *MPI*-Gebäude – nun allerdings um 64.000 Euro reicher. Wie im Märchen, wenn einem eine liebe Fee gerade einen Wunsch erfüllt hat, dachte er kopfschüttelnd, während er sich zu Fuß zur Sparkassenfiliale in der Merkurstraße aufmachte. Denn eines war ihm sonnenklar: Er wollte nicht mit einem Stück Papier sein Traumauto kaufen, sondern er wollte es cash bezahlen.

Der junge Sparkassenangestellte staunte nicht schlecht, als er mit Geigers Wunsch nach Barauszahlung des hohen Betrages konfrontiert wurde und wandte sich hilfesuchend an den Leiter der Geschäftsstelle. Dieser teilte dem ungeduldigen Kriminalbeamten mit, er gehöre mit einem Vermögen in dieser Höhe bereits zu dem erlauchten Kreis der Premium-Kunden der Sparkasse, die von einem speziellen Vermögensberatungs-Team betreut würden. Aber Armin Geiger bekundete umgehend sein Desinteresse an solch einer für unabhängige Finanzexperten wie ihn völlig überflüssigen Betreuungsmaßnahme.

Und als der Filialleiter immer noch keine Ruhe geben wollte, belehrte er ihn: »Guter Mann, Sie bekommen von mir jetzt mal einen Insidertipp – und zwar ganz umsonst!

Geld darf nicht faul auf der Bank rumliegen, es muss hart arbeiten, bis es schwitzt!«

Diese alte Bauernweisheit überzeugte den Geschäftsstellenleiter nun endgültig davon, dass sein vermeintlicher Neukunde ausgesprochen beratungsresistent zu sein schien. Deshalb gab er sich geschlagen und zahlte Geiger postwendend den gesamten Scheckbetrag aus.

Will dieser Kerl doch allen Ernstes *mich* über rentable Geldanlagen informieren. Ausgerechnet mich! Der kann höchstens mal bei *mir* vorbeikommen, dieser kleine Münzenzähler. Wenn der wirklich so gut Geld anlegen kann, wie er meint, dann braucht er doch diesen öden Job hier nicht mehr zu machen, sagte sich der *MPI*-Finanzberater, während er auf der Sparkassen-Toilette an dem gerade ausgehändigten Bündel 500-Euro-Scheine schnuffelte. Riecht gar nicht so schlecht! Wie sagt Carlo immer: Geld stinkt nicht! Und wo er Recht hat, hat er Recht!

»Sie müssen Herr Geiger von *Midas-Power-Investments* sein«, empfing ihn eine hübsch dekorierte, miniberockte Dame, die sich als Porsche-Hostess Jennifer vorstellte und ihn zum Büro des Niederlassungsleiters führte. Auf dem Weg dorthin fragte sie ihn, ob er einen Wunsch habe. Da er sein Spontanbedürfnis natürlich nicht kundtun konnte, entschied er sich stattdessen für ein Glas Champagner.

»Aha, der Herr von *MPI*. Freut mich, Sie kennen zu lernen. Ihr Chef, übrigens ein langjähriger Golfpartner von mir, hat Sie mir ja schon angekündigt. Gehen wir doch gleich mal nach hinten. Ich habe ein paar Wagen für Sie bereitstellen lassen. Da ist bestimmt auch der richtige für Sie dabei.«

Geiger konnte sein Glück kaum fassen. Wie oft schon hatte er sich früher an den stets blitzblank geputzten Scheiben des großflächigen Ausstellungsraums die Nase plattgedrückt, sich aber nie getraut, diesen unter den Kaiserslauterer Autofans so ehrfürchtig bestaunten Luxustempel zu betreten.

Und nun wurden ihm hier drinnen sogar vom Chef des noblen Autohauses höchstpersönlich die tollsten Sportwagen präsentiert. Dann auch noch diese atemberaubende Jennifer, die sich liebevoll um sein Wohlergehen kümmerte.

Ich hätte nie gedacht, dass man so schnell 62.000 Euro loswerden kann. Für ein Auto! Aber es ist ganz einfach. Man muss nichts anderes tun, als »ja« zu sagen. Alles andere erledigt sich wie von selbst, stellte Geiger beeindruckt fest, als er mit fahrigen Händen den Kaufvertrag unterschrieb.

Während ein Mitarbeiter des Autohauses sich um die Zulassung seiner gerade erworbenen pechschwarzen Nobelkarosse kümmerte, plauderte er ungezwungen mit dem Leiter der Porsche-Niederlassung in dessen Büro.

»Herr Geiger, ich habe Ihnen den Carrera zu einem absoluten Schnäppchenpreis verkauft. Der steht nämlich bei Schwacke mit über 70.000 in der Liste. Und das Auto ist topgepflegt. Das war wirklich ein Traumangebot. Aber man hilft sich ja gerne gegenseitig. Schließlich verbindet uns mit *MPI* eine ausgesprochen gute und langjährige Geschäftsbeziehung. Apropos Geschäft: Herr Geiger, ich hätte da ein kleines Problem. Also vielmehr mein Schwiegervater. Der hat nämlich 200.000 Euro im Schließfach – Schwarzgeld versteht sich. Eigentlich ist er ja nur ein kleiner Handwerker. Aber, wie heißt es so schön? Handwerk hat goldenen Boden! Wahrscheinlich müsste man heutzutage besser sagen: Handwerk hat steuerfreies Schwarzgeldkonto in Luxemburg.« Der Besitzer des Porsche-Centers hielt sich vor Lachen den aufgeblähten Bauch; und als er sich wieder ein wenig beruhigt hatte, ergänzte er: »Hätten Sie da eine Idee?«

Geigers Puls begann zu rasen.

Schwarzgeld! Ich bin doch Polizist, hämmerte es in seinem Kopf. Ich kann dem doch nicht raten, wo er Schwarzgeld verschwinden lassen kann.

Plötzlich hatte er eine Eingebung: »Da kann ich Ihnen leider nicht weiterhelfen. Mit dieser Angelegenheit müssten Sie sich bitte an meinen Mentor, Herrn Weinhold, wenden.«

»Klar, der Carlo ist für solche größeren Brocken zuständig. Hätte ich ja auch selbst dran denken können.«

Wenige Augenblicke später bekam Geiger den Autoschlüssel ausgehändigt. Nachdem er den Carrera noch auf dem Firmengelände zwei Mal abgewürgt hatte, stotterte er mit schleifender Kupplung und hochrotem Kopf im ersten Gang hinaus auf die Merkurstraße.

Doch bereits an der nächsten Ampel hatte er sich schon ein wenig an sein neues Auto gewöhnt, spielte begeistert mit dem Gaspedal und lauschte ergriffen dem ungewohnten, bullig-röhrenden Sound. Schon nach wenigen Kilometern wurde er immer sicherer bei der Bedienung des über 300 PS starken Sportwagens.

Nun musste allerdings noch etwas sehr Wichtiges getan werden, etwas absolut Notwendiges.

57

Ohne diesen symbolischen Akt konnte er sein neues Leben nicht beginnen.

Wie ein hungriges Raubtier, das auf der Suche nach einem geeigneten Opfer intensiv die Umgebung ausspäht, durchstreifte er hochkonzentriert sein neues Revier: die Ausfallstraßen am Rande der Stadt.

Am zweispurigen Anstieg oberhalb der Universität fand er endlich, was er die ganze Zeit über gesucht hatte.

Die Ampel war rot.

Mit provokativer Coolness brachte er seinen Carrera direkt neben einem getunten Opel Astra zum Stehen. Betont lässig blickte er arrogant hinüber zu dem jungen Fahrer, der sich verkrampft ans Lenkrad klammerte.

Geiger wusste nur zu gut, wie es in dem armen Kerl jetzt aussah.

Da war dieser unglaubliche Frust darüber, dass er mit seinem aufgemotzten Auto nicht die geringste Chance gegen den Porsche hatte.

Da war dieser tiefsitzende Neid gegenüber diesem Geldsack, der sich im Gegensatz zu ihm einen Porsche leisten konnte.

Da war dieser unbändige Hass auf alle Reichen, denen man ihr Geld abnehmen müsste.

Geiger spielte provozierend mit dem Gaspedal. Ließ die Kupplung ein wenig kommen, so dass sein Wagen ein paar Zentimeter nach vorne rollte.

Aber nur ein paar Zentimeter.

Jetzt gafft dieser Jungprolo auch noch aggressiv zu mir rüber!

Gelb!

»Scheiß Proletenkarre!«, schrie der ehemalige Opel-Astra-Fahrer in Richtung des anderen Autos, trat das Gaspedal bis zum Anschlag durch und ergötzte sich an dem unglaublichen Beschleunigungsschub, der ihn mit enormer Kraft in den roten Ledersitz drückte.

Ein wohliger Schauer lief ihm über den Rücken, als er im abgetönten Rückspiegel seine eigene Vergangenheit sich langsam verflüchtigen sah.

3

Auf Wolfram Tannenberg wartete ein außergewöhnlicher Tag; ein Tag, den er nie mehr vergessen sollte.

Es war einer von dieser ganz üblen Sorte; einer von denen, die man im Nachhinein am liebsten mit einem rotglühenden Eisenstab aus der eigenen Biographie gebrannt hätte.

Ein Tag wie ein Keulenhieb.

Alles begann damit, dass er nach einer langen Ermittlungsnacht von asthmatischem, heiserem Hundekläffen abrupt aus seinem wohlverdienten Erholungsschlaf gerissen wurde. Da er dieses markante Geräusch schon des Öfteren in seinen Alpträumen vernommen hatte, dachte er zunächst, dass ihm sein undisziplinierbares Gehirn wieder einmal einen makaberen Streich spielen wollte.

Das einzige Mittel, mit dem er diesen psychischen Foltermaßnahmen wirkungsvoll begegnen konnte, bestand darin, sich kurz in einen Wachzustand zu versetzen und auf diese Weise die grauenhaften Traumgespinste zumindest für einige Zeit zu verscheuchen.

Also öffnete er widerwillig die verklebten Augenlider und schaute blinzelnd auf die fahl erleuchteten Digitalziffern seines Radioweckers, die ihn dezent darauf hinwiesen, dass die Morgenstunden, die ja angeblich Gold im Mund haben sollen, bereits zur Neige gegangen waren.

Aber das nervenzerfetzende Bellen und Jaulen verstummte nicht.

Warum ist dieses elende Mistvieh überhaupt bei uns im Haus, dröhnte es wütend hinter seiner schmerzenden Schädeldecke. Dieser Krach hört sich doch genau so an, wie bei diesem fetten kleinen Köter, der vor einem Jahr die tote Katze unten vorm Seiteneingang gefunden hatte. Wie hieß noch mal die alte Frau, die ihn ausgeführt hatte und die vor lauter Aufregung in Ohnmacht gefallen war, als sie die Pilze in der aufgeschlitzten Kehle der Katze gesehen hatte? Lang? ... Braun? ... Nein: Faber, Erna Faber! Genau!

Ach, die Frau besucht bestimmt nur meine Eltern, versuchte er sich selbst zu beruhigen. Erleichtert drehte er sich auf die andere Seite und zog die karierte Bettdecke über seinen Kopf. Die geht bestimmt gleich wieder. Schließlich wird bei Tannenbergs immer um 12 Uhr zu Mittag gegessen – und zwar um Punkt zwölf! Und bis dahin kann man ja wohl noch ein wenig ruhen, schließlich ist heute Sonntag – und die Dienstbesprechung findet ja erst in drei Stunden statt.

Aber an solch einem verhexten Tag, an dem die finsteren Mächte des Schicksals nichts anderes im Sinn zu haben schienen, als eine arme wehrlose Kreatur mit ihren blutrünstigen Kampfhunden über ein mit heimtückischen Tretminen gespicktes Gelände zu treiben, konnte man von seinen Peinigern anscheinend keinerlei Rücksichtnahme erwarten.

Plötzlich läutete das Telefon.

»Wolfi, das Mittagessen ist gleich fertig. Kommst du runter?«, fragte Mutter Tannenberg freundlich.

»Ja ... klar ...«, stotterte er verschlafen. »Sag mal, was ist denn das für'n Krach bei euch da unten? Was ist denn das für ein blöder Köter?«

»Wolfi, das ist kein blöder Köter, das ist die arme Susi. Und die ist eben sehr traurig und aufgeregt, weil ihr Frauchen sie nicht mit ins Altersheim nehmen durfte«, schluchzte Margot Tannenberg ergriffen.

Das war nun doch wirklich zu viel des Guten! Erst dieses schreckliche Kläffen – und jetzt weinte Mutter auch noch! Und alles nur wegen dieses nervigen Mistviehs!

Tannenberg war total außer sich.

Obwohl er als unverbesserlicher, chronischer Morgenmuffel direkt nach dem Wachwerden normalerweise nur zu langsamen Bewegungen fähig war, sprang er an diesem Sonntagmittag geradezu in seinen verwaschenen alten Jogginganzug. Ohne sich auch nur der geringsten Körperpflegemaßnahme zu unterziehen, begab er sich anschließend ins Treppenhaus, wo er von einer stark übergewichtigen Dackelhündin knurrend empfangen wurde.

»Mutter, sperr sofort diese elende Bestie weg! Sonst setz ich nie mehr auch nur einen Fuß in eure Wohnung«, drohte er ungehalten.

»Ach Gott, ist der Herr Hauptkommissar mal wieder schlecht gelaunt. Und das am Sonntag«, rief sein Vater aus dem Inneren der Parterrewohnung. Als Tannenberg nicht sofort auf seine Provokation reagierte, ergänzte er: »Warum ist mein Herr Sohn denn so empfindlich? Hat er etwa mal wieder einen schwierigen Mordfall zu lösen? Vielleicht einen mit einer verkohlten Leiche?«

»Woher weiß unser Sherlock Holmes aus der Beethovenstraße denn das nun schon wieder?«, gab Tannenberg verblüfft zurück, während seine Mutter den sabbernden und zitternden Hund auf den Arm nahm und ihn die wenigen Treppenstufen hinunter in den Innenhof trug.

62

»Ja, wenn man so wie ich immer nett zu den Leuten ist, dann erfährt man eben von ihnen auch einiges ... Zum Beispiel von Paul Wagner ... Sein Sohn ist nämlich bei der Feuerwehr ... Und der hat ...«

»Ach so, jetzt versteh ich«, unterbrach Tannenberg und wandte sich seiner Mutter zu, die gerade die Küche betrat. »Kann dieses kleine, fette Mistvieh denn nicht laufen?«

»Doch, Wolfi, aber Susi darf keine Treppen gehen. Wegen der Dackellähmung, hat die Erna Faber gesagt. Es ist so traurig, dass die arme Frau ins Altersheim muss. Nur weil keines ihrer Kinder sie haben will.« Margot Tannenberg blickte ihrem Sohn fest in die Augen. »Gell, Wolfi, du steckst uns später mal nicht ins Altersheim?«

»Nein, bestimmt nicht«, antwortete er und nahm seine Mutter, deren faltenumkränzte Augen sich mit glasiger Flüssigkeit gefüllt hatten, tröstend in den Arm. Da Tannenberg dieses Thema mit all seinen ungeklärten Fragezeichen nur allzu gerne verdrängte, startete er sogleich ein Ablenkungsmanöver. »Was gibt's denn heute eigentlich Feines zu essen?«

Kaum hatte dieser Satz seine Lippen verlassen, stand er schon erwartungsvoll vor dem Gasherd und lupfte den Deckel des größten der drei Edelstahltöpfe. »Pfui Teufel! Gefüllte Paprikaschoten. Warum Mutter? Du weißt doch ganz genau, wie sehr ich dieses Zeug hasse! Wenn ich die Dinger sehe, muss ich immer daran denken, wie widerlich es quietscht, wenn man drauf beißt. Dann läuft's mir sofort eiskalt den Rücken runter.«

Tannenberg schüttelte sich wie ein nasser Eisbär.

»Tut mir wirklich Leid, Wolfi. Aber du hast doch gesagt, dass du heute mit deiner Freundin essen gehen willst. Und weil dein Vater so gerne gefüllte Paprika isst, hab ich ihm versprochen, heute welche zu machen.«

»Mir kann man ja schließlich auch mal was Gutes tun – nicht nur immer dem Herrn Sohn!«, warf Jacob Tannenberg von der Seite spitz ein.

Seine Frau überging kommentarlos die vorwurfsvolle Bemerkung.

»Du hast mir doch extra gesagt, dass ich nicht für dich und deine Freundin kochen soll«, rechtfertigte sie sich nochmals.

»Weil er sich mit uns schämt, dein Herr Sohn.«

»Quatsch, ich wollte euch nur nicht zur Last fallen«, log der Kriminalist. »Außerdem ist sie nicht meine Freundin, sondern nur eine nette Kollegin.«

»Ach so nennt man das heute: nur eine nette Kollegin«, äffte der Alte seinen Sohn nach. »Liebe, nette Frau Kollegin, dürfte ich sie mal flachlegen?«

»Jacob!«, mahnte Ehefrau Margot mit der nach ihrer Meinung gebotenen Schärfe.

Tannenberg hatte wieder einmal die Nase gestrichen voll von seiner Familie. Wie schon so oft fragte er sich, ob es wirklich eine gute Entscheidung war, mit seinen Eltern und der Familie seines Bruders auf solch engem Raum zusammenzuleben.

Aber man konnte die Sache drehen und wenden, wie man wollte: Es war einfach die mit Abstand kostengünstigste Wohnmöglichkeit für ihn. Und da er selbst sieben Jahre nach Leas Tod noch immer einen gewaltigen Schuldenberg vor sich herwälzte, gab es zu diesem tagtäglichen Großfamilienstress keine ernstzunehmende Alternative.

64

Was hätte ich denn damals machen sollen? Ich musste Lea doch helfen! Und jeder Strohhalm, an den wir uns in unserer Verzweiflung klammern konnten, gab uns neue Hoffnung, wenn auch nur für eine gewisse Zeit. Dabei war es doch völlig egal, ob es sich um neue schulmedizinische Therapieansätze handelte oder um die noch kostspieligeren alternativen Verfahren.

Irgendwann werden diese verfluchten Schulden ja auch mal abbezahlt sein, sprach Tannenberg sich selbst Mut zu, während er vor der Imbissbude am Pfaffplatz stand und sich nach einer mit Heißhunger verschlungenen Currywurst auch noch eine Pferdefrikadelle einverleibte.

»So, Karl, dann leg mal los! Was hast du denn schon alles für uns?«, eröffnete der Leiter der Kaiserslauterer Mordkommission die von ihm angesetzte Dienstbesprechung.

Kriminaltechniker Mertel erhob sich direkt nach Tannenbergs Eingangsworten von seinem Stuhl und begab sich mit einer langen Papierrolle in der Hand zur großen Anschlagtafel, die inmitten der einzigen fenster- und türlosen Raumwand angebracht war.

Dann pinnte er einen mit diversen Pfeilen und Beschriftungen verzierten Gebäudeplan auf die Korkplatten und richtete anschließend den roten Punkt seines Laser-Pointers auf den Hintereingang des *FIT.net* – Firmenkomplexes. »Der Täter ist durch diese Tür hier rein. Und zwar wahrscheinlich mit einem Schlüssel.«

»Steht das definitiv fest?«, hakte Schauß sofort interessiert nach.

»Mit hoher Wahrscheinlichkeit. Und zwar aus zweierlei Gründen: Erstens, weil er neben der Eingangstür ein

Loch in die Seitenscheibe geschlagen oder getreten hat. Und zweitens ...«

»Stopp Mertel! Das kapier ich nicht! Du hast doch gerade gesagt, dass ein Schlüssel benutzt wurde. Oder etwa nicht?«

»Doch.«

»Und warum dann das mit der Scheibe?«

»Ganz einfach, Kollege Schauß«, mischte sich Tannenberg belehrend ein. »Weil man ein gewaltsames Eindringen vortäuschen und uns damit auf eine falsche Fährte locken wollte.« Dann drehte er sich wieder zu Mertel. »Das ist ja echt ein erfreuliches Ergebnis, das uns da die Spurensicherung präsentiert, denn schließlich können wir so den potentiellen Täterkreis auf diejenigen Personen reduzieren, die entweder einen Schlüssel für diese Außentür besitzen oder Zugang zu einem solchen haben.«

»Vielleicht solltest du dich nicht zu früh freuen, Wolf, schließlich könnte die Frau ihrem Mörder auch selbst die Tür geöffnet haben«, revanchierte sich der junge Kriminalkommissar für die überheblichen Bemerkungen seines Vorgesetzten.

»Da hast du wohl Recht«, stimmte Tannenberg zerknirscht zu, fing sich jedoch gleich wieder. »Aber auch wenn es so gewesen wäre, wie du eben gesagt hast, könnten wir die Verdächtigen einkreisen. Denn die Frau wird ja wohl kaum einem Unbekannten den Zugang zum Gebäude ermöglicht haben.«

»Es gibt allerdings noch eine andere denkbare Variante«, ergänzte Mertel mit ruhiger Stimme.

»Und die wäre?«, fragte Tannenberg.

»Wir können auch nicht ausschließen, dass jemand die

Frau beim Aufsperren der Außentür überfallen hat und auf diese Weise in das Gebäude gelangt ist.«

Tannenberg zog die Stirn in Falten. »Ja, das ist sicherlich auch eine Möglichkeit! Habt ihr im Bereich dieser Tür irgendwelche Hinweise auf eine Gewaltanwendung gefunden?«

»Nein.«

»Gut, dann sollten wir uns auch nicht länger mit überflüssigen Spekulationen aufhalten, sondern uns besser mit dem beschäftigen, was die Spurensicherung als am wahrscheinlichsten erachtet. Und deshalb, lieber Karl, sagst du mir jetzt endlich mal, wieso ihr ein gewaltsames Eindringen ausschließt!«

»Ganz einfach, Kollege Tannenberg«, wiederholte der Kriminaltechniker die von ihm selbst vorhin gegenüber Schauß verwendete arrogante Anredeform, »weil die Glasstücke nicht im Inneren des Gebäudes lagen, sondern draußen im Freien. Also wurde die Scheibe von innen eingeschlagen. Außerdem wäre bei einem gewaltsamen Eindringen die Alarmanlage ausgelöst worden. Klar, Herr Hauptkommissar?«

»Also, jetzt mal langsam!«

Zur Veranschaulichung seiner Denkvorgänge entschloss sich Tannenberg spontan zu einer pantomimischen Einlage.

»Das hier ist die Tür«, begann er und stellte mit eindeutigen Handbewegungen eine imaginäre Tür in den Raum. »Die Frau sperrt mit ihrem Schlüssel auf. Dann geht sie hinein und wartet, bis der Faulenzer – oder wie heißt das Ding, Karl?«

»Egal, wir wissen, was du meinst«, antwortete der altgediente Kriminaltechniker gönnerhaft.

»Die Frau wartet also, bis dieses Ding die Tür wieder ins Schloss gezogen hat. Bingo, Kollege Mertel. Und genau ab diesem Zeitpunkt ist die Tür verschlossen und die Alarmanlage deaktiviert. Und somit könnte man von außen eindringen, ohne dass Alarm ausgelöst wird.«

»Also Wolf, du hast heute wirklich nicht deinen besten Tag erwischt. Ich erklär dir das jetzt mal ganz langsam: Dieser sensible Gebäudekomplex mit der Entwicklungsabteilung, den Büros der Firmenleitung usw. ist – wie übrigens viele Sicherheitsbereiche – so abgesichert, dass jedes Mal, wenn sich die Außentür geschlossen hat, die Alarmanlage wieder automatisch aktiviert wird. Und die zweite Innentür kann man nur dann öffnen, wenn die Außentür sich wieder verriegelt hat. Klar, Herr Hauptkommissar?«

»Einigermaßen …«

»Auf was ich allerdings in diesem Zusammenhang noch hinweisen muss, ist die Möglichkeit, die Alarmanlage direkt unten an den beiden Türen zu deaktivieren. Und zwar dadurch, dass man eine nach der anderen hinten an der Wand arretiert. Damit wird eine elektronische Blockade der Alarmvorrichtung ausgelöst. Das ist für solche Fälle vorgesehen, wenn man zum Beispiel irgendwelche Sachen hinaus- oder hineintransportieren möchte. Da müsste man ja sonst immer in der Zentrale …«

»Wisst ihr was, ich geh jetzt nach Hause«, warf Kommissar Schauß plötzlich ein und erhob sich von seinem Stuhl.

Seine beiden Kollegen schauten sich mit offenem Mund an.

»Mir ist das echt zu blöd! Wir haben einen komplizierten Mordfall zu klären und ihr streitet euch über völlig irrsinnige Sachen.«

Tannenberg ignorierte den forschen Einwurf seines jungen Mitarbeiters. Zum einen, weil er sich sehr wohl bewusst war, dass Schauß mit seiner Kritik nicht ganz Unrecht hatte; und zum zweiten, weil genau in diesem Augenblick sein empfindlicher Magen damit begonnen hatte, sich heftig gegen das überhastet eingenommene Mittagessen zur Wehr zu setzen.

›Bäuerchen‹ – was für ein saublöder Begriff! Genauso blöd wie ›Ich geh mal für kleine Mädchen‹, dieser doofe Spruch, den Frauen immer benutzen, wenn sie aufs Klo gehen, meldete sich Tannenbergs innere Stimme ungefragt zu Wort. Entgegen sonstiger Gewohnheit verstummte allerdings der aufdringliche Quälgeist gleich wieder.

Nachdem der Leiter der Kaiserslauterer Mordkommission sich hinter vorgehaltener Hand mit Hilfe eines maskierten Räusperns Erleichterung verschafft hatte, formulierte er eine Zwischenbilanz: »Resümee: Der Täter ist mit hoher Wahrscheinlichkeit mit einem Schlüssel ins Gebäude gelangt. Gut. Und wie ging die Sache deiner Meinung nach weiter, Karl?«

Mertel fuhr zunächst mit dem hellen, roten Laserpunkt das Treppenhaus ab und bohrte ihn dann in einen mit blauem Edding stilisierten Schreibtisch, der sich in einem Raum im ersten Obergeschoss befand. »Kurzfassung: Der Täter ist dann die Treppe hoch in dieses Büro. Dort hat er die Frau auf brutalste Weise umgebracht und …«

»Wo ist denn eigentlich der Doc?«, fragte Kommissar Schauß plötzlich dazwischen.

»Genau, wo ist der Doc?«, stimmte Tannenberg zu. »Der sollte doch schließlich auch um 15 Uhr zur Dienstbesprechung erscheinen.«

»Ach Gott, Wolf, du kennst doch deinen Freund mit seinen vielen Marotten am besten. Dem ist garantiert mal wieder was dazwischen gekommen.« Mertel schickte erneut seinen Laserpointer auf die Reise. »Also weiter: Nachdem der Täter die Frau erschlagen hat, ist er über das Treppenhaus runter und hat das Feuer entzündet. Dann hat er das Gebäude verlassen und ist verschwunden. – Ihre Fragen bitte, meine Herren«, forderte der Spurenexperte seine Kollegen grinsend auf.

»Wo hat er das Zeug für das Feuer her?«

»Du meinst bestimmt den sogenannten Brandbeschleuniger. Ja, Wolf?«

»Klar! Wenn ich dich nicht hätte!«, antwortete der Leiter des K1 angesäuert.

»Also: Das Feuer wurde durch die vorsätzliche Entzündung eines flüssigen Brandbeschleunigers ausgelöst. Der Experte von der Feuerwehr geht bei diesem Stoff von Benzin aus.«

»Normal oder Super?«, versuchte Kommissar Schauß einen Kalauer zu landen.

»Für den Brand hat er aber doch bestimmt einige Liter von dem Zeug gebraucht, oder?«, fragte Tannenberg den Kriminaltechniker, ohne sich von der vermeintlich witzigen Bemerkung seines jungen Mitarbeiters irritieren zu lassen.

»Ja. Der Brandsachverständige schätzt, dass etwa 15 bis 20 Liter Benzin nötig waren, um ein Feuer dieses Ausmaßes zu entfachen.«

»Und wo hatte der das Benzin her?«

»Da gibt es ja zwei Möglichkeiten, Wolf: Entweder das Benzin war irgendwo im Gebäude vorhanden und der Tä-

70

ter wusste genau, wo es sich befindet; oder aber er hat es von draußen hereingebracht.«

»Komm, Mertel, fass dich kurz. Sag uns einfach, was nach deiner Meinung am wahrscheinlichsten ist.«

»Okay. Also ich denke, der Täter wusste, dass sich im Keller ein kleines Treibstofflager befand. Dort unten standen nämlich laut Hausmeister vier oder fünf gefüllte Kanister für Rasenmäher, Motorsense, usw. herum. Übrigens illegal! Dein Freund Schäffner hat vielleicht getobt, kann ich dir sagen.«

Mertel registrierte zwar sehr wohl das demonstrative Augenrollen Tannenbergs, sah aber großzügig darüber hinweg, schließlich hatte er weder Zeit noch Lust zu irgendwelchen überflüssigen Scharmützeln. Dazu war er viel zu sehr in sein Element eingetaucht, frönte einer Leidenschaft, die ihn trotz der vielen Berufsjahre immer noch unglaublich faszinierte: der Versuch einer Tatrekonstruktion anhand der von der Spurensicherung ermittelten Indizien.

»Mit den 5-Liter-Kanistern ist der Täter wieder hoch in das Büro dieser Frau und hat dort das Benzin überall verteilt. – Bevor du gleich wieder deine altklugen Fragen stellst, Wolf: Natürlich musste er noch ein oder zwei Mal zurück in den Keller, um die restlichen Kanister zu holen; schließlich konnte er sie ja nicht auf einmal nach oben befördern.«

»Außer es wären mehrere Täter gewesen!«, warf Michael Schauß kritisch ein.

»Ich weiß nicht ... Ich denke eher, dass wir es hier mit einem Einzeltäter zu tun haben ... Na ja, ist im Moment ja auch ziemlich egal. Jedenfalls hat er anschließend eine Benzinspur bis unten an die Außentür gelegt und sie dort angezündet.«

»Und ist sofort abgehauen. Denn der hatte garantiert Angst, dass ihm das Haus gleich um die Ohren fliegt«, bemerkte Tannenberg trocken.

»Ja, wahrscheinlich. Über aufschlussreiche Täterspuren außerhalb des Gebäudes kann ich aber noch nichts sagen. Wir müssen erst noch alles auswerten. Und das braucht eben seine Zeit.«

»Gut. Aber ich hab da einfach noch ein Verständnisproblem.«

Tannenberg ließ nie locker, wenn er etwas logisch nicht nachvollziehen konnte. Dann legte er eine unglaubliche Penetranz an den Tag, bis er alles wusste, was er wissen wollte – und vor allem, bis er alles verstanden hatte. Da konnte er so aufdringlich sein, wie ein Kleinkind, das mit den berühmten Warum-Fragen seine Eltern zum blanken Wahnsinn treiben konnte.

»Welches?«, fragte Mertel.

»Warum hat der Kerl die Scheibe eingetreten? Und dann auch noch von innen. Das macht doch überhaupt keinen Sinn! Der musste doch mit dem Alarm rechnen.«

»Es sei denn …«

»Es sei denn, was?«

»Es sei denn, man deaktiviert die gesamte Alarmanlage unten in der Schaltzentrale oder man arretiert die beiden Türen hinten an der Wand. Aber das hab ich euch ja vorhin schon erklärt!« Nach einem kurzen tadelnden Blick in Richtung des jungen Kommissars wandte sich der Kriminaltechniker wieder dem Gebäudeplan zu. »Eines der beiden Dinge muss der Täter getan haben, sonst hätte die Alarmanlage reagiert. Und der Brand wäre natürlich auch viel früher entdeckt worden. Was der Täter ja sicherlich vermeiden wollte. Übrigens hat er dabei auch gleich alle elektronischen Feuerschutzvorrichtungen außer Kraft gesetzt: Sprinkleranlage, Rauchmelder ...«

»Dann ist er aber sehr rational vorgegangen«, warf Tannenberg ein. »Dazu passt aber doch nicht dieser dilettantische Schwachsinn, eine Scheibe von innen einzuschlagen, um uns ein gewaltsames Eindringen glaubhaft zu machen.«

»Wolf, da kann ich mir im Moment auch keinen Reim drauf machen. Vielleicht hat der Täter den Mord perfekt geplant und ist ganz cool ins Haus rein. Zuerst hat er im Keller die Alarmanlagen ausgeschaltet und ist dann hoch in das Büro dieser Frau ...« Mertel legte eine kleine Pause ein. »Und plötzlich wird er durch eine unvorhersehbare Eskalation der Situation so aus dem Konzept gebracht, dass er total panisch reagiert. – Ach, was weiß denn ich ... Das ist ja schließlich auch dein Job, ich bin ja nur der Dreckschnüffler, wie unser lieber Herr Gerichtsmediziner mich immer tituliert.«

»Jedenfalls beweist die Stilllegung der Alarmanlage, dass der Täter sich hier in diesem Firmenkomplex sehr gut auskennt. Na, das ist ja schon mal was«, stellte Tannenberg befriedigt fest, als sich sein Handy mit pulsierenden Vibrationen bemerkbar machte.

»Was? ... Wieso? ... Na, gut wenn's denn der Wahrheitsfindung dient!«, war alles, was die anderen beiden von diesem mysteriösen Telefonat zu hören bekamen.

»Der ist einfach verrückt, dieser Kerl, einfach irre!«, sagte Tannenberg und forderte seine Mitarbeiter auf, ihm zu folgen. Die aufdringlichen Fragen nach der Person des Anrufers und dem Inhalt des Gesprächs be-

73

antwortete er nicht, sondern schüttelte nur immerfort den Kopf.

Als die drei Männer in den windgeschützten Innenhof der Polizeiinspektion traten, erblickten sie Dr. Schönthaler, der sie vor den festinstallierten blauen Bistrotischen der Cafeteria erwartete. Er hatte seinen moosgrünen Arztkittel übergestreift und kniete auf den kalten Betonplatten. Direkt vor ihm lag eine etwas zu groß geratene, leuchtendgelbe Honigmelone, auf die der Rechtsmediziner ein stilisiertes Gesicht gemalt hatte.

»Tut mir Leid Jungs, es ging nicht früher. Aber dafür hab ich euch auch was Interessantes mitgebracht.« Der Pathologe nahm die sattgelbe Melone in seine beiden Hände und hielt sie mit dem Gesicht nach vorne den staunenden Kriminalbeamten entgegen.

»Das hier ist, was sogar ihr doofen Verkehrspolizisten unschwer erkennen solltet, der Kopf des Mordopfers«, erläuterte Dr. Schönthaler grinsend. Dann legte er die Melone wieder auf ihren ursprünglichen Platz zurück und entnahm dem aufgeklappten Alukoffer, der rechts neben ihm auf einem Bistrohocker stand, ein rostbraunes 5-Kilo-Gewicht und stellte es für kurze Zeit neben die zum Menschenkopf gekürte Honigmelone.

»So in etwa wird sich der Mord wohl abgespielt haben«, sagte der Leiter des gerichtsmedizinischen Instituts, umfasste das schwere Eisenstück mit beiden Händen und riss es wie ein Gewichtheber mit einem Ruck in die Höhe.

»Das hier ist jetzt natürlich die etwa fünf Kilogramm schwere Bärenskulptur, mit der – jedenfalls nach meiner Hypothese – der Schädel der armen Frau zertrümmert wurde. Und zwar ungefähr so.« Dann wuchtete er das verrostete Wiegegewicht kraftvoll hinunter auf die ihm hilflos ausgelieferte Melone.

Alle Personen, denen die zweifelhafte Ehre zuteil wurde, diesem eindruckvollen Schauspiel leibhaftig beizuwohnen, hatten sich in Erwartung wild umherspritzender Melonenteile reflexartig die Arme vors Gesicht geworfen. Selbst der Gerichtsmediziner drehte seinen Kopf blitzschnell zur Seite, als das schwere Gewicht auf der leichtgewellten Melonenhaut aufschlug.

Doch nichts tat sich – kein Zerborsten, kein Melonenmatsch. Nichts, absolut nichts.

Sofort wiederholte der erstaunte Pathologe das misslungene Prozedere.

Mit demselben Ergebnis.

Dann begann er wie ein Besessener mehrmals auf der immer nur mit einem leisen, dumpfen Ton antwortenden Melone herumzuhacken.

Aber das gelbe Ding gab einfach nicht nach. Jeder Hieb prallte an ihr wie von einer Gummiwand zurück.

Wer nun einen Wutausbruch des Rechtsmediziners erwartet hatte, sah sich bitter enttäuscht. Denn Dr. Schönthaler tat genau das Gegenteil – er lachte.

Er lachte aus vollem Hals, schlug sich mit beiden Armen auf die Oberschenkel, hielt sich den Bauch. »Das gibt's ja gar nicht!«, schrie er mit Tränen in den Augen laut in den Innenhof.

Obwohl es Sonntag war, hatten sich während des köstlichen Spektakels nach und nach einige der Fenster des Polizeigebäudes geöffnet.

Plötzlich begann einer der Kripobeamten aus einem zweiflügeligen Fenster im dritten Obergeschoss zu applaudieren. Dann applaudierten alle. Selbst Tannenberg konnte nicht anders, als sich dieser spontanen Performance anzuschließen.

»Danke, meine Herrschaften. Danke für diesen wunderbaren Applaus!«, sagte der Gerichtsmediziner und verbeugte sich mehrmals vor seinem erlesenen Publikum.

Als sich alle wieder beruhigt hatten, ergriff Kommissar Schauß das Wort: »Doc, ich kann mir ja jetzt ziemlich genau vorstellen, wie der Täter ausgeflippt ist, als er immer und immer wieder auf den Kopf der armen Frau eingeschlagen hat. Aber wie ist sie denn überhaupt in diese Lage gekommen? Ich mein, freiwillig wird sie sich ja wohl kaum dort neben den Schreibtisch auf den Rücken gelegt haben.«

»Ein nicht unwesentlicher Gesichtspunkt, Herr Kollege, fürwahr!« Dr. Schönthaler kniff kurz die Augenbrauen zusammen. »Ich gehe natürlich davon aus, dass das Opfer bewusstlos war, als der Mörder sich auf diese brutale Art und Weise über sie hergemacht hat. Vielleicht hat er die Frau bis zur Besinnungslosigkeit gewürgt – oder er hat ihr einen festen Schlag auf den Kopf versetzt. Aber da von ihrem Schädel außer dem unversehrten Unterkiefer nur Bruchstücke übrig geblieben sind, kann uns diese wichtige Frage wahrscheinlich nur der Mörder selbst beantworten. Ich fürchte nämlich, dass ich zur Klärung dieser Angelegenheit diesmal leider nichts Produktives beitragen kann.«

»Rainer, was glaubst du: Warum hat der Kerl sich hinter sie gesetzt und nicht auf sie drauf, z.B. um ihr die Arme einzuklemmen?«, fragte Tannenberg nachdenklich.

»Na ja, Herr Hauptkommissar, wenn sie bewusstlos

war, musste er ihr ja wohl auch nicht mehr die Arme festhalten.«

»*Wenn* sie bewusstlos war!«, brummte Tannenberg zurück.

»Genau weiß ich das natürlich auch nicht. Ich war ja schließlich nicht dabei! ... Vielleicht, weil er ihr nicht ins Gesicht sehen wollte ... Weiß nicht. – Eigentlich wollte ich euch mit meiner eindrucksvollen Darbietung ja auch nur darauf aufmerksam machen, dass der Mörder nach der Tat mit Blut und Gehirnmasse total besudelt gewesen sein muss.«

»Dann gibt es aber doch sicher auch eine Menge Spuren«, meinte Schauß.

»Und es gibt leider mal wieder viel zu viele Fragen«, ergänzte Tannenberg.

»Genau! Und deshalb geh ich jetzt auch gleich wieder an meine Arbeit«, entgegnete der Kriminaltechniker und verabschiedete sich in sein Labor.

Da Kommissar Schauß ebenfalls noch einige dienstliche Angelegenheiten abklären wollte, blieben der Leiter des K1 und sein alter Freund alleine im Innenhof des Polizeigebäudes zurück.

»Manchmal, Rainer, denk ich wirklich, du bist verrückt«, bemerkte Tannenberg amüsiert, nachdem seine Augen erneut die gelbe Honigmelone und das 5-Kilo-Gewicht auf dem Boden erspäht hatten.

»Das denk ich manchmal auch. Aber weißt du, das Schöne daran ist, dass man dann Dinge tun kann, die andere, die sich als ›normal‹ bezeichnen, nicht tun können.« Er blickte gedankenversunken an die triste Hausfassade. »Ist es nicht langweilig, wenn die Menschen immer das tun, von dem

77

die anderen schon wissen, dass sie es tun werden? Weil ihr Verhalten stets vorhersehbar ist.«

»Da hast du Recht, alter Recke. Ich bin ja eigentlich auch ganz zufrieden mit dir, so wie du bist«, entgegnete Tannenberg und gab Dr. Schönthaler als Zeichen der tiefen Verbundenheit einen freundschaftlichen Klaps auf die Schulter.

Der Gerichtsmediziner entfernte gemächlich seinen Blick von der Gebäudewand und richtete ihn direkt auf das milde lächelnde Gesicht Tannenbergs. »Das freut mich aber, alter Zechkumpan. Dann wirst du ja wohl auch nichts dagegen einzuwenden haben, wenn wir zwei jetzt eine spontane Zugfahrt unternehmen.«

»Was? ... Eine Zugfahrt? ... Jetzt?«

»Klar! Wir beide werden uns nun an den Kaiserslauterer Hauptbahnhof begeben und gemeinsam zum Umtrunk nach Landau fahren. Zum alljährlich dort stattfindenden Fest des Federweißen.«

»Dazu hab ich aber absolut keine Lust, Rainer«, sagte Tannenberg mit einem angewiderten Gesichtsausdruck.

»Stell dich nicht so an, du alter Mann! Ich hab auch noch einige interessante Sachen für dich, die mir bei der Autopsie aufgefallen sind. Und außerdem kannst du mich ja später in Klingenmünster bei der Landespsychiatrie abgeben. Das ist doch wirklich ein Angebot, das du nicht ablehnen kannst, oder?«

»Das ist natürlich wirklich eine äußerst interessante Option! ... Na, gut. Denn diese einzigartige Chance, dich endlich dauerhaft loszuwerden, bietet sich mir bestimmt nicht mehr so schnell wieder.«

4

Tannenberg näherte sich nun schon zum zweiten Mal innerhalb von 24 Stunden einem Ort, den er seit vielen Jahren nicht mehr besucht hatte, obwohl er nur 200 m Luftlinie davon entfernt wohnte.

»Rainer, bleib mal einen Moment stehen!«, sagte er zu dem etwas versetzt vor ihm gehenden Gerichtsmediziner, der sich sogleich verwundert zu ihm umdrehte.

»Warum?«

»Weil mich einfach mal interessiert, was die hier überhaupt machen.«

»Na, was machen die hier wohl, Herr Hauptkommissar? Sie werden es nicht für möglich halten, aber alle Indizien sprechen eindeutig für die Hypothese, dass es sich hier definitiv um eine Baustelle handelt.«

»Ja, das sehe ich auch, du Schlaumeier! Aber muss man dabei wirklich solch ein unglaubliches Chaos anrichten? Das sieht ja aus, als ob gerade eine Bombe eingeschlagen ist.«

Kopfschüttelnd ließ der Leiter der Kaiserslauterer Mordkommission seinen Blick über dieses beeindruckende Stillleben aus gelben, klotzigen Containern, stelzenartigen Pfeilern, engmaschigen Bauzaunfeldern, wild herumliegenden Gerüstteilen, rostbraunen Stahlmatten und diversen betonverschmierten Bauhölzern streifen.

»Ist doch auch egal! Hauptsache, wir finden jetzt

schnell einen Zug, der uns nach Landau bringt«, meinte Dr. Schönthaler und drängte seinen alten Freund zum Weitergehen.

Bereits kurze Zeit später erreichten sie die Bahnhofshalle, wo rechter Hand mehrere provisorische Fahrkartenschalter eingerichtet worden waren. Zielstrebig steuerten die beiden Männer auf denjenigen zu, an dem die wenigsten Fahrgäste standen.

Als sich Tannenberg direkt hinter einer ungepflegten, beleibten Frau angestellt hatte, wurde ihm schlagartig klar, weshalb sich diese Reihe hinsichtlich der Anzahl der Wartenden so sehr von den anderen unterschied, denn der fürchterliche Körpergeruch, der von der vor ihm stehenden Frau ausging, war so penetrant, dass Tannenberg gleich wieder einen großen Schritt rückwärts machte. Der Rechtsmediziner dagegen schien an solche Riechzellen-Bombardements gewöhnt zu sein, denn er setzte sich diesem faulig-schweißigen Odeur bereitwillig aus, ohne auch nur im Geringsten die Miene zu verziehen.

Während Dr. Schönthaler mit ruhigen Worten dem Schalterbeamten sein Anliegen schilderte, stand Tannenberg wie ein zufällig im Raum zurückgelassenes Serviertischchen gedankenversunken daneben. Nicht nur ein psychologisch geschulter Beobachter hätte sicherlich sofort bemerkt, dass der leere, nach unten gerichtete Blick und die fest zusammengepressten Lippen, die sich nur ab und an für einen leichten Seufzer öffneten, nicht gerade auf einen emotionalen Freudenrausch hinwiesen, sondern eher auf das andere Extrem des menschlichen Gefühlsspektrums.

Er dachte an die Zeit, als er den Kaiserslauterer Hauptbahnhof nahezu täglich aufgesucht hatte, um nach Heidelberg zu fahren, wo Lea für mehrere Wochen in einer Spezialklinik untergebracht gewesen war. In den ersten Tagen hatte er für die Fahrt noch sein eigenes Auto benutzt. Da Leas langsames Siechtum ihn jedoch psychisch so stark belastete, dass er sich kaum mehr auf den Straßenverkehr zu konzentrieren vermochte, entschloss er sich vernünftigerweise, künftig lieber den Zug zu benutzen.

»Sag mal, kannst du zufälligerweise ein abgeschlossenes Mathestudium vorweisen?«

»Was?«

»Der gute Mann hier am Schalter sagt mir nämlich gerade, dass ich unglaublich billig mit der Deutschen Bundesbahn reisen kann. Ich muss dafür nichts anderes machen, als dieses neue Tarifmodell hier zu verstehen.« Der Gerichtsmediziner wedelte mit einem kleinen, leuchtendroten Heftchen, auf dessen Vorderseite ›5 Faustregeln für günstiges Bahnfahren‹ in weißer Schrift aufgedruckt war. »Aber ich kapier es nicht! Ich kapier es einfach nicht! Versuch du's doch mal bitte!«

»Nein, Rainer, dazu hab ich jetzt absolut keine Lust!«

»Dann such doch wenigstens mal vier Mitfahrer!«

»Wie? … Vier Mitfahrer? … Warum?«

»Damit es richtig billig wird.«

»Was? Soll ich jetzt etwa hier rumrennen und alle möglichen Leute fragen, ob sie sich nicht freundlicherweise spontan dazu bereit erklären könnten, mit uns nach Landau zu fahren?«

»Genau!«

»Das ist doch nicht dein Ernst, oder?«

»Doch! Dann gibt's nämlich einen nahezu gigantischen Rabatt, den wir dann auf alle Mitreisenden umlegen können! Außerdem buchen wir jetzt für eine Woche im Voraus – das bringt zusätzliche 40%!«

»Und was nutzt uns das, wenn wir heute fahren wollen? Bist du jetzt völlig durchgedreht? Komm, jetzt kauf endlich zwei Fahrkarten!«

»Gut, dann liefern wir uns eben dem Herrn hier bedingungslos aus und bezahlen ohne zu Murren den Preis, den er von uns haben will«, gab sich der Rechtsmediziner vordergründig geschlagen und drückte seinem Freund das rote Heftchen in die Hand. Allerdings konnte er es sich nicht verkneifen, seinen Abgang mit einer kritischen Bemerkung an die Adresse des sichtlich überforderten Bahnbediensteten zu untermalen: »Obwohl ich einfach das Gefühl nicht loswerde, dass der gute Mann hier selbst nicht durchblickt.«

Als der einlaufende InterRegio endlich zur Ruhe gekommen war, drängte sich Tannenberg gleich als erster an den herausquellenden Menschenmassen vorbei in das Großraumabteil und schaffte es sogar, für sich und seinen Begleiter einen der heißbegehrten Fensterplätze zu ergattern. Als ob es sich dabei um das Selbstverständlichste auf der Welt handelte, nahm er, ohne auch nur einen Gedanken an eine andere Möglichkeit zu verschwenden, für seine Person das Recht in Anspruch, sich in Fahrtrichtung zu platzieren.

Selbst nachdem der Zug sich in Bewegung gesetzt hatte und sich nun ruckelnd über die vielen Weichen der verästelten Gleisanlage bewegte, wollte Dr. Schönthaler noch immer keine Ruhe geben. »Weißt du, was das Schlimmste an diesem neuen Tarifmodell ist?«

Tannenberg reagierte nicht.

»Das Schlimmste daran ist, dass die Bahnmitarbeiter das neue Kostensystem selbst nicht verstehen. Ist ja auch kein Wunder, dass die so begriffsstutzig sind. Schließlich waren sie jahrzehntelang hinter Panzerglas eingesperrt. Und nun sind sie privatisiert – und kommen mit der schwierigen Welt außerhalb ihres sterilen Glaskäfigs nicht zurecht.«

»Jetzt lass aber mal gut sein. Was willst du denn? Wir haben doch unsere Fahrkarten«, bemerkte Tannenberg unwirsch.

»Okay, wenn der Herr sein Geld zum Fenster hinauszuwerfen gedenkt. Weißt du was, eigentlich könntest du dann ja auch die Fahrkarten bezahlen!«, meinte der Gerichtsmediziner angesäuert.

»Von mir aus.«

»Aber ich hab 'ne viel bessere Idee: Wir zocken um die gesamten Kosten unseres gemeinsamen Kulturtrips: Fahrt, Essen und Trinken. Ja?«

»Ja, können wir machen. Und wie gedenkt der Herr das auszuspielen? Ein Schachbrett hat ja wohl keiner von uns dabei, oder?«

»Nein, leider nicht! Aber ich hab 'ne ganz einfache Wettaufgabe, mit der wir den Sponsor unseres Ausflugs ermitteln können: Wir raten, durch wie viele Tunnel der Zug bis Neustadt fahren wird. Danach gibt's ja keine mehr.«

»Keine schlechte Idee!«

»Also ich schwöre, dass ich es nicht weiß!«

Tannenberg überlegte kurz, ob er bei diesem Spiel wirklich mitmachen sollte. Aber da er sich wegen der vielen Bahnfahrten nach Heidelberg gute Chancen ausrechne-

83

te, die richtige Anzahl zu erraten, gab er siegessicher sein Einverständnis: »Ich weiß es auch nicht. Aber wir können ja schätzen.«

Dr. Schönthaler zog einen kleinen Notizblock aus seiner Jacke, schrieb eine Zahl auf die obere Hälfte der ersten leeren Seite, riss diese heraus, halbierte sie, faltete den von ihm beschrifteten Teil zusammen und steckte ihn in die Tasche. Dann übergab er seinem Gegenüber die andere Hälfte nebst seinem goldenen Kugelschreiber, schaute demonstrativ aus dem leicht beschlagenen Fenster und steckte anschließend das von Tannenberg bekritzelte und mehrfach gefaltete Papierstückchen in die andere Manteltasche.

»Da kommt ja schon die Nummer eins: der Heiligenbergtunnel. Das …«

Die weiteren Worte des Pathologen konnte man nicht mehr verstehen, weil ein anderer Zug mit einem Höllenlärm genau in dem Augenblick den InterRegio passierte, als dieser in den Tunnel einfuhr.

Tannenberg zuckte erschrocken zusammen und schaute reflexartig in Richtung des markanten Pfeifgeräuschs. Seine übermüdeten Augen bekamen hinter den leicht verschmutzten Scheiben ein eindrucksvolles Wechselspiel von grellem Licht und dunklen Karosseriefetzen dargeboten. Diese merkwürdige Mixtour aus hell flackerndem Lichtschein und enormem Lärmpegel wirkte auf ihn wie ein Aufputschmittel.

»Rainer, sag mal, was hast du denn nun eigentlich noch für Neuigkeiten in der Sache mit der verkohlten Frau aufzubieten?«, fragte er seinen alten Freund, nachdem der andere Zug wieder verschwunden war.

»Neuigkeiten? Es gibt nichts Neues!«

»Wie, nichts Neues?«

»Nichts, das über das hinausgeht, was du sowieso schon weißt.«

»Aber hast du nach diesem Mordsspektakel mit der Melone vorhin im Hof nicht zu mir gesagt, du hättest noch wichtige Untersuchungsergebnisse für mich?«

Dr. Schönthaler lachte. »Daran kann ich mich beim besten Willen nicht mehr erinnern. Alter Kumpel, das war doch nur der Köder, damit du verpennte Schnarchnase überhaupt den Hintern hochgekriegt hast. Dich muss man ja immer zu deinem Glück zwingen!«

»Was bist du doch für ein elender Drecksack!«, stellte Tannenberg grinsend fest. »Wie hat mal einer gesagt: Wenn man solche Freunde hat, braucht man keine Feinde mehr! Der Mann muss dich gekannt haben!«

»Weißt du eigentlich, wie lang der Heiligenbergtunnel ist?«, schwenkte der Gerichtsmediziner zu einem anderen Themenbereich über.

»Nicht genau. So irgendwas um die 1.000 Meter.«

»Exakt 1.326 Meter! Sei froh, dass wir nicht gewettet haben!«

»Woher weißt du denn das?«

»Hab ich gerade auf dem Schild am Tunneleingang gelesen. Es hat eben manchmal auch seine Vorteile, wenn man nicht in Fahrtrichtung sitzt!«

Inzwischen war der Zug in Hochspeyer eingefahren und mit Hilfe seiner laut quietschenden Bremsanlage zum Stillstand gekommen.

Eine mit zwei kleineren, braunen Koffern bepackte ältere Frau setzte sich zu ihnen.

»Wissen Sie zufällig, wie viele Tunnel es zwischen Kaiserslautern und Neustadt gibt?«, stürzte sich der Pathologe gleich auf die verbiestert wirkende Alte.

»Nee«, war alles, was sie anscheinend zu diesem Thema beitragen wollte oder konnte.

»Da hinten, da vorne, da steht ein Tunnel – wenn man reinfährt wird es dunkel – wenn man rausfährt wird's hell – Holladihia, holladiho«, intonierte plötzlich Dr. Schönthaler, während er der neben ihm sitzenden Frau unter den linken Arm griff und mit ihr zu schunkeln beginnen wollte.

Mit großen Augen und weit geöffnetem Mund riss sie sich sofort los, schnappte ihr Reisegepäck und verließ fluchtartig ihren Sitzplatz.

»30«, sagte Tannenberg plötzlich laut vor sich hin und rief damit bei seinem Begleiter grenzenloses Unverständnis hervor.

»Was ist denn los mit dir? Warum schreist du ›30‹? Ein Verrückter reicht doch wohl in diesem Abteil, oder?«

»30.«

»An deiner Stelle würde ich deinen Intelligenzquotienten nicht so laut hier rumposaunen, das ist ja peinlich! Also, was soll das mit dieser Zahl?«

»Ganz einfach: Ich hab eben gerade ausgerechnet, dass es höchstens noch 30 Kilometer bis zur Landespsychiatrie in Klingenmünster sein können«, löste der altgediente Kripobeamte das Zahlenrätsel auf.

Der Rest der Zugreise ging vor dem Hintergrund dieser verbalen Entgleisungen weniger spektakulär – um nicht zu sagen: regelrecht gesittet – über die Bühne. Während Dr. Schönthaler sich in seine *FAZ am Sonntag* vertiefte, las Tannenberg in der graphisch sehr auffällig gestalteten Infobroschüre der Bundesbahn, die er vorhin bei der Abfahrt auf den leeren Sitz neben sich gelegt hatte, oder er blickte gedankenversunken aus dem Fenster.

»Sag mal, hast du eigentlich unsere Wette vergessen?«, fragte plötzlich Dr. Schönthaler.

»Wieso?«

»Ja, weil du dir während der Fahrt gar keine Notizen gemacht hast. Ich hab jedenfalls, immer, wenn es draußen dunkel geworden ist, einen Strich gemacht. – Und wie viele Striche hab ich gemacht?«

»Keine Ahnung! – Sag's halt!«

Der Pathologe hielt ihm demonstrativ die Zeitung entgegen, auf deren Titelblatt am Rand zwölf dünne Kugelschreiberstriche angebracht waren.

»Es sind genau zwölf Tunnel zwischen Kaiserslautern und Neustadt. Und was hast du geschätzt?«

»Du brauchst meinen Zettel gar nicht erst rauszuholen. Ich war mir nämlich ziemlich sicher, dass es nur fünf sind. Weil ich blöderweise die kurzen Tunnel vergessen hab.«

»Also bei mir steht ›9‹«, entgegnete Rainer Schönthaler stolz und zeigte Tannenberg seinen auseinander gefalteten Zettel. »Dafür spendier ich uns aber auch das Taxi vom Landauer Bahnhof zum Festplatz«, ergänzte er großzügig.

Als es draußen zu dämmern begann, saßen die beiden Freunde im gut besuchten, wohltemperierten Weinzelt, hatten bereits den zweiten Schoppen Federweißer geleert und machten sich gerade gierig über die dritte Portion Zwiebelkuchen her, der genau so war, wie es sich gehörte: Der Hefeteig nicht zu dick, Rand und Boden schön knusprig, der Belag mit vielen Zwiebeln, aber wenig Speck, dafür aber mit reichlich Kümmel gewürzt.

Die Stimmung war bestens – und wurde noch besser, als sich zur Freude der leicht angeheiterten Männer zwei junge, attraktive Damen neben sie setzten.

»Wolf, ist das nicht köstlich, wie diese Vorderpfälzerinnen beim Sprechen singen?«, meinte Dr. Schönthaler mit bewusst gedämpfter Lautstärke zu Tannenberg gesagt zu haben.

Aber die Tatsache, dass die rothaarige der beiden Frauen sofort auf seine Aussage reagierte, überzeugte ihn davon, dass er sich wohl geirrt hatte. »Das sagen sie immer, die Hinterpfälzer! Dabei ist es doch genau umgekehrt: Ihr singt doch eindeutig, wenn ihr redet! Das hat schon meine Oma gesagt. Und die musste es wissen, denn die war schließlich 40 Jahre mit einem Landstuhler verheiratet – die arme Frau.«

Die Schwarzhaarige schien an einer Small-Talk-Runde nicht interessiert zu sein und wollte mit der anderen, bei der es sich anscheinend um eine Arbeitskollegin handelte, über wichtige berufliche Dinge sprechen.

Tannenberg folgte mit einem Ohr dem Gespräch der beiden Frauen und war nicht wenig überrascht, als irgendwann plötzlich der Name der Firma *FIT.net* fiel. Zuerst meinte er sich verhört zu haben. Aber als kurze Zeit später die andere ebenfalls von *FIT.net* sprach, befahl er seinen Ohren, sofort einen umfassenden Lauschangriff zu starten.

Seinen ebenfalls schon leicht angeheiterten Zechkumpan versuchte er mit nach seiner Meinung eindeutigem Mienenspiel auf den interessanten Inhalt des Dialogs aufmerksam zu machen. Aber Dr. Schönthaler verstand nicht einmal ansatzweise, worauf Tannenberg ihn mit seiner merkwürdigen Gesichtsakrobatik hinweisen wollte.

Also machte er sich über ihn lustig, in dem er nun seinerseits damit anfing, Grimassen zu schneiden. Erst als sein ihm direkt gegenüber sitzender Begleiter mehrmals mit dem linken Zeigefinger auf sein Ohr deutete und der Gerichtsmediziner einige Gesprächsfetzen aufschnappte, war ihm plötzlich klar, worauf Tannenberg ihn die ganze Zeit über hatte hinweisen wollen.

»Entschuldigen Sie, wir möchten Sie bestimmt nicht anmachen. Sie brauchen wirklich keine Angst vor uns zu haben. Wir sind nämlich beide glücklich verheiratet«, log der Leiter der Kaiserslauterer Mordkommission und fragte sich, gleich nachdem diese Worte seinen Mund verlassen hatten, warum um Himmels Willen er gerade solch einen ausgemachten Blödsinn von sich gegeben hatte.

»Das sagen sie alle«, erwiderte die Rothaarige. »Zu Hause haben sie eine liebe Frau und liebe Kinder – und im Weinzelt fallen sie dann über junge Frauen her, die vom Altersunterschied her glatt ihre Töchter sein könnten.«

»Also, meine Damen«, mischte sich nun auch der Pathologe ein, »von Herfallen kann ja bis jetzt zumindest wohl kaum die Rede sein. Wir sind beide bei der Kriminalpolizei und arbeiten an einem Fall, in dem die Firma, über die Sie gerade geredet haben, eine nicht unwesentliche Rolle zu spielen scheint.«

»*FIT.net*? Warum, was ist denn mit denen los?«, wollte die schwarzhaarige Frau neugierig wissen.

»Darüber dürfen wir leider nicht sprechen«, antwortete Tannenberg, der bis vor ein paar Sekunden gar nicht gewusst hatte, dass sein bester Freund bei der Mordkommission beschäftigt war. »Aber wir würden Ihnen gerne einige Fragen dazu stellen. Vielleicht könnten Sie uns dabei helfen, uns ein Bild über diese Firma zu machen.«

»Ja, machen wir gerne«, entgegnete die rot gelockte Frau, die sich die Bereitschaft ihrer Kollegin durch deren Kopfnicken bestätigen ließ.

»Sehr schön! Das ist wirklich ausgesprochen freundlich von Ihnen«, bedankte sich Tannenberg für dieses nicht unbedingt von ihm erwartete Entgegenkommen. »Haben Sie beruflich mit dieser Firma zu tun?«

»Also direkt auf alle Fälle nicht. Wir arbeiten zwar im selben Bereich der Informationstechnologie, denn wir entwickeln ebenfalls Software für den Versicherungs- und Bankenbereich. Aber wir sind Konkurrenten – und darüber hinaus auch nur eine kleine Firma.«

»Interessant! Darf ich die Damen zu einem Schoppen Federweißer einladen?«, fragte Tannenberg und orderte, nachdem die jungen Frauen dankend abgelehnt hatten, nur für sich und den Rechtsmediziner eine weitere Runde Neuen Weins. »Wenn Sie im selben Teich schwimmen – also ich mein, im selben Wirtschaftsbereich tätig sind –, dann kennen Sie ja vielleicht die Leute von *FIT.net* sogar persönlich.«

»Ja, klar. Man kennt sich von der Cebit und den anderen Computermessen, von speziell auf unsere Kunden zugeschnittenen Großveranstaltungen, aber natürlich auch vom Studium her«, sagte die Rothaarige und wandte sich an ihre Kollegin. »Carmen, darf ich über die Sache sprechen?«

»Von mir aus. – Aber, meine Herren, Sie müssen uns absolute Diskretion zusichern«, flüsterte die Angesprochene.

»Natürlich. Es erfährt niemand etwas von unserem

Gespräch!«, versicherte Tannenberg und setzte sein Glas, das er gerade zum Mund geführt hatte, ohne zu trinken wieder ab.

»Also, gut: Vor kurzem kamen Gerüchte in unserer Firma auf, *FIT.net* wolle uns übernehmen.«

»Aufkaufen?«, platzte es aus dem Pathologen heraus.

»Nein«, sagte Carmen gedehnt, während sie sich mit ihrer linken Hand von der Stirn aus nach hinten durch die Haare fuhr. »So war das vielleicht mal früher, als in dem Bereich alles noch viel langsamer vonstatten ging. Heute läuft das doch ganz anders.«

»Und *wie* läuft es heute?«, wollte der etwas pikiert wirkende Hauptkommissar wissen.

»Das ist eigentlich ganz einfach. Ich mach's Ihnen mal an unserem Beispiel deutlich: Dem Chef unseres Unternehmens wird von der größeren, finanzkräftigeren Firma, in unserem Fall eben von FIT. net, ein lukratives Übernahmeangebot unterbreitet. Dieses besteht darin, dass *FIT.net* unserem Chef einen Aktientausch anbietet: Sein Aktienpaket gegen ein Paket *FIT.net*-Aktien. Kein schlechter Tausch, schließlich erhält er eine Beteiligung an einem Vorzeigeunternehmen mit unglaublichen Wachstumsraten, riesiger Referenzliste usw. Das wird niemand ausschlagen! Zusätzlich wird dann unserem Chef ein interessanter Job bei *FIT.net* angeboten. Den er aber wahrscheinlich gar nicht annehmen wird, weil er nach dem Aktientausch garantiert sehr reich ist und dann nie mehr zu arbeiten braucht. Mit solch einem Köder, dem unser konsumgeiler Chef mit Sicherheit nicht widerstehen könnte, sichert man sich dann nicht nur das informationstechnologische Know-how der Firma, sondern man hat auch gleich einen unliebsamen Konkurrenten ausgeschaltet.«

»Genial«, war die einhellige Meinung der beiden Männer.

»Dann kennen Sie vielleicht sogar den Professor von Wandlitz persönlich«, fasste Tannenberg eine spontane Inspiration in Worte.

»Natürlich! Erstens war er in den letzten Wochen zwei oder drei Mal bei uns in der Firma – für den Chef eines Konkurrenzunternehmens schon seltsam, nicht wahr?« Obwohl sie eine Frage gestellt hatte, erwartete die Rothaarige anscheinend keine Resonanz, denn sie fuhr ohne Pause fort: »Außerdem kennen wir beide ihn ja von unserem Informatik-Studium an der Fachhochschule in Karlsruhe, wo er einer unserer Profs war.«

»Toll! Dann seien Sie doch so lieb und beschreiben ihn uns mal kurz. Was ist er für'n Mensch? Was hat er für Eigenschaften usw.?«, bat Dr. Schönthaler in bester Kriminalistenmanier.

»Beschreiben?«, wiederholte Carmen und ließ ihren flackernden Blick über die Köpfe der Besucher hinweg durch das Weinzelt streifen. »In seinem Spezialgebiet war er ja ganz gut, wobei ich aber irgendwie den Eindruck hatte, dass er schon damals mehr Manager als Wissenschaftler war. Manche haben auch gemeint, er sei nur ein Schaumschläger und Wichtigtuer, der fachlich gar nicht viel drauf hat. Aber auf alle Fälle konnte er sich sehr gut ausdrücken und benehmen. Und er war immer freundlich. Irgendwie ist er halt so der Typ ›everybodies darling‹. – Ja, der hatte auch einen mordsmäßigen Schlag bei den Frauen, gell Judith?«

»Das war jetzt doch wirklich nicht notwendig, Carmen!«, beschwerte sich die rothaarige Frau und schoss mit ihren grünlichen Augen einen giftgetränkten Pfeil in Richtung ihrer Kollegin ab. »Das interessiert die Herren doch überhaupt nicht.« Sie legte eine kurze Pause ein und korrigierte sich. »Also gut: Da war mal 'ne kurze Affäre, aber da möchte ich eigentlich nicht drüber sprechen.«

Tannenberg verstand, obwohl der Federweiße allmählich immer deutlicher seine Wirkung zeigte. »Gut. Kennen Sie die anderen Bosse von *FIT.net* auch? Also diese CEOs, oder wie die heißen.«

»In der modernen Ökonomie sind Sie wohl nicht so zu Hause«, bemerkte Carmen sichtlich amüsiert.

»Wieso?«

»Ach, nur so.«

»Aber Sie haben Recht. Das ist wirklich nicht mein Ding. Auch wenn sich alle anderen heutzutage mit diesem Kram beschäftigen, sage ich Ihnen freimütig: Ich kenn mich mit diesem Amizeug nicht aus.«

Die beiden Frauen schauten sich verständnislos an; ihnen war anscheinend nicht sofort klar, was der Kripobeamte mit dem Begriff ›Amizeug‹ gemeint haben könnte.

Aber Judith hatte plötzlich eine Eingebung: »Amizeug, klar! CEOs gibt's nicht. In einem modern geführten Unternehmen gibt es exakt drei Führungspositionen. Und deshalb immer nur einen CEO, genauso wie es immer auch nur einen – oder wie im Falle von *FIT.net* – eine CFO und eine COO geben kann.«

»Von mir aus«, knurrte Tannenberg.

»Wissen Sie, meine Damen, das ist nicht so sehr die Welt des Herrn Hauptkommissars. Er ist Beamter und infolgedessen meint er eben, sich nicht für wirtschaftliche Zusammenhänge interessieren zu müssen.«

Trotz der sich in seinem Bewusstsein immer markanter bemerkbar machenden Alkoholmoleküle meinte der Angesprochene, den selben Argumentationsgang vor kurzem schon einmal irgendwo vernommen zu haben.

Alter Angeber, blöder Frauenschleimer, kochte es in ihm; aber er versuchte sich nichts anmerken zu lassen. »Also der eine ist der von Wandlitz. Und die andere ist diese Sabine Niebergall ...«

»Susanne Niebergall«, korrigierte Judith.

»Die kennen Sie also auch?«

»Na, klar, die ist für das Finanzmanagement zuständig. Die soll ja die Geliebte vom Herrn Professor sein.«

»Das ist ja interessant!«, warf Tannenberg ein.

»Ja, und die Ellen Herdecke kenn ich natürlich auch, die ist COO der Firma *FIT.net*, also der Chief Operating Officer. Die kümmert sich um das operative Geschäft. Also um Entwicklung, Vertrieb, Marketing. Na ja, eben um alles, damit die Firma richtig läuft. Die kennen sich übrigens alle von der Fachhochschule her. Die drei waren am selben Lehrstuhl. Und dann haben sie sich irgendwann mal dazu entschlossen, aus der FH heraus ihr Unternehmen zu gründen.«

»Alles klar, Herr Kommissar?«, foppte Dr. Schönthaler.

»Jetzt sagen Sie uns doch endlich mal, was bei *FIT.net* überhaupt passiert ist!«, drängte die Rothaarige.

»Also gut«, schob sich Tannenberg in den Vordergrund, »schließlich steht's morgen früh ja sowieso in der Zeitung: Susanne Niebergall ist ermordet worden.«

»Was? Um Himmels Willen! Ermordet?«, fragte Carmen geschockt.

»Ja, sie ist brutal ermordet worden. Und …«

»Und mein Kollege erzählt hier Sachen, die überhaupt nicht stimmen«, unterbrach der Pathologe. »Denn bis jetzt ist die Identität der Toten völlig ungeklärt.«

»Was? Wieso, Rainer?«

Dr. Schönthaler drehte sich seinem alten Freund zu, der ihn mit aufgerissenen Augen und offenem Mund fassungslos entgegenblickte »Ja, vielleicht handelt es sich bei dem verkohlten Leichnam, den wir im PRE-Park gefunden haben, gar nicht um diese Susanne Niebergall, sondern um irgendeine andere Person.«

»Aber …«

»Aber was, Herr Hauptkommissar? Willst du mir jetzt etwa sagen: Der Professor hat doch seine Mitarbeiterin identifiziert? Wenn ich dich daran erinnern darf, stimmt das nicht! Er hat nämlich nur ihren Schmuck identifiziert, nicht die Leiche. So wie die ausgesehen hat, wäre das ja wohl auch kaum möglich gewesen. Du lässt dich doch hoffentlich nicht von so einer primitiven Finte in die Irre führen?«

»Finte?«

»Ja, genau: Finte! Oder ist es etwa nicht denkbar, dass man irgend jemand anderen, vielleicht eine Obdachlose oder eine Tote aus einer Leichenhalle, dorthin gelegt und ihr das Armbändchen und die Ringe dieser Susanne übergestreift hat, bevor man das Feuer gelegt hat? Vielleicht läuft diese Frau Niebergall jetzt hier irgendwo rum – vielleicht sitzt sie sogar frohgelaunt in einem Weinzelt auf dem Landauer Festplatz!«

»Glaubst du das etwa wirklich?«

Der Gerichtsmediziner antwortete nicht sofort, sondern ließ erst einen Augenblick verstreichen, bevor er fortfuhr: »Hat nicht mal der berühmte Sprachphilosoph Ludwig Wittgenstein gesagt: Dass es uns allen so scheint, bedeutet noch lange nicht, dass es auch so ist – oder so ähnlich!«

Tannenberg reichte es. Er benötigte dringend frische Luft. Mit der knappen Begründung, die Toilette aufsuchen zu müssen, erhob er sich von der harten Holzbank und verließ das Weinzelt. Unter Verweis auf einen schon lange vereinbarten Discobesuch verabschiedeten sich kurze Zeit später auch die beiden jungen Frauen.

Der Gerichtsmediziner blieb alleine im Weinzelt zurück. Dr. Schönthalers Gedanken beschäftigten sich noch längere Zeit mit den attraktiven jungen Geschöpfen.

Die würde ich beide nicht von der Bettkante stoßen! Aber die kämen ja erst gar nicht freiwillig dorthin!, stellte er mit Wehmut fest, denn die völlige Ignoranz seiner dezenten Flirtbemühungen hatte ihm nur allzu deutlich vor Augen geführt, dass die Damen, die in dieser Altersklasse starteten, an einem alten Knacker wie ihm absolut nicht interessiert zu sein schienen.

Na ja, was soll's: Das ist wohl schließlich auch der Wille von Mutter Natur! Meinen Altersgenossen geht's ja auch nicht besser, versuchte er sich selbst zu trösten. Außer man ist so'n reicher Geldsack, der sich so eine junge, hübsche Frau kaufen kann. Aber was hat man denn von so einer, die einen nur wegen des Geldes zu sich ins warme Bettchen lässt? Mit der kann man ja sonst nichts anfangen. Diese Weiber sind doch meistens nur blöd und nerven einen mit ihrem affektierten, kindischen Gehabe permanent. Zudem stehlen sie einem die Zeit. Apropos Zeit: Wo bleibt denn eigentlich der Wolf, der alte Sack? Der wollte doch nur kurz aufs Klo!

Der Rechtsmediziner blickte auf seine Armbanduhr.

Viertel nach zehn! Wann ist der denn weg? Ach, was soll's, der hat sicher einen Bekannten getroffen, suchte er nach einer schlüssigen Erklärung für das Wegbleiben seines Freundes. Oder er hat eine Tante abgeschleppt! Quatsch, mein Wolfram doch nicht, der ist doch immer noch so auf seine Lea fixiert und schaut keine andere an. Das sieht man doch an der Glück-Mankowski: Anstatt gestern Nacht mit der irgendwo hinzugehen und sie flachzulegen, bringt er sie mitten in der Nacht zum Bahnhof und setzt sie in den Zug – angeblich, weil er sich auf seinen neuen Mordfall konzentrieren muss. So ein Vollidiot! Wobei die gar nicht zu verachten ist, die Frau Psychologin. – Mensch, wo bleibt denn der Kerl? Der kann mich doch nicht einfach hier stundenlang alleine sitzen lassen! Am Ende hat der sich noch abgesetzt, weil er die Zeche prellen will. Das wäre ja wohl der Hammer! Aber dem Kerl ist ja alles zuzutrauen, wenn der einen intus hat!

Zähneknirschend beglich Dr. Schönthaler die stattliche Rechnung und machte sich auf die Suche nach seinem verschollenen Zechkumpan. Zuerst begab er sich zu den Toilettenanlagen, die auf dem Festplatzgelände verteilt waren, kontrollierte sogar jede einzelne Kabine. Aber er hatte keinen Erfolg. Dann durchkämmte er systematisch alle Festzelte, stöberte hinter den Verkaufsständen, befragte Festbesucher und Bedienungen – fand aber nicht die geringste Spur von ihm, nicht einen winzigen Hinweis auf den gesuchten Kriminalbeamten.

Wolfram Tannenberg war wie vom Erdboden verschluckt, hatte sich ins Nichts aufgelöst, war einfach weg. Als ob er nie hier gewesen wäre.

Der Gerichtsmediziner wurde von Angst erfasst, blanke Panik bemächtigte sich seiner.

Was soll ich jetzt nur machen, zermarterte er sich das alkoholvernebelte Hirn. Was ist bloß mit ihm passiert? – Polizei! Ich muss zur Polizei! Die müssen eine große Suchaktion starten. Vielleicht ist er ja auch entführt worden. Vielleicht hängt das mit unserem neuen Fall zusammen. Genau! Diese Weiber: Das war doch kein Zufall. Das war inszeniert! Warum sind die sonst so plötzlich los, kurz nachdem Wolf raus zur Toilette ist?

»Wo ist die nächste Polizeidienststelle?«, schrie er plötzlich in die an ihm gemächlich vorbeischlendernden Menschen.

»Da vorne gleich um die Ecke, am Westring«, antwortete ein älterer Mann.

Ohne sich für die Auskunft zu bedanken, rannte er wie von Sinnen los. Schon wenig später hatte er die Polizeiwache gefunden. Er war völlig atemlos und brachte nur zusammenhanglose Wortfetzen heraus: »Entführung ... Tannenberg ... Mordfall«.

Eine freundliche, junge Beamtin ging sogleich auf ihn zu und versuchte ihn zu beruhigen.

»Sie sind ja völlig fertig. Sollen wir einen Arzt rufen?«

»Nein, keinen Arzt ... Ich bin ja selbst einer ...«

»Was ist denn passiert?«

»Mein Freund ..., mit dem ich beim Federweißenfest war ..., ist verschwunden ... Spurlos ... Entführt ... Bestimmt von den Frauen ..., die bei uns am Tisch saßen ...

Oder ihren Komplizen ... Das hängt bestimmt mit ... dem neuen Mordfall zusammen ... Sie müssen sofort eine Such- aktion starten ...«

»Nun mal ganz langsam. Mordfall? Entführung? Haben Sie einen über den Durst getrunken?«, fragte ein schon angegrauter Beamter belustigt.

»Quatsch! Ich bin genauso sicher nüchtern ..., wie ich Gerichtsmediziner bin.«

»Gut. Dann erzählen Sie uns alles Mal der Reihe nach.«

Der Pathologe befolgte umgehend die Anweisung des Polizisten, der sich inzwischen von seinem Sitzplatz erho- ben hatte und nun ebenfalls ihm gegenüber an der theken- ähnlichen Raumabtrennung stand. Mit schnellen, hastig vorgetragenen Sätzen schilderte er den Ablauf der letzten Stunden im Zeitraffer.

Als der Beamte den Ausweis Dr. Schönthalers sah und endlich begriff, dass es sich bei dem Vermissten um einen nicht geringeren als den Leiter der Kaiserslauterer Mord- kommission handelte, legte er umgehend einen Gang zu, führte einige hektische Telefonate mit seinen Kollegen von anderen Dienstellen. Ja, er bat sogar die Taxizentrale um Unterstützung.

Mitten hinein in diesen unerwarteten Aktionismus platzte eine sehr konservativ gekleidete, ältere Dame, die Tannenbergs Geldbörse in Händen hielt. Sie gab an, das Portemonnaie hinter einem Toilettenhäuschen gefunden zu haben. Im Geldbeutel befanden sich zwar alle mögli- chen Dokumente, sogar Tannenbergs Dienstausweis war darunter, aber das Bargeld fehlte.

Jedenfalls schien dieser Zufallsfund den diensthabenden Beamten regelrecht zu beflügeln, denn er begab sich gleich anschließend mit der jüngeren Polizistin und dem Pathologen im Schlepptau zu einem Streifenwagen, um seine bereits instruierten Kollegen bei ihrer Suchaktion zu unterstützen.

Sie hatten sich gerade dem Bahnhof genähert, als die Zentrale die Meldung eines Taxifahrers weitergab, aus der hervorging, dass am Nordring, kurz vor der Diskothek ›Cage‹, in einer Straßenbaustelle eine leblose Männergestalt entdeckt worden war.

Sofort raste das Polizeiauto mit Blaulicht und lautem Sirenengeheul zur angegebenen Stelle. Dr. Schönthaler saß die ganze Zeit über wie betäubt auf dem Rücksitz und schickte flehentlich ein Stoßgebet nach dem anderen gen Himmel. Das Polizeifahrzeug war noch nicht richtig zum Stillstand gekommen, als der Rechtsmediziner schon aus dem Auto hechtete.

Mit bis in die Haarspitzen voll gepumpter Energie bahnte er sich brutal einen Weg durch ein Spalier gaffender Passanten.

Dann sah er Tannenberg in der Baugrube liegen: völlig regungslos, den Körper verdreht auf der Seite.

Er zögerte nicht einen Augenblick und sprang ohne nachzudenken in das circa eineinhalb Meter tiefe Loch, dessen Boden mit einer trüben Wasserschicht bedeckt war.

Schmutzige Brühe spritzte hoch.

Innerhalb von Sekunden hatte er die Halsschlagader seines Freundes ertastet.

»Er lebt! Puls ist zwar schwach. Aber er lebt! Wo bleibt der Notarzt?«, schrie er mit voller Stimmkraft aus der Baugrube nach oben.

»Kommt gerade«, gab irgendjemand direkt zurück.

»Um ihn hier rauszuholen, brauchen wir einen Kran. Ist die Feuerwehr verständigt?«

»Ist schon unterwegs!«

Da Tannenberg sich in einem Zustand tiefer Bewusstlosigkeit befand und man mögliche innere Verletzungen nicht ausschließen konnte, mussten die Helfer bei seiner Bergung mit äußerster Vorsicht zu Werke gehen. Die ganze Aktion geriet allmählich zu einem Höllenspektakel, denn inzwischen hatte sich die Sache in Windeseile in Landau herumgesprochen. Immer mehr Menschen strömten zum Ort des Tannenbergschen Martyriums. Selbstverständlich ließ sich die Lokalpresse diese Story nicht entgehen, selbst von der *Bildzeitung* war ein Fotoreporter erschienen, ja sogar ein Fernsehteam hatte inzwischen von der Sache Wind bekommen.

Drei Stunden später erwachte der altgediente Kriminalhauptkommissar aus einem komaähnlichen Zustand.

»Oh, mein Kopf … Wo bin ich? … Was ist los?«, fragte er mit matter Stimme.

»Ach, der werte Herr Kollege hat beschlossen, wieder in die Welt der Lebenden zurückzukehren.«

Tannenberg versuchte sich aufzurichten, sackte aber gleich wieder kraftlos zurück auf das Krankenhausbett.

»Rainer, sag mir endlich, was passiert ist.«

»Erinnerst du dich an unseren gestrigen Ausflug zum Landauer Federweißenfest?«

»Klar. Ich weiß auch noch, dass wir mit zwei jungen Frauen an einem Tisch im Weinzelt saßen. Aber von da an weiß ich nichts mehr! Totaler Filmriss!«

»Was dann passiert ist, weiß ich auch nicht. Jedenfalls haben wir dich zwei Stunden später bewusstlos in einer tiefen Baugrube wieder gefunden. Dein Geldbeutel wurde übrigens auf dem Festplatz neben der Toilette entdeckt. Die wichtigsten Dokumente sind anscheinend noch drin, aber das Bargeld ist weg.«

»Oh, Shit! Das waren glatt 200 Euro! – Ja, und weiter? Erzähl!«, drängte Tannenberg.

»Dann haben sie dich hierher ins Krankenhaus gebracht und erst mal von oben bis unten durchgecheckt. Also geröntgt, Magen ausgepumpt usw. Aber nichts außer einer Gehirnerschütterung und einem Armbruch festgestellt.«

»Was? Armbruch?« Erst jetzt bemerkte Tannenberg den Gips am rechten Arm. »Au Scheiße! Das kann ich jetzt aber wirklich überhaupt nicht gebrauchen!«

»Ja, damit wirst du dich wohl abfinden müssen, ob du das willst oder nicht. Du hast übrigens unglaubliches Glück gehabt, dass wir dich rechtzeitig gefunden haben. Bei den Außentemperaturen und dem eiskalten Wasser, in dem du gelegen warst, hättest du auch an Unterkühlung sterben können. Das geht ganz geschwind! Denn mit so einer lehrbuchmäßigen Alkoholvergiftung ist nämlich nicht zu spaßen. Da erreicht der Wärmeverlust des Körpers schnell bedrohliche Ausmaße. Als wir dich fanden, hattest nur noch eine Körpertemperatur von gerade mal 32,6 Grad. Außerdem sind schon einige Alkoholleichen an ihrem Erbrochenen oder ihrer eigenen Zunge erstickt. – Am besten gehst du zu Hause mal in die Stiftskirche und stellst eine Kerze auf. Was sag ich da: am besten gleich ein Dutzend! Alter Suffkopp!«

»Ich versteh das einfach nicht.« Tannenberg griff sich

mit seiner linken Hand an die Stirn und presste mit dem Daumen und dem Mittelfinger auf die Schläfen, so als ob er seine hämmernden Kopfschmerzen wegdrücken wollte. »Wieso hab ich 'ne Alkoholvergiftung, wenn man dir kaum etwas anmerkt? Wir haben doch die gleiche Menge von diesem verfluchten Zeug getrunken.«

»Na ja, fast. Du hast, wenn ich mich richtig erinnere, exakt einen Schoppen mehr gehabt als ich.«

»Aber wieso bin ich denn dann so fürchterlich abgestürzt?«

»Das Wort passt wirklich ganz genau, Respekt!«, unterbrach Dr. Schönthaler.

»Diese Weiber haben mir bestimmt was ins Glas getan!«

»Kann sein. Ich hab in der Panik auch zuerst an eine Verschwörungstheorie gedacht. Entführung des leitenden Ermittlungsbeamten wegen seines neuen Mordfalls – weil du in ein Wespennest gestochen hast, damit Mafia-Interessen gefährlich werden kannst usw. Aber die wahrscheinlichere, zugegebenermaßen leider auch weitaus unspektakulärere Erklärung ist wohl eher darin zu suchen, dass du und dein Malheur kein Einzelfall sind.«

»Wieso?«

»Na ja, ich hab nämlich mal im Gutachten eines Kollegen, bei dem es um die Frage der Schuldfähigkeit eines Autofahrers ging, gelesen, dass es beim Konsum von Federweißen ein merkwürdiges Phänomen gibt. Es scheint Menschen zu geben, zu denen du anscheinend auch gehörst, deren Verdauungssystem enorme Probleme mit der Hefe hat, die ja in einer hohen Konzentration im Neuen Wein vorhanden ist. Die merken lange Zeit kaum eine Wirkung des Alkohols – und plötzlich haut es sie um. Und bei diesem Gutachten …«

»Komm Rainer, halt jetzt keine Vorträge!«, warf Tannenberg ein und erhob sich mühevoll von seiner Lagerstätte. »Hilf mir lieber mal beim Anziehen. Wo sind denn eigentlich meine Klamotten?«

»Dort hinten in der blauen Tüte. Aber die kannst du nicht anziehen. Die sind total verdreckt.«

»Ja, soll ich denn mit diesem albernen, weißen Krankenhaus-Leibchen nach Hause fahren? – Du siehst übrigens auch nicht viel besser aus.«

Der Gerichtsmediziner schickte seine Augen auf eine Entdeckungsreise in Richtung seiner Kleidung. Aber da die Exkursion schon zu Beginn genau das ermittelte, was Tannenberg vorausgesagt hatte, stellte er den frustrierenden Erkundungstrip wieder ein und half seinem alten Zechkumpan lieber beim Anziehen.

Der diensthabende, ziemlich übernächtigt wirkende Stationsarzt war zunächst alles andere als begeistert von dem Vorhaben der beiden Männer, sich mit einem Krankenwagen nach Kaiserslautern fahren zu lassen. Aber da Dr. Schönthaler sich bereiterklärte, die Verantwortung für den Patienten zu übernehmen, unterschrieb er unter Protest den Entlassungsschein und forderte bei der Nachtbereitschaft einen Krankentransporter in die Westpfalzmetropole an.

»Noch nicht mal einen anständigen Boden haben die hier in der Vorderpfalz, nur gelber, klebriger Lehm oder was das auch für'n komisches Zeug ist«, sagte der Rechtsmediziner zu Tannenberg, als er im Rettungswagen sitzend einen angewiderten Blick auf seine stark verschmutzte

Kleidung warf. »Mit unserem schönen roten Pfälzer-Wald-Sand wäre uns das nicht passiert.«

»Denkfehler!«, meldete sich daraufhin der Fahrer ungefragt zu Wort. »Ein Vorderpfälzer würde so in Kaiserslautern nie aussehen, weil er nie so blöd wäre, in eine Baugrube zu fallen. Ja, ja, wenn sich die Waldbewohner ein Mal in ihrem Leben aus ihren dunklen Höhlen herauswagen und im schönen Landau Federweißer trinken gehen.«

5

»Jedenfalls haben wir wenigstens der Bundesbahn ein Schnippchen geschlagen. Denn als ob ich's geahnt hätte, dass wir heute Nacht noch eine Freifahrt spendiert bekommen, hab ich keine Rückfahrkarte gelöst«, sagte Dr. Schönthaler, als der Krankentransporter im Morgengrauen in die Beethovenstraße einbog. »Aber, weißt du was?«

»Was soll ich wissen?«, brummte Tannenberg übellaunig zurück.

»Ist dir eigentlich während der letzten Stunden klar gewesen, wie abhängig du von mir warst? Ich bin nämlich dein Vormund gewesen. Und in dieser Funktion hab ich zum Beispiel der Klinik eine Blanko-Vollmacht für alle möglichen Untersuchungen und Operationen ausgestellt. Ja, ich hab sogar eine Verzichterklärung auf Schadenersatz unterschrieben. Erst fand ich diese Sache ja ganz lustig, aber jetzt bin ich ehrlich gesagt doch ziemlich froh, die Verantwortung wieder an deine Eltern abgeben zu können. Auf Dauer wärst du nämlich ein ganz schön großer Klotz am Bein.«

»Ach Gott, Wolfi, was ist denn mit dir passiert?«, schrie plötzlich Mutter Tannenberg vom gerade geöffneten Küchenfenster ihrer Parterrewohnung aus.

Ihr Ehemann, ein notorischer Frühaufsteher, streckte zwar kurz nachdem sich seine Frau auf den Weg zur Haustür gemacht hatte, ebenfalls neugierig seinen Kopf durch den Fensterrahmen, aber er nahm die Angelegenheit sichtlich gelassener: »Ist der Herr Hauptkommissar etwa in eine Schlägerei geraten? Ich hoffe, der andere sieht noch schlimmer aus als du. Hast du wenigstens gewonnen?«

»Klar hat er gewonnen!«, verabschiedete sich der Landauer Chauffeur, während er sich beeilte, in seinen Mercedes-Bus zu kommen, »das arme Baustellenloch konnte sich ja schließlich nicht wehren!«

»Zieh bloß schnell Leine, du blöder vorderpfälzischer Traubenlutscher!«, zischte Tannenberg in Richtung des mit aufheulendem Motor davonbrausenden Krankenwagens.

»Mutter, sperr sofort den Köter weg!«, giftete er direkt anschließend hoch zu seiner alten Mutter, die, beide Hände vor den weit aufgerissenen Mund gepresst, wie versteinert vor ihrer Haustür stand.

Unter der langen, blau-grau-karierten Kittelschürze lugte ein asthmatisch kläffender Langhaardackel selbstbewusst hervor, der sich zwischen zwei Pantoffeln eingebettet augenscheinlich ziemlich sicher wähnte.

Kommentarlos befolgte Margot Tannenberg die barsch vorgetragene Anweisung ihres jüngsten Sohnes und sperrte den fetten, kleinen Hund in die Besenkammer.

Dann kam sie schnell zurück ins Freie. »Wolfi, komm doch in die Küche und erzähl uns mal, was überhaupt passiert ist. Ach Gott, siehst du schrecklich aus!«

»Halb so schlimm, Mutter!«

»Konnten Sie denn nicht besser auf ihn aufpassen?«, herrschte sie plötzlich Dr. Schönthaler vorwurfsvoll an. »Ich hab gedacht, Sie sind sein Freund. Warum haben Sie ihm denn nicht geholfen?«

»Jetzt sei aber endlich mal still, Mutter! Der Rainer war gar nicht dabei, als es passiert ist. Außerdem hat er mir sehr geholfen. Wahrscheinlich hat er mir sogar das Leben gerettet!«

»Was? Um Gottes Willen!«

»Nun übertreib mal nicht. Sonst steh ich womöglich noch morgen in der Zeitung und bekomm irgend so 'ne alberne Medaille um den Hals gehängt.«

»Wisst ihr was Leute: Ich kann einfach nicht mehr. Ich brauch jetzt dringend meine Ruhe!«, sagte Tannenberg und schleppte sich mit schmerzverzerrtem Gesicht die Treppe empor in seine Wohnung.

Mühsam quälte er sich aus seiner verdreckten Kleidung, warf sie achtlos in die Ecke und ließ sich in Unterwäsche völlig erschöpft auf die Couch niedersinken, wo er schon nach kurzer Zeit in einen tiefen, traumlosen Schlaf fiel.

Bereits drei Stunden später wurde er allerdings von starken Schmerzen aufgeweckt, die von seiner rechten Körperseite aus kommend überall hin ausstrahlten.

Egal, wie sehr ihr mich auch quält – ich schluck keine Schmerztabletten, donnerte er zornig seinen Peinigern entgegen.

Nach einigen dringend notwendigen Körperpflegeprozeduren, die sich aufgrund der körperlichen Beeinträchtigungen sehr schwierig gestalteten, quälte er sich die ihm schier endlos erscheinenden Treppenstufen hinunter zu der Wohnung seiner Eltern, wie meist einem ebenso trivialen wie zentralen menschlichen Grundbedürfnis folgend: Er hatte Hunger, und zwar einen Bärenhunger. Was ja auch kein Wunder war, schließlich hatte man ihm in der Nacht den Magen ausgepumpt.

»Während der Herr Sohn seinen Rausch ausgeschlafen hat, war sein alter Vater schon einkaufen gewesen. Damit der Herr Hauptkommissar etwas zu essen hat, wenn er wach wird. Und hat sich ein wenig umgehört ...«

Jacob Tannenberg erwartete eine Reaktion. Als diese aber nicht erfolgte, legte er nach: »Willst du denn nicht wissen, was ich erfahren habe?«

»Vater, lass mir doch wenigstens heute mal meine Ruhe. Mir geht's wirklich nicht gut«, brummelte der Kriminalbeamte missmutig vor sich hin, während er sein Ohr auf die linke Handfläche ablegte. »Ich hab jetzt wirklich keine Lust auf deine komischen Ratespiele.«

»Ratespiele? Na gut, wenn der Herr Hauptkommissar schon alles weiß. Dann braucht er ja keine Informationen mehr von mir. Dann weiß er ja bestimmt auch, dass dieser Professor Siegfried von Wandlitz gar nicht so heißt, wie er heißt.«

»Was? Du sprichst einfach in Rätseln! Wieso soll der denn nicht so heißen?«, fragte Tannenberg mit gerunzelter Stirn und ungläubig zur Nase emporgezogener Oberlippe.

»Ach, das weiß der Herr Hauptkommissar also noch gar nicht, obwohl die Polizei ja angeblich so tolle technische Möglichkeiten zur Informationsbeschaffung hat«, bemerkte der Senior trocken, verschränkte die Arme vor seiner Brust und lehnte sich grinsend in seinem gepolsterten Küchenstuhl zurück. »Ich könnte dir ja noch einige Dinge dazu sagen.«

»Dann mach mal!«

»So einfach ist das aber nicht.«

»Oh, nein! Ich verstehe: Du willst wieder deine Informationen verkaufen! Also gut. Um was geht's diesmal? Pferdewetten oder Hunderennen?«

»Nein, was ganz Normales: Oddset Fußballtipps.«

»Und, wie viele Euro soll ich dafür locker machen?«

»Lass dir doch erst mal erklären, was ich da im Internet für interessante Tricks zur Gewinnmaximierung – so nennen die das – gefunden hab.«

»Von mir aus.«

»Also: Wenn man die Spielpaarungen mit den höchsten Quoten miteinander kombiniert, dann hat man einen Turbo-Hebel …«

»Turbo-Hebel«, wiederholte Tannenberg und zog dabei die beiden Worte wie einen Kaugummi in die Länge. »Was für'n Ausdruck!«

»Ja, und mit dem kann man dann ganz viel gewinnen. Weil nämlich, wenn du …«

»Vater, komm jetzt endlich zur Sache! Reichen 20 Euro?«

Der Alte schaute theatralisch zur Decke und strich sich mit seinem linken Zeigefinger über die Lippen. »Gut, als Mindesteinsatz. Weil du so ein fürchterlich armer Beamter bist.«

Tannenberg zog mit seinem unversehrten Arm umständlich die Geldbörse aus seiner rechten Gesäßtasche, klappte sie auf – und stellte mit Entsetzen das Fehlen jeglichen Bargeldes fest. »Mutter, leih mir bitte mal 20 Euro. So Vater, und du rückst jetzt endlich mal mit deinen Informationen raus! Wie kommst du denn auf diesen Blödsinn, dass der Professor nicht von Wandlitz heißen soll?«

»Ganz einfach: Weil ich seinen Vater kenne, diesen alten Kuttenbrunser!«

»Jacob«, rief Mutter Tannenberg ihren Mann zur Ordnung.

»Ist aber doch wahr!«, sagte der Senior energisch mit

grimmigem Gesichtsausdruck und machte dabei eine wegwerfende Handbewegung. »Der Rudi Kretschmer ist doch so'n alter rabenschwarzer, scheinheiliger Betbruder: Seit ewigen Zeiten für die CDU im Stadtrat und Mitglied in allen möglichen Katholikengruppen. Nach außen hin immer der herzensgute, sozial engagierte Mensch – und im privaten Bereich nutzt er jeden Vorteil für sich aus. Wenn nur die Hälfte von dem stimmt, was die im Tchibo so über ihn und seine Machenschaften erzählen, dann müsste der eigentlich schon lange im Gefängnis sitzen. Und sein Sohn soll genauso einer sein. Sagen die im Tchibo jedenfalls.«

»Und sein Sohn soll dieser Professor Siegfried von Wandlitz sein? Das glaub ich einfach nicht!«

»Stimmt aber. Das weiß ich ganz genau. Weil nämlich die Tochter vom Paul Weidner, der auch immer ins Tchibo kommt, mit dem jungen Kretschmer hier an der Uni studiert hat. Und als die heute morgen die Sache mit dem Brand in der Firma gelesen hat, hat sie es ihrem Vater halt gesagt.«

»Dann heißt dieser Kerl eigentlich Siegfried Kretschmer«, schlussfolgerte der Leiter der Kaiserslauterer Mordkommission messerscharf.

»Für weitere 20 Euro erzähl ich dir noch was viel besseres.«

»Elender Erpresser!«, schimpfte Tannenberg lachend und erbat sich von seiner Mutter einen weiteren blauen Geldschein.

»Der junge Kretschmer ist nach diesem verfluchten Mauerfall, wo diese ganzen verdammten Flüchtlinge zu uns gekommen sind, um unsere Rentenversicherung auszuplündern, rüber in die Ostzone …«

111

»Neue Bundesländer, Vater!«, belehrte der Kripobeamte.

»Ostzone!«, wiederholte Jacob trotzig. »Und ein paar Jahre später ist er dann wieder nach Westdeutschland zurückgekommen – als Professor und Adliger! Das ist'n Ding, oder?«

»Kann man wohl sagen!«

»Im Tchibo steht so einer von diesen Flüchtlingen, natürlich an einem anderen Tisch! Der hat keinen Pfennig einbezahlt und bekommt jetzt dieselbe Rente wie ich, obwohl ich 45 Jahre lang geklebt hab! Und der gibt damit auch noch an! Das ist so ...«

Tannenberg schaltete seine akustischen Wahrnehmungssensoren ab, denn er kannte zur Genüge die Argumente seines Vaters, die immer darauf hinausliefen, dass man damals anstatt den ›antiimperialistischen Schutzwall‹ niederzureißen, besser der DDR-Regierung großzügige Finanzhilfen gewährt hätte – um damit die Mauer noch ein paar Meter höher zu bauen.

Der Chef eines Kaiserslauterer Vorzeigeunternehmens – ein Hochstapler? Das glaub ich einfach nicht! Aber wo hat der bloß den Adelstitel her, fragte er sich kopfschüttelnd und machte sich gierig über die in ein dickes Sauerkrautnest gebetteten und mit einer braunen Zwiebelhaube gekrönten Leberknödel her.

Als Tannenberg in der Kriminalinspektion am Pfaffplatz erschien, wurde ihm sehr schnell klar, dass sich sein Malheur in Windeseile unter den Kollegen herumgesprochen hatte; denn bereits unten am Eingang des Gebäudes empfing ihn der diensthabende Beamte mit einem derart spöt-

112

tischen Grinsen, dass er am liebsten gleich wieder umgekehrt wäre.

Mühevoll schleppte er sich die Treppe hoch zu den Diensträumen des Kommissariats und drückte mit seinem unverletzten Arm langsam die Flurtür auf. Plötzlich musste er an einen Begriff denken, den er einmal bei einem Studium-Generale-Vortrag des damals fast hundertjährigen Hans-Georg Gadamer an der Uni gehört hatte: lebender Anachronismus! So hatte sich der alte Philosophie-Professor selbst bezeichnet, und auf Nachfrage einer Studentin auch erläutert, was er damit meinte: Er sei deshalb ein lebender Anachronismus, weil er zwar immer noch physisch in der modernen Welt präsent sei, aber ansonsten einfach nicht mehr dazugehöre.

Genau so fühlte sich Tannenberg, als er von der Korridortür aus am Schreibtisch seiner Sekretärin vorbei durch die sperrangelweit geöffnete Tür seines Büros blickte.

Er hatte zwar nicht unbedingt erwartet, dass angesichts seines Unfall, der ja mit etwas Pech schließlich auch hätte tödlich enden können, seine engsten Mitarbeiter von innigster Anteilnahme beseelt, kaum fähig zur Bewältigung ihres kriminalistischen Tagesgeschäfts sein würden. Aber er hatte schon mit spürbarer Betroffenheit gerechnet.

Dem schien aber überhaupt nicht so zu sein, denn alle erfreuten sich augenscheinlich prächtigster Stimmung: Petra Flockerzie hatte irgendwo ein Kofferradio aufgetrieben und sang die daraus ertönende Popmusik leise mit; Karl Mertel stand neben Sabrina, die ihm lachend irgendetwas auf ihrem Computer zeigte. Und Kommissar Schauß saß, die Beine lässig auf die Tischplatte gelegt, gestenreich telefonierend auf Tannenbergs ledernem Schreibtischsessel.

Seine Sekretärin bemerkte ihn als erste. Sofort schaltete sie das Radio aus. Dann stürmte sie auf ihn zu.

»Oh Gott, Chef, wie sehen Sie denn aus!«

Auch die anderen Mitarbeiter des K1 gebärdeten sich so, als ob sie gerade in flagranti bei einer Straftat ertappt worden seien: Schauß beendete umgehend sein Telefonat, verließ Tannenbergs Büro, ja er zog sogar die Tür hinter sich ins Schloss, so als wolle er damit dokumentieren, dass jetzt, nachdem der Kommissariatsleiter wieder aufgetaucht war, er in dessen Zimmer nichts mehr zu suchen habe. Auch Mertel und Sabrina reagierten äußerst merkwürdig: unsicher, irgendwie betroffen, so ähnlich, wie es Tannenberg bei vielen Verhören erlebt hatte, wenn er gerade einen Beschuldigten der Lüge überführte und sich dessen schlechtes Gewissen in aufdringlicher Weise bemerkbar machte.

»Hallo, Wolf, schön dich zu sehen«, begrüßte ihn Michael Schauß mit leicht errötetem Kopf. »Wie lange bist du denn krankgeschrieben?«

»Wie, krankgeschrieben? – Ach, jetzt versteh ich endlich: Du bist hier der neue Chef! Soll ich gleich wieder gehen, damit ich das gute Betriebsklima nicht weiter störe? Klar, Tannenberg ist der Störfaktor hier!«

»So hab ich das doch nicht gemeint!«, versuchte Schauß die aufschäumenden Wogen zu glätten.

»Michael, tu mir einen Gefallen und sag jetzt nicht so etwas wie: Wir sind doch alle froh, dass du wieder da bist!« Wolfram Tannenberg verspürte plötzlich keinen einzigen Schmerzzustand mehr, dafür aber einen unbändigen Energieschub. »Das würde meinem karrieregeilen Kollegen wohl so passen: Ich bin monatelang weg vom Fenster; und du übernimmst hier das Regiment. Und wenn ich dann nach langen Reha-Aufenthalten zurückkomme, wird mir mitgeteilt, dass das K1 einen neuen Leiter hat, den lieben Herrn Schauß! Aber ich sag Dir eins, ich bin vielleicht gestern Nacht abgestürzt, aber ich bin noch nicht krepiert – und solange ich das nicht bin, bin ich der Leiter des K1! Ist das ein für alle mal klar, Herr Kriminalkommissar?«

Da Tannenberg seine letzten Worte laut in den Raum hinausgeschrien hatte, ging Schauß' einsilbiger, devoter Kommentar weitgehend unter.

»So einfach geht das aber nicht, Herr Hauptkommissar«, sagte plötzlich Oberstaatsanwalt Dr. Hollerbach, den Tannenberg in seinem ausgeprägten Erregungszustand überhaupt nicht kommen gehört hatte. »Sie können hier nicht eigenmächtig entscheiden, ob Sie dienstfähig sind oder nicht. Dafür gibt's ja wohl die Ärzte. Und wenn ich Sie mir so anschaue, dürften Sie wohl kaum einen Arzt in Kaiserslautern finden, der bereit wäre, *Sie* diensttauglich zu schreiben. Außerdem war es nicht die Idee von Kommissar Schauß, vorübergehend die Leitung des Kommissariats zu übernehmen, sondern meine. Schließlich müssen die Ermittlungen in dem aktuellen Mordfall ja weitergehen. Und um die Arbeit so effizient wie nur möglich zu gestalten, brauchen wir natürlich eindeutige hierarchische Verhältnisse. Das dürfte Ihnen doch wohl einleuchten, oder?«

»Bin ich etwa suspendiert – oder so was ähnliches?«

»Wenn's nach mir geht, sicher!«

»Wenn sich aber an den hierarchischen Zuständigkeiten, die Sie ja so wichtig finden, seit vorgestern nichts Gravierendes verändert hat, ist meines Wissens für solche Fragen immer noch der Polizeipräsident und nicht der Vertreter der Staatsanwaltschaft zuständig. Und den Herrn werde

ich jetzt sofort konsultieren«, sagte Tannenberg siegessicher und ließ die Anwesenden wie wartende Hotelboys
im Regen stehen.

Das hinter der verschlossenen Bürotür durchgeführte
Telefonat mit seinem direkten Vorgesetzten gestaltete sich
genauso positiv, wie er es erwartet hatte. Zum einen, weil
der Polizeipräsident ihm in der Vergangenheit stets sehr
wohlgesonnen war und zum zweiten, weil Tannenbergs
Zusage, mit einem ärztlichen Attest seine Dienstfähigkeit
nachzuweisen, den Polizeichef gänzlich zufrieden stellte.

Triumphierend setzte der gleichermaßen neue wie alte
Kommissariatsleiter umgehend seine Mitarbeiter von dem
Inhalt seines erfreulichen Telefongesprächs in Kenntnis
und ging anschließend direkt zum Tagesgeschäft über:
»So, Was gibt's Neues in unserem aktuellen Mordfall?
Ich höre!«

Kriminaltechniker Mertel ergriff als erster das Wort:
»Also wir haben gestern nochmals das Treppenhaus und
die Gegend um das Gebäude herum abgesucht. Blutspuren
haben wir aber nirgends gefunden; was unsere Vermutung
erhärtet, dass der Fundort auch der Tatort war.«

»Was ist mit der Bärenskulptur, die nach der verwe-
genen Hypothese unseres Docs als Tatwaffe in Betracht
kommen könnte?«, fasste Tannenberg einen plötzlich aufkeimenden Gedanken in Worte.

»Nichts, keine Spur. Aber ich hab heute Morgen schon
mit dem Hausmeister telefoniert. Und der behauptet doch
tatsächlich, auf dem Schreibtisch dieser Frau Niebergall
hätten zwei große Tierfiguren gestanden.«

»Das ist ja hochinteressant! Respekt, Herr Gerichtsmediziner!«, sprach der Leiter des K1 seinem imaginären

Freund Anerkennung aus. »Dieses blöde Ding muss doch irgendwo zu finden sein. Das gibt's doch gar nicht.«

»Warum?«, fragte Mertel. »Der Täter kann die Bärenskulptur doch auch mitgenommen haben.«

»Apropos, wie ist der Kerl – oder die Frau«, berichtigte sich Tannenberg selbst, »überhaupt zum Tatort gekommen? Und vor allem, wie ist er denn von dort wieder weggekommen? Ich mein, womit? Mit dem eigenen Auto, einem Taxi, mit dem Bus, zu Fuß?«

»Da haben wir vielleicht etwas entdeckt, Wolf.«

»Und was?«

»Fußspuren.«

»Fußspuren?«

»Ja. Und zwar führen die von dem, direkt vor dem Hintereingang befindlichen Parkplatz die Böschung hoch in den Wald bis zu einem breiten Wanderweg, auf dem aber leider keine verwertbaren Fußabdrücke mehr zu erkennen sind. Schuhgröße 43, glatte Sohle, wahrscheinlich aus Leder, kaum abgelaufen. Die müssen aber natürlich nicht zum Täter gehören, sondern können selbstverständlich auch von irgendjemand anderem stammen. Jedenfalls waren das ziemlich teure Schuhe.«

»Wieso? Woher willst du denn das schon wieder wissen?«

»Ganz einfach. Auf der Sohle befindet sich ein Armani-Emblem.«

»Sag mal, Karl, gibt's in Kaiserslautern überhaupt ein Geschäft, wo man solche exklusiven Designer-Schuhe kaufen kann?«

»Keine Ahnung«

»Da haben wir ja auch schon eine Arbeit für den Kollegen Schauß: Da kümmerst du dich gleich nachher mal drum! – Und du Sabrina rufst mal alle Taxiunternehmen an, ob sie zur fraglichen Zeit Fahrgäste zur Firma *FIT.net* oder von dort weg transportiert haben. Und versuch auch mal die Busfahrer ausfindig zu machen, die auf dieser Strecke am Samstagabend Dienst hatten. Der Kerl muss doch aufgefallen sein. Der war doch bestimmt mit Blut bespritzt. Und vor allem muss der doch unheimlich nach Benzin gestunken haben. Karl, sag mir noch mal, wofür *FIT.net* die Abkürzung ist!«

»Finanz-Informations-Technologie«, antwortete Mertel mit lang auseinander gezogenen Worten. »Oder auf Englisch: financial ...«

»Schon gut, du alter Angeber!« Tannenberg schaute nachdenklich an die Decke. »Wisst ihr was: Am nächsten Samstag um die Tatzeit herum verteilen wir dort oben Flugblätter. Vielleicht hat ja irgendjemand was mitgekriegt. – Wo stecken denn eigentlich der Geiger und der Fouquet?«

»Die sind wahrscheinlich noch immer bei meinen Kollegen im Reihenhaus der Toten und schauen sich dort um«, entgegnete der Chef der kriminaltechnischen Abteilung.

»Und wieso bist du dann hier?«

»Weil ich noch was im Labor zu erledigen hatte. Ist das erlaubt, werter Herr Kollege?«

»Natürlich, Karl, entschuldige. Wir müssten noch unbedingt die Mitarbeiter dieser Firma befragen.«

»Hab ich schon gemacht: Gestern war ich bei einigen Leuten zu Hause und heute Morgen in der Firma. Während du auf dem Weinfest versumpft bist ...«, entgegnete Michael Schauß mit einem respektlosen Unterton, den

Tannenberg sogleich mit dickem Rotstift auf dem Minuskonto seines Kollegen vermerkte.

»Respekt, Herr Kommissar! Und was hast du für wahnsinnige Ergebnisse ans Tageslicht befördert?«

»Na zum Beispiel, dass es in dieser Firma für unseren Mordfall eine sehr interessante persönliche Verbindung gibt«, begann Schauß nebulös, konnte seinen Überraschungscoup allerdings nicht landen, da ihm sein Vorgesetzter ganz schnell die Butter vom Brot nahm.

»Hatte unser sauberer Herr Professor etwa ein Verhältnis mit der Toten?«

»Ja ..., woher weißt du das denn ...? Ich hab das doch gerade vorhin erst erfahren ... und noch mit niemandem bisher darüber gesprochen«, stotterte der junge Kommissar verblüfft.

»Daran siehst du mal, dass wirklich qualifizierte Kriminalbeamte sogar ermitteln, wenn sie im Festzelt sitzen und Federweißen trinken.« Plötzlich spürte Tannenberg, wie sich alles in ihm verkrampfte und sein gebrochener Arm eine Schmerzattacke in Richtung seines Gehirns schickte, so als wolle der gesamte Körper gegen diesen Begriff rebellieren. »Pfui Teufel! Nie mehr trink ich dieses schreckliche Zeug!« Er schüttelte sich. »Egal. Jedenfalls wissen wir nun von dem Verhältnis der beiden. Und was meinen die in der Firma dazu? Das war ja anscheinend kein großes Geheimnis, oder?«

»Nein. Die sind auch ganz offen damit umgegangen. Die Frau vom Professor zum Beispiel scheint das ganz locker gesehen zu haben. Die soll auch einen Lover haben, mit dem sie sogar bei Firmenfeiern aufgetaucht ist.«

»Interessante Leute! – Wisst ihr übrigens den richtigen

119

Namen unseres werten Herrn Professors? Er heißt nämlich nicht von Wandlitz, sondern …?

Allseitiges, verblüfftes Schweigen.

»Der gute Mann heißt eigentlich Siegfried Kretschmer«, setzte Wolfram Tannenberg den Fangschuss, mit dem er seinen schier unglaublichen Informationsvorsprung dokumentierte.

Während ihn seine völlig verdutzten Mitarbeiter mit allen möglichen Fragen bombardierten, blieb er äußerlich betont gelassen, zupfte scheinbar gelangweilt an seiner Armschlinge herum, blickte aus dem Fenster auf den belebten Pfaffplatz und gab schließlich, nachdem er sich ausgiebig in seiner Rolle als allwissender Götterbote geweidet hatte, großzügig der informationslüsternen Menge Auskunft.

Bevor er sich in sein Büro zurückzog, beauftragte er aber sicherheitshalber noch seine Sekretärin, die von ihm eben lauthals verkündeten Aussagen mit statistischen Daten aus dem Polizeicomputer zu erhärten.

Kaum hatte er sich auf seinen Schreibtischsessel niedersinken lassen, rief Petra Flockerzies Stimme aus der Gegensprechanlage: »Chef, kommen Sie schnell. Das müssen Sie sich unbedingt anschauen!«

Unwillig erhob sich Tannenberg von seinem gepolsterten Stuhl und schleppte sich in den Vorraum, in dem seine Mitarbeiter sich gerade ihre Nasen an der breiten Fensterfront plattdrückten. Als er dem Herdentrieb folgend ebenfalls in den Innenhof der Dienststelle blickte, auf dem ein Teil als Parkplatz für die Privatfahrzeuge der Polizeibeamten abgegrenzt war, überraschte ihn das, was er da sah, im Gegensatz zu den anderen allerdings nicht sonderlich.

»Ach Gott, den Porsche wird der alte Angeber sich bei einem Autoverleih für einen Tag gemietet haben. Damit die alte Pflaume mal bei Leuten, die ihn nicht kennen, so richtig herumprotzen kann«, sagte er mit ruhiger Stimme.

»Sieht aber einfach geil aus, so ein rabenschwarzer Carrera«, bemerkte Michael Schauß anerkennend.

Wenig später betraten Kommissar Fouquet und Kriminalhauptmeister Geiger die Diensträume des K1.

»Hast du etwa einen Sechser im Lotto gehabt – oder vielleicht doch eher einen Gutschein bei 'ner Tombola des Tus Erfenbach gewonnen?« Schauß zog pantomimisch einen imaginären Zettel aus seiner Hosentasche und las ihn laut vor: »Lieber Glückspilz, Sie dürfen sich einen Porsche Carrera für einen Tag bei unserer Autovermietung kostenlos ausleihen.«

Geiger antwortete nicht, sondern hielt seinem Kollegen den Fahrzeugschein vor die Nase, der ihn als Besitzer des Sportwagens auswies.

»Das ist wirklich dein Auto?«, fragte Sabrina sichtlich beeindruckt. »Wieso kannst du dir denn so einen teuren Schlitten leisten?«

»Ganz einfach: Weil ich mein Geld bei *MPI* sehr gewinnbringend angelegt habe.«

»Wo? Bei *MPI*? Was ist denn das?«, wollte Schauß wissen.

»*Midas-Power-Investments* – der Weg in *Ihre* goldene Zukunft!«, sagte Geiger und zauberte aus seiner prall gefüllten schwarzen Aktentasche sechs Porzellanbecher hervor, die genau mit diesem Slogan bedruckt waren.

»Sagt mal Leute, kann es sein, dass ich irgendwie im

falschen Film bin? Ist das hier 'ne Werbeveranstaltung von irgendwelchen Finanzfritzen, oder ist das hier 'ne Mordkommission?«, polterte Tannenberg los, den die neuen Aktivitäten seines Mitarbeiters nicht verwunderten, schließlich hatte Kriminalhauptmeister Geiger sich in den letzten Jahren schon in allen möglichen Nebenjobs versucht. »Habt ihr beiden vielleicht auch ein klein wenig in der Mordsache ermittelt? Oder seid ihr nur ein bisschen durch die Gegend gefahren?«

»Nein, Chef, natürlich haben wir gearbeitet. Wir kommen nämlich gerade aus dem Haus der Toten. – Wie geht's Ihnen denn eigentlich?«, fragte Fouquet.

»Mir ist es noch nie besser gegangen. Habt ihr jetzt was für mich, oder nicht?«

»Nein, Chef, eigentlich nicht. Aber vielleicht finden die von der Kriminaltechnik ja noch was. Die sind nämlich immer noch in dem Haus drin. Auf den ersten Blick scheint das eine ganz normale Karrierefrau gewesen zu sein. So eine vom Typ ›Workaholic‹.«

»Das kann ich auch bestätigen«, ergänzte Sabrina Schauß. »Ich hab nämlich mit ihren Eltern telefoniert. Und die haben genau das gesagt: Susanne Niebergalls zentraler Lebensinhalt sei ihr Beruf gewesen. Sie hat ihre Eltern, die in Hannover wohnen, anscheinend nur alle paar Monate mal besucht, und das auch immer nur kurz.«

»Ach so. Dann ist das wahrscheinlich auch der Grund, weshalb die Frau am Samstagabend in der Firma war.«

»Ja, Wolf, das stimmt. Die hat anscheinend am Quartalsabschluss gearbeitet. Das hat mir jedenfalls heute Morgen ein Mitarbeiter aus ihrer Abteilung berichtet. In den Zeiten hat sie oft das Wochenende durchgemacht«, ergänzte Sabrinas Ehemann.

»Gut. Dann fahr ich jetzt mal zu dem Herrn Professor nach Hause«, sagte Tannenberg, wartete genüsslich, bis Kommissar Schauß in der festen Überzeugung, wie üblich seinen Chef begleiten zu dürfen, seine Lederjacke übergestreift hatte und sagte dann gnadenlos: »Fouquet, heute kommst du mal mit mir.«

Die Suche nach dem Anwesen der Familie von Wandlitz auf dem Gersweilerhof stellte die beiden Ermittler vor keine allzu großen Orientierungsprobleme. Schließlich bestand diese im Norden vor den Toren der Stadt gelegene Annexe nur aus ein paar ehemaligen Gehöften und einem kleinen, allerdings sehr exklusiven Wohngebiet, das auch heute noch einen festen Platz unter den Geheimtipps der Ortskundigen einnimmt; konnte man hier doch nicht nur recht abgeschieden mitten in der Natur leben, sondern erreichte auch in weniger als zehn Minuten die Stadtmitte – oder den PRE-Park, wo sich die Firma *FIT.net* vor ein paar Jahren angesiedelt hatte.

Als Tannenberg, der sich, obwohl er seit seiner Geburt in Kaiserslautern lebte, nicht daran erinnern konnte, jemals hier oben gewesen zu sein, vor dem protzigen schneeweiß gestrichenen Doppeltor mit den kitschigen goldenen Türgriffen stand, fragte er sich, weshalb Leute, die ein bisschen *mehr* Vermögen als andere ihr eigen nennen konnten, nicht etwas *weniger* geschmacklos mit ihrem oft ja nur recht bescheidenen Reichtum umzugehen vermochten. Musste man sich denn wirklich auf solch eine aufdringliche Art gebärden?

Kurz nachdem Fouquet geläutet hatte, meldete sich über die Sprechanlage eine recht dunkle Frauenstimme, die über das Auftauchen der Kriminalpolizei nicht sehr verwundert zu sein schien.

Wie von Geisterhand schwang das Holztor leise surrend auseinander und gab den Blick nun gänzlich frei auf einen hellgelb verputzten Bungalow, dessen flach geneigtes Dach im Eingangsbereich weit ausladend nach vorne gezogen war und auf zwei, in diesem architektonischen Ambiente als völlig deplaziert zu bezeichnenden, weil viel zu dominanten, Steinsäulen ruhte.

Nach einem circa zwanzig Meter langen, an zahlreichen antiken Statuen vorbeiführenden, breiten Fußweg, dessen aus großflächigen Betonplatten bestehender Belag in der gleichen Farbe wie der monströse Zaun gehalten war, erreichten die beiden Männer eine opulente Marmortreppe, auf deren oberster Stufe ihnen eine schätzungsweise vierzigjährige, dunkelhaarige Frau huldvoll die Hand entgegenstreckte.

Tannenberg war fast geneigt ›Küss die Hand, gnädige Frau von Wandlitz‹ zu sagen und ihre mit welker Haut überzogene und reichlich beringte Hand ehrerbietend an seine Lippen zu führen. Aber er ließ es dann doch lieber bleiben, zumal die Dame ihm von Näherem betrachtet lange nicht mehr so attraktiv erschien, wie noch vor ein paar Sekunden, als eine gewisse räumliche Distanz ihr wahres Alter, das eher so um die fünfzig angesiedelt sein durfte, geschickt verschleiert hatte.

»Gestatten, Charlotte von Wandlitz. Womit kann ich Ihnen dienen, meine Herren?«, fragte sie in einem derart perfekt vorgetragenen, akzentfreien Hochdeutsch, dass es

Tannenberg wie immer, wenn er auf solch einen beneidenswerten Zeitgenossen traf, zuerst einmal einen gewissen Schock versetzte.

Aber diese ungeliebten Konfrontationen mit Menschen, die sich im Gegensatz zu ihm, scheinbar mühelos der deutschen Hochsprache zu bedienen vermochten, zeitigten auch positive Konsequenzen, denn sie ersparten dem Ermittler die Nachforschungen über den Geburtsort der betreffenden Person. So auch in diesem Fall. Ihm war sofort klar, dass diese elegante Frau niemals in einem pfälzischen Krankenhaus das so genannte Licht der Welt erblickt haben konnte.

Aber nicht nur wegen der plakativ zur Schau getragenen Sprachkompetenz der Professorengattin fühlte sich Tannenberg in diesem pseudofeudalen Ambiente nicht wohl, sondern auch, weil seine körperlichen Blessuren das Interesse der apart gekleideten Dame zu wecken schienen. Da er keine Lust hatte, ihre ziemlich dreiste Neugierde auch nur ansatzweise zu befriedigen, arbeitete er die ihn interessierenden Fragen zügig ab.

Frau von Wandlitz nahm dabei kein Blatt vor den Mund, weder in Bezug auf ihre, wie sie wörtlich sagte, ›von einem moderner Toleranzbegriff geprägte‹ Ehe, noch bezüglich der Namensumwandlung ihres Mannes, die primär aus marketingstrategischen Gründen erfolgt sei. Schließlich ließe sich ein modernes, innovatives Technologieunternehmen besser mit einem adligen CEO vermarkten als mit einem Firmenchef, der nur über einen billigen Allerweltsnamen verfüge.

Da ihr durch Heirat in den Adelsstand erhobener Ehegatte leider nicht in Kaiserslautern weilte, sondern einem

125

hochsolventen – wie Frau von Wandlitz eigens mehrfach betonte – Kunden im Ruhrgebiet einen Besuch abstattete, erbat sich der Vertreter des kriminalistischen Fußvolks die Handynummer des Herrn Professor Dr. Siegfried von Wandlitz, um ihn am nächsten Morgen zu einer intensiven Befragung ins Kommissariat zu beordern. Und zwar gänzlich ohne Dienerschaft!

Als Kommissar Fouquet seinen Chef vor dessen Haustür in der Beethovenstraße absetzte, lief dieser seinen Eltern direkt in die Arme. Da die beiden Alten ihre Ausgehuniformen trugen, und Tannenberg sich daraufhin den aktuellen Wochentag in Erinnerung rief, wusste er natürlich sofort, warum sie sich so in Schale geworfen hatten: Sie machten sich wie an jedem Montagabend auf zum gemeinsamen Besuch des sogenannten Altenabends im städtischen Seniorenzentrum in der Parkstraße. Die Mutter, um für einen wohltätigen Weihnachtsbasar zu basteln, und der Senior, um bei einigen Bierchen mit seinen Altersgenossen Karten zu spielen, oder besser gesagt, um ihnen ein paar Euros abzunehmen.

Die Vorfreude darauf versetzte Vater Tannenberg stets in Hochstimmung: »Du, Wolfram, ich hab noch was für dich rausgekriegt. Dieses Internet ist ja wirklich ein Teufelsding, da ist alles drin, was man wissen will. Man muss es nur finden.«

Einem alten Ritual folgend wartete der Alte nun auf die interessierten Nachfragen seines Sohnes.

»Und, was hast du rausgekriegt?«, spielte Tannenberg, der so schnell wie möglich in seine Wohnung wollte, den ihm zugedachten Part.

»Na zum Beispiel, dass diese von Wandlitz zwar ein altes, aber inzwischen völlig verarmtes mecklenburgisches Adelsgeschlecht sind. Interessant, oder?«

»Es geht! Hab ich mir sowieso schon gedacht«, sagte Tannenberg eher beiläufig und zwängte sich, so schnell es mit seinem lädierten Körper eben möglich war, an seiner Mutter vorbei durch den Türrahmen ins Treppenhaus, wo er sogleich heiseres Hundekläffen vernahm.

»Halt's Maul, du blöder Köter«, fasste er seine aufkeimenden Aggressionen in Worte und trat zur Untermauerung seiner tiefsitzenden Aversion gegen überfütterte, kleine Dackel mit seinem linken Fuß an die elterliche Wohnungstür – eine Affekthandlung, die natürlich nicht unbedingt dazu geeignet war, die angespannte Situation grundlegend zu deeskalieren, wie es so schön im Polizeijargon hieß.

Tannenberg hatte sich gerade abgeschlafft in seinen Lieblingssessel fallen lassen, als das Telefon läutete. Am anderen Ende der Leitung meldete sich sein besorgter Bruder Heiner, der, obwohl er ja nur zehn Meter Luftlinie von ihm entfernt im anderen Haus wohnte, oft aus purer Bequemlichkeit zum Hörer griff. Er lud ihn zum Abendessen ein. Tobias und Marieke seien auch da, und Betty würde sich ebenfalls sehr freuen, wenn er kommen würde.

Spätestens die Erwähnung des Namens seiner Schwägerin empfand er als derart abschreckend, dass er es doch lieber vorzog, sein Abendmahl auf eine Dose Feuertopf zu beschränken, die er für solche Notfälle immer in der kleinen Speisekammer neben der Gästetoilette bereithielt. Dies hatte gegenüber dem gemeinsamen Essen mit der Familie seines Bruders zwei entscheidende Vorteile: Zum einen hatte er seine Ruhe, und zum anderen kontrollierte niemand seinen Weinkonsum, den er aus medizinischen Gründen als zwingend erforderliches, schmerzlinderndes Narkoseverfahren fest in die Planung des heutigen Abends einbezogen hatte.

Nach zwei großen Tellern reichlich mit der Pfeffermühle berieselten Bohneneintopfs und der ersten Flasche Montepulciano d'Abruzzo fühlte er sich schon bedeutend besser: Die Schmerzen hatten insgesamt etwas nachgelassen; und wenn er sich nicht bewegte, spürte er kurzzeitig überhaupt keine Beeinträchtigungen mehr. Sogar sein Kopfweh war wie weggeblasen. Seine recht depressive emotionale Befindlichkeit verbesserte sich mit jedem Schluck Rotwein, der seine Kehle passierte.

Irgendwann legte er sogar seine aktuelle Lieblings-CD auf. Es handelte sich dabei um einen Sampler, den ihm sein Neffe Tobias vor einigen Monaten zusammengestellt hatte und der einen Querschnitt durch seine Lieblingsmusik enthielt. Darunter waren Titel von Joe Cocker, Eric Clapton, Deep Purple, Led Zepplin – und als letztes Stück ›Angie‹ von den Stones.

Er schloss die Augen und sang bis zum Schluss mit: »But Angie, Angie, ain't it good to be alive.«

Das kann man wohl der armen Susanne Niebergall nicht mehr sagen, dachte er voller Mitleid für die arme Frau, die man zuerst brutal erschlagen und dann auch noch bis zur völligen Unkenntlichkeit verbrannt hatte. Da geht dieser Kerl hoch, zertrümmert ihr mit einer schweren Bären-Skulptur den Schädel, besorgt sich im Keller in aller Ruhe mehrere Benzinkanister, deren Inhalt er nach und nach über der Leiche und im gesamten Raum verteilt.

Dann legt er mit dem flüssigen Brandbeschleuniger – wie Berti Schäffner von der Feuerwehr es genannt hat – eine Benzinspur durch das ganze Treppenhaus bis hinunter an die Tür. Und danach steckt er diese Zündschnur in Brand und haut ab. Irre!

Das ist doch genau die Lösung deines Problems!, schrie plötzlich seine innere Stimme ohne Vorankündigung dazwischen.

Genau, das ist es, stimmte Tannenberg sofort zu, schälte sich aus seinem Sessel, begab sich an den Kühlschrank, öffnete ihn und entnahm ihm einen Ring Fleischwurst.

Zwar gestaltete sich das Zerteilen der mit einer dicken, kaum durchdringbaren Kunstpelle überzogenen Lyoner aufgrund seines in Gips gelegten rechten Arms mehr als mühsam. Aber das Ergebnis konnte sich trotzdem sehen lassen. Nachdem er sein Werk vollbracht hatte, stopfte er die klein geschnittenen, von ihrer zähen Umhüllung befreiten Wurststücke in eine Plastiktüte, die er mit Hilfe seines durch den Tragegriff gezogenen Gürtels an der Hose befestigt hatte, und begab sich damit die Treppe hinunter vor die Abschlusstür der Parterrewohnung, wo er sogleich von einem hysterischen, blechernen Hundegebell empfangen wurde.

Trotz seiner körperlichen Behinderungen schaffte er es in relativ kurzer Zeit, eine Fleischwurstspur zu legen, die, beginnend an der elterlichen Wohnungstür über die Treppe hinunter an der festgehakten, geöffneten Haustür vorbei hinaus auf die Mitte der Beethovenstraße führte.

Aus nahe liegenden Gründen ließ er in der Straßenmitte gleich mehrere Wurststücke zurück.

Nachdem er sein heimtückisches Arrangement kurz begutachtet hatte, blickte er sich nochmals vorsichtig nach beiden Seiten um, konnte aber niemanden erkennen, der seine nächtliche Aktion möglicherweise beobachtet hatte. Dann zog er sich schnell wieder zurück ins Gebäudeinnere. Dort stellte er sich vor die Tür der elterlichen Wohnung, zu der er selbstverständlich einen Schlüssel besaß, drehte diesen zwei Mal um und drückte den Schnapper damit auf. Ein kleiner Schubs veranlasste die knarrende Tür, sich ein wenig zum Flur hin zu öffnen.

Dann begab er sich so schnell er konnte auf die Treppe und beobachtete aus sicherer Entfernung, wie das kleine, fette Monster, als es die Wurststücke bemerkt hatte, sogleich verstummte und sich über die Köder hermachte, eins nach dem anderen vertilgte und sich langsam, aber zielgerichtet auf die von fahlem Laternenlicht nur unzureichend erhellte, nasse Straßendecke zubewegte.

Noch bevor das träge, genüsslich schmatzende Tier den schmalen Bürgersteig verlassen hatte, stand Tannenberg oben an seinem Fenster und schickte weitere Fleischwurstbrocken auf ihre nächtliche Reise in Richtung der Straßenmitte.

In der Hoffnung, bald ein Auto erspähen zu können, blickte er gespannt die Einbahnstraße hinunter.

Da bog auch schon, von der Richard-Wagner-Straße kommend, ein dunkler Kleinwagen in die Beethovenstraße ein.

Seine milchigtrüben Scheinwerfer näherten sich mit normaler Geschwindigkeit.

Tannenberg warf noch schnell die restlichen Wursthäppchen hinunter, über die das gefräßige, kleine Dackelmonster auch sofort herfiel.

Während der Hundegeplagte mit erwartungsvollem Blick auf die Straße starrte, bat er eindringlich um göttlichen Beistand. Aber der im Himmel für solche wichtigen Angelegenheiten zuständige Beamte schien sich entweder im Urlaub zu befinden oder gerade an einer Veranstaltung des Tierschutzvereins teilzunehmen, jedenfalls wurde Tannenbergs innigstes Flehen nicht erhört.

Das Auto bremste.

Der körperlich völlig unversehrte Dackel streckte nur kurz den Hals nach oben und beschäftigte sich dann weiter mit seiner zusätzlichen Abendfütterung, die ja ursprünglich als Henkersmahlzeit konzipiert gewesen war.

Dem Kleinwagen entstieg eine ältere Frau, die sogleich die Hände über ihrem Kopf zusammenschlug und damit begann, wütend drauf loszuschimpfen. Natürlich dauerte es nicht lange, bis in den Nachbarhäusern ein Fenster nach dem anderen geöffnet wurde.

Als ob sie es geahnt hätte, erschien nun auch noch Mutter Tannenberg, die ziemlich schnell die makabere Situation durchschaut hatte und gleich einen bösen Blick hinauf zu ihrem immer noch am Fenster stehenden Sohn schickte.

Aber wie schon so oft in ihrem aufopfernden Leben nahm sie auch diesmal wieder ihren Lieblingssohn in Schutz und erzählte der erzürnten Autofahrerin und der neugierigen Nachbarschaft eine Lügengeschichte über ihre eigene Unachtsamkeit – auf die dieses Malheur ursächlich zurückzuführen sei.

6

»Also Tanne, wenn ich dich so betrachte, drängt sich mir unweigerlich der Gedanke auf, dass wir deinen Spitznamen, zumindest für eine gewisse Zeit, umändern sollten – und zwar in Blautanne! Ist das nicht ein gelungenes Wortspiel?«, grölte der Allgemeinmediziner Dr. Kai Bohnhorst seinem ehemaligen Klassenkameraden entgegen, der allerdings an diesem verregneten Novembermorgen anscheinend gar nicht für derbe Späße zu haben war.

»Wirklich super, ich kann meine Begeisterung kaum zügeln.« Tannenberg warf seine beiden Hände vor das schmerzverzerrte Gesicht und drückte mit den Zeigefingern auf die Schläfen. »Sei doch nicht so laut! Mein Kopf! Diese blöde Gehirnerschütterung!«

»Von wegen Gehirnerschütterung! Deine Fahne riecht man ja zehn Meter gegen den Wind. Weißt du noch, wie wir früher immer gesagt haben: Wer saufen kann, muss auch am nächsten Tag die Kopfschmerzen ertragen können. Komm, zieh dich wieder an! Du siehst ja aus wie das Leiden Christi höchstpersönlich.« Der Arzt warf noch einmal einen begutachtenden Blick auf Tannenbergs arg lädierte rechte Seite. »Wenn ich dich so in Unterhosen vor mir stehen sehe, muss ich unwillkürlich daran denken, dass wir beide im Suff mal auf die unglaublich geniale Idee gekommen sind, nachts im Warmfreibad nackt

132

schwimmen zu gehen. Erinnerst du dich? Wann war denn das?«

»Irgendwann in der Abizeit«, brummte der Kriminalbeamte übellaunig zurück.

»Weißt du noch, wie dann, nachdem wir über den Zaun geklettert waren, plötzlich zwei Schäferhunde knurrend vor uns standen und du immerfort ›ihr lieben, lieben Hundis‹ gesagt hast.«

Kai Bohnhorst lachte erneut schallend auf, nahm die von seinem alten Schulfreund mitgebrachten Röntgenbilder vom Tisch und klemmte sie auf den von hinten beleuchteten Bildschirm.

»Also, du hast ganz schön Glück gehabt! Du solltest dich irgendwann einmal ausgiebig an höherer Stelle für die freundliche Bereitstellung deines Schutzengels bedanken! Der Bruch der Elle ist ganz glatt. In drei Wochen bist du deinen Gips wieder los. Und diese Prellungen sehen zwar schlimm aus, sind aber auch kein Problem. Ich denke, du hast ganz gute Chancen, die Sache relativ unbeschadet zu überstehen. Komm, setz dich noch'n Moment hin. Willst du'n Kaffee?«

»Nein, danke. Ich muss gleich ins Kommissariat. Da wartet ein Verhör auf mich. Gut, Kai, das heißt also, du stellst mir eine Bescheinigung über meine uneingeschränkte Dienstfähigkeit aus.«

»Natürlich, altes Schlachtross, wenn du das unbedingt willst. Mann, bist du vielleicht dienstgeil!«, entgegnete der Mediziner verständnislos kopfschüttelnd. »Also, so was hab ich wirklich noch nie erlebt: Ein Beamter, der mindestens drei Wochen krankgeschrieben werden könnte, bettelt regelrecht darum, von mir seine uneingeschränkte

Dienstfähigkeit attestiert zu bekommen. Soll ich dich nicht mal zu einem Kollegen mit einer psychiatrischen Zusatzausbildung überweisen?«

Tannenbergs Verständnis für humoristische Eskapaden hielt sich immer noch in engen Grenzen.

Sein Blick streifte ziellos durch das Arztzimmer.

Plötzlich erspähten seine Augen etwas Interessantes.

»Komm, bevor du jetzt schon wieder anfängst hier rumzugrölen, sag mir lieber mal, was das für'n Prospekt ist, der da vorne liegt. Was ist denn das für einer?«, fragte er neugierig, während er mit seinem unversehrten Arm auf den Schreibtisch seines ehemaligen Klassenkameraden zeigte.

Dr. Bohnhorst nahm die mit goldfarbenen Schriftzügen dekorierte Broschüre in die Hand und hielt sie Tannenberg entgegen.

»Meinst du den hier? Den von *MPI*?«

»Ja, genau den.«

»Und, was interessiert dich daran? Willst *du* etwa Geld anlegen? Du verblüffst mich immer mehr. Warst du in unserer Schulzeit nicht einer von diesen linken Klugscheißern, die immer die tollsten kommunistischen Theorien über notwendige Zwangsenteignungen verkündet haben? Oder wie hieß das gleich noch mal?« Der Arzt grübelte einen kurzen Augenblick und konnte sich bereits nach wenigen Sekunden über sein intaktes Erinnerungsvermögen freuen. »Klar: Übernahme der Produktionsmittel durch die ausgebeutete Arbeiterklasse, oder so ähnlich jedenfalls! Ich erinnere mich noch gut daran, wie du …«

»Komm, bitte beantworte mir meine Frage. Ich hab es wirklich eilig«, warf der Leiter der Kaiserslauterer Mordkommission ungeduldig ein.

134

»Also gut: *Midas-Power-Investments*, wie *MPI* ja richtig heißt«, begann Dr. Bonhorst zu dozieren, »ist eine unheimlich dynamische und innovative Vermögensberatungsfirma. Die investieren zum Beispiel unsere Anlagegelder sehr erfolgreich in Bio- und Nanotechnologieunternehmen, in den Healthcare- und Wellnessbereich, in die Genforschung usw. Und die von ihnen aufgelegten Fonds haben super Performances ...« Der Arzt unterbrach seinen kleinen Exkurs in die Welt der modernen Geldanlage, weil er vom ungläubigen Stirnrunzeln seines alten Schulfreundes auf dessen mentale Überforderung schloss. »Ist dir eigentlich klar, worum es hier geht?«

»Ja, eigentlich schon ... Irgendwie ...«, stotterte Tannenberg.

»Es geht um unser aller Zukunft – auch um deine! Und zwar um eine Zukunft, in der es mit Hilfe dieser modernen Technologien endlich möglich sein wird, die Menschheit von allen Geißeln zu befreien, sprich, alle schlimmen Krankheiten zu beseitigen. Unglaubliche Visionen werden endlich zur Realität. Stell dir mal folgendes Szenario vor: Du hast irgendeine gefährliche Krankheit in dir stecken, und dann wird einfach ein kleiner Roboter losgeschickt, der durch deinen Körper saust und direkt an Ort und Stelle das Problem behebt. Super, oder etwa nicht?«

»Ja, doch ... Wenn das auch funktioniert.«

»Natürlich funktioniert das! Nur steckt das Ganze eben erst in der Forschungs- und Entwicklungsphase und ist deshalb leider enorm kostenintensiv. Aber es gibt doch wohl kaum einen Bereich, in den man sinnvoller sein Geld investieren kann. Und vor allem dann noch mit solch einer beeindruckenden Performance.«

Tannenberg war sichtlich beeindruckt.

Dr. Bohnhorst klappte die Broschüre auf und zeigte seinem staunenden Schulfreund mit glänzenden Augen eine Grafik, die eigentlich nur aus einer steil nach oben führenden gezackten Linie bestand.

»325% Kurssteigerung in knapp vier Jahren. Das ist doch der blanke Wahnsinn, oder findest du nicht? Und ich bin seit einem Jahr mit dabei. Und hab auch schon 80% Gewinn gemacht – steuerfrei! Steu-er-frei!«, stellte er mit einem zufriedenen Kopfnicken fest.

»Unglaublich«, war alles, was dem altgedienten Kriminalbeamten zu dieser wundersamen Geldvermehrung einfiel.

Die allererste Amtshandlung, die Wolfram Tannenberg vollbrachte, als er ein paar Minuten später in seiner Dienststelle erschien, war, seiner Sekretärin und Kommissar Fouquet, die als einzige seiner Mitarbeiter im Kommissariat zugegen waren, triumphierend die ärztliche Bescheinigung unter die Nase zu halten, die ihm eine uneingeschränkte Dienstfähigkeit attestierte.

»So Leute, wie ihr seht, ist euer Chef voll belastbar. Das heißt, ihr müsst mich noch eine Weile ertragen – aber schätzungsweise nur noch 15 Jahre. Das ist doch wirklich eine tolle Perspektive, vor allem für den armen Michael, der anscheinend gemeint hat, sich hier auf meinem Stuhl breit machen zu können.«

»Chef, das war doch nur Zufall, dass der Michael gestern auf ihrem Stuhl gesessen hat. Der hat halt auf ihrem Telefon einen Anruf entgegengenommen.«

»Ist ja auch egal, Flocke. Was machst du denn eigentlich schon wieder für merkwürdige Geräusche? Was ist denn das für'n komisches Diätzeug, das du da wieder in dich hineinwürgst?«, wollte Tannenberg wissen, dessen Stimmung sich immer weiter zu verbessern schien.

Neugierig trat er näher an den Schreibtisch heran. »Das sieht ja aus wie die berühmten Panzerplatten beim Bund.«

»Panzerplatten?«, fragte Petra Flockerzie verständnislos. »Das ist Roggenknäckebrot mit gerösteten Kürbiskernen obendrauf. Wollen Sie nicht mal kosten, Chef? Das ist wirklich lecker!«

»Besser nicht, wenn ich dieses trockene Vogelfutter esse, fang ich sonst womöglich noch an zu fliegen.«

»Sie sollten aber allmählich damit anfangen, Kürbiskerne zu essen.«

»Warum?«

»Na ja, in ihrem Alter.«

»Wieso, in meinem Alter?«, fragte Tannenberg pikiert.

»Bei Männern geht es doch in ihrem Alter mit den Problemen los.«

»Mit welchen Problemen?«

»Na ja, halt mit der Prostata … Sie wissen schon …«

»Was weiß ich? Ich weiß gar nichts! Was geht dich im Übrigen meine Prostata an?«, polterte der Kommissariatsleiter empört los.

»Ich mein's ja nur gut mit Ihnen, Chef.«

»Was für'n Quatsch! Kümmere du dich besser um deine Gebärmutter!«

Sofort nachdem diese völlig unbedachte Äußerung seinen Mund verlassen hatte, war ihm klar, welch großes Unheil er mit diesen Worten angerichtet hatte.

137

»Oh Scheiße, Flocke. Das tut mir echt Leid! Das wollt ich nicht. Daran hab ich nicht mehr gedacht!«

Tannenberg ging um den Schreibtisch herum und legte Petra Flockerzie die Hand seines unverletzten Arms tröstend auf die Schulter.

Aber die Sekretärin, die bereits bitterlich zu weinen begonnen hatte, entzog sich durch eine geschickte Drehung ihres Bürostuhls dem unbeholfenen Beschwichtigungsversuch ihres Vorgesetzten und bat ihn schluchzend darum, sie doch nunmehr bitte alleine zu lassen.

Daraufhin schlich der tölpelhafte Leiter des K1 wie ein geprügelter Hund in sein Dienstzimmer, allerdings nicht ohne vorher Kommissar Fouquet mit einem unmissverständlichen Zeichen signalisiert zu haben, dass dieser ihm folgen möge.

»So eine verfluchte Scheiße!«, zischte er zornig vor sich hin. »Ich bin vielleicht ein Hornochse, ein Trampel vor dem Herrn!«

»Wieso, was hat denn die Flocke? Ich versteh ihre Reaktion überhaupt nicht.«

»Kannst du ja auch nicht, Fouquet, kannst du ja auch gar nicht! Du weißt ja nichts von ihrem wunden Punkt. Woher auch? Mensch, so ein verfluchter Mist! Was bin ich doch für ein ausgemachter Vollidiot!«, begann Tannenberg sich erneut selbst zu beschimpfen, wobei er sich mit seiner linken Faust auf die Stirn hämmerte.

»Aber was hat sie denn nun so aus der Fassung gebracht?«, wollte der junge Kriminalkommissar nun endlich den Grund für Petra Flockerzies psychischen Zusammenbruch wissen.

»Ach Gott, die arme Frau hat zwei Fehlgeburten und

sogar eine Totgeburt hinter sich. Und als ob sie nicht schon genug damit gestraft worden wäre, hat sie bei ihrer letzten Schwangerschaft auch noch irgendeine schlimme Entzündung bekommen, weshalb eine Totaloperation notwenig war. Und ich Idiot fordere sie auf, sich um ihre Gebärmutter zu kümmern! Verdammt!«

»Jetzt versteh ich, Chef!«

»Diese ungewollte Kinderlosigkeit ist ihr absolutes Trauma; da knabbert sie schon eine Ewigkeit dran rum! Im Vergleich dazu ist ihr permanenter Windmühlenkampf gegen ihr Übergewicht ein totaler Witz.«

Nach seinem Wutanfall ließ sich Tannenberg erschöpft auf seinem Bürostuhl nieder und dachte angestrengt darüber nach, wie er den ungewollt angerichteten Schaden irgendwie reparieren konnte.

»Weißt du was, Fouquet? Ich hab eine Idee!«, sagte er plötzlich, denn er hatte eine Eingebung, mit der er zumindest sein schlechtes Gewissen etwas erleichtern konnte. »Du schleichst dich jetzt an ihr vorbei und gehst schnell in die Stadt. Dann kaufst in einem Reformhaus eine Schachtel Diätpralinen. Und danach gehst du noch zur Buchhandlung. Die ist in der Fußgängerzone. Weißt du, wo?«

»Ja klar, Chef.«

»Gut. Dann kaufst du ihr das neueste Diätkochbuch, das es gibt, egal, was es kostet. Und du lässt dir die Sachen als Geschenke verpacken und versteckst das Zeug in 'ner Tüte, die du mir dann vorbeibringst. Okay?«

»Klar, Chef, mach ich gleich«, antwortete Adalbert Fouquet, nahm von seinem Vorgesetzten einen 50-Euro-Schein in Empfang und bewegte sich in Richtung der Tür.

»Und denk dran: Schmuggel die Tüte irgendwie an der Flocke vorbei. Pass ja auf, dass sie nichts merkt. Und beeil dich!«

Circa eine halbe Stunde später klopfte es an Tannenbergs Tür. Aber nicht der von ihm sehnlichst erwartete Kommissar Fouquet war von seiner dringlichen Einkaufstour zurückgekehrt, sondern Michael Schauß stand da plötzlich vor ihm. Neben ihm Professor von Wandlitz und ein etwa 35jähriger Mann, der bei ihm unwillkürlich die Assoziation ›Boris Becker‹ auslöste.

Der Vergleich war auch nicht ganz abwegig, hatte der Begleiter des Professors doch ebenfalls rötliche, lässig nach hinten gekämmte Haare. Außerdem war sein Gesicht übersät von einer Unmenge zartroter Bartstoppeln. Er trug einen extravaganten, grauen, mit dünnen Längsstreifen durchzogenen Designeranzug, darunter ein leicht glänzendes, strahlend weißes Seidenhemd mit eng anliegendem Kentkragen, in der Mitte zusammengehalten von einem dicken, silbergrauen Krawattenknoten.

Über der etwas zu groß geratenen Nase thronte eine goldene, sportliche Brille mit tropfenförmigen, leicht getönten Gläsern, die dem Betrachter sofort den zentralen Unterschied zu dem berühmten Tennisspieler offenbarten, denn im Gegensatz zu dessen oft weit aufgerissenen Augen, die bei Fernsehinterviews immer so ziellos in der Gegend umherirrten, ruhte auf Tannenberg ein ganz ruhiger, recht arrogant wirkender Blick.

»Ich hab den Justiziar unserer Firma besser gleich mal mitgebracht. Man weiß ja nie. Darf ich vorstellen: Dr. Frederik Croissant.«

»Angenehm«, war alles, was der ziemlich verblüffte Leiter des K1 zu antworten in der Lage war.

Kommissar Schauß bemerkte die recht ausgeprägte Verwirrung seines Chefs; deshalb ergriff er die Initiative und schlug vor, sich ins Befragungszimmer zu begeben. Dort bot er den beiden Männern einen Platz am Besuchertisch an und fragte, ob er ihnen einen Kaffee besorgen solle.

Der Professor hatte die Wirkung seines Überraschungsangriffs, der ihm durch die Begleitung seines Anwalts prächtig gelungen war, sehr wohl registriert und sprach dies auch aus: »Das haben Sie sicher nicht erwartet, Herr Hauptkommissar. Dass ich hier gleich mit meinem juristischen Beistand anrolle, oder?«

»Das wundert mich schon ein wenig«, entgegnete Tannenberg, der sich allmählich ein wenig auf die Situation einzustellen begann. »Schließlich haben wir Sie ja nur zu einer Befragung und nicht zu einem Verhör gebeten.«

»Na, Herr Hauptkommissar, Sie wissen doch so gut wie ich, dass man diese beiden Begrifflichkeiten zwar theoretisch zu trennen vermag, aber in der Praxis gehen sie doch nahezu übergangslos ineinander über. Oder stimmt das etwa nicht?«

»Doch, doch … das ist schon richtig«, stammelte der altgediente Kriminalbeamte. »Die beiden Sachen kann man manchmal wirklich kaum voneinander trennen.«

»Ja, wissen Sie, Herr Hauptkommissar, um in meinem Geschäft auf Dauer erfolgreich tätig sein zu können, muss man sich in die Psyche der Konkurrenten, aber auch der Kunden hinein transformieren können. Man muss regelrecht versuchen, mit Haut und Haaren in andere Denkwei-

141

sen hineinzuschlüpfen; man muss die Gedanken, Vorhaben, Ideen und Wünsche der anderen Seite antizipieren. – Und genau das hab ich bei Ihnen auch gemacht.«

»Interessant, was Sie da sagen«, versuchte Tannenberg seine immer noch vorhandene mentale Lähmung zu überspielen.

»Haben Sie übrigens nichts vergessen?«

»Bitte? Was soll ich: etwas vergessen haben?«

»Ja, ich denke schon, Herr Hauptkommissar. Eigentlich läuft doch bei solchen Gesprächen immer ein Tonbandgerät mit.«

»Sie haben Recht. Entschuldigung.«

»Aber das macht doch nichts. Sie brauchen sich deswegen doch nicht bei mir zu entschuldigen.«

Schauß hatte inzwischen das Mikrofon vor den CEO der Firma FIT. net gestellt und den Kassettenrecorder eingeschaltet.

»Herr Hauptkommissar, reden wir also nicht lange um den heißen Brei herum«, fuhr der Informatikprofessor fort. »Wissen Sie, ich habe während meiner Lehrtätigkeit an der Fachhochschule viele Seminare Gesprächspsychologie unterrichtet. Ich weiß also genau, wie solche Dinge laufen, auch bei der Polizei. Und da hab ich mir gedacht: Siegfried, du machst keine Psychospielchen mit dem Herrn Hauptkommissar, sondern legst gleich die Karten auf den Tisch. Das hat zwei Vorteile: Für Sie bedeutet das weniger Arbeit, und ich muss mich nicht weiter mit einem diffusen Tatverdacht herumschlagen. Denn einen solchen hegen Sie doch wohl gegen mich, oder?«

»Na ja …, so kann man das nicht sagen. Tatverdacht? …«, stotterte Tannenberg, seinen Blick gebannt auf die selbstbewusste Mimik dieses smarten Enddreißiger gerichtet, der da so forsch in die Offensive ging.

»Nun denn, bringen wir's auf den Punkt. Ich hab mich zu Hause vor den Kamin gesetzt und mir eine einfache Frage gestellt: Was könnte die Polizei alles finden, das dich mit dem Mord an Susanne in Verbindung bringen kann?«

»Und was haben Sie gefunden?«, sprudelte es plötzlich aus dem Mund des jungen Kriminalkommissars heraus, der von dem couragierten Auftritt des adligen Professors nicht minder fasziniert war.

»Also, erstens bin ich auf folgendes gestoßen: Ich habe natürlich einen Schlüssel für alle Türen des Gebäudes, inklusive einem für Susannes Büro. Ich hätte also ohne Probleme die Firma auch am Wochenende betreten können. Was ich übrigens in der Vergangenheit auch schon oft getan habe und in Zukunft auch weiterhin tun möchte, wenn Sie mich jetzt nicht verhaften!«

»Na, warten wir's mal ab«, meinte Tannenberg. »Aber machen Sie erst mal weiter mit Ihrem Vortrag.«

»Danke, Herr Hauptkommissar, wirklich zu gütig! Also, zweitens: Ich weiß auch, wo die Benzinkanister gestanden haben, mit deren Inhalt das Feuer wahrscheinlich entfacht wurde. Ja, sie wurden dort unten im Keller sogar auf meine ausdrückliche Anweisung hin untergebracht. Drittens habe ich mit Susanne ein Verhältnis gehabt, von dem meine Mitarbeiter genauso wissen wie meine Frau, die Sie ja auch schon in dieser Angelegenheit befragt haben.«

Der vierte Finger seiner rechten Hand klappte nach vorne.

»Viertens werden Sie in der Schaltzentrale, und dort speziell auf den Bedienungselementen der Alarm- und der

Feuermeldeanlage, meine Fingerabdrücke finden; denn ich habe diese Schutzeinrichtungen vor kurzem eigenhändig auf Funktionstüchtigkeit hin überprüft. Und fünftens hab ich natürlich von Susannes Anwesenheit in der Firma gewusst, weil sie in der Vergangenheit immer, wenn der Quartalsabschluss anstand, am Wochenende in ihrem Büro gearbeitet hat.«

»Interessant! Wie ich sehe, haben Sie sich wirklich sehr gut vorbereitet, Herr Professor«, anerkannte Tannenberg und lehnte sich in seinem Stuhl zurück, gespannt darauf, was nun folgen würde.

»Jetzt hätten Sie ja fast schon eine Indizienkette beisammen. Fehlt ja eigentlich nur noch ein Motiv, oder?«

»Ja, stimmt! Dann schießen Sie mal los!«

»Aber bitte, Herr Hauptkommissar, wo bleibt denn Ihre Phantasie? Das ist doch jetzt, nach all dem, was ich Ihnen eben erzählt habe, geradezu ein Kinderspiel! Wie wäre es denn zum Beispiel mit Liebe, Hass, Eifersucht – was weiß ich!«

»Dann brauchen wir jetzt ja nur noch ein Geständnis von Ihnen, und Sie können dann gleich hier bleiben.«

»Ein Geständnis!«, lachte der sehr gepflegte, leicht gebräunte Firmenchef und drehte sich Dr. Croissant zu. »Der Herr möchte ein Geständnis! Warum um alles in der Welt soll ich denn mein Betthupferl umbringen?«

»Ihr Betthupferl? Interessanter Ausdruck!«, bemerkte Tannenberg.

»Ja, warum soll ich es nicht so nennen? Es gibt keinen Begriff, der die Beziehung zwischen uns besser hätte beschreiben können! Übrigens hat sich in dieser Hinsicht in letzter Zeit nichts mehr zwischen uns abgespielt; das hatte

sich irgendwie totgelaufen. Ich denk von beiden Seiten aus.
Sie haben aber schon wieder etwas vergessen!«, sagte Professor von Wandlitz und richtete seinen Oberkörper mit
einem geradezu herausfordernden Selbstbewusstsein auf.

»Und das wäre?«

»Mein Alibi!«

»Richtig! Ihr Alibi«, bemerkte der Kommissariatsleiter
eher beiläufig. »Genau, Herr Professor. Wie sieht's denn
eigentlich mit einem Alibi für die Tatzeit aus?«

»Kein Problem, Herr Hauptkommissar: Ich habe nämlich für die Zeit von 10 bis 24 Uhr an diesem Samstag ein
wasserdichtes und lückenloses Alibi.«

»Das wird ja wirklich immer interessanter, was Sie uns
hier berichten. Und wie sieht Ihr wasserdichtes Alibi aus,
wenn ich fragen darf?«

»Sie dürfen. Ich war ab 10 Uhr bei dem Justiziar unserer
Firma, der Ihnen hier schräg gegenübersitzt. Wir haben
morgens ein paar geschäftliche Dinge besprochen und sind
danach zum Essen ins ›La Boheme‹. Dann sind wir wieder
zu ihm nach Hause gefahren und haben uns das Fußballspiel zwischen dem 1. FC Kaiserslautern und dem VFB
Stuttgart live in Premiere angeschaut. Anschließend haben
wir es uns vor dem offenen Kamin gemütlich gemacht und
dabei GO gespielt. – Kennen Sie zufällig dieses unglaublich
faszinierende japanische Strategiespiel, das allein in den
ersten drei Zügen über eine Million Variationsmöglichkeiten bietet? Ich hab darüber sogar mal ein Buch geschrieben. Titel: ›GO oder die Fähigkeit, sich in differenzierten
Märkten strategisch effizient zu bewegen‹.«

»Nein, ich spiele nur Schach«, entgegnete Tannenberg
leise mit einem beinahe entschuldigenden, wenn nicht

145

sogar leicht devoten Unterton, der ihn selbst ziemlich erschreckte.

Aber er fühlte sich noch immer irgendwie gelähmt, war zur Anwendung effizienter Verhörpraktiken kaum in der Lage. Denn das, was ihm hier in den letzten Minuten geboten wurde, hatte er in den zwanzig Jahren seiner Kriminalistentätigkeit wirklich noch nie erlebt. Es war einfach unglaublich. Da kam ein Tatverdächtiger, der ja noch gar keiner war, hier zu ihm ins Kommissariat und ging, als ob es sich um das Selbstverständlichste auf der Welt handelte, voll in die Offensive. Lieferte alles: von belastenden Indizien, über mögliche Motive, bis hin zum hieb- und stichfesten Alibi.

»Wieso ist das eigentlich ein wasserdichtes Alibi, Herr Professor?«, versuchte er den roten Faden aufzunehmen, der immer noch einige Meter von ihm entfernt auf dem marmorierten Kunststoffboden herumlag. »Schließlich könnte der Herr Rechtsanwalt Ihnen das Alibi ja auch ...«

»Stopp, Herr Hauptkommissar«, sagte plötzlich Dr. Croissant, der die ganze Zeit über nahezu regungslos am Tisch gesessen hatte, mit energischer Stimme. »Sie sollten jetzt besser nicht weiterreden, sonst haben Sie schon morgen früh eine ganz dicke Verleumdungsklage am Hals.«

Tannenberg musste zwar wohl oder übel die Zurechtweisung wie eine schleimige Kröte unwillig herunterschlucken, aber er wollte dem Anwalt keinen weiteren Triumph gönnen; deshalb wechselte er, ohne auf dessen kritische Bemerkungen einzugehen, das Thema.

»Herr Professor, wir kennen Ihren wirklichen Namen. Wir wissen, dass Sie Kretschmer heißen und ...«

»Entschuldigung, Herr Hauptkommissar«, unterbrach von Wandlitz, »wollen Sie daraus vielleicht ein Motiv für den Mord an Susanne ableiten? Wenn überhaupt, dann wohl doch eher für einen an meiner Frau – obwohl das ja genauso abwegig wäre! Also bitte! Das mit der Namensänderung war doch nichts anderes als ein Geschäft gewesen, gut für beide Seiten: Charlotte hab ich durch die Heirat aus ihrem kleinbürgerlichen Ossi-Mief herausgeholt, ihr eine vielversprechende Perspektive eröffnet; und mir hat der Adelstitel eine enorme Reputation verschafft, den ich für die Firmengründung sehr gut gebrauchen konnte. Jetzt natürlich auch noch.«

»Gut, akzeptiert, Herr Professor, aber beantworten Sie mir doch bitte mal folgende Frage: Wenn Sie's nicht waren, könnten Sie sich dann jemanden vorstellen, der für solch eine Tat ein Motiv gehabt haben könnte? Wissen Sie, ob Frau Niebergall Feinde hatte, im geschäftlichen oder im privaten Umfeld?«

»Darüber denke ich natürlich auch schon die ganze Zeit nach. Aber mir fällt weder eine Person, noch ein Motiv ein. Sie war so ein lieber Mensch.« Professor von Wandlitz schluckte und rang sichtlich um Fassung, fing sich aber gleich wieder. »Aber wie sagt man so schön: Die Seele eines Menschen ist unergründbar. Gab es denn das nicht schon öfter, dass Menschen ein Doppelleben geführt haben? Zum Beispiel Frauen, die zu Hause die liebe Mama und Ehefrau spielten, und abends arbeiteten sie dann in der Rotlichtszene als Domina. Also ich glaub einfach, dass es ein Einbrecher war!«

»Ein Einbrecher?«, wiederholte Tannenberg fragend und nahm sein Gegenüber noch konzentrierter ins Visier. »Tragen Sie eigentlich Armani-Schuhe?«

»Wieso?«

»Beantworten Sie bitte meine Frage!«

»Es könnten sich durchaus unter meinen vielen Schuhen auch ein Paar von dieser Firma befinden. Aber das kann ich jetzt nicht definitiv sagen. Meine Frau bringt oft Kleider und Schuhe zum Roten Kreuz. Wir sogenannten Besserverdienenden haben ja schließlich eine karitative Verantwortung gegenüber Menschen, die vom Schicksal nicht so verwöhnt wurden wie wir.«

Tannenberg kamen fast die Tränen angesichts dieses öffentlich zu Markte getragenen sozialen Engagements. Obwohl er eine tief sitzende Aversion gegenüber den demonstrativen Bekenntnissen solcher Gutmenschen hatte, bündelte er alle noch vorhandenen Kräfte zusammen und versuchte trotz seiner immer stärker sich bemerkbar machenden Schmerzen, die Befragung einigermaßen konfliktlos abzuschließen.

»Erinnern Sie sich, ob auf dem Schreibtisch Ihrer Kollegin Skulpturen herumstanden?«, fragte er und blickte dabei von Wandlitz tief in dessen stahlblaue Augen.

»Ja klar: Bulle und Bär. Es gibt wohl kaum ...«

»Danke, Herr Professor für das sehr interessante Gespräch«, würgte er ihn ab und ergänzte, »Wenn Sie jetzt bitte noch so nett sein wollten, sich ins Erdgeschoss zu den Kollegen von der Kriminaltechnik zu begeben. Wir brauchen natürlich noch Ihre Fingerabdrücke, um diejenigen, welche die Spurensicherung bisher gefunden hat, den entsprechenden Personen zuordnen zu können.«

Daraufhin standen die beiden Männer auf, verabschiedeten sich und wurden von Kommissar Schauß nach draußen geleitet.

Tannenberg erhob sich ebenfalls von seinem Stuhl und vertrat sich anschließend ein wenig die Beine, fand aber keine Zeit, die Eindrücke gründlich zu verarbeiten, die in der letzten Viertelstunde wie ein plötzlicher Gewitterregen auf ihn eingeprasselt waren, denn Adalbert Fouquet betrat den Raum.

»Chef, ich hab vor kurzem erfahren, dass die Eltern der Toten alle Hebel in Bewegung gesetzt haben, damit ihre Tochter so schnell wie möglich bestattet wird. Die Beerdigung ist schon morgen Nachmittag, und zwar um 14 Uhr.«

»Gut, da gehen wir beide natürlich hin! Sag mal gleich unserem Herrn Polizeifotografen Bescheid, dass er dort ein paar Aufnahmen von der Trauergemeinde schießen soll. Aber sag diesem elenden Trampel gleich dazu: So diskret wie nur irgend möglich!«

»Alles klar Chef!«

»Warte noch einen Moment«, schob Tannenberg nach, ging an Fouquet vorbei zu seiner Bürotür, öffnete diese und bat Michael Schauß in sein Zimmer. Dann schloss er wieder die Tür. »Leute, dieses Alibi können wir nur dadurch zu Fall kriegen, indem wir jemanden finden, der uns bestätigt, dass der werte Herr Professor während der Tatzeit, die er angeblich bei diesem sympathischen Anwalt verbracht hat, woanders – am besten in der Nähe des Tatorts – gesehen wurde. Also: Samstag trommeln wir alle verfügbaren Leute zusammen und verteilen dort oben im PRE-Park Flugblätter und führen Passantenbefragungen durch. Außerdem veröffentlichen wir einen Aufruf in der Samstagsausgabe der *Rheinpfalz*. Kannst du das übernehmen, Michael? Also, ich mein, den Text für die Flugblätter und für die Zeitung.«

»Nein, Wolf, geht nicht. Hast du vergessen, dass ich heute Mittag zu dem Lehrgang nach Mainz fahre?«

»Natürlich hab ich das nicht vergessen – nur einen Moment nicht daran gedacht!«, entgegnete der Kommissariatsleiter schnippisch und begab sich nachdenklich zu einem großen Stadtplan, der hinter seinem Schreibtisch an der Wand hing. »Das ist ja gar nicht weit, von der Eselsfürth, wo der Anwalt wohnt, bis hoch zum PRE-Park. Da konnte ja unser feiner Herr Professor zu Fuß in circa 5 bis 10 Minuten in seiner Firma sein. Der musste einfach nur durch den Wald gehen. Fouquet, check du mal ab, wo sich das Haus des Anwalts befindet und frag mal diskret, ob jemand in der Nachbarschaft letzten Samstag irgendetwas Auffälliges bemerkt hat.«

»Okay, Chef! Und denken Sie ja an die Geschenke für die Flocke!«, mahnte der junge Kommissar.

»Was für Geschenke für die Flocke? Hat die etwa heute Geburtstag?«, fragte Michael Schauß neugierig.

»Nein«, war alles, was Tannenberg bereit war, zu diesem Thema kundzutun.

»Übrigens, wollte ich noch etwas mit dir klären – unter vier Augen«, begann Michael Schauß und wartete, bis Fouquet die Signale verstanden hatte und dann auch umgehend den Raum verließ. »Du glaubst doch nicht im Ernst, dass ich an deinem Stuhl sägen wollte. Du bist hier der Chef. Das ist doch ganz klar!«

»Wenn das so klar ist, warum versuchst du dich dann andauernd zu rechtfertigen, wenn du nichts im Schilde geführt hast?«

»Ich wollte dir das einfach nur noch mal sagen.«

»Weißt du, bei uns im Musikerviertel gibt's einen alten Spruch. Und der lautet: Ein getroffener Hund bellt!«

7

Tannenberg hatte den Kaiserslauterer Hauptfriedhof über den Seiteneingang in der Mannheimerstraße betreten und sich anschließend in der Nähe der Leichenhalle einen Platz gesucht, der ihm aufgrund eines aus hohen Grabsteinen, efeuumrankten Baumstämmen und buschigen, immergrünen Friedhofsgehölzen zusammengesetzten natürlichen Schutzwalls eine sehr gute Beobachtungsposition bot, ihn aber gleichzeitig für neugierige Blicke aus Richtung der Friedhofskapelle nahezu unsichtbar machte.

Der graue, freudlose Herbsthimmel hielt seit Tagen die ganze Stadt unter seinem diesigen Feuchtigkeitsschleier gefangen. Auch hier, an diesem symbolträchtigen Ort der Stille und Besinnung, hinterließen die deprimierenden Witterungsverhältnisse ihre deutlichen Spuren: Pflanzen, Wege, Gräber, aber auch die Menschen, die diesen Unbilden ebenfalls schutzlos ausgeliefert waren, erschienen in dem dämmrigen, milchigen Licht noch trauriger und farbloser als sonst. Mit tatkräftiger Unterstützung eines stetigen, allerdings nicht sonderlich starken Windes versuchte der unerbittliche Nieselregen seine allgegenwärtige, aufdringliche Feuchtigkeit mit aller Macht durch die Schuhe und Kleidung der Friedhofsbesucher zu drücken.

Tannenberg begann zu frösteln und fing deshalb an, auf der Stelle zu trippeln. Kühle Schauer liefen ihm den Rücken hinunter bis zu seinen Fußsohlen. Sein flackernder

Blick wanderte unruhig über die Grabanlagen zu seiner Rechten und verweilte für einen kurzen Moment auf einer gewölbten Granitplatte. Obwohl seine körperliche Befindlichkeit ziemlich genau zu den schlaff über eine braune Vase herabhängenden, verwelkten Blumen passte, machte sich trotzdem in seiner Seele keine depressive Stimmung breit. Vielleicht hing es an den aus vielen kleinen roten Plastikdöschen herausleuchtenden, zarten Feuerscheinen, die den mattglänzenden dunklen Marmorplatten eine melancholische Feierlichkeit verlieh, vielleicht war dafür aber auch die aus Richtung der Sandsteinkapelle gedämpft an sein Ohr dringende Kirchenmusik verantwortlich.

Direkt vor ihm lugte ein schwarzes Eichhörnchen vorwitzig hinter einem verwitterten Grabstein hervor.

»Komm, lass mich mal unter deinen Schirm, du alter Egoist!«, hörte Tannenberg plötzlich eine wohlbekannte männliche Stimme, die sich ihm von hinten näherte.

»Na, du hast mir zu meinem Glück heute gerade noch gefehlt«, sagte er lächelnd, während er sich zu Dr. Schönthaler umdrehte. »Was willst du denn eigentlich hier? Sind dir etwa die Leichen ausgegangen?«

»Im Moment ist es schon ziemlich langweilig«, antwortete der Gerichtsmediziner und drückte sich unter den schwarzen Schirm. »Hast du nicht bald mal wieder was für mich?«

»Wer weiß? – Wieso hast du denn eigentlich den Leichnam dieser Susanne Niebergall so schnell freigegeben?«

»Also erstens gebe ja nicht ich, sondern die Staatsanwaltschaft die Leiche zur Bestattung frei, und zweitens haben die Eltern der toten Frau alle Hebel in Bewegung gesetzt, damit ihre Tochter so schnell wie möglich beerdigt werden kann. Die waren sogar zwei Mal bei mir in der Pathologie.«

»Und? Was für einen Eindruck hattest du von ihnen?«

»Eindruck?« Der Gerichtsmediziner legte eine kurze Pause ein, während der er seinen Mantelkragen nach oben schlug. »Irgendwie ist es ja blöd, so was zu sagen, gerade noch am Tag der Beerdigung. Aber mir schien es so, als ob die Eltern nicht gerade ein besonders herzliches Verhältnis zu Ihrer Tochter hatten, besonders der Vater nicht. Der war so merkwürdig unterkühlt. Na ja, vielleicht bild ich mir das ja auch nur ein.«

»Sag mal, hab ich das eigentlich geträumt, oder hattest du bei diesem Weinfest irgendwann mal erwähnt, dass es sich bei der Toten möglicherweise gar nicht um diese Susanne Niebergall gehandelt haben könnte?«

»Endlich! Dein Erinnerungsvermögen kehrt ja zurück. Natürlich hab ich das gesagt! Hätte ja schließlich auch so sein können! Du warst nämlich nach meinem Dafürhalten viel zu früh und viel zu einseitig darauf fixiert, dass die Tote in diesem Büro automatisch die Frau sein müsse, die dort gearbeitet hat. Du hast dich nur auf diese eine Möglichkeit beschränkt! Aber als Kriminalist musst du doch wohl schließlich alle Optionen in Erwägung ziehen. Und da hab ich eben gedacht, ich verpass dir mal ein mentales Fitnessprogramm, um dein altes Gehirn wieder etwas auf Trab zu bringen. Du hast einfach zu linear gedacht, alter Junge – komplexeres Denken ist angesagt!«

»Danke für die Belehrung!«

»Keine Ursache! Gern geschehen.«

»Was für'n Quatsch: komplexer denken. Das tu ich

doch, und du weißt das auch. Aber es war doch mehr als unwahrscheinlich, dass es sich bei der Toten nicht um diese Frau Niebergall handelt. Und da hab ich den Ermittlungsfokus zunächst mal auf diese – ich betone: naheliegende! – Hypothese gerichtet. Die dann ja wohl auch zugetroffen hat«

»Ja, stimmt schon. Aber …«

»Aber? … Aber du kennst doch genauso gut wie ich den eigentlichen Grund, warum du das gesagt hast …«

»Und der wäre?«

»Du wolltest dich doch nur vor diesen jungen Weibern aufspielen, du alter Gockel!«

»Alter Gockel? Na hör mal!«

»Bevor du jetzt gleich eingeschnappt bist, biete ich dir den sofortigen Waffenstillstand an – akzeptiert?«

Dr. Schönthaler schluckte seinen aufkeimenden Ärger hinunter und suchte, um das Friedensabkommen mit einem kräftigen Handschlag zu besiegeln, nach einer freien Hand seines Freundes, fand aber keine, denn dessen eine hielt den Ledergriff des schwarzen Regenschirms fest umklammert, während die andere, von Gips ummantelt, sich in einer breiten Armschlinge ausruhte.

»Akzeptiert!«, sagte er deshalb ohne formelle Bekräftigung.

»Gut. Dann klär mich doch mal bitte darüber auf, wieso eigentlich definitiv feststeht, dass es sich bei diesem total verkohlten Etwas um Susanne Niebergall gehandelt hat.«

»Ganz einfach: Der Unterkiefer war ja zum Glück noch vollständig erhalten. Und da mussten wir nur ihren Zahnarzt ausfindig machen, was den Kollegen auch ziemlich

schnell gelungen ist. Der Mann hat dann in sehr koope-
rativer Weise umgehend das Gebissbild und die anderen
Unterlagen zu uns bringen lassen. Die Sachen hab ich na-
türlich gleich mit ihrem Kiefer verglichen – und die völlige
Übereinstimmung festgestellt. Damit ist die Identität der
Toten als definitiv geklärt zu betrachten.«

»Also haben wir zumindest mal das«, resümierte Tannenberg kopfnickend.

»Übrigens hatte sie kein Kohlenmonoxyd im Blut.«

»Und das heißt?«

»Das heißt, dass die Frau eindeutig tot war, als sie verbrannte. Denn bei vitaler Verbrennung hätte ich Kohlenmonoxyd im Blut finden müssen.«

»Gott sei Dank!«, bemerkte der Kriminalbeamte reflexartig, ohne sich eindeutig darüber im Klaren zu sein, weshalb er angesichts dieser eigentlich eher belanglosen Mitteilung doch irgendwie erleichtert war.

»Ich hab übrigens noch was für dich: Ich hab gestern
Nachmittag den wahrscheinlichen Tathergang nochmals
rekonstruiert. Und zwar nicht mit einer störrischen Honigmelone«, sagte der Gerichtsmediziner schmunzelnd, »sondern mit einem richtigen Schädel, den ich mit viel Plastilin
und einem Stück Folie ausgestopft hab …«

»Komm, erspar mir weitere Details!«, flehte Tannenberg.

»Nur, wenn du mir folgende Frage beantworten kannst,
die da lautet: Welchem organischen Bestandteil des Gehirns entspricht die von mir verwendete Plastikfolie?«

»Komm, lass den Quatsch!«

»Der Gehirnhaut natürlich! Mensch, bist du eine Pflaume!«

»Verschon mich doch wenigstens heute mal mit diesem makaberen Kram!«

»Makaberer Kram? Na gut, du armes, zartes Pflänzchen: Also die anschließenden Tests haben meine Hypothese hinsichtlich der Tatwaffe ›Bären-Skulptur‹ eindeutig erhärtet.«

»Interessant!«

»Also die Art der Tatausführung deutet auf einen totalen Kontrollverlust hin. Da sind bei jemandem alle Sicherungen durchgebrannt. So was findet man sonst nur bei marodierenden Kriegsverbrecherbanden, die in einem Blutrausch alles niedermetzeln, was ihnen gerade über den Weg läuft. – Mensch Wolf, welches Motiv könnte denn hinter solch einem barbarischen Akt stecken?«

»Ja, wenn wir das wüssten, wären wir sicher schon einen entscheidenden Schritt weiter.«

Plötzlich verstummte die Orgelmusik und dünnes Glockengebimmel setzte ein. Die mit geschnitzten Ornamenten umrahmte, schwere, zweiflüglige Eichentür öffnete sich und wurde umgehend von zwei Friedhofsbediensteten in die an der jeweiligen Gebäudeseite befindlichen Metallverankerungen eingeklinkt.

Ein prächtig geschmückter Sarg wurde auf einem schwarz verkleideten Transportwagen aus der Leichenhalle herausgeschoben, dicht gefolgt von Susanne Niebergalls Eltern. Etwa einen Meter hinter ihnen hatten sich die engsten Freunde und Mitarbeiter der Toten paarweise zu einer feierlichen Prozession zusammengefunden. Bis auf Professor von Wandlitz handelte es sich bei den Mitgliedern der Trauergemeinde um Tannenberg völlig unbekannte Personen.

156

»Das gibt's ja gar nicht! Die sieht doch aus wie Lea«, rief plötzlich der Rechtsmediziner in einer Lautstärke, die ihn kurz danach selbst erschrocken zusammenzucken ließ. Sofort presste er seine linke Hand fest auf Nase und Lippen, so als ob er die unbedachten Worte, die eben unzensiert seinen Mund verlassen hatten, wieder dort hineindrücken wollte, wo sie hergekommen waren.

Tannenberg reagierte zunächst überhaupt nicht; er war völlig damit beschäftigt, diese unglaubliche optische Täuschung aufzunehmen. Verarbeiten konnte er sie nicht, denn sein Gehirn war total blockiert. Er war wie schockgefrostet, stand absolut bewegungsunfähig im leichten Nieselregen und gaffte ungläubig auf das, was er da sah. Starrte diese Frau an, die in einem eleganten, schwarzen Hosenanzug direkt neben dem Professor ging – und die Lea so sehr ähnelte.

Man konnte wirklich glauben, es handele sich um ihre leibhaftige Zwillingsschwester: Die gleiche Kurzhaarfrisur, die gleiche fragile Erscheinung, die gleichen feingliedrigen Bewegungen, aber auch die gleichen, ihrem unruhigen Mienenspiel zu entnehmenden Hinweise auf eine unbändige Dynamik, die Lea von der einen zur anderen Sekunde in ein äußerst temperamentvolles Energiebündel verwandeln konnte.

Hätte sein alter Freund diese Worte nicht ausgesprochen, wäre er sicherlich der Meinung gewesen, dass er aufgrund seiner schmerzhaften Erinnerungen an Leas Beerdigung gerade von einer trügerischen Vision überrumpelt worden war. Aber Dr. Schönthaler hatte dieses merkwürdige Phänomen durch seine recht unsensible Äußerung sozusagen objektiviert, diese unwirkliche Erscheinung ihres illusionären Charakters beraubt.

Wolfram Tannenbergs Magen verkrampfte sich.

Trotz der Kälte begann er zu schwitzen.

Sekunden später zitterte er wie Espenlaub.

Der Pathologe legte seinen linken Arm auf die Schulter des Kriminalbeamten, sehr wohl bedacht darauf, dabei dessen verletzten Unterarm nicht zu berühren. Dann zog er ihn leicht zu sich herüber.

»Alter Junge, diese blöde Bemerkung tut mir Leid. Das hätte ich mir wirklich sparen können«, versuchte er sich mit gedämpfter Stimme zu entschuldigen.

Er kramte ein akkurat zusammengefaltetes, weißes Leinentaschentuch aus seiner Hose und reichte es Tannenberg, der es auch dankend annahm und damit die feuchten Stellen um seine Augen herum abtrocknete.

»Aber du hast ja Recht, Rainer«, sagte er stockend. »Die Ähnlichkeit ist wirklich dermaßen frappierend – das gibt's einfach nicht.«

Während der lang gedehnte Leichenzug den Vorplatz der Friedhofskapelle verließ und sich über einen breiten asphaltierten Weg in Richtung des Waldfriedhofs bewegte, standen die beiden Männer noch eine Weile still und andächtig auf ihrem Beobachtungsplatz und folgten der feierlichen Beerdigungsprozession erst, nachdem sich Tannenbergs stark genug fühlte, die optische Wiedergeburt seiner vor sieben Jahren verstorbenen Frau emotional verarbeiten zu können.

Als der Leiter der Kaiserslauterer Mordkommission etwa eine Stunde später wieder in seiner Dienststelle am Pfaffplatz eintraf, saßen Kriminalhauptmeister Geiger, Petra Flockerzie und Sabrina Schauß kaffeetrinkend im Sekretariat am Besuchertisch und unterhielten sich angeregt über modernes Vermögensmanagement – oder trefflicher beschrieben: Geiger dozierte über lukrative Geldanlagen im Healthcare- und Wellnessbereich. Seine beiden Zuhörer waren so begeistert bei der Sache, dass sie das Erscheinen ihres Vorgesetzten zwar registrierten, ihr Verhalten allerdings nicht grundlegend änderten.

»Chef, bitte nur noch fünf Minuten«, empfing ihn seine Sekretärin und ergänzte mit glänzenden Augen, »das ist ja so toll, wie man heute sein Geld anlegen kann. Wollen Sie sich das nicht auch mal anhören?«

Petra Flockerzie erhob sich und wollte gerade einen weiteren Stuhl, der etwas abseits an der Wand stand, zum Besuchertisch herüberschaffen, als Tannenberg ihrem Vorhaben Einhalt gebot.

»Komm, setzt dich wieder hin! Gut, fünf Minuten. Aber dann geht ihr alle zurück an eure Arbeit!«, zeigte er sich unerwartet großzügig.

»Danke, Chef. Toll! Das ist nämlich wirklich total interessant. Der Geiger hat uns gerade erklärt, wenn man Geld in … – Geiger, wie heißt das Zeug?«

»Wellness- und Healthcarefonds.«

»Wenn man da sein Geld anlegt, dann bekommt man neben einer … Komm, Geiger, erklär das noch mal.«

»Ganz einfach: Wenn man in Wellness- und Healthcarefonds investiert, erhält man neben der normalen Gewinnausschüttung zweimal im Jahr Gutscheine für Beautyfarm-Aufenthalte, die man dann …«

»Chef, wissen Sie was das heißt?«, unterbrach Petra Flockerzie aufgeregt. »Da kann ich kostenlos – jawohl: kostenlos! – die modernsten Diätprogramme machen und mich verwöhnen und verschönern lassen.«

Tannenberg hatte zwar eine ketzerische Bemerkung auf der Zunge, die er aber nach seinem Fauxpas vorgestern besser unterließ, war es ihm doch erfolgreich gelungen, seine Sekretärin mit Hilfe der beiden Geschenke wieder etwas versöhnlicher zu stimmen.

Während er sich von seiner inneren Ratgeberinstanz erfolgreich disziplinieren ließ, hörte er, wie Geiger die beiden Frauen zu einem Besuch der Spielbank in Bad Dürkheim einlud, wo an diesem Abend anscheinend ein Informationstreffen der Firma *Midas-Power-Investments* stattfinden sollte. Da Petra Flockerzie verhindert war, überreichte er ihr ein Prospekt und zeigte sich sehr erfreut über die spontane Zusage von Michael Schauß' Ehefrau.

»Toll, Sabrina, dann hol ich dich heute Abend ab. Dann machen wir uns einen schönen Abend in der Spielbank. Das wird dir bestimmt gefallen! Du wirst dort sehr interessante Leute treffen.«

»Jetzt reicht's aber!«, stoppte Tannenberg mit Vehemenz den Freudenausbruch Geigers.

Fast zeitgleich betrat Fouquet mit einem Stapel Fotos das Kommissariat.

»Sag bloß, der alte Leichenknipser hat die Bilder von der Beerdigung schon fertig?«

»Ja, Chef. Der hat sich ziemlich beeilt damit.«

»Was sagt ihr denn dazu, wenn ich euch jetzt mitteile, dass vorhin auf dem Friedhof gar nicht diese Susanne Niebergall, sondern eine ganz andere Frau beerdigt worden ist?«, warf der Leiter des K1 eine verbale Blendgranate in den Raum.

»Was? Wieso?«, fragten seine verblüfften Mitarbeiter in einem vielstimmigen Chor.

»Es ist doch gut möglich, dass die Tote, die wir im Büro dieser Frau gefunden haben, gar nicht sie selbst war. Oder lasst ihr euch etwa von der Tatsache, dass man an der Leiche Schmuck gefunden hat, den die besagte Dame anscheinend zu Lebzeiten getragen hat, so einfach in die Irre führen?«

Betretenes Schweigen.

»Da habt ihr wohl nicht daran gedacht. Ihr denkt einfach viel zu linear! Ihr müsst komplexer denken«, wiederholte Tannenberg fast wörtlich die Aussage des Gerichtsmediziners, ohne dass sich dabei auch nur der geringste Anflug von Schamesröte in seinem Gesicht gezeigt hätte.

Anschließend nahm er Fouquet die Fotos aus der Hand und verzog sich damit schmunzelnd in sein Dienstzimmer.

Bereits wenige Sekunden später öffnete er von innen seine Tür und rief laut in den Vorraum hinaus: »Es handelt sich bei dem verkohlten Leichnam, der heute Mittag feierlich zu Grabe getragen wurde, natürlich um niemand anderen als um diese Susanne Niebergall. Das hat der Doc anhand des Gebissbildes eindeutig festgestellt. Ich hab euch das nur gesagt, damit ihr mal auf andere Gedanken kommt. Schließlich sind wir hier nicht bei der Vermögensberatung einer Sparkasse, sondern bei der Mordkommission. Wenn ich euch daran erinnern darf, wissen wir jetzt zwar über die Identität der Toten Bescheid, aber wir wissen noch immer nicht, wer sie vom Leben in den Tod befördert hat – und zwar auf brutalste Art und Weise! Aber genau das ist unser Job!«

Wer ist bloß diese Frau, die Lea so sehr ähnelt, fragte er sich, als er an seinem Schreibtisch sitzend, gebannt auf die Fotos starrte. Bei der Beerdigungsprozession ging sie direkt neben dem Professor. Bei dieser attraktiven Person handelt es sich nicht um seine Ehefrau, denn die kenne ich ja schließlich. Aber die hat bestimmt eine wichtige Funktion in dieser Firma.

»Flocke, schick mir mal den Fouquet rein«, sagte Tannenberg in die Gegensprechanlage.

»Chef, der ist schon weg«, kam es umgehend zurück.

»Wieso? Wo ist der denn hin?«

»Runter zur Kriminaltechnik.«

»Gut. Dann schau du mal im Internet nach, ob du irgendwo Bilder von den leitenden Mitarbeitern der Firma *FIT.net* finden kannst.«

»Ja, mach ich sofort. Warten Sie mal einen Augenblick.«

Tannenberg hörte die typischen Hackgeräusche, mit denen seine Sekretärin oft die Keyboardtastatur malträtierte.

»Ich hab's schon, Chef! Da ist es: Mitglieder der Geschäftsleitung – mit Fotos!«

Tannenberg konnte sich nicht vorstellen, dass seine Sekretärin wirklich schon etwas gefunden hatte. Deshalb begab er sich ohne eine weitere Antwort zu geben, direkt zu Petra Flockerzie an den Computermonitor und sah sofort, dass sich die Hypothese, die er gerade in seinem Zimmer gebildet hatte, exakt zutraf. Denn die Frau, die ihm da so selbstbewusst auf dem Bildschirm entgegenblickte, war eindeutig Ellen Herdecke, der Chief Operating Officer – kurz COO – der Firma *FIT.net*.

Sabrina Schauß hatte sich vorhin im Kommissariat schon ein wenig über sich selbst gewundert, als sie ohne nachzudenken Geigers Einladung ins Bad Dürkheimer Spielcasino gefolgt war.

Was ist denn schon dabei, wenn ich mal etwas gemeinsam mit einem Kollegen nach Dienstschluss unternehme, rechtfertigte sie ihre spontane Entscheidung vor sich selbst, als sie an ihrem Badezimmerspiegel die Lidstriche nachzog. Michael wird ja abends nach seinen Fortbildungsseminaren auch nicht alleine im Hotel sitzen und die Wände angaffen. Der geht bestimmt auch mit seinen Kollegen weg. Und da ist bestimmt auch die eine oder andere Frau dabei. Außerdem hab ich meine Zustimmung gegeben – und da mach ich doch jetzt keinen Rückzieher mehr! Wie würde das denn aussehen? Als ob ich Angst hätte. Angst wovor? So attraktiv ist dieser kleine, schmierige Kerl nun auch wieder nicht, lachte sie in den Spiegel.

Pünktlich um 18 Uhr erschien Armin Geiger hupend vor Sabrinas Haus, schälte sich aus seinem flachen Sportwagen, begab sich zur Beifahrertür, öffnete sie und platzierte sich wie ein Hoteldiener daneben.

»Mensch Geiger, das muss doch nicht die ganze Straße mitbekommen!«, schimpfte die junge, attraktive Polizistin, nachdem sie eilig im schwarzen Porsche Carrera Platz genommen hatte.

»Wieso? Wir haben doch nichts zu verbergen, oder?«

»Komm Geiger, halt deine Hormone im Zaum, sonst steig ich jetzt gleich wieder aus.«

»Gut, Sabrina. Aber ein kleines Späßchen wird man doch wohl noch unter Kollegen machen dürfen.«

Der Kriminalhauptmeister startete sein Nobelauto. »Übrigens treffen wir nachher auch den Carlo Weinhold, der wird dir bestimmt gefallen.«

»Wer ist denn das?«

»Das ist einer unserer Magnum Consultants.«

»Was ist der?«

»Magnum Consultant. Also, pass mal auf! Ich erklär dir das mal: Bei *MPI* fängt man als Junior Consultant an. Das ist ein einfacher Finanzberater. Der Magnum Consultant ist so was wie der Ober-Finanzberater. Der betreut einen eignen Stab von Junior Consultants und bekommt von jedem Geschäft, das einer seiner Mitarbeiter macht, eine saftige Provision ab. Das ist *der* Job, sag ich dir! Und der Carlo Weinhold ist mein Mentor, wie das bei *MPI* heißt. Und der Carlo hat mir gesagt, dass, wenn ich weiter so erfolgreich bin, ich demnächst auf der Karriereleiter eine Stufe nach oben klettern werde. Toll, gell?«

»Ja ..., schon.«

»Sag mal, Sabrina, möchtest du nicht auch Geld bei uns investieren? Wir erzielen wirklich phantastische Gewinnsteigerungen mit unseren Anlagen. Und – eigentlich darf ich das ja nicht! Aber ich würd's trotzdem machen, weil du's bist.«

»Was denn?«

»Ich würde dir die Hälfte meiner Provision, die ich für den Vertag mit dir bekäme, abgeben. Ist das kein super Angebot?«

Sabrina zögerte ihre Antwort hinaus, sie schien mit sich zu kämpfen, war hin- und hergerissen zwischen Geldgier und Misstrauen.

»Wie würde das denn ablaufen?«, fragte sie neugierig.

»Ganz einfach: Du legst, sagen wir mal 10.000 Euro, über mich bei *MPI* an. Das ist die Mindestsumme, ab der ich 2.000 Euro Provision kassiere ...«

»2.000 Euro?«, fragte Sabrina sofort ungläubig nach. »Das sind ja 20% – nur für eine Unterschrift? Das gibt's doch nicht!«

»Doch Sabrina, das gibt's. Bei *MPI* profitieren alle: die Anleger, die Mordsrenditen bekommen, die Berater … Und du würdest nach Vertragsabschluss von mir 1.000 Euro zurückerhalten, bar versteht sich. Aber davon dürfte niemand etwas erfahren, auch nicht dein Mann!«

»Warum?«

»Weil ich dann ziemliche Schwierigkeiten bekäme.«

Wieder grübelte Sabrina. Sie blickte hinaus in den von den Lichtkegeln der starken Fernscheinwerfer erhellten Wald, durch den sie mit hoher Geschwindigkeit hindurchbrausten.

»Ich denk mal drüber nach … Aber ich hab von dem Erbe meiner Mutter schon noch etwas Geld, von dem sogar Michael nichts weiß – als Notreserve!«

»Das wäre doch was. Was meinst du wohl, wie toll es ist, wenn man jeden Tag in der Zeitung sehen kann, wie sich das angelegte Geld vermehrt. Wie durch Zauberhand. Und es ist wirklich so«, er drehte sich kurz zu Sabrina hin, »ich konnt's ja am Anfang auch nicht glauben: Die durchschnittliche Rendite in den letzten 5 Jahren betrug bei *MPI* 80% – im Jahr!«

»Das heißt ja: Aus meinen 10.000 Euro wären in 5 Jahren 40.000 Euro geworden.«

»Nein, das stimmt nicht!«

»Wieso?«, fragte die junge Polizeibeamtin verwundert.

»Weil du nach dem ersten Jahr einen Kapitalstock von 18.000 Euro gehabt hättest, der dann wiederum 80% Gewinn gebracht hätte. Mit diesem Wiederanlageeffekt hättest du nach 5 Jahren nicht 40.000 Euro, sondern sage und schreibe fast 190.000 Euro gehabt.«

Als Geiger seinen Porsche direkt vor der festlich beleuchteten Spielbank parkte, pendelte Sabrina Schauß' Kopf immer noch ungläubig hin und her.

Carlo Weinhold erwartete die beiden Kaiserslauterer Kriminalbeamten an der Casino-Bar, die sich im Eingangsbereich des prunkvollen Spielbankgebäudes befand. Er war sehr elegant gekleidet, sonnengebräunt und fügte sich sehr gut in dieses exklusive Ambiente ein. Was man von Geiger nicht behaupten konnte, der nervös an seinem Porscheschlüssel herumspielte und sich in dem von hellen Raumfarben und diversen Glas- bzw. Spiegelflächen geprägten Foyer überhaupt nicht wohl zu fühlen schien.

Der hochrangige *MPI*-Mitarbeiter ließ Geiger an der Bar zurück, reichte Sabrina seinen Arm, passierte unkontrolliert die kleine Rezeption und promenierte mit ihr durch den großen Spielsaal des Casinos. Überall schien man ihn zu kennen, egal, ob er mit seiner hübschen Begleiterin am Französischen Roulette stand und für einen kurzen Augenblick den magischen Lauf der Kugel verfolgte, oder ob er hinter den roten Tableaus der Black-Jack-Tische auftauchte – jeder Croupier, jede Serviererin nahm sofort freundlich Blickkontakt mit ihm auf, lächelte ihn an oder nickte ihm zu.

Auf Sabrina übte diese ihr unbekannte Welt, die so augenscheinlich von Reichtum und Spielleidenschaft durchwoben war, sofort eine unglaubliche Faszination aus. Sie genoss dieses noble Flair, sog es mit tiefen Atemzügen gierig ein; unterschied es sich doch vollständig von ihrem kleinbürgerlichen Milieu, in dem sie sonst ihr nicht gerade mit Highlights überhäuftes Dasein fristete.

Aber hier war sie umgeben von Personen, welche die weitaus abwechslungsreichere, weil spannungsgeladenere Seite des Lebens repräsentierten. Und ihr gutaussehender, höflicher Begleiter, der ziemlich beeindruckt von ihr zu sein schien, signalisierte ihr unverhohlen, dass sie – wenn sie es nur wollte – ganz schnell zu einem Teil dieses glamourösen Lebens werden könnte.

Der Vortrag, den Carlo Weinhold anschließend in einem Nebenzimmer hielt, war genauso beeindruckend wie die Personen, die sich zu dieser Informationsveranstaltung in der Bad Dürkheimer Spielbank eingefunden hatten. Die Gespräche, die Sabrina während einer kurzen Pause, in der Champagner und Kaviarschnittchen gereicht wurden, mithörte, überzeugten sie davon, dass es sich bei den Anwesenden hauptsächlich um sehr wohlhabende Mitmenschen handelte, die sich auf ihrer permanenten Suche nach lukrativen Geldanlagen hier eingefunden hatten.

Am Ende der Veranstaltung wurden den Gästen von Mitarbeitern der Firma *MPI*, zu denen auch Geiger zählte, als kleines Präsent kostenlose Jetons überreicht, mit denen sich die meisten von ihnen dann auch anschließend an die verschiedenen Rouletttische begaben.

Zur gleichen Zeit, als Sabrina Schauß sich wie ein übermütiger Goldfisch im Teich der großen Welt tummelte und ihren Wetteinsatz an einem sogenannten Quicktable verspielte, hatte sich Tannenberg gerade auf seine alte Ledercouch gelümmelt und wartete geduldig auf die Tagesschau. Da es bis zum 20-Uhr-Gong noch einige Minuten dauerte, schnappte er sich die Fernsehzeitung und blätterte lustlos darin herum.

»Oh Mist!«, brummte er schon wenig später laut vor sich hin. »Das muss doch jetzt wirklich nicht sein!«

Aber er wusste ganz genau, dass Jammern jetzt überhaupt nichts mehr nutzte. Denn ihm war sofort, als er die Programmankündigung gelesen hatte, sonnenklar gewesen, dass er diesem Film genauso wenig zu widerstehen vermochte, wie ›Dinner For One‹ am Silvesterabend. Da er aus leidvoller, langjähriger Erfahrung antizipieren konnte, was ihn noch an diesem Abend erwarten würde, quälte er sich mühsam in die Küche und kehrte bereits kurze Zeit später mit einer neuen Flasche Chardonnay zu dem Ort des ihn erwartenden Martyriums zurück.

Obwohl er sich die Abendnachrichten regelmäßig anschaute, erzeugte die Magie dieser großen, sich auf markantem hellblauem Hintergrund langsam auf ihr Ziel zubewegenden, weißen Leuchtziffern jedes Mal wieder aufs Neue einen rational kaum nachvollziehbaren inneren Spannungszustand, der sich erst mit dem erlösenden 20-Uhr-Gong und einem zeitgleich zelebrierten tiefen Schluck aus seinem Weinglas zaghaft reduzierte. Diese Nachrichtensendung war für ihn eine Art Nationalheiligtum mit Suchtcharakter. Keiner durfte ihn bei diesem allabendlichen Ritual stören; nicht einmal zu einem Telefongespräch stand er in dieser ihm heiligen Viertelstunde zur Verfügung.

Schon bei der Filmmelodie musste er mehrmals schlucken.

Aber richtig los ging es immer an der Stelle, als Kaiser Franz-Josef von Österreich auf der Kutschfahrt zu seiner Geburtstagsfeier nach Ischl, wo er gegen seinen Willen mit der Prinzessin Helene von Bayern verlobt werden sollte, ein burschikoses, junges Mädchen traf, in das er sich sofort verliebte; er aber zu diesem Zeitpunkt noch nicht wusste, um wen es sich in Wirklichkeit handelte. Erst als beim Abendball die adligen Gäste vorstellt wurden, erkannte er, dass es sich bei seiner Begegnung mit dem ihm unbekannten Mädchen um Elisabeth, die Schwester von Helene gehandelt hatte.

Das war die erste Stelle!

Als der junge Kaiser die Situation entschlüsselt hatte und auch dem begriffsstutzigsten Zuschauer inzwischen seine Liebe zu Sissi klar geworden war, begann Tannenbergs Kinn zu zittern, um den Mund herum zuckte es, seine Augen füllten sich mit Wasser, bis schließlich zwei dicke Tränen die Wangen hinunterkullerten. Da zeitgleich die Nase zu laufen begonnen hatte, putzte er sie schnell, wohl wissend, dass diese Aktion eigentlich überflüssig war, erschien doch bereits am Horizont des alten Zelluloidstreifens gleich die nächste unerträgliche emotionale Belastungsprobe – und zwar in Form des an Sissi gerichteten Heiratsantrags.

Außer Lea wusste niemand auf der ganzen Welt von seinem Geheimnis, das sich im übrigen nicht nur auf Sissi I bezog, sondern auch auf Winnetou I, wobei er es bei diesem Film noch nicht einmal schaffte, bis zum Ende durchzuhalten, denn die Szene, in der Winnetous bildhübsche Schwester Ntscho-Tschi von Santer ermordet wird, verkraftete er einfach nicht. Genauso wenig wie er es ertrug, leibhaftig miterleben zu müssen, wie im zweiten Teil der Sissi-Trilogie die naturverbundene, fröhliche junge Kaiserin immer mehr am Spanischen Hofzeremoniell und ihrer herrischen und gefühlskalten Schwiegermutter zerbricht.

8

»Einen schönen guten Morgen! Hauptkommissar Tannenberg, Mordkommission Kaiserslautern. Das ist meine Mitarbeiterin Sabrina Schauß«, stellte der Leiter des K1 sich und seine junge Begleiterin vor, nachdem die Vorzimmerdame die beiden in das Büro von Ellen Herdecke geführt hatte.

»Einen ebenso schönen guten Morgen wünsche ich Ihnen zurück. Mordkommission? – Ach, so … Entschuldigen Sie, natürlich! Sie kommen wegen dem schrecklichen Tod von Susanne.«

»Das ist richtig, Frau Herdecke«, bestätigte Sabrina.

»Tannenberg? Ein seltener Familienname, wenn mich nicht alles täuscht.«

»Ja, das stimmt. Ein sehr seltener sogar, Frau Herdecke. Mein Vater betreibt ein wenig Ahnenforschung und ist der Meinung, dass es in Deutschland nur ein paar Leute mit unserem Namen gibt. Aber in den USA scheint es noch mehr von unserer Sorte zu geben.«

»Tannenberg? … Gibt's da nicht eine Stadt, die so heißt? … Oder gab's da nicht mal eine Schlacht?«

»Beides: Es gibt eine Stadt im Erzgebirge, die so heißt. Aber ich weiß nicht, ob unsere Familie dort ihre Wurzeln hat. Und es gab eine ›Schlacht bei Tannenberg‹ zu Beginn des ersten Weltkrieges.«

»Bitte nehmen Sie doch Platz!«, entgegnete der COO

der Firma *FIT.net* und geleitete die beiden Ermittler zu einer modernen Designercouch.

»Ist das ein echter Kandinsky?«, platzte es aus Tannenberg heraus, als er das Gemälde erkannte, das mit seinen aufdringlichen Blautönen so gar nicht zu dem lachsroten Sitzmobiliar zu passen schien.

»Respekt, Herr Hauptkommissar. Sie sind ja ein richtiger Kunstexperte!«, lobte die attraktive Enddreißigerin anerkennend. »›Murnau avec l'église‹ – als Original? Das wäre sicherlich eine schöne Sache. Aber nein, das ist leider nur eine gute Reproduktion. Was haben Sie denn eigentlich angestellt? Ein Sportunfall?«

»Bitte? – Ach so, mein Arm? Sportunfall? Ja, könnte man so sagen. So was passiert ganz schnell, wenn man nicht aufpasst.«

Sabrina räusperte sich plötzlich. Ob es aus Absicht geschah, oder ob es Zufall war, wusste Tannenberg nicht, allerdings sah er sich spontan dazu veranlasst, das Thema zu wechseln.

»Aber wir sind ja nicht hier, um uns mit Ihnen über Familiennamen oder moderne Kunst zu unterhalten, sondern über den Mord an Ihrer Kollegin Susanne Niebergall«, sagte er und ließ sich vorsichtig auf dem zartroten Lederpolster nieder.

»Ja sicher, Sie haben vollkommen Recht. Entschuldigen Sie, Herr Hauptkommissar, ich habe Sie und Ihre Kollegin noch gar nicht gefragt, ob ich Ihnen etwas anbieten darf.«

Sabrina schüttelte leicht ihren Kopf und wollte anscheinend gerade dankend ablehnen; aber sie kam nicht dazu, dies auch zu artikulieren, weil sie von ihrem Chef blitzschnell überstimmt wurde.

172

»Kaffee wäre jetzt nicht schlecht. Sehr freundlich von Ihnen, Frau Herdecke.«

»Einen schönen starken Espresso vielleicht?«

»Ja, das wäre jetzt genau das Richtige!«

Ellen Herdeckes Miene verfinsterte sich.

»Das war auch Susannes Lieblingsgetränk«, sagte sie mit trauriger Stimme.

Plötzlich vibrierte es in der Innentasche seines Sakkos. Tannenberg zuckte leicht zusammen. »Entschuldigen Sie bitte. Jedes Mal erschrecke ich, wenn dieses blöde Handy losgeht.«

Er schraubte sich mühsam von seinem ziemlich tiefen Sitzplatz nach oben, ging ein paar Meter in Richtung des futuristisch anmutenden Schreibtischs und drückte anschließend die grüne Taste seines Siemens-Handys.

Er hörte sich kurz an, was der Anrufer zu berichten hatte, und sagte dann in unmissverständlicher Vorgesetzten-Manier: »Nein, Fouquet. Ich kann jetzt nicht. Nimm dir den Geiger mit. Macht das mal alleine, das schafft ihr schon.«

Man merkte Sabrina deutlich an, wie gerne sie gewusst hätte, was ihr Chef in diesem kurzen Telefonat erfahren hatte, aber dazu fand sich gegenwärtig keine Gelegenheit.

Ellen Herdecke erhob sich auf einmal wie von einer Tarantel gestochen von ihrem Sitzplatz und stellte sich vor Tannenberg.

»Wissen Sie, Herr Hauptkommissar, eigentlich wäre es mir lieber, wenn Sie den Siggi – ich meine den Siegfried von Wandlitz – zu dem Mord an der armen Susanne befragen würden«, meinte sie mit einem seltsamen Unterton, aus der Tannenberg leichte Unsicherheit herauszuhören glaubte.

173

»Warum?«, fragte der altgediente Kripobeamte verwundert.

»Na, weil er für die Repräsentation unserer Firma nach außen hin zuständig ist. Und ich habe einfach Angst, vielleicht etwas Falsches zu sagen. Zumal …«

»Zumal was, Frau Herdecke?«

»Zumal ich zu Susanne nicht das allerbeste Verhältnis hatte. Wir waren einfach zu verschieden – privat meine ich.«

»Wieso?«, mischte sich Sabrina, die sich inzwischen zu den beiden gesellt hatte, ein.

»Na ja, Susanne war eben die absolute Karrierefrau, die außer ihrem Beruf nichts anderes kannte. Und ich bin eben mehr der Familienmensch, bin viel emotionaler. Und für sie war alles nüchternes Kalkül. Alles wurde rational geprüft, entschieden und dann auch durchgeführt. Hatte vielleicht auch etwas mit ihrem Arbeitsbereich zu tun: immer nur Zahlen, Zahlen, Zahlen.«

»Und wie war das mit dem Verhältnis zwischen Frau Niebergall und dem Herrn Professor?«, wollte Tannenberg wissen.

»Das war, glaub ich jedenfalls, genauso kalt und rational. Aber dazu möchte ich mich eigentlich nicht weiter äußern. Ich weiß auch kaum was darüber. Susanne und ich sind uns ziemlich aus dem Weg gegangen.«

»Wie sieht's denn eigentlich wirtschaftlich mit Ihrer Firma aus?«, schaltete sich wieder die junge Kriminalbeamtin ein.

»Gut, denke ich. Aber da sollten Sie wirklich besser den Siggi fragen, denn da ist er der Experte. Um den finanziellen Bereich kümmere ich mich nicht. Mein Metier sind Forschung und Entwicklung.«

»Aber Sie können uns doch sicher etwas über die Besitzverhältnisse innerhalb Ihres Unternehmens aufklären«, sagte Tannenberg und korrigierte sich sogleich. »Also, um's auf den Punkt zu bringen: Wem gehört eigentlich die Firma *FIT.net*?

»Aber Herr Hauptkommissar, das ist doch ganz einfach«, entgegnete die Angesprochene lachend: »Wir sind eine Aktiengesellschaft und deshalb gehört das Unternehmen den Aktionären!«

»Und die wären?«, insistierte der Kriminalbeamte.

»Siggi, Susanne und ich besitzen zusammen etwa 10% der Aktien; die restlichen 90% befinden sich nach meinem Wissensstand in Streubesitz – also bei Investmentgesellschaften, Privataktionären usw.«

»Verstehe. Und was ist mit den Anteilen, die Frau Niebergall besitzt, gehen die jetzt an Sie beide über?«

»Nein, natürlich nicht! Die erben ihre nächsten Verwandten. In ihrem Fall dann wohl die Eltern, denn sie ist ja weder verheiratet, noch hat sie Kinder oder Geschwister – jedenfalls soviel ich weiß.« Sie legte eine kurze Pause ein. »Hoffentlich werfen die Eltern das Aktienpaket nicht sofort, wenn sie den Erbschein haben, auf den Markt. Sonst bricht vielleicht unser Kurs zusammen.«

»Sehen Sie, Frau Herdecke, jetzt haben Sie uns doch einige interessante Auskünfte erteilt, obwohl Sie vorhin noch meinten, dass Sie das gar nicht wollten.«

»Das muss wohl an der sympathischen Art Ihrer Befragung liegen, lieber Herr Hauptkommissar«, entgegnete sie sanft lächelnd wie eine zarte Frühlingsblume, auf die gerade die ersten milden Sonnenstrahlen gefallen waren

– so lautete jedenfalls die Metapher, die Tannenbergs innere Stimme in sein Bewusstsein hineinkatapultierte.

Sabrina Schauß bombardierte ihren Chef bereits im Treppenhaus des FIT. net-Gebäudes mit Fragen hinsichtlich des Telefonats; aber dieser war nicht bereit, seine Informationen außerhalb ihres Dienstfahrzeuges preiszugeben.

»Also, du alte Nervensäge«, begann er sichtlich gut gelaunt, »damit du endlich Ruhe gibst: Irgendein Spaziergänger hat irgendwo im Wald in einem Erdloch die Leiche irgendeines Penners gefunden. Schon wieder so ein Pennermord! Wie vor einem halben Jahr, als einer den anderen im Suff erschlagen hat. Erinnerst du dich?«

»Ja klar, ist ja noch nicht so lange her.«

»Aber diesmal sollen das die anderen machen. Ich will mich voll auf diesen Fall hier konzentrieren.«

»Wohl auch wegen der netten Frau Herdecke, oder?«, stichelte Sabrina in erhöhter Stimmlage. »Sie gefällt dir wohl sehr.«

»Wieso?«, fragte Tannenberg verblüfft und drehte sich stirnrunzelnd seiner jungen Mitarbeiterin zu. »Wie meinst du das?«

»Na, genauso, wie ich es gesagt habe. Oder glaubst du etwa, mir ist entgangen, wie du ungeniert mit der Dame geflirtet hast«, sagte sie und schob schnell nach: »Und sie auch übrigens mit dir – falls du das nicht gemerkt haben solltest!«

»Glaubst du wirklich?«

»Na, jedenfalls hat es ganz danach ausgesehen.«

Tannenberg brummte zufrieden vor sich hin, lächelte – und veränderte mit einem Schlag sein Mienenspiel, so als ob er plötzlich mit einem schrecklichen Gedanken konfrontiert worden wäre.

»Sie hat aber doch von ihrer Familie erzählt, oder erinnere ich mich da nicht richtig?«, fragte er mit versteinertem Gesichtsausdruck.

»Nein, Wolf, sie hat nichts von einer eigenen Familie erzählt, sondern sie hat sich als Familienmensch bezeichnet, jedenfalls im Gegensatz zu dieser Susanne Niebergall.«

»Sabrina, tust du mir einen Gefallen?«

»Klar, fast jeden!«

»Gut, dann sei doch bitte so lieb und such mir nachher mal alles über diese Frau raus, was du finden kannst. Aber bitte so diskret wie möglich. Sag auch bitte Michael nichts.«

»Natürlich, Wolf, das bleibt unser kleines Geheimnis! Wenn du so schön bitte sagst – und dann auch noch gleich dreimal! Was du sonst übrigens nie tust. Ist dir das schon mal aufgefallen?«

»Nein, ehrlich gesagt noch nie«, antwortete Tannenberg betroffen, mochte sich aber dann doch keine Blöße geben und ergänzte: »Na weißt du, Sabrina, das ist das Problem mit dem kleinen Finger?«

»Versteh nicht!«

»Ganz einfach: Gibst du zum Beispiel dem Geiger deinen kleinen Finger, dann meint der, er könnte gleich die ganze Hand kriegen. Und das will ich eben vermeiden. Deshalb sag ich normalerweise nie ›bitte‹.«

»Interessantes Argument, Wolf, das muss ich schon sagen!«

»Find ich auch, Sabrina! Du, ich hab übrigens noch was auf dem Herzen.«

»Ja, was denn? Rück schon raus damit!«

»Du fängst doch nichts mit dem Geiger an, oder?«

Die junge Kriminalbeamtin blickte Tannenberg entgeistert an. »Wie kommst du denn auf so etwas? Bloß weil ich mal mit ihm in die Spielbank gefahren bin und mir einen schönen Abend gemacht habe. Da war doch überhaupt nichts dabei! Außerdem hab ich bei dem Vortrag von *MPI* allerhand über Geldanlagen gelernt.«

»Gut, dann bin ich ja beruhigt«, entgegnete Tannenberg erleichtert.

»Sag mal, seit wann interessierst du dich denn eigentlich für moderne Kunst?«

»Ach, wegen dem Gemälde über ihrer ekligen rosa Couch? Das war Zufall, reiner Zufall! Lea war nämlich ein ausgesprochener Fan von Kandinsky und hatte genau das gleiche Bild in ihrem Arbeitszimmer hängen. Aber nur als billiges Poster.«

Bereits eine halbe Stunde später präsentierte Sabrina Schauß ihrem Chef, der gerade zum wiederholten Male die Fotos von der Beerdigung betrachtete, die Ergebnisse ihrer Geheimrecherche bezüglich der Person Ellen Herdeckes.

»Also, Wolf«, begann sie zögerlich und blickte sich dabei in Richtung der Tür um, so als habe sie Angst, man könne sie in flagranti ertappen. »Die Frau ist 38 Jahre alt und ist seit 15 Jahren mit einem gewissen Dr. Christian Herdecke verheiratet«, flüsterte sie. »Der Mann arbeitet als Gefäßchirurg im Westpfalzklinikum. Die beiden haben zwei Kinder: ein Junge und ein Mädchen – 13 und 15 Jahre alt.«

»Dann hat die aber ziemlich jung ihre Kinder gekriegt«, schoss es aus Tannenberg spontan heraus.

»Richtig. Und außerdem sieht es so aus, als ob ihr erstes Kind der Heiratsgrund war.«

»Ja, sieht fast so aus!«, stimmte der Kommissariatsleiter zu.

Die junge Kriminalbeamtin blickte auf ihre Armbanduhr. »Kommst du mit?«

»Wohin?«

»Ins Konferenzzimmer. Der Oberstaatsanwalt wartet schon. Der will doch jetzt gleich die Sache mit dem toten Obdachlosen mit uns besprechen.«

»Geh schon mal vor, ich komm gleich nach. – Übrigens: Danke Sabrina! Und behalt *bitte* die Sache für dich.«

»Natürlich, Wolf, das brauchst du doch nicht noch mal zu sagen. Pass besser auf, dass das mit dem ›bitte‹ nicht zum Dauerzustand wird!«

Tannenberg antwortete nicht.

Seine Stimmung war auf dem Tiefpunkt angelangt.

Was hast du Idiot denn eigentlich erwartet, legte seine innere Stimme ungefragt los. Vielleicht Leas Wiedergeburt in Gestalt dieser Frau? Hast du denn tatsächlich geglaubt, dass diese Ellen jetzt ihre Familie sitzen lässt, nur um mit dir ein neues Leben zu beginnen? Du spinnst doch!

Mit einer schnellen Bewegung schob Tannenberg trotzig die Beerdigungsfotos unter einen Aktenstapel – und vergaß dabei für einen kurzen Augenblick seinen lädierten rechten Arm, der sich sogleich mit einer heftigen Schmerzattacke bemerkbar machte.

»Verdammter Mist«, rief er gerade aus, als sich die Tür seines Dienstzimmers öffnete und Oberstaatsanwalt Dr.

Hollerbach den Raum betrat; gefolgt von Fouquet, Geiger, Sabrina und Petra Flockerzie.

»So kennen wir ihn, unseren lieben Herrn Hauptkommissar: immer guter Laune und stets ein nettes Wort auf den Lippen«, sagte er, sich prächtiger Laune erfreuend. »Tannenberg, meine scharfen Ohren haben von der Anwesenheit der Frau Doktor gehört.«

»Welcher Frau Doktor?«, knurrte der Angesprochene wie ein aggressiver Hofhund zurück.

»Die Frau Dr. Eva Glück-Mankowski natürlich, wer denn sonst?«

»Ach so die ... Von der soll ich Ihnen übrigens viele liebe Grüße bestellen. Sie hat gemeint, Sie sollen sich doch mal bei ihr melden.«

»Richtig, das könnte ich eigentlich mal machen. Gute Idee. – Aber deswegen bin ich ja nicht hier.« Der Oberstaatsanwalt wurde plötzlich dienstlich: »Da Sie ja nicht ins Konferenzzimmer kommen wollten oder konnten, kommen wir eben zu Ihnen! Tannenberg, wie sieht's denn mit dem Mord an diesem Obdachlosen aus? Haben Sie da schon eine konkrete Ermittlungsstrategie?«

»Ermittlungsstrategie? ... Ja, klar: Die besteht darin, dass sich die Kollegen Schauß und Geiger mit diesem Fall befassen werden. Ich hab schließlich immer noch die verkohlte Leiche vom PRE-Park am Bein.«

»Wie: Schauß und Geiger? Wo ist denn eigentlich der Schauß?«

»Auf Fortbildung. Aber morgen früh ist er wieder da«, antwortete dessen junge Ehefrau.

»Tannenberg, warum wollen Sie diesen Fall an Ihre Mitarbeiter abschieben? So geht das aber nicht, Herr Haupt-

180

kommissar. Da sind Sie selbstverständlich auch zuständig, schließlich sind *Sie* der Leiter der Mordkommission! Und wenn Sie schon nicht bereit sind, sich krankschreiben zu lassen, dann kümmern Sie sich gefälligst um *alle* Mordfälle und nicht nur um die, die Ihnen gefallen! Das wäre ja noch schöner! Wo kämen wir denn da hin?«

»Jawohl, Her Oberstaatsanwalt«, rief Tannenberg von seinem Schreibtisch aus und schlug im Sitzen die Hacken zusammen, während er zeitgleich mit seiner unverletzten Hand einen militärischen Gruß in Richtung seines alten Busenfreundes schickte.« Wieso eigentlich Mordfall? Wir wissen ja noch nicht mal, ob's überhaupt ein Mord …«

»Wieso? Steht das etwa noch nicht fest?«, unterbrach Dr. Hollerbach.

»Also ich hab jedenfalls noch keine dahingehende Mitteilung aus der Gerichtsmedizin erhalten. – Habt ihr was gehört?« Tannenberg blickte sich in der Runde seiner Mitarbeiter um, und da von diesen außer Schulterzucken keine Reaktion kam, fuhr er fort: »Schließlich kann der Mann ja wohl auch erfroren sein; oder hat'n Herzinfarkt gekriegt oder hat sich tot gesoffen. Soll ja bei diesen Pennern öfter vorkommen.«

»Obdachlose, Tannenberg! Obdachlose! Solche diskriminierenden Begriffe, wie den, den Sie eben gebraucht haben, will ich hier in meinem Einflussbereich nicht mehr hören. Was meinen Sie wohl, was die Presse mit uns veranstaltet, wenn die solche verbalen Entgleisungen mitbekommen! Reißen Sie sich endlich mal zusammen, Mann!«

»Jawohl, Herr Oberstaatsanwalt!« Zwar unterließ Wolfram Tannenberg diesmal weitere mimische Provokationen; aber völlig unkommentiert wollte er diese Aussagen nun auch nicht im Raum stehen lassen. »Werde mich gehorsamst zu einem Grundkurs ›Politisch korrekte Sprache im Polizeidienst‹ anmelden. Allerdings sollten Sie mit dem Gebrauch des Begriffs ›Obdachloser‹ vorsichtig sein, schließlich ist der sehr ideologieverdächtig, meint jedenfalls mein Bruder – und der muss es ja wissen, der ist ja schließlich Deutschlehrer.«

»Warum?«, fragte Dr. Hollerbach verunsichert.

»Das weiß ich nicht mehr so genau. Mein Bruder hat mir mal erzählt, dass das Institut für Deutsche Sprache diesen Begriff in einer Stellungnahme gebrandmarkt hätte. Politisch korrekt, also ideologisch absolut neutral und deshalb auch völlig unbedenklich zu gebrauchen, sei dagegen der Begriff ›Nichtsesshafter‹.«

»Wichtiger Hinweis, muss ich mir merken.« Der Oberstaatsanwalt drehte sich von Tannenberg weg und wandte sich Kriminalhauptmeister Geiger zu. »Sagen Sie mal Geiger, stimmt das wirklich, was sich hier überall wie ein Lauffeuer verbreitet: Diese Geschichte mit diesem warmen Geldregen, der über Sie gekommen ist? Und Sie sich jetzt sogar einen Porsche geleistet haben?«

»Ja, das ist richtig, Herr Oberstaatsanwalt.«

»Und wie geht das? Kann ich da auch noch mitmachen?«

»Selbstverständlich!«, entgegnete Kriminalhauptmeister Geiger, begab sich schnell in sein Büro, entnahm seiner schwarzen Ledertasche einen *MPI*-Prospekt und überreichte ihn anschließend Dr. Hollerbach, den er dabei auch gleich auf eine wichtige Informationsveranstaltung hinwies: »Nächsten Samstagabend veranstaltet die Firma *Midas-Power-Investments* wieder ein Investorenmeeting

182

in der Spielbank von Bad Dürkheim. Kommen Sie doch mal vorbei. Ist ja völlig unverbindlich.«

»Spielbank Bad Dürkheim? Klingt gut, Geiger! Da werd ich sicherlich mal vorbeischauen«, meinte der Vertreter der Kaiserslauterer Staatsanwaltschaft und gab Armin Geiger einen freundschaftlichen Klaps auf die Schulter.

Das war nun eindeutig zu viel für Tannenberg.

»Sagt mal Leute, habt ihr nichts anderes mehr im Kopf als Kohle, Kohle – und nochmals Kohle?«, begann er wütend drauflos zu schimpfen. »Seid ihr denn alle total verrückt geworden? Ist hier ein neuer Goldrausch ausgebrochen, und ich hab's noch nicht mitgekriegt? Überall geht's nur noch um Geld, Vermögensberatung und so'n Scheiß! Geld ist doch nicht alles!«

»Aber ohne Geld ist alles nichts!«, vollendete Geiger mit einem Lieblingsaphorismus Carlo Weinholds.

»Guter Spruch! Tannenberg, da können Sie nicht mitreden; das ist einfach nicht Ihre Welt!«, setzte Dr. Hollerbach noch eins drauf und verließ gemeinsam mit dem *MPI*-Junior-Consultant den Raum.

Obwohl das Zusammentreffen mit dem Vertreter der Staatsanwaltschaft wie üblich ziemlich unerfreulich verlaufen war, konnte man ihm doch auch etwas Positives abgewinnen. Schließlich hatte es dem Chef der Kaiserslauterer Mordkommission einen triftigen Grund geliefert, der Gerichtsmedizin einen dienstlichen Besuch abzustatten. Außerdem hatte die bislang ungeklärte Frage, ob der im Wald aufgefundene Mann eines natürlichen Todes gestorben war oder ob er tatsächlich ermordet wurde, seinen kriminalistischen Spürsinn geweckt.

Da Tannenberg dringend frische Luft benötigte, machte er sich zu Fuß auf ins kaum mehr als einen Steinwurf von der Polizeiinspektion entfernte Klinikum, in dessen Katakomben der Pathologe sein grausiges Handwerk verrichtete.

Wie häufig, wenn er seinen besten Freund an dessen weißgekacheltem Arbeitsplatz aufsuchte, steckte dieser mal wieder mit seinen Fingern in irgendeiner Leiche, diesmal in der des Obdachlosen.

Weil er auch an diesem Tag nicht bereit war, der mit einem breiten Grinsen vorgetragenen Aufforderung Dr. Schönthalers, näher an die Schlachtplatte – wie dieser den Seziertisch nannte – heranzutreten, Folge zu leisten, musste der Pathologe wohl oder übel selbst zur Tat schreiten.

»Wenn der Prophet nicht zum Berg kommt, muss eben der Berg zum Propheten kommen«, rief er Tannenberg fröhlich entgegen, schnappte sich ein chromfarbenes Metallschälchen, das auf einem kleinen Tischchen neben dem nackten, in der Korpusmitte mit mehreren, den grauen Leib weit auseinanderdrückenden Klammern versehenen Leichnam stand und ging auf ihn zu.

»Schau mal, was ich hier Feines für dich habe, Wolf. So sieht deine Leber auch mal aus, wenn du so weitermachst wie bisher. Leg doch einfach mal zwischendrin ein paar alkoholfreie Tage ein.«

»Das sagt ja gerade der Richtige! – Pfui Teufel, tu das eklige Ding weg«, entgegnete Tannenberg angewidert und verzog sich daraufhin in Dr. Schönthalers Büro.

Nach einer Weile folgte ihm der Pathologe und befüllte sogleich, einem alten Ritual folgend, ohne ein weiteres Wort zu verlieren, zwei flache Nierenschälchen mit glasklarem Mirabellengeist.

»Übrigens hat unser Freund da draußen auf dem Tisch von seinem bedauernswerten Schicksal nicht sonderlich viel mitbekommen.«

»Warum?«

»Weil ich einen Blutalkoholwert von 3,2 Promille gefunden hab.«

»3,2 Promille? Mann, oh Mann!«

»Du, das ist bei einem richtigen Alkoholiker nichts Außergewöhnliches! Also dann: auf die Leber, unser wichtigstes Organ!«, sagte der Rechtsmediziner theatralisch, stieß sein ungewöhnliches Trinkgefäß an das Tannenbergs. »Pros-ta-ta!«

»Prost!«

»Was macht denn eigentlich deine Prostata? Macht sie dir auch schon Probleme?«

»Ja, zum Donnerwetter, was habt ihr denn alle mit meiner Prostata am Hut?«, explodierte Tannenberg. »Lasst mich doch in Ruhe mit diesem verfluchten Scheißding! Erst labert mich die Flocke damit an, und jetzt auch noch du!«

»Entschuldige«, sagte Dr. Schönthaler merklich betroffen. Dabei hielt er seine auseinander gespreizten Hände so vor seinen Körper, als wolle er eine Tätlichkeit abwehren. »Du bist aber ganz schön geladen. Was ist denn los?«

»Ach, nichts Besonderes. Ich hab mich nur mal wieder über den Hollerbach geärgert. Komm, sag mit jetzt mal endlich, ob der Penner überhaupt ermordet wurde?«

»Was glaubst du denn?«

»Keine Ahnung! Ich hab jetzt keine Lust auf Ratespiele.«

»Gut … Also, auf den Punkt gebracht: Der Mann wurde

erstickt und erdrosselt. Oder in forensischer Terminologie: Irgendjemand hat eine gewaltsame Verhinderung der äußeren Luftzufuhr durchgeführt.«

»Ja, was denn jetzt genau: erdrosselt oder erstickt?«

»Beides!«

»Beides? Wieso denn das?«

»Zuerst hat der Täter – oder die Täterin – dem Opfer im Schlaf eine größere Plastiktüte über den Kopf gestülpt und dann über diese Tüte drüber einen Gürtel um seinen Hals gelegt und fest zugezogen.«

»Wurden Tüte und Gürtel bei dem Toten gefunden?«

»Nein. Die Sachen muss der Mörder wohl mitgenommen haben.«

»Und woher weißt du denn das so genau?«

»Ganz einfach: Ich hab in den Bronchien des Toten Mehlstaubpartikel gefunden.« Dr. Schönthaler erhob sich von seinem Stuhl. »Ich hab sie draußen liegen. Soll ich dir's schnell mal zeigen? Man sieht es wirklich sehr schön.«

»Mensch, setzt dich wieder hin und schenk mir noch 'nen Belli ein!«

Der Pathologe erfüllte den Wunsch seines Freundes umgehend. »Diese eindeutigen Mehlspuren können nur aus der Tüte stammen. Vielleicht aus einer Einkaufstüte, in der eine Packung Mehl transportiert wurde. Diese Päckchen sind ja oft nicht ganz dicht. Da ist bestimmt was rausgerieselt. Und das hat der arme Mann mit seinen letzten panischen Atemzügen dann eingesogen.«

»Kannst du was zu dem verwendeten Gürtel sagen?«

»Ja, also das ist wirklich eine sehr interessante Sache.« Der Gerichtmediziner verstummte für einen Augenblick und schien nochmals zu prüfen, was er gleich kundtun wollte: »Eigentlich dürfte man ja von diesem Gürtel am Hals des Toten keinerlei Spuren mehr finden …«

»Wieso?«

»Na, weil der Gürtel ja logischerweise über der Plastiktüte gelegen haben muss, damit er die Luftzufuhr auch unterbrechen konnte …«

»Warum hat der das denn überhaupt so kompliziert gemacht? Der Gürtel alleine hätte doch wohl auch ausgereicht, oder?«

»Wahrscheinlich, Wolf, wahrscheinlich. Vielleicht wollte der Täter einfach nur auf Nummer sicher gehen. Und meinte, beides zusammen wirkt besser als nur eins. Was weiß ich! Keine Ahnung! Vielleicht wollte er damit aber auch nur verhindern, dass man Spuren seines Gürtels findet.«

»Das ist wirklich komisch.« Tannenberg warf seine Stirn in Falten. »Sag mal, wieso redest du denn andauernd von einem Gürtel, wenn du gleichzeitig sagst, dass man ja eigentlich gar keine Spuren finden kann, wenn …«

»Jetzt mach ich mal dasselbe wie du und unterbreche dich! Denn genau darin liegt das Problem: Du lässt mich ja nie meine Gedanken zu Ende ausformulieren!«

»Ach, Gott, Entschuldigung! Nun sei mal nicht gleich so empfindlich!«

»Also gut: Im unteren Halsbereich des Toten finden sich ganz merkwürdige Muster. Vermutlich ist die Tüte während der Strangulation nach oben gerutscht. Vielleicht hat sich der Mann ja doch noch gewehrt. Es sieht jedenfalls so aus, als ob diese seltsamen, geriffelten Abdrücke, die man deutlich auf der Haut erkennen kann, von einem Militärgürtel stammen. Sag mal, du warst doch beim Bund, oder?«

»Ja.«

»Die haben doch so einen speziellen Namen, diese Dinger. Die sind aus Leinen oder aus einem …«

»Koppel!«, präsentierte Tannenberg stolz seine Inspiration.

»Genau: Koppel heißen die. Wie die mit den Pferden drin!«

»Was? … Pferde? Ach so: Pferdekoppeln meinst du.«

»Ja, genau. Diese Militärdinger haben doch auch so'n komisches, … so'n flexibles Schloss, womit man den Gürtel ganz genau einstellen kann.«

»Koppelschloss!«

»Genau: Koppelschloss!«

»Sag mal, Rainer, merkst du eigentlich, welchen ausgemachten Schwachsinn wir hier von uns geben? Zum Glück hört uns niemand zu!«

»Du hast Recht, Wolf. Komm, lass uns als krönenden Abschluss noch einen schönen, großen Belli trinken«, sagte Dr. Schönthaler und befüllte die chromfarbenen Nierenschälchen erneut mit dem duftenden Zaubertrank.

Tannenberg ließ genüsslich den hochprozentigen, aber sehr weichen Mirabellengeist die Kehle hinunterrinnen. Plötzlich lachte er laut auf.

»Was ist denn in dich gefahren? Hast du etwa gerade davon geträumt, dass der Hollerbach einen tödlichen Unfall hatte?«, fragte der Gerichtsmediziner mit seinem berühmt-berüchtigten Pathologenhumor.

»Nein, Rainer, aber die Richtung stimmt: Vorhin hat mich der Herr Oberstaatsanwalt angemacht, weil ich ›Penner‹ und nicht ›Obdachloser‹ gesagt hatte. Und dann hab ich ihn gefragt, ob er nicht wisse, dass der Begriff ›Obdachloser‹ in hohem Maße ideologieverdächtig und politisch extrem inkorrekt sei. Das altehrwürdige Institut für Deutsche Sprache hätte sich nämlich zu Wort gemeldet und eindringlich dazu aufgefordert, stattdessen den Begriff ›Nichtsesshafter‹ zu verwenden. Und der blöde Hollerbach hat mir das doch tatsächlich geglaubt. Typisch: hohl, hohl, Hollerbach!«, freute er sich und bat Dr. Schönthaler um eine weitere milde Gabe.

Durch jahrelange, unter der fachärztlichen Kontrolle des befreundeten Rechtsmediziners durchgeführte Selbstversuche war Tannenberg zu einem ausgesprochenen Experten hinsichtlich eines der interessantesten, aber zugleich auch unheimlichsten Phänomene gereift, die der alte Bacchus seinen Jüngern mit auf den Weg in die nachfolgenden Jahrtausende gegeben hatte: Die engagierte Huldigung der Geister des Weines und der Obstbrände löste nämlich häufig einen geradezu unheimlichen Kreativitätsschub aus, den der davon betroffene Mensch kaum vorauszuplanen vermochte, dem er aber stets willenlos ausgeliefert war, der eine mehr, der andere weniger.

Der Leiter der Kaiserslauterer Mordkommission gehörte zur erstgenannten Sorte dieser Spezies und hatte dies in der Vergangenheit schon recht häufig am eigenen Leib erfahren müssen. Deshalb war er auch an diesem kalten Novembertag kaum überrascht, als ihn ein plötzlich aufflackernder Aktivismus-Impuls dazu nötigte, umgehend eine Wanderung auf den Kahlenberg zu unternehmen.

Der Pathologe seinerseits hatte sich schon lange innerlich von irgendwelchen missionarischen Engagements bezüglich der ebenso kantigen wie unsteten Persönlichkeit seines Freundes verabschiedet, wusste er doch zur

Genüge, wie dickköpfig dieser sein konnte. Also fragte er nicht lange nach, als Tannenberg nach einem Taxi begehrte, sondern beorderte einfach eines an den hinteren Krankenhauseingang.

Der argumentativen Begründung des Kripobeamten, warum dieser sich vehement weigerte, einen Streifenwagen mit dieser Dienstfahrt zu betrauen, vermochte er zwar nicht zu folgen – schließlich handelte es sich bei Tannenbergs geplanter Exkursion ja um nichts geringeres als um eine Tatortbesichtigung –, aber wie so oft akzeptierte er dessen apodiktisch vorgetragene Entscheidung kommentarlos und gab ihm stattdessen noch eine kleine flüssige Stärkung mit auf den Weg.

Als Tannenberg die ungeliebten Katakomben des Städtischen Krankenhauses verließ, wurde er von der ihn erwartenden dicken, grauen Nebelwand fast erschlagen. Er war derart überrascht von der veränderten Wetterlage, die für diese eingeschränkten Sichtverhältnissen verantwortlich war, dass er zunächst einige Mühe hatte, sich überhaupt zu orientieren. Selbst die prächtige Sandsteinfassade der Goetheschule, die ansonsten so erhaben über dem Krankenhausgelände thronte, war nur mehr schemenhaft zu erkennen.

Das Taxi brachte den Leiter des K1 an den Parkplatz der Friedhofsverwaltung in der Donnersbergstraße, von dem aus er ohne Zögern zum Kahlenberg aufbrach. Da er und sein Bruder als Kinder oft ihre Großeltern in der Gärtnereistraße besucht hatten, kannte er sich in diesem Waldgebiet noch immer sehr gut aus, fand sich also trotz der widrigen Witterungsverhältnisse dort oben einigermaßen gut zurecht und erreichte nach einem etwa zehnminütigem Spaziergang den höchsten Punkt des Kahlenbergs, von dem aus man normalerweise einen spektakulären Blick über die Stadt hatte.

Obwohl Tannenberg von solch einer Fernsicht bei diesem trüben Wetter natürlich nur träumen konnte, ließ er sich trotzdem auf einer der von Nebelnässe befeuchteten Holzbänke nieder, die, wie man unschwer an dem etwas mit Patina überzogenen, silbrigen Schildchen erkennen konnte, von einer Sparkasse gespendet worden waren.

Als er so gottverloren vor den nebelverhangenen Kiefern saß, die diesem herbstlichen Szenario wahrhaft gespenstische Dimensionen verliehen, schoben sich nach und nach immer mehr Gedanken in sein deutlich narkotisiertes Bewusstsein; Gedanken, die sich auf Erlebnisse seiner Kindheit bezogen – sich aber nicht darauf beschränkten.

Im Gegensatz zur Innenstadt konnte man von dem kleinen Siedlungshäuschen der Großeltern aus auf direktem Wege in den Wald gelangen, wo man, ohne die belästigenden Überwachungsblicke der Erwachsenen fürchten zu müssen, auf Bäumen herumklettern, Höhlen bauen, waghalsige Schlittenfahrten unternehmen oder mit Feuerwerkskörpern Sprengungen durchführen konnte.

Wie hießen noch mal die Rodelbahnen, fragte er sich gedankenversunken. Genau: ›Holperbahn‹, hieß eine! Wegen der vielen Unebenheiten, die einem die Lattenenden des Holzrodlers in die Eingeweide drückten. ›Franzosenbahn‹, hieß eine andere! Weil sie direkt am Zaun des französischen Militärgeländes begann. Ja, sogar eine ›Todesbahn‹ hatten wir! Die deshalb diesen martialischen Namen trug, weil man bei einer kleinen Unachtsamkeit mit dem rostigen Stacheldrahtzaun des Friedhofs unfreiwillig Bekanntschaft machte.

191

Das waren schon paradiesische Zeiten und Spielgele-
genheiten gewesen, damals in den Sechziger Jahren. Wären
da nicht diese marodierenden Kinder- und Jugendbanden
aus dem nahe gelegenen sozialen Brennpunkt gewesen, die
nichts anderes im Sinn zu haben schienen, als brave, fried-
liche Bürgerkinder zu erschrecken, zu verfolgen, zu ver-
prügeln, ihre Baumhütten zu zerstören und sie mit Kau-
gummis und Mohrenköpfen zu quälen.

Einige dieser Barackler, wie sie damals kurz und treffend
genannt wurden, weil sie in verwahrlosten Holzbaracken
im Enkenbacher Weg hausten, waren ihm später während
seiner Tätigkeit als Polizeibeamter hin und wieder über
den Weg gelaufen. Manchmal hatte er sich auf besondere
Art und Weise bei ihnen für die ihm und seinen Freunden
damals zugefügten Schandtaten bedankt: Indem er ihnen
das Rauchen während der Verhöre untersagte, sie härter
als nötig anfasste usw.

Angesichts dieser Gedanken konnte sich Tannenberg
ein hämisches Grinsen nicht verkneifen.

Obwohl er später in seiner Oberstufenszeit, wenn er
mit Heiner dessen DKP- und KBW-nahe Freunde besuchte und dort im süßen Rausch des Weltkommunismus
schwelgend, die Degenhardt-Ballade ›Spiel nicht mit den
Schmuddelkindern‹ gehört und auch selbst mitgesungen
hatte, war in ihm eigentlich nie ernsthaft das Bedürfnis
aufgekeimt, sich diesen gewalttätigen und verwahrlosten
Kindern und Jugendlichen freiwillig auf weniger als Sicht-
weite zu nähern.

Vom Siedlungshaus der Großeltern in der Gärtnereistraße waren sie auch jedes Jahr gemeinsam mit ihrem
Vater in die nahe gelegene Holzendorff-Kaserne zum

›Tag der offenen Tür‹ gepilgert. War der Besuch dieser fremden Welt für ihn und Heiner vor allem wegen der dort ausgestellten Panzer interessant, in die man sich hineinsetzen durfte, so hatte der Vater nur eins im Sinn: Lose zu kaufen. Er hatte weder Interesse an diesem typischen französischen Flair, das trotz der allgegenwärtigen Ärmlichkeit der jungen, kahlrasierten Wehrpflichtigen in dieser Kaserne herrschte, noch an der Begutachtung oder gar am Konsum der angebotenen Speisen und Getränke.

Während die beiden Jungen sich entweder von der Faszination des Kriegsgeräts begeistern ließen oder erste zaghafte Versuche unternahmen, das mühevoll erworbene Schulfranzösisch in der Realität zu testen, investierte er Unsummen in die kleinen zusammengerollten und mit einem dünnen Kupferring umschlossenen Lotterielose, von denen etwa jedes fünfte ihn dazu berechtigte, bei der Gewinnausgabe eine Flasche billigen Schaumwein entgegenzunehmen, den er dann seinen Eltern und seiner Frau als Champagner kredenzte.

Verflucht! Das gibt's doch nicht, verschaffte sich plötzlich Tannenbergs innere Stimme Gehör. Das ist dieser Geruch! Genau so hat es in den alten Panzern gerochen! Er sog tief die Luft ein, so als könne er dadurch dieses Déjàvu-Erlebnis verstärken und diesen schon längst vergessen geglaubten Geruch noch intensiver erschnüffeln. Was war das Typische daran? Öl? Diese olive Militärfarbe? Oder beides? Vielleicht gemischt mit dem Angstschweiß dieser armen Milchbubis, die uns – wie Vater damals sagte –, vor dem Iwan beschützen sollten. Diese armen Schlucker, die so armselig und verhungert aussahen – uns beschützen?

Während der immer noch von zahlreichen Alkoholmolekülen narkotisierte Kriminalbeamte in alten Erinnerungen schwelgte, hatte die träge Nebelmasse anscheinend beschlossen, ihre dicke, undurchdringliche Decke über die Stadt auszubreiten und die Nacht im Talkessel zu verbringen; denn sie zog sich gemächlich, aber stetig in Richtung der Altstadt zurück. Aus dem trüben Nebelmeer ragten bereits die Spitzen des Rathauses und der Max-und-Moritz-Hochhäuser in der Mainzerstraße heraus.

Fasziniert folgte Tannenberg diesem imposanten Naturschauspiel, das sich ihm direkt vor seinen Augen darbot. In der sich absenkenden Nebeldecke entstanden horizontale Lücken, einige Dunstfetzen lösten sich langsam aus der zähen, grauen Masse, rissen in Zeitlupentempo ab und schwebten wie frisch auseinander gezupfte Watte federleicht und scheinbar schwerelos durch die eiskalte Novemberluft.

Die intensive Einstrahlung der sich bereits vom Tag verabschiedenden Sonne begünstigte ein eindrucksvolles Wechselspiel der Lichtverhältnisse; man hatte den Eindruck, direkt mitzuerleben, wie ein begnadeter Maler den Himmel mit übervollen Farbeimern kolorierte: Die Wolkenlücken am Horizont erstrahlten über dem tristen, grauen Nebelteppich in allen nur denkbaren Farbnuancen des Blau-Spektrums; die abgerissenen Nebelfetzen leuchteten in zartem Türkis, sanftem Violett und vielen anderen leicht dahingehauchten Pastelltönen, von hinten durchkreuzt von schneeweißen Kondensstreifen, umrahmt von einem azurblauen Passepartout.

Jetzt konnte man auch deutlich die Spuren erkennen, die der feuchte Nebel auf den Kiefern und Fichten in der Nähe der Holzbank hinterlassen hatte: zentimeterdicke, kristalline Eisschichten, die im Licht der untergehenden Sonne wie Edelsteine glitzerten.

Tannenberg erhob sich von der Bank, stellte sich dicht an eine etwa drei Meter hohe Fichte, schloss die Augen, streckte den Kopf nach oben und zog mit seinem unversehrten Arm an einem der eisbehangenen Äste. Tausende kleine Eiskristalle rieselten auf sein leicht gerötetes Gesicht, schmolzen langsam auf der warmen Haut und benetzten sie mit einer unheimlich erfrischenden, feuchten Kühle. Mit einem Taschentuch trocknete er sein Gesicht ab und hätte liebend gern noch eine Weile dieser Symphonie der Farben und fantastischen visuellen Eindrücke beigewohnt.

Aber obwohl er nach dieser Schwelgerei im optischen Schlaraffenland nicht die geringste Lust verspürte, sich von den Fangarmen des Nebels zurück in seinen trüben Hades ziehen zu lassen, musste er doch bald wieder in dieses gespenstische Meer eintauchen. Schließlich wurde es immer dunkler – und noch einmal hinzufallen konnte er sich nicht leisten.

Über die sich absenkende Nebelmasse hinweg wanderte sein Blick hinunter auf das Gelände des Technologieparks, das sich in den letzten Minuten immer deutlicher aus dem trüben, grauen Dunst herausgearbeitet hatte.

Linker Hand der Großraumdisco erkannte er plötzlich das rückwärtige Gebäude der Firma *FIT.net*, in dem es gebrannt hatte. Von seinem Beobachtungspunkt aus hatte er eine ungehinderte Sicht auf den kleinen Parkplatz und den Hintereingang, von dem aus das gefräßige Feuer entfacht worden war.

Von dort aus konnte der Täter unerkannt hier hoch

in den Wald flüchten! Es sei denn … Es sei denn, hier irgendwo in der Nähe wäre jemand gewesen, der das alles beobachtet hat! – Also müssen die Kollegen unbedingt am Samstag die Leute hier in der Gegend befragen: unten in der Umgebung der Firma, aber auch hier oben im Wald, sagte Tannenberg zu sich selbst und machte sich vorsichtig daran, trotz seiner Verletzungen die steile Böschung hinab in den PRE-Park zu klettern.

Es ist schon fantastisch, was diese Gruppe Kaiserslauterer Jungunternehmer aus diesem alten, maroden Kasernengelände in den wenigen Jahren gemacht hat, wie viele Arbeitsplätze für unsere strukturschwache Region hier geschaffen wurden, stellte er anerkennend fest, während er an den dekorativen Glasfassaden der renovierten Militärgebäude vorbeischlenderte und das neue Wohngebiet in der Nähe des Zimmermannskreuzes ansteuerte – dort wo früher halbverhungerte französische Soldaten in ihren rot-weiß gestreiften Kontrollhäuschen die Zeit totgeschlagen hatten.

9

Nachdem Tannenberg nochmals intensiv die bisher vorliegenden Ermittlungsergebnisse gesichtet hatte, bat er seine im Kommissariat anwesenden Mitarbeiter zu sich ins Büro. Als Sabrina Schauß und Fouquet sein Dienstzimmer betraten, stand er an der Tafel und zog mit einem dicken Strich einen Kreis um den Namen ›Prof. von Wandlitz‹, unter den er ›alias Siegfried Kretschmer‹ geschrieben hatte.

»Also Leute, ich kann außer unserem werten Herrn Professor weit und breit keinen Tatverdächtigen erkennen. Oder seht ihr das anders?«

Stummes, zeitgleiches Kopfschütteln der Befragten überzeugte den Leiter der Kaiserslauterer Mordkommission davon, dass er mit seiner Einschätzung wohl ins Schwarze getroffen hatte.

»Aber wir haben einfach nichts Schlagkräftiges gegen ihn in der Hand! – Verfluchte Hacke!«

»Einspruch!«, meldete sich Adalbert Fouquet selbstbewusst zu Wort. »Wir haben doch Indizien!«

»Ja, welche denn Herr Kommissar?«, fragte Tannenberg höhnisch.

»Na, zum Beispiel die Fingerabdrücke auf der Alarmanlage und ...«

»*Und* seine räumliche und zeitliche Nähe zum Tatort«, ergänzte der Kommissariatsleiter mit provokativem Unterton. »*Und* dass er wusste, wo die Benzinkanister standen.

Und die Tatsache, dass er einen Schlüssel hat. *Und* dass ihm bekannt war, dass diese Susanne Niebergall am Wochenende dort arbeitet. *Und* dass er ein Motiv gehabt haben könnte: Eifersucht oder was anderes! Was weiß ich! Aber dieses verdammte ›Und, und, und‹ bringt uns nicht weiter! Wir brauchen Fakten, Fakten, Fakten – sonst nichts! Hieb- und stichfeste Zeugenaussagen zum Beispiel!«

»Wolf, warum schreist du uns denn so an? Wir können doch schließlich nichts dafür!«, beschwerte sich Sabrina.

»Tut mir Leid. Du hast ja Recht. Aber es ist doch wirklich zum Verzweifeln. Der hat doch für alles eine schlüssige Erklärung geliefert und uns zusätzlich auch noch ein wasserdichtes Alibi präsentiert.«

»Ja, wir könnten doch eine Hausdurchsuchung bei diesem Dr. Croissant durchführen. Dort findet die Kriminaltechnik bestimmt einige interessante Sachen«, bemerkte Kommissar Fouquet.

»Eine Hausdurchsuchung? ... Bei einem Rechtsanwalt? Mann, auf welchem Stern lebst du denn? Die kriegen wir doch nie genehmigt! Vor allem nicht nach diesem Skandalurteil des Bundesverfassungsgerichts, das uns die Möglichkeit, ohne richterliche Genehmigung Hausdurchsuchungen zu machen, völlig genommen hat. Das weiß doch dieser smarte Winkeladvokat ganz genau! Da bekommst du eher eine Durchsuchungserlaubnis für die Privaträume des Papstes! Grundrecht der Unverletzlichkeit der Wohnung – Datenschutz. Dass ich nicht lache! Wer wird denn durch solche schwachsinnigen Entscheidungen geschützt? Der brave Bürger etwa, der nichts zu verheimlichen hat? Nein, die Kriminellen werden geschützt!«

»Und was ist mit dem Auto des Professors?«, gab Fouquet trotzig zurück. »Da muss es doch auch Spuren geben; Spuren von Benzin – und auch von Blut.«

»Warum *muss* es die geben? Das ist doch Quatsch!« Tannenberg kniff die Lippen zusammen, schüttelte den Kopf, streichelte mit der linken Hand über sein Kinn, so als wolle er die Notwendigkeit einer Bartrasur prüfen. »Nehmen wir doch mal an, der von Wandlitz hat die Tat wirklich begangen. Und nehmen wir weiter an, dass die beiden über ein Höchstmaß an krimineller Energie verfügen. Ja?«

»Ja«, antworteten beide unisono.

»Was machen die dann? ... Na, die verbrennen alle Kleider, Schuhe usw. Hat der Herr Professor uns nicht selbst gesagt, sie hätten bei diesem Dr. Croissant vor dem offenen Kamin GO – oder wie das heißt – gespielt? Und wenn es tatsächlich so war, dann könnt ihr mit hundertprozentiger Sicherheit davon ausgehen, dass der liebe Herr Professor gebadet und neue Kleider und Schuhe angezogen hat – und dann irgendwann klinisch rein in sein Auto eingestiegen ist. Klar? Dort würden wir garantiert auch nichts mehr finden!«

»Ja, aber wir können den Kerl doch nicht einfach laufen lassen. Der hat schließlich eine Frau brutal umgebracht!«, echauffierte sich Sabrina Schauß.

»Langsam, Frau Kollegin! So lange wir keine Beweise haben, ist alles, was wir eben gesagt haben, nur reine Spekulation, blanke Theorie. Wir brauchen Fakten, Fakten, Fakten! – Sabrina, du hast doch diese Nachbarin der Toten befragt, gab's da wirklich nichts, was uns auch nur ein bisschen weiterbringen könnte?«

»Nein, es war so, wie ich's in meinen Bericht geschrieben habe: Diese Susanne Niebergall hat alleine gelebt, sehr zurückgezogen. Sie war wohl ein richtiges Arbeitstier. Und ihr Chef war anscheinend der einzige Mann in ihrem Leben.«

Tannenberg krauste die Stirn. »Sabrina, weißt du, was du machen könntest?«

»Wolf, ich mach so ziemlich alles, was du willst. Wenn wir nur diesen verdammten Mistkerl zu fassen kriegen!«

»Ich muss euch jetzt mal was fragen: Hat hier im Raum jemand ernsthafte Zweifel an seiner Täterschaft?«

Tannenberg wartete einen Augenblick. Da niemand der Anwesenden eine konträre Meinung zu haben schien, fuhr er fort:

»Gut. Sabrina, dann klärst du mal ab, ob dieser Anwalt dort unten auf der Eselsfürth alleine lebt. Kümmere dich auch mal darum, ob an diesem Samstag 'ne Haushaltshilfe oder'n Schornsteinfeger bei dem im Haus gearbeitet hat; ob einem Postbote, einem Zeitungträger oder irgendjemand anderem etwas Besonderes aufgefallen ist. Am allerbesten wäre natürlich ein Nachbar oder Gärtner, der den lieben Herrn Professor in der maßgeblichen Zeit vom PRE-Park zurückkommen sah – und das am besten blutverschmiert und auffällig nach Benzin stinkend.«

»Okay, aber das gibt ganz schön Arbeit«, seufzte Sabrina. »Na ja, vielleicht bringt's ja wirklich was.«

»Geh um Gottes Willen mit äußerster Diskretion vor, sonst läuft uns der Hollerbach Amok; denn wenn der Croissant was mitkriegt, beschwert der sich sofort. Und bei unserem Hasenfuß von Oberstaatsanwalt kann ich euch gleich sagen, was dann folgt ... Na ja, egal! – Fouquet, du kümmerst dich jetzt um den von Wandlitz und checkst mal die Umgebung von seinem Haus auf dem Gersweilerhof ab. Vor allem erkundigst du dich, ob ihn vielleicht irgendjemand gesehen hat, wie er fortgefahren und später wieder zurückkommen ist. Du verstehst, um was es geht?«

Fouquet zögerte einen Moment mit der Antwort. »Nicht so ganz, Chef, wenn ich ehrlich bin.«

»Es geht einfach darum, ob einem Beobachter, der zufällig Abfahrt und Ankunft des Professors gesehen hat, vielleicht die unterschiedliche Kleidung aufgefallen ist. Kapiert?«

»Ach so. Klar!«, verstand der junge Kommissar endlich, was sein Vorgesetzter meinte. »Aber auch wenn ich so jemanden finden würde. Glauben Sie nicht, dass der Herr Professor und sein cleverer Anwalt uns auch dafür eine plausible Erklärung liefern würden?«

»Doch, wahrscheinlich ... Du hast Recht! Natürlich würden sie das«, antwortete der Leiter des K1 frustriert.

Für eine Weile herrschte in Tannenbergs Dienstzimmer Totenstille. Diese währte allerdings nur kurz, denn urplötzlich stand Michael Schauß wie der berühmte Blitz aus heiterem Himmel mit hochrotem Kopf im Raum und begann sofort mit bebender Stimme auf seine Frau einzuschreien:

»Bist du bescheuert? Ich bin zwei Tage weg und du hast nichts anderes zu tun, als dir gleiche 'nen Kerl zu angeln und mit ihm in die Spielbank nach Bad Dürkheim zu fahren. Und dann auch noch mit diesem geilen alten Sack von Geiger!«

Sabrina, geschockt von dem überraschenden Erscheinen ihres Mannes, brachte zunächst keinen Ton heraus. Erst nach einigen Sekunden fand sie ihre Sprache wieder.

»Du spinnst doch!«, schimpfte sie zurück. »Da ist doch wohl nichts dabei, wenn ich mit dem Armin –«

»Armin? Ich wusste gar nicht, dass dieser Arsch mit Ohren überhaupt einen Vornamen hat. Diese hohle Nuss!«

»Komm Micha, beruhig dich endlich. Ich bin nur mit dem Kollegen Geiger zu einer Informationsveranstaltung der Firma *MPI* gefahren. Da wo der Herr Oberstaatsanwalt am nächsten Samstag auch hingeht. Übrigens: von wegen hohl. Es ist schon ganz schön beeindruckend, wie viel Geld der macht – und vor allem, wie einfach!«

»Du findest ihn ja nur so toll, weil er sich so 'nen bescheuerten gebrauchten Porsche gekauft hat. Dieser blöde Angeber!«, polterte Michael Schauß ohne Rücksicht auf den Ort, an dem er sich befand, weiter.

Aber auch seine Ehefrau schien nicht mehr zu realisieren, dass sie für ihren lautstarken Ehekrach gerade staatliche Diensträume in Anspruch nahmen.

»Micha, hast du gewusst, dass er für jeden Vertragsabschluss mit einem Kunden 2.000 Euro Provision kassiert?«, machte sie weiter. »Dafür kannst du einen ganzen Monat lang arbeiten gehen! Anstatt zu schimpfen, solltest du dich besser mal informieren. Da gibt's zum Beispiel auch Fußballfonds.«

»Fußballfonds?«

»Ja, Fußballfonds; du hast richtig gehört: Da werden mit dem Geld der Anleger die Transferrechte an jungen, talentierten Fußballspielern gekauft. Und dann werden neue Vereine für sie gesucht. Und wenn man einen gefunden hat, werden sie mit hohem Gewinn dorthin verkauft. Du hast doch bestimmt mitgekriegt, dass *MPI* die Rechte an diesem Nationalspieler dem 1. FCK abgekauft hat – ich glaub für 5

Millionen Euro. Geiger sagt, die haben dadurch den FCK vorm sicheren Bankrott gerettet. Siehst du: Und wenn die ihn dann an Bayern München für 10 Millionen weiterverkaufen, kommen 5 Millionen Gewinn in den Fonds rein. Diese Fonds haben eine Super-Performance!«

»Performance? – Ich raffe gar nichts mehr!«

»Musst du auch nicht. Mach ich ja alles für uns.«

»Wie: machst du für uns?«

»Ja, ich! Du hättest mich wohl nicht für so geschäftstüchtig gehalten, oder? Ich hab nämlich bereits 10.000 Euro bei *MPI* angelegt und ...«

»Ohne mich zu fragen, verzockst du unser Geld?«

»Erstens verzocke ich nichts, sondern habe das Geld geschickt investiert. Und zweitens ist das nicht *unser* Geld, sondern das Geld meiner Mutter, das ich als *mein* Eigentum mit in unsere Ehe gebracht habe.«

›Ehe‹ war anscheinend genau das Stichwort, das Tannenberg benötigte, um aus seiner lethargischen Sprachlosigkeit, die ihn die ganze Zeit über gelähmt hatte, gerissen zu werden. Wahrscheinlich, weil er der Eheschließung seiner beiden Mitarbeiter als einer der Trauzeugen beigewohnt hatte.

»Kinder, jetzt beruhigt euch doch mal wieder.« Er stellte sich wie der Ringrichter eines Boxkampfs resolut zwischen die beiden Streithähne. »Ich möchte euch eindringlich darum bitten, euren Ehekrach zu Hause fortzusetzen, nicht hier. Wir haben wirklich Wichtigeres zu tun! In Ordnung?«

Noch bevor die beiden sich äußern konnten, fragte Fouquet, der das verbale Gemetzel ebenfalls die ganze Zeit über fassungslos verfolgt hatte, nach dem neuesten

Stand im Obdachlosen-Mord, für den Schauß und Geiger an diesem Morgen erste Befragungen im Berbermilieu durchgeführt hatten.

»Also gut: Der Penner heißt – oder hieß vielmehr – Alfred Tauber.«

Michael Schauß zog einen kleinen karierten Notizblock aus seiner Lederjacke und vergewisserte sich nochmals, ob er den Namen richtig in Erinnerung hatte.

»Ja: Alfred Tauber, geboren am 20.11.1952 in Bochum. Gelernter Koch. Mehrere Vorstrafen wegen Diebstahl, Nötigung, Landfriedensbruch usw. War bei dem Totschlag an dem Penner vor einem halben Jahr zwei Mal als Zeuge befragt worden, wollte aber nichts gesehen haben, obwohl er eigentlich etwas gesehen haben musste. – Dann noch die Sache mit der Erdhöhle, in der ihn der Hund eines gewissen ...«

Schauß blätterte um, entdeckte aber nicht sofort, was er suchte. Erst als er den Block auf die Rückseite drehte, wurde er fündig und ergänzte deshalb: »Baldur Seiffert gefunden hat.«

»Wann haben die ihn eigentlich gefunden?«, fragte Tannenberg.

»Um 10 Uhr gestern Morgen.«

»Todeszeitpunkt war nach dem vorläufigen Ergebnis der Rechtsmedizin gestern zwischen 5 und 7 Uhr. Der Mann ist übrigens definitiv ermordet worden. Was ist eigentlich mit Tatortspuren? Hat der Mertel da schon irgendwelche neuen Erkenntnisse?«, wollte der Leiter des K1 wissen.

»Also heute früh, bevor wir los sind, war ich bei ihm und hab ihn gefragt. Das einzig Auffällige sind Abdrücke von Turnschuhen in der Erdhöhle: Größe 45. Und der tot aufgefundene Penner hatte Schuhgröße 42. Aber die müssen ja nicht zwangsläufig vom Täter stammen; die können ja auch von einem Saufkumpan sein.«

»Glaub ich eher weniger!«, wandte Tannenberg direkt ein. »Ich weiß noch von den Befragungen in dem anderen Fall, dass die zwar oft zusammen saufen, aber nur selten irgendwo gemeinsam pennen. Vor allem die nicht, die in den Wald gehen. Das sind die totalen Einzelgänger. Die wollen niemanden in ihrer Nähe haben. – Gibt's sonst noch was Wichtiges, Michael?«

»Ja. Eigentlich ... Nein.«

»Ja, was denn nun?«

»Die Kollegen haben nach den Habseligkeiten des Penners gesucht, aber nur eine Tüte mit leeren Flaschen und ein paar Kleidern gefunden. Na ja, und den Ausweis eben.«

»Mehr haben die ja oft nicht bei sich. Die leben ja von der Hand in den Mund. Habt ihr 'nen Geldbeutel oder so was gefunden.«

»Nix. Und auch keinen einzigen Cent.«

»Ach, da haben die sich bestimmt wieder im Suff untereinander gestritten. Dann hat der eine den anderen umgebracht und ihn anschließend auch noch beklaut. Oder es war'n Racheakt wegen der Sache mit dem Totschlag vorm halben Jahr. Was weiß ich! Na ja, du und Geiger wisst ja, wie die Ermittlungen in solch einer Sache auszusehen haben. Ihr braucht euch ja nur die Akten von diesem anderen Fall zu holen. Dann geht ihr alle Aussagen durch – vielleicht findet ihr ja einen Anhaltspunkt. Ansonsten bedeutet das eben viel Befragungs- und Laufarbeit. Aber ein zukünftiger Kommissariatsleiter muss das schließlich aus dem Effeff beherrschen, damit er seinen Untergebenen später auch die richtigen Instruktionen geben kann.«

Michael Schauß schluckte seinen Ärger hinunter. »Muss ich das wirklich gemeinsam mit dem Geiger machen. Kann ich nicht den Fouquet ...«

»Tut mit Leid«, würgte ihn Tannenberg gleich ab. »Also erstens brauch ich den Fouquet bei meinem Fall und zweitens muss jemand mit deinen Ambitionen rechtzeitig lernen, dass man sich in unserem Job manchmal seine Mitarbeiter nicht aussuchen kann, und sich mit dem arrangieren muss, was man eben hat.«

Obwohl Wolfram Tannenberg eigentlich immer froh war, wenn er wenigstens am Wochenende seine Dienststelle nicht von innen sehen musste, hatten ungelöste Mordfälle, welche die geplanten Freizeitaktivitäten aller Mitarbeiter des K1 enorm einschränkten, auch etwas Gutes, schließlich befreiten sie ihn von der samstäglichen Pflicht, die Markteinkäufe für die gesamte Familie zu erledigen. Irgendwann einmal hatte er sich nämlich aus freien Stücken als Sherpa angeboten, und ehe er sich versehen hatte, war von der lieben Familie daraus ein Gewohnheitsrecht abgeleitet worden.

Da ihn aber brennend interessierte, ob die Marktbeschicker an diesem Samstagmorgen tatsächlich ihren angedrohten Streik durchführten, entschloss er sich spontan, einen neugierigen Abstecher in die Innenstadt zu unternehmen. Von seinen lästigen Einkaufsverpflichtungen völlig befreit, schlenderte er gut gelaunt vom Pfaffplatz kommend zuerst durch die unbelebte Haagstraße, passierte dann das St. Franziskus-Gymnasium und danach das mächtige Karstadt-Gebäude. Ein kurzer Blick auf das wieder als Parkplatz genutzte Gelände, auf dem noch bis vor ein paar Jahren das alte Pfalztheater gestanden hatte, überzeugte ihn davon, dass dort jedenfalls heute kein Wochenmarkt stattfand.

Über die Ampel an der Hypovereinsbank betrat er die Fußgängerzone und erreichte, nachdem er auf dem unebenen Verbundsteinpflaster drei Mal gestolpert war, kurze Zeit später den neu gestalteten Stiftsplatz, auf dem früher immer der Markt angesiedelt war, der aber seit mehr als zwei Jahren grundsaniert wurde. Mit diesem Wort hatten jedenfalls die so genannten Stadtväter diesen Chaos-Aktionismus bezeichnet, der sich im Laufe der Zeit immer mehr zu einem gewaltigen Bauskandal ausgewachsen hatte.

Wenn es Tannenberg zu entscheiden gehabt hätte, wäre auf dem Stiftsplatz sowieso ein antiker Tempel errichtet worden, ähnlich der Styropor-Fassade, die ein weithin bekannter Stargeiger als dekorative Kulisse anlässlich seines Konzerts hatte errichten lassen – und die leider bereits am nächsten Abend genauso schnell wieder verschwunden war, wie sie zwei Tage zuvor in Rekordtempo quasi aus dem Nichts gestampft worden war.

Original Chinesisches Granit, murmelte er mehrmals kopfschüttelnd vor sich hin, als er sich in seinem Lieblingscafé direkt am Stiftsplatz niedergelassen hatte und dort auf die Bedienung wartete.

Nachdem er sich ausgiebig über den sündhaft teuren exotischen Bodenbelag des neuen/alten Marktplatzes geärgert hatte, nippte er an seinem geliebten Milchkaffee und harrte befriedigt der Dinge, die an diesem Tag noch auf ihn warteten. Ja, man konnte durchaus behaupten, dass dieser trübe Novembertag versprach, noch richtig spannend zu werden.

Schließlich hatte die *Rheinpfalz* in ihrer heutigen Ausgabe einen Zeugenaufruf an die Bevölkerung abgedruckt, der möglicherweise zu einer entscheidenden Wende bei den Ermittlungen führen würde. Außerdem suchten heute am Nachmittag und auch am Abend seine Mitarbeiter, die von jungen Kollegen aus der Polizeischule in Enkenbach unterstützt werden sollten, direkt vor Ort im PRE-Park nach Zeugen, die vielleicht vor einer Woche im Umfeld des *FIT.net*-Gebäudes eine interessante Beobachtung gemacht hatten. Und dann wartete natürlich auch noch auf ihn zu Hause in seinem Fernsehgerät die Premiere-Live-Übertragung des FCK-Spiels gegen Schalke 04.

›Fußballfonds‹ leuchtete plötzlich ein Begriff auf seiner inneren Filmleinwand auf, den er vorhin aus Sabrinas Mund zum ersten Mal in seinem Leben gehört hatte.

Das ist schon eine clevere Geschäftsidee, stellte er anerkennend fest: Junge Spieler entdecken, unter Vertrag nehmen, in ganz Europa anbieten und anschließend mit einem enormen Gewinn verkaufen. Moderner Sklavenhandel! Aber warum soll man denn eigentlich darüber lamentieren? Es nimmt ja keiner Schaden. Die Spieler nicht, die als blutjunge Kerle für ihr bisschen Rumgekicke mehr in einem Jahr verdienen als ich in meinem ganzen Leben. Die Spielervermittlerfirmen nicht, die eine satte Provision für die Transfers kassieren. Die Vereine nicht, deren Zuschauer neue Götzen präsentiert bekommen. Eigentlich alles in Ordnung!

Aber mussten die sich wirklich so aufdringlich als Retter des FCK aufspielen, diese fetten Geldsäcke von

Midas-Power-Investments, fragte er sich. Genau! Daher kenn ich den Namen! Das war in einem Artikel, in dem darüber berichtet wurde, dass die für die Transferrechte an dem einzigen aktuellen Nationalspieler des Vereins 5 Millionen Euro bezahlt hatten. Da hab ich diesen Namen schon mal gelesen. Lange bevor der blöde Geiger mit seinem Finanzkram aufgetaucht ist!

Als Tannenberg an diesem Morgen aus der *Rheinpfalz* erfahren hatte, dass die Profikicker des 1. FCK großzügig 1,5 Millionen Euro dem pfälzischen Traditionsverein spenden wollten, um ihren Beitrag zur Abwendung der existenzbedrohenden Finanzkrise zu leisten, hätte es ihm zuerst vor Ergriffenheit fast Wasser in die Augen getrieben. Aber als ihm dann sein Vater die Information aus der *Bildzeitung* servierte, dass es sich bei diesem großzügigen finanziellen Solidaritätsbeitrag nicht um eine Barspende handelte, sondern nur um eine Verzichtserklärung auf einen Teil der zukünftigen Erfolgsprämien, musste er angesichts des letzten Tabellenplatzes und der miserablen Leistungen dieser wild zusammengewürfelten Kickertruppe schallend lachen.

»Oh Shit! Daran hab ich überhaupt nicht mehr gedacht!«, fluchte Tobias sofort los, als er Tannenberg die Küche der großelterlichen Wohnung betreten sah. »Dieser abgefuckte Gipsarm!«

»Tobias!«, rief ihn seine Oma sofort zur Ordnung.

»Warum, was ist denn mit meinem Gipsarm?«, fragte der Kriminalbeamte verwundert, der keine Ahnung hatte, was den Wutausbruch seines Neffen wohl hervorgerufen haben könnte.

»Ach, ich hab mich so darauf gefreut, mit dir mein neues elektronisches Dartspiel einzuweihen. Mein Alter ist ja kein Gegner. Deswegen hab ich auf dich gewartet. Aber es geht ja nicht, wegen diesem blöden Gipsarm!«

»Aber Tobi«, antwortete Tannenberg ruhig, »im Gegensatz zu deinem unsportlichen Vater sind wir doch beide Handballer. Und was können Handballer?«

Tobias verstand nicht.

»Handballer können natürlich auch *den* Arm für alle möglichen Dinge benutzen, der normalerweise nicht ihr Wurfarm ist. Also, wo steht das Ding?«

Tannenberg brauchte zwar etwas Zeit, bis er sich umgewöhnt hatte, aber da es bei diesen modernen Wurfscheiben anscheinend nicht primär darum ging, so oft wie möglich direkt in die Mitte zu treffen, sondern die Pfeile nur irgendwohin auf die bunt durcheinander gewürfelten Kontaktfelder zu werfen und dann abzuwarten, bis der Dartcomputer irgendwelche mysteriösen Rechenoperationen durchgeführt hatte, schnitt er bei der Schlussbilanzierung gar nicht so schlecht ab, wie er eigentlich zunächst befürchtet hatte. Aus für ihn unerfindlichen Gründen gelang es ihm sogar, eines der drei ›501er-Spiele‹ zu gewinnen, ohne dass er aber hätte behaupten können, irgend eines der Zahlenfelder absichtlich getroffen zu haben.

»Onkel Wolf, kannst du eigentlich nicht mal meine Alten überreden, auch mal ein bisschen Kohle für die Börse locker zu machen?«

»Warum?«, fragte der Angesprochene und blickte seinen Neffen entgeistert an. »Seit wann interessierst *du* dich denn für so was?«

»Dafür interessieren sich doch alle. Ich hab volle zwei

Monate gebraucht, bis ich das Geld für das Dartboard mit diesem doofen Zeitschriftenaustragen zusammen hatte. Der Paul zockt mit der Kohle von seinem Sparbuch mit seinem Vater am Neuen Markt rum. Die machen Online-Brokerage. Der hat sogar'n eigenes Depot. Letzte Woche hat sein Vater mit Indexoptionen 18 % Gewinn gemacht! In einer Woche! Stell dir das mal vor!«

Tannenberg staunte Bauklötze. »Woher weißt du denn das alles? Lernt man so was heutzutage etwa in der Schule?«

»Fuck Schule, so was lernen wir doch nicht; wir lernen nur total unnötigen Scheiß! Nein, das mit der Börse hat uns Pauls Vater erklärt. Ich war da auch schon mal dabei, wie die getradet haben.«

»Wo warst du dabei?«

»Na, am PC, als Pauls Vater Optionsscheine gekauft hat. Und dann haben wir die Realtime-Kurse eine Zeit lang beobachtet. Und 20 Minuten später hat er die Dinger wieder verkauft – mit einem kurzen Mausklick. Und war 1.200 Euro reicher! Das ist so geil, Onkel Wolf, so megageil!«

»Na ja, ich weiß nicht. Da ist doch bestimmt auch ein großes Risiko dabei!«

»Ach Quark! Der Opa will das jetzt übrigens auch machen.«

»Was will der?«

»Online-Brokerage machen. Er hat schon einen Antrag gestellt. Der ist so richtig cool, der Opa! Aber ich komm einfach nicht an meine Kohle auf dem Sparbuch ran. Das wär doch so geil, wenn ich endlich Mäuse für 'nen eigenen Skooter hätte. Dann müsst ich nicht immer darum betteln, mit der alten Keule meiner zickigen Schwester rumfahren zu dürfen. Kannst du nicht mal mit meinen Alten reden?«

»Du weißt doch, dass ich bei deinen Eltern überhaupt nichts erreiche. Wenn ich bei deiner Mutter nur den Mund aufmache, hab ich schon verloren.«

»Weißte, was die gesagt hat?«, Tobias zog die Mundwinkel nach unten und äffte die markante Stimmlage seiner Mutter nach: »Die Börse ist das Teufelswerk des internationalen Kapitalismus.«

»Wolf, denkst du heute Abend an den 70. Geburtstag von Bettys Vater?«, rief plötzlich Heiner vom Treppenhaus aus.

Tannenberg öffnete Tobis Zimmertür.

»Oh nein, Heiner! Da muss ich doch nicht wirklich mit, oder?«, fragte er flehend in Richtung seines Bruders, der sich aber unerbittlich zeigte und ihn darauf hinwies, dass Bettys Familie wie immer größten Wert auf ein vollzähliges Erscheinen der Tannenberg-Sippe legte.

»Ich hab aber keinen Bock auf dieses Grufti-Treffen«, schimpfte Tobias und donnerte die mit weißen Kunststoffspitzen versehenen Wurfpfeile nacheinander auf seine neue Dartscheibe.

Angesichts dieses Horrorszenarios revidierte Tannenberg spontan seine heute Morgen entworfene optimistische Tagesprojektion. Oder, um diese veränderte Einschätzung sowohl rustikaler als auch passender zum Berufsstand der Gastgeber auszudrücken: Der Tag war versaut. Schließlich handelte es sich bei Bettys Eltern um eine alte Sippersfelder Bauernfamilie, die sich seit Generationen der Schweinezucht verschrieben hatte.

212

Die erneute Heimniederlage des FCK trug ebenfalls nicht gerade zu Tannenbergs Stimmungsverbesserung bei. Und als er auch noch daran dachte, dass das wirtschaftliche Überleben dieses Vereins, dessen Trikot er in der D- und C-Jugend einige Jahre lang getragen hatte, vom Wohlwollen eines ziemlich suspekten Finanzdienstleisters abhängig war, hätte er sich vor lauter Wehmut am liebsten mit einer Flasche Rotwein irgendwohin verkrochen.

Mit einer ersten Fuhre hatte Heiner bereits seine ungeduldigen Eltern, für die diese Geburtstagsfeier ein ausgesprochenes Highlight in ihrem ansonsten recht tristen Seniorenalltag darstellte, zu der Gaststätte in der Nähe des Städtischen Warmfreibades gebracht. Als er endlich wieder in der Parkstraße erschien und den Wagen vor dem ›Südhaus‹ genannten Teil der Tannenbergschen Wohnanlage zum Stehen brachte, riss Betty sofort die Beifahrertür auf und platzierte sich, noch bevor der lädierte Kriminalbeamte überhaupt die Situation richtig registriert hatte, selbstbewusst auf den Vordersitz.

Ein guter Anlass, seine geliebte Schwägerin wieder einmal mit ihrem richtigen Vornamen anzusprechen: »Sag mal Elsbeth, hast du noch nie etwas von einem Behindertenbonus gehört?«

»Das würde dir so passen, du alter Jammerlappen«, zischte Betty aggressiv zurück, die immer, wenn er sie bei ihrem ursprünglichen Geburtsnamen ansprach, sofort ihren Walkürencharakter offenbarte.

Während Tannenberg sich schmollend zwischen die Kids auf den Rücksitz quetschte, tröstet er sich ein weiteres Mal mit der – wegen der anwesenden Jugendlichen nicht öffentlich gemachten – festen Überzeugung, dass sich seine rothaarige Schwägerin im finsteren Mittelalter garantiert nicht lange ihres Lebens hätte erfreuen können, da sie sicherlich eine der ersten gewesen wäre, an der irgendein Inquisitionstribunal die Funktionsfähigkeit eines Scheiterhaufens für die hehren Zwecke der ›heiligen Mutter Kirche‹ getestet hätte.

Das festliche Ambiente im kahlen Nebenzimmer der Gaststätte ›Zum Schwanenweiher‹, die ihren Namen von dem unweit der Wirtschaft im Volkspark gelegenen kleinen See hatte, auf dem Tannenberg früher ab und zu Schlittschuhlaufen war, gestaltete sich noch weitaus unerfreulicher, als von Tannenberg befürchtet.

Es war nicht nur dieses unwiderstehliche, an eine Bahnhofsgaststätte erinnernde Flair, das ihn zutiefst deprimierte; es war auch der ihm zugewiesene Sitzplatz, der ihn nicht nur Aug in Aug mit seiner Schwägerin brachte, sondern ihn darüber hinaus auch noch direkt mit deren Verwandtschaft, mit der er absolut nichts am Hut hatte, konfrontierte. Zu allem Übel verließen auch noch Tobias und Marieke bereits kurz nachdem sie pflichtgemäß ihrem Großvater zum Geburtstag gratuliert hatten den Ort des Grauens; Marieke, die zu einem Date mit ihrem Lover eilte und Tobi, weil er angeblich unbedingt mit einem Klassenkameraden für eine Mathearbeit lernen musste.

»Bist du noch bei der Polizei?«, wurde er plötzlich von einem schmierigen, dicklichen älteren Mann von der Seite her angesprochen, an den er sich nur im Zusammenhang mit einer peinlichen Situation an Mariekes Konfirmation erinnern konnte.

Tannenberg reagierte lediglich mit einem einsilbigen Satz und versuchte direkt danach mit Hilfe der Eröffnung

214

eines Gesprächs mit seinem Bruder, sich von weiteren, unerwünschten Kontaktversuchen von Seiten der erlesenen Verwandtschaft seiner Schwägerin abzukoppeln.

»Tobi meint, du solltest mal ein bisschen an der Börse spekulieren, damit du ihm endlich einen höheren Lebensstandard bieten kannst.«

Anstelle Heiners reagierte Bettys Vater, der sich ihm gegenüber auf einem von seinen Enkeln freigemachten Wirtshausstuhl niedergelassen hatte. »Börse ist gut, Jungs. Aber Neuer Markt ist noch besser, vor allem die Branchenfonds sind klasse! Da kann man noch viel mehr verdienen. Ich hab mal bei meiner letzten Fahrt nach Luxemburg Elsbeth ein bisschen Geld – Schwarzgeld natürlich – mitgebracht. Sie träumt doch immer noch von ihrem Ferienhaus in der Toskana. Und Heiner will ja auch endlich mal ein gescheites deutsches Auto, und nicht nur immer diese Billig-Koreaner.« Dabei kniff er demonstrativ sein rechtes Auge zusammen und warf Tannenberg einen konspirativen Blick zu.

»Vater. Der Wolfram ist doch bei der Polizei!«, schimpfte Betty, der diese Mitteilung anscheinend sehr unangenehm war.

»Na und? Der ist doch mit uns verwandt!«, stellte der Jubilar grinsend fest und verließ wieder den Tisch.

»Das ist ja hochinteressant, was man da so alles hört!«, freute sich Tannenberg über diese Information. »Ich dachte immer für Leute wie euch, die stets nur mit Hammer und Sichel arbeiten, sei die Börse ein Teufelszeug des arbeiter- und bauernausbeutenden Kapitalismus? Und jetzt stellt ihr euer Geld diesen Menschenschändern zur Verfügung, die nichts anderes im Sinn haben, als Arbeitsplätze zu vernichten und die Globalisierung voranzutreiben.«

»Was für'n Quatsch!«, giftete Schwägerin Betty zurück. »Wir investieren unser Geld nur in ethisch einwandfreie Geldanlagen: Ökofonds, Windparks usw. Und in Dritte-Welt-Fonds, bei denen ein Teil der Gewinnausschüttung für den Aufbau humanitärer Projekte verwendet wird.«

»Respekt Elsbeth! Ich bin zutiefst beeindruckt! – Hab ich dir eigentlich schon mal gesagt, wie gerne ich genau *diese* Sorte Gutmenschen – diese scheinheiligen Fernethiker – mag?«

»Wieso Fernethiker? Wer bitte schön soll denn das sein?«

»Das sind solche vorbildlichen Humanisten wie du, solche strahlenden Leuchtsterne des sozialen Engagements, die sich für die Geknechteten in der Dritten Welt einsetzen, nur halbverfaulte, völlig überteuerte Bananen aus angeblichen Fair-Price-Projekten in Nicaragua in sich reinstopfen – und vor der eigenen Haustür den armen körperbehinderten Schwager schlecht behandeln.«

10

In den vergangenen beiden Arbeitswochen hatten sich in der Kaiserslauterer Mordkommission keine spektakulären Dinge ereignet. Die Tage waren geprägt gewesen von der gesamten Palette kriminalpolizeilicher Routinetätigkeit: Aktenstudium, Alibiüberprüfungen, Auswertung der Tatortspuren und gerichtsmedizinischen Erkenntnisse, Suche nach Beweismitteln und Motiven, erneute Rekonstruktion der Tatabläufe, Entwicklung von Erklärungsmodellen usw. Aber der entscheidende Ermittlungsdurchbruch wollte und wollte in keinem der beiden Mordfälle gelingen.

Tannenberg hatte große Erwartungen auf die zeitgleich mit seiner Familienfeier durchgeführte Zeugensuche im PRE-Park gesetzt und darüber hinaus auch eine gewisse Resonanz auf den Bericht in der *Rheinpfalz* erhofft. Aber weder die Analyse der Telefonanrufe noch der Befragungsprotokolle führten zu irgendeinem konkreten Hinweis. Obwohl die Mitarbeiter des K1 eine Zeit lang glaubten, eine Erfolg versprechende Spur gefunden zu haben.

Allerdings stellte sich der vermeintliche Verdächtige im Nachhinein als harmloser Privatdetektiv heraus, der im Auftrag eines eifersüchtigen Ehemanns unterwegs war – und außerdem nachweisen konnte, dass er sich bereits eine Stunde vor dem Ausbruch des Feuers an einem anderen Ort aufgehalten hatte.

Sabrina hatte während dieser Zeit mit der ihr aufgetragenen höchstmöglichen Diskretion die Frage abzuklären versucht, ob irgendjemand in der näheren Umgebung des Wohnhauses von Rechtsanwalt Dr. Croissant auffällige Beobachtungen gemacht hatte. Bei ihren Recherchen stieß sie auf einen Nachbarn, dem der silberne Jaguar des Professors gegen 14 Uhr aufgefallen war, als dieser in das schlecht einsehbare Grundstück des Anwalts eingefahren sei.

Das war aber auch schon alles, was sie bezüglich des vermeintlichen Alibis der beiden Männer ermitteln konnte. Allerdings erfuhr die junge Kriminalbeamtin noch von einer Nachbarin, dass Dr. Croissants Ehefrau mit ihrer besten Freundin, der Gattin des Professors, an dem fraglichen Wochenende zum Shopping nach London geflogen und erst am späten Sonntagnachmittag wieder in ihrem Wohnhaus eingetroffen sei.

Auch Fouquet hatte seinen Auftrag, der darin bestanden hatte, im Umfeld des von Wandlitzschen Anwesens auf dem Gersweilerhof zu ermitteln, mit größter Sorgfalt erledigt, jedoch lediglich von der Abwesenheit der Professorengattin an diesem Wochenende erfahren. Die Hoffnung Tannenbergs auf einen Zeugen, der von Wandlitz an diesem Nachmittag bei Abfahrt und Ankunft womöglich mit unterschiedlicher Kleidung gesehen hatte, wurde zu seinem großen Bedauern leider nicht erfüllt.

Der Hauptverdächtige im Mordfall Susanne Niebergall erfreute sich also auch weiterhin an seiner ungezwungenen Freiheit und konnte zudem noch einen neuen Großauftrag für seine Firma vermelden, den er öffentlichkeitswirksam auf einer großen Pressekonferenz in aller Ausführlichkeit darstellte und dabei besonders auf die Schaffung weiterer Arbeitsplätze verwies. Zudem verkündete er bei dieser Veranstaltung stolz die Übernahme einer äußerst innovativen, kleineren Softwarefirma aus Landau, die bis dato als ernst zu nehmender Konkurrent gegolten hatte. Diese Akquisition ließ den Aktienkurs von *FIT.net* weiter in die Höhe schießen – und zwar um 16% an einem einzigen Tag!

Schauß und Geiger gingen bei ihrer Ermittlungsarbeit bezüglich des Obdachlosen-Mordes ebenfalls engagiert zu Werke, wobei ihnen allerdings ein schneller Ermittlungserfolg verwehrt wurde. Obwohl die beruflichen Erfolgserlebnisse für die beiden Kriminalbeamten ausblieben, reduzierten sich im Laufe der beiden Wochen die anfänglich sehr ausgeprägten atmosphärischen Störungen zwischen ihnen auf ein Minimum.

Ein Phänomen, das zunächst recht wunderlich erscheinen mag, das sich aber leicht anhand folgender Umstände erklären lässt: Einige von Schauß im Kommissariat entgegengenommene Telefonanrufe, bei der jedes Mal eine fistelnde Frauenstimme niemand anderen als Armin Geiger zu sprechen wünschte, hatten ihn davon überzeugt, dass sein Kollege es tatsächlich nicht mehr auf Sabrina abgesehen zu haben schien. Diese beruhigende Neueinschätzung wurde zudem durch die Existenz einer aufgedonnerten Blondine untermauert, die den frisch gebackenen Porschefahrer fast täglich von der Arbeit abholte und die in einer jugendlicheren Variante durchaus an ein so genanntes Boxenluder hätte erinnern können.

Des Weiteren war die spürbare Entkrampfung der angespannten Situation darauf zurückzuführen, dass Geiger eines Morgens Sabrina und ihrem Mann einen Kontoauszug überreichte, der die wundersame Vermehrung der 10.000 Euro, die Sabrina erst vor kurzem ihrem Kollegen zur Geldanlage übergeben hatte, zu stolzen 13.000 Euro dokumentierte.

Tannenberg jedenfalls hatte den Eindruck, dass in letzter Zeit in der Polizeidirektion am Pfaffplatz die dienstlichen Gespräche ziemlich in den Hintergrund getreten waren, denn immer häufiger, wenn er unangekündigt einen Raum betrat, unterhielten sich die Kollegen über attraktive Investmentstrategien, aktuelle Börsenkurse oder andere Themen des modernen Vermögensmanagements. Ganz unverhohlen träumten einige von exotischen Luxusautos, teuren Immobilien, kostspieligen Traumreisen oder verkündeten Hochrechnungen über den Zeitpunkt ihres vorzeitigen Dienstendes.

Wenn er die bruchstückhaften Informationen, die er auf diese Weise aufschnappte, zu einem Puzzle zusammenfügte, schien fast jeder in seiner näheren Umgebung dem verführerischen Lockruf des Geldes erlegen zu sein und Teile des eigenen Vermögens in alle nur erdenklichen Formen der wachstumsorientierten Kapitalanlage – wie es Geiger so professionell formulierte – investiert zu haben. Viele seiner Kollegen scheuten auch nicht davor zurück, für diesen Zweck umfangreiche Kreditverpflichtungen einzugehen.

Das neueste Zockerobjekt war anscheinend der Handel mit Weizen, Kakao, Zucker – ja sogar mit Schweinehälften. Das seien so genannte Warentermingeschäfte, wie Geiger den staunenden Kollegen erklärte, bei denen man gar nicht die Dinge selbst erwarb, sondern nur eine Option darauf, diese irgendwann einmal kaufen zu *können*, was aber anscheinend letztlich niemand wirklich tat.

Ein Umstand, den Tannenberg eigentlich zutiefst bedauerte, denn die Vorstellung, einmal leibhaftig dabei sein zu

220

können, wenn Geiger mit seinem schicken schwarzen Porsche die 500 von ihm erworbenen Schweinehälften abholen musste, war doch recht amüsant – fand er jedenfalls.

Dieser vom alten Menschheitstraum nach mühelosem, grenzenlosem Reichtum ausgesandte Virus infizierte anscheinend jeden, der mit ihm in Kontakt kam. Ja, er machte noch nicht einmal vor seiner sonst so vorsichtigen Sekretärin halt, die sich niemals zuvor in ihrem bisherigen Leben auch nur einen Deut für solche Sachen interessiert hatte. Die Euphorie über die fulminanten Wertsteigerungen ihrer Wellness- und Healthcare-Fonds führten sogar dazu, dass sie sich spontan dazu entschied, eine unbefristete Diätpause einzulegen und den frustrierenden Windmühlenkampf gegen ihr Übergewicht so lange auszusetzen, bis sie ihre Garantiedividende in Form der Gutscheine für Beautyfarms in den Händen hielt.

Obwohl Tannenberg noch immer sehr distanziert und mit größter Skepsis diese schier unglaubliche Börsenrallye beobachtete, konnte er doch nicht die positiven Effekte leugnen, die diese wundersame Geldvermehrung mit sich brachte.

Das aus dem täglichen Blick in den Wirtschaftsteil der Zeitungen resultierende Gefühl, angesichts der permanent steigenden Kurse der *MPI*-Fonds *objektiv* immer reicher zu werden, sorgte für beste Stimmung unter seinen Mitarbeitern. Jeder war freundlich, spendabel, gelöst.

Man ging in der Mittagspause nicht mehr in die Kantine, sondern speiste abwechselnd in verschiedenen Restaurants in der Nähe der Dienststelle; man besuchte gemeinsam Designerläden – kurzum: jeder genoss den süßen Wein des wachsenden Wohlstandes und erfreute sich der damit verbundenen enormen Steigerung der *subjektiven* Lebensqualität.

So ähnlich musste es wohl bei Milch und Honig im Paradies zugegangen sein, dachte Tannenberg des Öfteren – jedenfalls bis diese gemeine, hinterlistige Schlange wie aus dem Nichts auftauchte.

Selbst vor seiner eigenen Familie machte der immer dominanter vom Alltagsleben Besitz ergreifende Goldrausch nicht halt. Vater Jacob setzte seine arme Frau weiter mächtig unter Druck und wollte sie unbedingt dazu bewegen, das gemeinsame Sparbuch aufzulösen und dafür Aktien am Neuen Markt zu kaufen. Aber er hatte damit keinen Erfolg, denn Mutter Tannenberg weigerte sich auch weiterhin strikt, diese gewünschte Umschichtung vorzunehmen.

Eines ihrer Gegenargumente bestand darin, ihrem Mann vorzuwerfen, dass er jeden Monat sein gesamtes Geld verspiele. Sie wurde dabei von ihrem jüngsten Sohn tatkräftig unterstützt, der seinen biologischen Erzeuger nur allzu gerne darauf hinwies, dass der Senior bei seinen beiden letzten Oddset-Tipps jeweils den gesamten Wetteinsatz verloren hatte. Vor allem deshalb, weil er trotz der Warnungen seines Sohnes einfach nicht wahrhaben wollte, dass der 1. FCK sogar die beiden Spiele gegen die Aufsteiger verlieren würde, – was diesem aber recht mühelos gelang.

Sogar seine ansonsten dem Kapitalismus sehr kritisch gegenüberstehende Schwägerin Betty ließ sich von dieser überall grassierenden Manie anstecken und gründete gemeinsam mit ihren sozialistischen Gewerkschaftsfreunden einen Investmentclub, der sich laut Satzung dazu verpflichtete, ein Zehntel der erzielten Gewinne in soziale und humanitäre Projekte fließen zu lassen.

Nur die im Zuge der Börsenhausse aufgeflammten Begehrlichkeiten seines Neffen Tobias stießen auch weiterhin auf eine Mauer der Ablehnung, weigerten sich seine Eltern doch immer noch vehement, seinem Wunsch nach Auflösung seines Sparbuchs Folge zu leisten. Allerdings trotzte er ihnen mit Unterstützung Tannenbergs das Versprechen ab, dass, falls die Börsengeschäfte, die sein Vater Heiner über den Direct-Brokerage-Zugang des Seniors abwickelte, zum Erfolg führen würden, man ihn am Gewinn beteilige und er so doch noch zu seinem heiß ersehnten eigenen Scooter kommen könne.

Daraufhin verschaffte sich Tobias schon einmal vorsichtshalber einen Überblick über das aktuelle Scooterangebot, während sein Vater BMW-Prospekte wälzte und Betty Kontakt zu einem Immobilienhändler aufnahm, dessen Spezialität die Vermittlung von alten Bauernhäusern in der Toskana war.

Im Gegensatz zum frustrierenden Stillstand in der polizeilichen Ermittlungsarbeit machte Tannenbergs körperlicher Regenerationsprozess erstaunlich schnelle Fortschritte. Die handtellergroßen Blutergüsse, die seine rechte Körperhälfte wie Feuermale bedeckten, wechselten nacheinander die Farben und verschwanden dann gänzlich. Die starken Prellungen verflüchtigten sich ebenfalls mehr und mehr und ließen wieder völlig normale Bewegungsabläufe zu.

Das einzige, was seinen Allgemeinzustand massiv beeinträchtigte, war ein allgegenwärtiger, fürchterlicher Juckreiz unter seinem Gipsverband, der ihn manchmal schier zum Wahnsinn trieb. In seiner Verzweiflung führte er in der Innentasche seines Sakkos stets ein langes Lineal mit sich, das er fast ohne Unterbrechung zu seinem eng ummantelten Unterarm führte und auf diesem herumkratzte.

Bereits zwei Tage vor dem Termin, den er von Dr. Bohnhorst genannt bekommen hatte, erschien Tannenberg in dessen Praxis und bat seinen alten Schulfreund in herzerweichender Manier, ihn doch bitte sofort von dieser Armfessel zu befreien. Der ihm sehr wohlgesonnene Arzt hatte ein Einsehen und erhörte sein jammervolles Flehen, was der Leiter der Kaiserslauterer Mordkommission ihm dadurch dankte, dass er sich, direkt nachdem die Gipsmanschette durchtrennt war, an das in einer Ecke des Arztzimmers etwas versteckt angebrachte Waschbecken begab und dort wie ein Besessener auf seinem Arm herumschrubbte – und dabei eine unglaubliche Schweinerei verursachte.

Als Tannenberg wenig später euphorisch wie ein Frischverliebter zu Hause in der Beethovenstraße erschien, erfuhr sein psychisches Wohlbefinden einen weiteren positiven Schub dadurch, dass sich seine Mutter nach der Sache mit der Fleischwurstspur augenscheinlich vorgenommen hatte, ihren heiß geliebten Sohn von der von ihm als massive Belästigung empfunden Kreatur fernzuhalten. Deshalb schnappte sie sich jedes Mal, sobald er sich näherte, sofort den Dackel und sperrte ihn in den Keller.

Voller Tatendrang begab sich der Kriminalbeamte in die Höhle der Löwin, sprich, in das von seinem Bruder und dessen Familie bewohnte Haus in der Parkstraße, das er sonst mied, wie der Teufel das Weihwasser. Aber da sein Bedürfnis nach einer Dartspiel-Revanche so unbändig war, konnte er sein Verlangen danach einfach nicht länger zügeln. Er scheuchte deshalb den armen Tobias ziemlich rücksichtslos von der leidenschaftlichen Beschäftigung mit dessen über alles geliebten Hausaufgaben weg.

Tannenberg brauchte zwar ein ganzes Spiel, bis er wieder etwas mehr Gefühl in seinen rechtem Arm hatte, aber dann legte er los und verpasste dem staunenden Neffen eine deftige Niederlage; wobei er beim ›501er-Spiel‹ ein Bullseye, wie die Dartfreaks das Scheibenzentrum nennen, nach dem anderen traf. Nachdem er sich mit Hilfe dieses Erfolgserlebnisses ein wenig abreagiert hatte, wurde er etwas ruhiger und konnte sich dadurch noch besser konzentrieren. Mit dem für Tobias niederschmetternden Ergebnis, dass dieser bei ›Round the Clock‹ nun überhaupt kein Land mehr sah.

Während Tobias seine Pfeile auf die Dartscheibe warf, betrachtete Wolfram Tannenberg seinen Neffen von der Seite und stellte überrascht fest, wie erwachsen und männlich dieser in letzter Zeit geworden war. Seit neuestem rasierte er sich sogar in festen Zeitabständen und benässte anschließend die gereizte Gesichtshaut mit einem regelrechten Aftershave-Overkill, der auch jetzt noch penetrant zu riechen war und Tannenberg trotz der im Freien herrschenden Winterkälte dazu nötigte, das Zimmerfenster sperrangelweit aufzureißen.

Obwohl er sich in seiner Jugend dieses eklige, durchsichtige Gel niemals in die Haare geschmiert hätte, musste er doch zugeben, dass Tobi mit diesem Jungmännerstyling richtig gut aussah. Was er allerdings überhaupt nicht nachvollziehen konnte, war dieser merkwürdige Modetrend, der darin bestand, die Hosen so weit in die Kniekehlen zu ziehen, dass man Hosenträger anziehen musste und jeder die unterhosenbedeckten Pobacken betrachten konnte.

Dieser für Tannenberg bislang sehr erfreulich verlaufene Tag erfuhr seinen krönenden Abschluss in Form eines spontan von ihm einberufenen Skatabends, für den der vom Gipsverband glücklich Befreite drei Flaschen besten Barolo spendierte. Bruder Heiner ließ sich ebenfalls nicht lumpen und investierte einen Teil des am Nachmittag erzielten Spekulationsgewinns in eine von einem exklusiven italienischen Catering-Service zusammengestellte mediterrane Feinkostplatte, die in der fröhlichen Männerrunde wahre Begeisterungsstürme hervorrief. Und wie immer, wenn sich die drei Männer zum Kartenspielen trafen, hatte Dr. Schönthaler die obligatorischen Abschluss-Havannas besorgt.

»Sag mal, Wolf, hast du immer noch diese Kredite laufen«, fragte Heiner Tannenberg beiläufig, als er beim Schiebe-Ramsch das von seinem Bruder überreichte Kartenpaar ergriff, »die du damals aufgenommen hast, um für die Behandlungskosten von Lea aufkommen zu können?«

»Ja, und?«, fauchte der Kriminalbeamte unwirsch zurück, der überhaupt keine Lust hatte, sich an solch einem gelungenen Abend mit diesem leidigen Thema zu beschäftigen. »Lass mir doch mit diesem Kram meine Ruhe!«

»Ist ja schon gut. Ich meine es ja nur gut mit dir! Denk doch mal drüber nach!«

»Worüber?«

»Na, darüber, ob es nicht vielleicht ganz sinnvoll wäre, wenn du auch ein bisschen Geld für den Neuen Markt locker machen würdest.«

»Ich?«, fragte Tannenberg verblüfft und starrte seinen Bruder entgeistert an.

»Ja, du!«

»Von was denn, liebes Bruderherz, von was denn? Wie

Du weißt, hab ich immer noch diese verfluchte Gehalts-pfändung laufen.«

»Was hast du laufen?«, fragte der Pathologe betroffen nach.

»Eine Ge-halts-pfän-dung!«, antwortete Tannenberg, wobei er das Wort in die einzelnen Silben zerlegte und diese ganz langsam vortrug. »Noch nie was davon ge-hört? Na, bei deinem großen Vermögen ist das ja auch kein Wunder.«

»Warum hast du denn nie etwas davon erzählt? Mensch, Wolf, ich hätte euch doch damals Geld geliehen. Zinslos, natürlich! Ich leih dir auch jetzt noch was! Mann, oh Mann, so ein Hammer.«

»Quatsch Rainer, das kannst du vergessen! Das würde er doch nie annehmen. Dazu ist mein Bruder doch viel zu stolz! Ich hab ihm doch auch schon was angeboten. Aber dein Freund ist ja so was von stur, das gibt's ja gar nicht! – Was ist denn eigentlich mit dir, machst du auch bei dem großen Monopoly-Spiel am Neuen Markt mit?«

Dr. Schönthaler ging augenscheinlich nicht auf die Frage ein. »Heiner, weißt du, was der alte Rockefeller getan hat, nachdem er in den 20er Jahren kurz vor dem Börsencrash, – der ja, wie du sicher weißt, damals die Weltwirtschafts-krise ausgelöst hat – von seinem Schuhputzer erfuhr, dass dieser seine paar Kröten in Aktien angelegt hat?«

»Nein, keine Ahnung!«

Der Gerichtsmediziner legte die Spielkarten verdeckt vor sich auf den Tisch, verzahnte seine Finger, als ob er beten wolle und sagte dann mit ruhiger Stimme: »Der ist sofort aufgesprungen, in die Wallstreet gerannt und hat seine gesamten Aktienbestände verkauft.«

»Warum?«, fragten beide Tannenberg-Brüder nahezu zeitgleich.

»Ganz einfach. Weil er sich gesagt hat: Wenn sich sogar schon mein Schuhputzer Aktien kauft, wer soll denn dann in Zukunft überhaupt noch welche kaufen? Dann hat doch jeder schon welche! Und genau das hab ich auch getan: alle Aktien verkauft.« Dann erhob er seine rechte Hand und warf seinen Zeigefinger einige Male in Heiners Richtung. »Du musst heutzutage nur den Schuhputzer durch die *Bildzeitung* ersetzen ... Seit Tagen geht es in ihren Aufmachern um nichts anderes mehr als um diese Börsenhausse. Das ist genau der richtige Zeitpunkt, um auszusteigen!«

Als Tannenberg nach der seit fast drei Wochen ersten ungestörten Nachtruhe erholt und mit unbändigem Tatendrang erwachte, verspürte er sofort ein geradezu manisches Bedürfnis, etwas zu tun, was er die ganze Zeit über unwillig vor sich hergeschoben hatte, dem er sich aber jetzt elanvoll zuwenden wollte.

Noch vor dem Frühstück benachrichtigte er deshalb seinen am Telefon sehr verschlafen wirkenden Mitarbeiter Fouquet und forderte diesen auf, ihn so schnell wie möglich in der Beethovenstraße abzuholen. Dessen berechtigte Frage nach dem Grund des überraschenden Anrufs beantwortete Tannenberg dahingehend, dass er mit ihm gemeinsam baldmöglichst eine unaufschiebbare Dienstwanderung unternehmen wolle.

Obwohl der junge Kriminalkommissar dem frühmorgendlichen Aktionismus seines Vorgesetzten so absolut gar nichts Positives abgewinnen konnte, erschien er bereits eine halbe Stunde später an dessen Haustür.

In der Nacht hatte es zu schneien begonnen, zuerst in Form von nassen Graupelbrocken, die sich wie durch Geisterhand nach Mitternacht in dicke, langsam hernieder schwebende Flocken verwandelten und die dann in der immer kälter werdenden Luft irgendwann in den etwas dünneren, fusseligeren Pulverschnee übergingen. Auf den von den letzten milden Novembertagen noch aufgewärmten Innenstadtstraßen schmolzen auch noch an diesem frühen Morgen die weißen Flocken wie Butter in der Sonne.

Draußen vor den Toren der Stadt allerdings hatten die ersten Vorboten des sich aus Skandinavien nähernden Kältetiefs, das ein Wetterexperte schon vor Tagen angekündigt hatte, bereits damit begonnen, ihren prächtigen weißen Schleier über dem tristen Asphaltgrau auszubreiten.

»Chef, warum wollen Sie denn jetzt auf einmal die Erdhöhle sehen?«, fragte Fouquet kurz nachdem Tannenberg den Zielort ihrer gemeinsamen Exkursion ausgesprochen hatte. »Die ganze Zeit über hat Sie der Pennermord doch gar nicht interessiert. Ich dachte, dafür sind Schauß und Geiger im Alleingang zuständig.«

»Ja, weißt du, ich bin in den letzten Tagen irgendwie den Eindruck nicht losgeworden, dass die beiden Herren vor lauter Geldgeschäften nicht mehr so richtig bei der Sache sind. Es geht einfach nicht vorwärts in dem Fall. Sag mal, was hältst du denn eigentlich von diesem ganzen Quatsch: Neuer Markt und so weiter? Deine Familie ist doch stinkreich und hat bestimmt viel Erfahrung in finanziellen Dingen.«

»Ich find das ja alles im Prinzip unheimlich spannend und faszinierend … Chef, Sie müssen sich mal folgendes vorstellen: Da sitzt einer in seinem Keller am Computer und bastelt an irgendeiner Software herum. Wenn er das geschafft hat, geht er damit zu 'ner Bank und stellt denen seine Geschäftsidee vor. Die prüfen das dann. Und wenn das auch nur einigermaßen erfolgversprechend aussieht, unterstützen sie ihn bei der Firmengründung und bringen das Unternehmen an die Börse.«

»So einfach geht das?«

»Ja, heutzutage schon. Und wenn die Sache gut vermarktet wird, reißen die Anleger ihnen die Aktien aus den Händen. Bei dem Börsengang streicht die Bank hohe Provisionen ein. Der Unternehmensgründer wiederum hat auf einmal so viel Kapital, dass er damit stark expandieren kann, andere Firmen übernehmen kann usw.«

»Das ist ja wirklich interessant.«

»Da kann man wohl sagen, Chef. Aber wissen Sie, meine Eltern sind in ihren Geldanlagen sehr konservativ. Mein Vater hält zum Beispiel von diesen neuen Firmen überhaupt nichts. Das wären nur gigantische Luftblasen, die irgendwann mal mit einem lauten Knall platzen würden. Außerdem seien sie völlig überbewertet und auch deshalb für ihn total uninteressant, weil sie keine Dividenden bezahlen. Er sagt immer nur: What goes up, must come down!«

»Spinning wheel, turn around!«, ergänzte Tannenberg.

»Was?«

»Ach, vergiss es! Das war nur so'n Song aus meiner Jugendzeit. Ich glaub von der Gruppe ›Chicago‹«, antwortete der Leiter der Kaiserslauterer Mordkommission und drehte sich plötzlich verwundert in Richtung seines jungen Mitarbeiters. »Wieso willst du denn hier nach links abbiegen? Ich denke, ihr habt den Toten im Wald hinter der

230

Panzerkaserne gefunden. Da musst du aber noch'n Stück weiter auf der Mannheimerstraße bleiben und erst nach dem Einkaufszentrum nach rechts abbiegen! Wo du eben hingewollt hast, ist doch die Daennerkaserne!«

Kommissar Fouquet sah sich nicht im Geringsten dazu veranlasst, auf den belehrenden Einwurf Tannenbergs zu reagieren und die Fahrspur zu wechseln, sondern er setzte den eingeschlagenen Weg unbeirrt fort.

»Chef, ich komm doch aus Pirmasens. Ich weiß doch nicht, wie die einzelnen Ami-Kasernen hier bei euch heißen. Die …«

»Deswegen sag ich dir's ja. Fahr jetzt endlich rüber!«, befahl der Hauptkommissar mit deutlich lauterer Stimme.

Aber der junge Kommissar ließ sich einfach nicht beirren. »Chef, die Ortsangaben für meinen Bericht hat ein Kollege von der Streife geliefert. Und ich bin natürlich davon ausgegangen, dass das stimmt. Das war wahrscheinlich etwas naiv – zugegeben. Tut mir Leid. Nächstes Mal prüf ich so was selbst nach.«

»Kein Problem!«, bemerkte Tannenberg in väterlichem Ton. »Bleib jetzt mal stehen!«

»Hier?«

»Nein, hier natürlich nicht – mitten auf der Straße. Fahr mal da rüber auf den Parkplatz vor der kleinen Kirche!«

Adalbert Fouquet befolgte die Anweisung und stellte den Dienstwagen auf einem der zahlreichen Parkplätze direkt vor der außerhalb des eigentlichen Kasernengeländes gelegenen amerikanischen Soldatenkapelle ab, in der Tannenberg früher gemeinsam mit seiner Frau ab und an ein Gospelkonzert besucht hatte.

231

»Ihr habt doch bestimmt da vorne den breiten Weg genommen, der rechts um die Kaserne rumführt, oder?«

»Stimmt!«

»Gut, dann gehen wir bei diesem herrlichen Winterwetter jetzt den Fußweg hoch. Und merk dir mal, der Wald hinter der Panzerkaserne gehört zum Rummelberg und auf dem steht auch die Burgruine Beilstein.«

»Jawohl, Chef!«

»Und wie heißt dieser Berg, an dessen Fuß die Daennerkaserne errichtet wurde?«

»Keine Ahnung, Chef.«

Der Leiter des K1 verließ den silbernen Dienst-Mercedes und baute sich in voller Größe an der Beifahrertür auf.

»Kahlenberg, lieber Fouquet, Kahlenberg«, löste er das von ihm gestellte Rätsel selbst auf.

»Den Namen hab ich doch schon irgendwo mal gehört«, bemerkte der junge Kommissar nachdenklich.

»Na, das ist ja schon mal was, Herr Kollege!«

»Aber ich weiß nicht mehr, in welchem Zusammenhang.«

Tannenberg ging um das Auto herum und stellte sich direkt vor seinen Mitarbeiter. Er hatte noch eine weitere didaktische Frage auf Lager, mit deren Hilfe er versuchen wollte, das Erinnerungsvermögen seines Assistenten auf Trab zu bringen und ihm dadurch die Chance zu ermöglichen, selbst die überaus interessante Lösung dieses kleinen Ratespiels zu entdecken: »Und was befindet sich von hier aus gesehen auf der anderen Seite des Kahlenbergs?«

Fouquet grübelte einen Augenblick kopfschüttelnd über die gestellte Frage nach, dann zog er frustriert die Schulterblätter nach oben. »Keine Ahnung, Chef.«

»Du wiederholst dich!«

»Aber wenn ich doch wirklich keinen blassen Schimmer hab.«

»Mensch, Fouquet: so jung und schon solch ein schlechtes Gedächtnis! Das PRE-Park-Gelände natürlich und ...«

»Und damit auch die Firma *FIT.net*!«, ergänzte der junge Kommissar erleichtert, weil ihm allmählich zu dämmern begann, worauf sein oberlehrerhafter Begleiter die ganze Zeit über hinausgewollt hatte. »Jetzt weiß ich auch wieder, wo ich den Namen schon mal gelesen hab: in der Spurenakte. Und zwar an der Stelle, wo Mertel geschrieben hat, dass irgendwer mit Armani-Schuhen in Richtung des Kahlenbergs eine Böschung hinaufgeklettert sei.«

»Respekt, Herr Kollege! Es hat zwar etwas länger gedauert, als ich erwartet habe. Aber, wie sagt man so schön: besser spät als nie!«

Tannenberg ging zurück zum Mercedes und schleuderte mit Effet die Beifahrertür in die Autokarosserie. Anschließend begaben sich die beiden Kriminalbeamten auf einen schneebedeckten Pfad, der auf der einen Seite von dem recht hohen, auf der Spitze mit Stacheldrahtrollen versehenen Zaun der amerikanischen Militärkaserne und auf der anderen von einem zum Waldfriedhof gehörenden, etwas niedrigeren, grünen Maschendrahtzaun begrenzt wurde.

Weil einige, wegen des enormen Gewichts des auf ihnen lastenden Neuschnees tief in den schmalen Weg hineinhängende Himbeerranken den Pfad versperrten, bremste der Leiter des K1 nach der ersten Wegbiegung plötzlich seinen zügigen Wanderschritt ab und drehte sich zu seinem Kollegen um.

»Ich bin unheimlich gespannt, wo sich das Erdloch befindet, in dem ihr den toten Penner gefunden habt«, sagte er und wandte sich gleich wieder um.

»Hoffentlich find ich das überhaupt noch, bei diesen Witterungsverhältnissen«, entgegnete Kommissar Fouquet skeptisch.

»Dann streng dich aber mal an!«, forderte Tannenberg und überwand mit stapfenden Storchenschritten das winterliche Naturhindernis.

Nach einem steilen Anstieg verließ der zwischen den beiden Zäunen eingesperrte Pfad sein enges Korsett und mündete schließlich in einen breiten Wanderweg, der bereits mehrere Fuß- und Pfotenspuren aufwies.

»Chef, da waren doch tatsächlich schon einige Leute mit ihren Hunden unterwegs.«

»Ja, klar, Fouquet. Das ist schließlich auch der Philosophenweg des Grübentälchens. Denn fast jeder, der in dieser Siedlung einen Köter besitzt, führt ihn hier oben auf diesem Rundweg aus.«

Befriedigt registrierte Tannenberg die nicht zu übersehenden zahlreichen gelben Urinspuren, welche die Tiere in den unberührten Schnee gebrannt hatten und die seine gerade eben getätigte Aussage auf eindrucksvolle Weise bestätigten. Er zog seinen Blick empor zu den am Wegesrand spalierstehenden Bäumen, deren dürre, blattberaubte Äste dick mit Schnee beklebt waren und an deren Stämme irgendjemand auf der Wetterseite große Schneeflächen geklatscht hatte.

Der anstrengende Fußmarsch durch die eiskalte Winterluft regte die Sekretproduktion der beiden Männer an. Während sie laut schnaubend die jungen Kiefern passier-

234

ten, die ihre mit kleinen Sahnehäubchen gekrönten Spitzen wie eine vielköpfige, ehrerbietende Dienerschaft grüßend vor ihnen verneigten, zog Tannenberg nacheinander alle Register derb-männlicher Urlaute, die von eher dezentem Husten und Räuspern über langsames, genussvolles Hochziehen der Nase bis hin zu einem sehr eigentümlichen, nicht mit einem einzigen Wort zu beschreibenden, würgeähnlichen Geräusch, das einem erfolgreichen Schleimauswurf zeitlich direkt vorangeht, reichten.

Fouquet wollte, obwohl er sich zunächst etwas mit der archaischen Geräuschproduktion zurückhielt, seinem Vorgesetzten aber nicht dauerhaft nachstehen und bereicherte diese urige Männer-Symphonie nach und nach mit Eigenkompositionen, die selbst der in diesem Metier sehr erfahrene Tannenberg in solch einer Form noch nie gehört hatte. Besonders beeindruckte ihn dabei die Fähigkeit seines jungen Mitarbeiters, beim taschentuchlosen, einseitigen Freiluft-Schnäuzen nicht beide Daumen abwechselnd zum Verschluss eines Nasenlochs zu benutzten, sondern beide Riechöffnungen mit ein und derselben Daumenfläche nacheinander zu bedienen.

Hier in der freier Natur – geschützt von der unausgesprochenen Akzeptanz eines solidarischen Artgenossen, fernab der angewiderten, abschätzigen, verächtlichen Blicke der Vertreterinnen des weiblichen Geschlechts, die stets mit lauten Aufschreien des missbilligenden Entsetzens auf diese tiefsitzenden maskulinen Atavismen, die sich seit der Steinzeit nicht verändern hatten, reagierten – durfte man Mann sein. Endlich mal wieder Mann sein! Befreit von den lästigen Anstandsfesseln einer feminisierten Gesellschaft, die nur kastriertes, pseudomännliches Sozialverhalten akzeptierte, konnte *das* ungeschminkt an den Tag treten, was in uns Männern seit Urzeiten …

»Chef, ich glaub, es ist nicht mehr weit!«, polterte plötzlich Adalbert Fouquet in Tannenbergs Gedankengänge und verhinderte somit eine abschließende Klärung dieser spannenden Frage.

Der altgediente Kriminalbeamte reagierte zunächst sehr irritiert, um nicht zu sagen regelrecht verstört, auf diesen Einwurf seines Mitarbeiters. Er blieb ohne Vorankündigung stehen, wartete bis Fouquet ebenfalls zum Stillstand gekommen war, verringerte mit einigen wenigen Schritten die Distanz zu ihm und konfrontierte ihn mit einer Aufforderung, die dem armen, jungen Kriminalbeamten regelrecht die Sprache verschlug.

Vielleicht ließ sich Tannenbergs Bedürfnis nach einer radikalen Veränderung der Kommunikationsbeziehung zu seinem Kollegen auf dieses geräuschvolle Intermezzo zurückführen, vielleicht hing es aber auch an den, in Folge der intensiven körperlichen Anstrengungen in der belebenden kalten Winterluft sein Gehirn überschwemmenden Endorphinwellen – oder es waren möglicherweise auch die Spätfolgen seiner Euphorie über die Wiederherstellung seiner uneingeschränkten Bewegungsfähigkeit.

Jedenfalls war er der Meinung, dass es nun an der Zeit war, seinem Mitarbeiter ohne jegliche Vorwarnung die Pistole auf die Brust zu setzen.

»Fouquet, was hältst du davon, wenn wir uns duzen?«, fragte er scheinbar unberührt.

Nach den schon angesprochenen Schrecksekunden antwortete der völlig konsternierte junge Kriminalbeamte, der ja erst seit etwas über einem Jahr bei der Kaiserslauterer

Mordkommission arbeitete, stammelnd: »Ja … Chef …, gerne … Sehr gerne sogar!«

»Schön. Aber da gibt es ein kleines Problem.«

»Welches denn?«, fragte Fouquet sofort mit offenem Mund nach, denn er verstand nun überhaupt nichts mehr.

Tannenberg druckste verlegen herum, bis er schließlich etwas gebar, was ihn anscheinend schon länger beschäftigte: »Du heißt doch Adalbert.«

»Ja, Chef.«

»Das kann ich aber nicht sagen. Was hältst du davon, wenn ich Albert zu dir sage.«

»Natürlich, klar! So haben die mich früher schon in der Schule genannt!«, bemerkte Fouquet erleichtert und ging seinerseits mutig in die Offensive. »Mir geht's übrigens genauso.«

»Womit?«, fragte Tannenberg nun seinerseits verblüfft und setzte sich zögerlich wieder in Bewegung.

»Chef, mit Ihrem – Entschuldigung – deinem Vornamen.«

»Wieso?«

»Weil ich gern Wolf sagen möchte, nicht Wolfram.«

»Was gefällt dir denn nicht an meinem Vornamen?«, wollte der altgediente Kripobeamte wissen und blickte dabei Fouquet forsch in die Augen.

Dabei bemerkte er die mit einer dünnen, bräunlichen Eisschicht überzogene Pfütze vor seinem linken Schuh nicht, in die er mit voller Wucht hineintrat.

»Verdammter Mist!«, fluchte er.

Aber Tannenberg hatte Glück im Unglück, denn es spritzte zwar eine Ladung trübes, schmutzigbraunes Wasser in die Höhe, aber da er seinen Fuß in einer Blitzreaktion reflexartig nach oben gerissen hatte, blieb der Baumwollsocken und damit auch sein Fuß trocken.

»Wolf passt einfach viel besser zum Leiter einer Mordkommission als Wolfram«, schob Fouquet nach.

»So, findest du? Da haben sich unsere Eltern mit unseren Vornamen ja wirklich ganz schön einen gegeben! Weiß du was, Albert, mir gefällt Wolfram auch nicht«, sagte Tannenberg mit dampfendem Atem in die kalte Novemberluft hinein und schlug seinem Kollegen dabei kumpelhaft auf die Schulter.

»Chef … Oh, nein, nicht schon wieder! Da brauch ich bestimmt noch eine Weile, bis ich mich daran gewöhnt habe. Also: Wolf, da vorne muss es sein. An diese vier Bänke und die Tische erinnere ich mich nämlich noch gut.«

Die beiden Männer beschleunigten ihren Schritt und erreichten wenig später, heftig nach Atem ringend, den höchsten Punkt des Kahlenbergs, der wegen der Sitzmöglichkeiten ein beliebtes Ausflugsziel für die Leute aus der nahe gelegenen Siedlung darstellte.

Der junge Kripobeamte hatte doch etwas mehr Mühe, sich zu orientieren, als er zunächst angenommen hatte.

»Wir sind ja auf dem breiten Weg hier hochgefahren. Außerdem hat da noch kein Schnee gelegen. Jetzt sieht irgendwie alles so gleich aus«, sagte er, während er sich suchend umblickte.

»Komm, streng dich an!«

Fouquet schloss kurz die Augen und spielte in Gedanken nochmals konzentriert die Situation durch, in der er sich an dem Tag befunden hatte, als er und seine Kollegen hier oben auf dem Gipfel des Kahlenbergs von einem aufgeregten Rentner erwartet wurden, dessen Hund den Leichnam gefunden hatte.

»Ich glaube, es war vom Weg aus gesehen genau senkrecht hinter den Bänken, vielleicht 100 Meter davon entfernt, direkt vor einem kleinen Felsen«, meinte er sich nun erinnern zu können.

Noch bevor diese letzten Worte den Mund seines Kollegen verlassen hatten, war Tannenberg bereits losgestapft und fand auch ziemlich schnell ein etwa hüfttiefes, schneebedecktes Erdloch, unmittelbar neben einem zerklüfteten, mit zahlreichen kleinen Eiszapfen behangenen Sandsteinfelsen.

»Dass hier ein Mensch gelebt hat, ist einfach unglaublich! Wie ein Tier …«, bemerkte er kopfschüttelnd. »Was für ein Armutszeugnis für eine reiche Wohlstandsgesellschaft! Bringen wir es denn nicht einmal fertig, solchen armen Schluckern wenigstens einen warmen Schlafplatz zur Verfügung zu stellen?«

»Es gibt doch diese Obdachlosenunterkünfte …«

»Aber anscheinend viel zu wenige!«, schimpfte Tannenberg los.

»Wolf, jetzt reg dich doch nicht so auf«, erprobte Fouquet sich in der neuen Anredeform. »Es gibt viele Penner, die wollen gar nicht in solche Unterkünfte. Die wollen ihre Freiheit und ihre Ruhe haben. Außerdem haben die oft panische Angst, in diesen Obdachlosenheimen beklaut zu werden.«

Tannenberg beruhigte sich wieder ein wenig. »Wenn du Recht hast, dann könnte es doch sein, dass der arme Penner – wie hieß der noch mal?«

»Tauber, Alfred Tauber.«

»Also, dass der Mann seine Habseligkeiten im Wald aufbewahrt hat. Was genau habt ihr denn hier an seinem Schlafplatz gefunden?«, fragte der Leiter des K1, während er seinen leeren Blick auf einem aus Fichtenreisig, dünnen kahlen Ästchen, Zeitungen, Pappkarton und Plastiktüten bestehenden kleinen Hügel ruhen ließ, der sich direkt neben der Erdhöhle befand und dessen Bestandteile wahrscheinlich als Baumaterialien für das Dach bzw. den Bodenbelag des Unterschlupfs gedient hatten.

Fouquet betrachtete sich nun ebenfalls etwas intensiver dieses bescheidene Materiallager, das anscheinend erst vor kurzem durchstöbert worden war, denn im Gegensatz zu seiner Umgebung war dieser Platz nur noch mit Schneeresten bedeckt.

»Wir haben nur das Zeug hier, ein paar Klamotten und einige Flaschen gefunden, sonst nichts«, antwortete der junge Kommissar.

»Weißt du, was unser alter Chef, der Kriminalrat Weilacher, also mein Vorgänger, den du ja leider nicht mehr kennen gelernt hast, oft zu uns gesagt hat?« Tannenberg wartete nicht auf die vorhersehbare, floskelhafte Antwort seines Kollegen, sondern vollendete seinen Gedankengang. »Um einen Verbrecher und dessen Taten verstehen zu können, muss man sich in seine Seele, in sein Denken, in sein Fühlen hineinarbeiten. Jetzt versuchen wir das mal mit dem Opfer.«

»Okay.«

»Also: Du stellst dir jetzt mal vor, du wärst dieser Alfred Tauber und hättest panische Angst, beklaut zu werden. Wo versteckst du dann deine vermeintlichen Schätze?«

Fouquet dachte angestrengt nach. »Bestimmt dort, wo

ich leicht drankomme und wo ich's auch garantiert immer wieder finde.«

»Und das wäre zum Beispiel?«

»Zum Beispiel … Ein Schließfach im Bahnhof!«

»Stimmt, gute Idee. Ihr habt aber keinen Schlüssel gefunden, oder?«

»Nein! Aber den kann natürlich der Mörder auch mitgenommen haben.«

»Das ist *eine* Möglichkeit«, entgegnete Tannenberg anerkennend und brummte mehrmals mit fest zusammengepressten Lippen vor sich hin. »Aber es gibt noch eine andere: Der Mann könnte auch hier im Wald etwas versteckt haben.«

»Jetzt dämmert mir auch endlich, warum du unbedingt hierher wolltest!«

»Ja, wir könnten doch hier etwas finden, was unsere Kollegen von der Spurensicherung nicht entdeckt haben. Weil sie vielleicht gar nicht danach gesucht haben!« Tannenberg blickte seinem Kollegen fest in die Augen. »Wo würdest *du* hier im Wald etwas verstecken?«

»Na … vielleicht in einem Loch, das ich ausgehoben und danach wieder zugeschüttet hätte … oder …«

»Aber solch ein Versteck könnte man doch zum Beispiel bei Schnee nur schwer wiederfinden. Außer, du hättest dieses Loch direkt in der Nähe deiner Erdhöhle gebuddelt. Und das ist dann schon wieder zu gefährlich, weil es schließlich jemand entdecken könnte!«

»Was bleibt denn dann aber noch?«

»Was sind denn das für Spuren hier?«, rief plötzlich Tannenberg, der während der Frage seines jungen Mitarbeiters ein paar Schritte um den Felsen herumgelaufen war.

»Welche Spuren?«, fragte Adalbert Fouquet und folgte seinem Vorgesetzten.

Tannenberg donnerte seinen Schuh direkt neben einen der mit einer dünnen Neuschneeschicht überzogenen Fußabdrücke, kniete anschließend wie ein fährtenlesender Indianer daneben und wischte den pulvrigen Schnee aus dem Sohlenabdruck. »Das sind kleinere Schuhe gewesen. Da ich 44 hab, schätz ich das mal auf Schuhgröße 38. – Was meinst du?«

»Könnte hinkommen.«

»Los komm, wir schauen mal, wo die hinführen!«

»Wolf, das kann natürlich auch ein Kind gewesen sein, das hier zufällig herumgelaufen ist«, rief Fouquet seinem eilig davon stürmenden Chef hinterher. »Wir jagen bestimmt ein Phantom!«

»Aber ein interessantes Phantom, Herr Kollege«, gab Tannenberg kurze Zeit später nach Atem ringend zurück. Er hatte nämlich etwas sehr Interessantes entdeckt. »Na, was hältst du davon?«

Als Fouquet die alte Buche erreicht hatte und den ausgehöhlten Stamm erblickte, war ihm sofort klar, dass es sich hier um ein Versteck gehandelt haben musste; denn auf dem nur mit einigen Schneekrümeln bestreuten, bröseligen Untergrund der Baumhöhle lag eine braune Plastiktüte, ein Klappmesser, mehrere beschriftete Papierblätter, einige angespitzte kurze Stöckchen und ein Personalausweis, der dem Toten gehört hatte.

Der junge Kommissar streifte sich einen durchsichtigen Handschuh über, zog zwei Tütchen aus seiner Jacke und verstaute darin die aufgefundenen Sachen. Eines der kleinen angespitzten Aststücke nahm er auf, schob seinen

Kopf ein wenig in den morschen Baumstamm hinein und steckte dann den Holzspieß in eines der in die Innenwände der Höhle eingelassenen Löcher.

»Ein optimales Versteck: leicht zu finden und trocken. Und wenn man von außen reinschaut, sieht man das Regal, das man hier oberhalb der Öffnung eingebaut hat, überhaupt nicht. Dort hatte der Penner bestimmt seine wichtigsten Sachen versteckt«, sagte Fouquet, nachdem er wieder neben seinem Vorgesetzten stand.

»Ganz schön clever, der gute Mann!«, stimmte Tannenberg zu. »Albert, ruf mal den Mertel an; der soll so schnell wie möglich hierher kommen. Sag ihm, wir brauchen nur die Abdrücke von diesen kleinen Schuhen. Und sag ihm auch, uns interessiert nur die Spur, die vom Erdloch zum hohlen Baum hinführt. Die anderen Abdrücke stammen ja von uns. Die brauchen wir natürlich nicht.« Er schaute sich sicherheitshalber noch einmal um. »Und ansonsten sehe ich hier keine. Du?«

»Nein! Sieht nicht so aus, als ob hier außer uns dreien in der letzten Zeit jemand gewesen wäre.«

»Wobei deine Aussage allerdings nur Gültigkeit für die Zeit nach Einsetzen des Schneefalls beanspruchen kann.«

»Da hast du wohl Recht, Wolf!«

Während Fouquet mit seinem Handy versuchte, den Leiter der Kriminaltechnik zu benachrichtigen, nahm Tannenberg eine der Klarsichthüllen in die Hand, in die sein Kollege vorhin die Fundsachen gesteckt hatte. Das zerknitterte Dokument, auf das sein erster Blick fiel, war eine Urkunde der Handwerkskammer Bochum, die Alfred Tauber zum besten Juniorkoch der Gesellenprüfung

1975 gekürt hatte. Auf der Rückseite war ein schon stark vergilbtes Zeitungsfoto aufgeklebt, das einen fröhlichen jungen Mann zeigte, der strahlend eine Auszeichnung entgegennahm.

Szenen aus einem anderen Leben, stellte Tannenberg erschüttert fest, der diesen anderen Menschen, der ja eigentlich ein und derselbe war, vor einigen Tagen nackt und ausgeweidet in der Pathologie auf dem Seziertisch hatte liegen sehen.

Schweigend folgten die beiden Kriminalbeamten den Fußabdrücken, die von der Baumhöhle hinunter auf den tiefer gelegenen Rundweg führten. Dort verlor sich die Fußspur.

»Komm, bevor wir zum Auto gehen, zeig ich dir noch die Bank, auf der ich vor zwei Wochen gesessen habe, und von der aus man einen herrlichen Blick auf das PRE-Park-Gelände und über die ganze Stadt hat«, sagte Tannenberg und blieb unvermittelt stehen. »Weißt du, an was ich gerade denke? Es könnte doch eine Verbindung zwischen unseren beiden Mordfällen geben. Schließlich könnte doch der Penner an diesem Samstag auf der Bank gesessen und zufällig den Täter beim Verlassen des Gebäudes beobachtet haben.«

»Kann schon sein! Es ist schon mehr als merkwürdig, dass zwei Morde passieren, die räumlich und zeitlich so eng beieinander liegen«, meinte Fouquet zustimmend.

Inzwischen hatten sie die Bank erreicht.

Tannenberg stützte sich von hinten mit beiden Armen auf der schneeüberzogenen Rückenlehne ab. Er spürte allerdings die Kälte an seinen Händen kaum, zu sehr waren seine Gedanken auf diese gerade immer dominanter von ihm Besitz ergreifende Hypothese gerichtet.

»Vielleicht ist das ja der Durchbruch! ... Vielleicht hat der Penner wirklich hier oben gesessen und alles beobachtet.«

»Und den Täter dann mit seinem Wissen erpresst! Und der wusste sich dann irgendwann nicht mehr anders zu helfen, als ihn umzubringen!«

»Genau! Ich würde was dafür geben, wenn ich bloß wüsste, was der Kerl hier von dieser Bank aus beobachtet hat!«, entgegnete Tannenberg, relativierte seine Aussage aber sogleich wieder: »Wenn er überhaupt hier gesessen und was beobachtet hat!«

Adalbert Fouquet blickte über den schneebedeckten PRE-Park, sog tief die kalte Winterluft ein. Dann sagte er nachdenklich: »Das wird wohl leider für immer ein Bankgeheimnis bleiben!«

»Ja, Albert, das ist wirklich ein Bankgeheimnis!« Tannenberg lachte.

11

»So, Leute«, eröffnete der Leiter der Kaiserslauterer Mordkommission die von ihm eiligst einberufene Dienstbesprechung, »ihr kennt ja alle Weilachers berühmtes Zugmodell, das durch seine bestechende Einfachheit und Anschaulichkeit schon oft entscheidend zur Lösung eines Falls beigetragen hat. Auch wenn dies vom anwesenden Vertreter der Staatsanwaltschaft anders gesehen wird.«

Tannenbergs herausfordernder Blick schwenkte nicht zufällig gerade in diesem Moment zu Dr. Hollerbach, der sich aber nicht provozieren ließ und demonstrativ gelangweilt aus dem Fenster starrte.

»Hier haben wir unseren ersten Zug«, fuhr er fort und zeigte mit einem dünnen Holzstock auf eine große, mit wenigen Eddingstrichen stilisierte Lokomotive, auf die ein blaues Pappkärtchen gepinnt war. »Hier befindet sich unsere Ausgangsposition: die brutal erschlagene und bis zur Unkenntlichkeit verbrannte Susanne Niebergall.« Tannenbergs Zeigestock vollführte einen Sprung auf der Pinnwand. »Und das hier ist unser Zielbahnhof, der so schnell wie möglich erreicht werden soll: die Identifizierung des Täters.«

»Jetzt hören Sie aber mal auf mit Ihrer todlangweiligen Märchenstunde, Herr Hauptkommissar! Kommen Sie endlich zur Sache! Ich hab schließlich meine Zeit nicht gestohlen«, funkte plötzlich Dr. Hollerbach energisch dazwischen.

Tannenberg setzte seine Ausführungen unbeeindruckt fort. »Wir sind die ganze Zeit über von zwei verschiedenen Zügen ausgegangen, die auf zwei verschiedenen Gleisen fahren. Was wäre nun aber, wenn die beiden nicht nur auf demselben Gleis fahren würden, sondern auch noch fest aneinandergekoppelt wären, also quasi auf einer Zeitschiene hintereinander geschaltet wären?«

»Du sprichst völlig in Rätseln!«, beschwerte sich Kommissar Schauß und rief mit seiner Kritik bei den Anwesenden, die ja bis auf Fouquet noch nicht über den neuesten Stand der Ermittlungen informiert waren, ungeteilte Zustimmung hervor.

Um die von ihm vorsätzlich herbeigeführte, allseitige Verwirrung aufzulösen, erläuterte Tannenberg mit Hilfe vorbereiteter Pappkärtchen, die er während seines Vortrags nacheinander in das antiquarisch anmutende Zugmodell pinnte, seine nebulösen Äußerungen.

»Chef, wenn ich Sie richtig verstehe, gehen Sie davon aus, dass der Penner in zwei Zügen mitfährt«, testete Kriminalhauptmeister Geiger seine Verständnisfähigkeit.

»Genau! Und zwar im ersten Fall als Zeuge, der den Mörder und Brandstifter gesehen und danach wahrscheinlich erpresst hat. Und im zweiten Fall als Opfer, das der Täter als unliebsamen Mitwisser brutal aus dem Weg geräumt hat.«

»Dann suchen wir also ab sofort nur noch nach einem Mörder?«, fragte Sabrina.

»Warum? *Muss* ja nicht sein; die zweite Tat kann ja

auch ein Komplize ausgeführt haben«, wandte Fouquet kritisch ein.

»Also so was wie'n Auftragsmord«, meinte Geiger.

»Wäre eine Möglichkeit …«

»Eine Mög-lich-keit!«, unterbrach der Oberstaatsanwalt. »Eine Mög-lich-keit. Wie viele Möglichkeiten gibt's denn, Herr Hauptkommissar? Könnte – wäre – vielleicht! Ich kann diese Worte einfach nicht mehr hören! Tannenberg, was soll das denn hier eigentlich werden?«

»Warten Sie's doch einfach mal ab«, gab Tannenberg zurück.

»Nein, keine Lust! Mich erinnert das alles irgendwie an Bleigießen am Silvesterabend. Da hört man auch nur wilde Spekulationen! Und die bin ich einfach Leid!« Dr. Hollerbach erhob sich und begab sich in Richtung der Tür. »Was Sie uns anhand dieses vorsintflutlichen, kindischen Eisenbahnmodells vorgestellt haben, sind doch nichts als völlig haltlose Vermutungen! Sie und Ihre Leute haben auch nach über drei Wochen Ermittlungsarbeit immer noch nichts gefunden, was uns wirklich weiterbringt: keine Tatwaffen, keine Geständnisse, keine Zeugen!« Er lachte laut auf. »Außer einem Toten, der zu Lebzeiten *vielleicht* irgend etwas beobachtet hat! Wenn er überhaupt etwas von dem Mord im PRE-Park mitbekommen hat. Sie haben überhaupt nichts!«

»Doch! Einen dringend Tatverdächtigen!«

»Ach ja, Tannenberg, der liebe Herr Professor. Den hab ich ja ganz vergessen! Dass ich nicht lache! Was haben Sie denn gegen ihn in der Hand? … Gar nichts! Grau ist alle Theorie, Herr Hauptkommissar! Was ich brauche, sind unumstößliche Fakten, eindeutige Beweise – keine albernen Hirngespinste!«

»Dann beschaffen Sie uns endlich eine Durchsuchungsanordnung für den Professor und seinen sauberen Anwalt!«, entgegnete der Leiter des K1 scharf.

»Auf welchem Stern leben Sie denn, Tannenberg? Der Ermittlungsrichter lacht mich doch glatt aus, wenn ich zu ihm gehe und sage: Den Herren vom K1 ist es langweilig. Sie haben zwar außer einer wild zusammengebastelten Mordtheorie keinerlei Indizien, aber sie möchten trotzdem gerne beim Leiter eines Kaiserslauterer Vorzeigeunternehmens und dessen mit einem tadellosen Leumund behafteten Justiziar Hausdurchsuchungen vornehmen.«

Michael Schauß schien des unproduktiven Scharmützels der beiden Kampfhähne überdrüssig zu sein. Er begab sich an die Pinnwand und zeigte mit einem Finger auf ein rotes Schild, das rechts oben in der Ecke hing. »Was ist denn eigentlich mit dieser Ellen Herdecke, die hat doch mit den beiden anderen zusammen die Firma gegründet?«

»Wie? Was?«, gab Tannenberg irritiert zurück. »Was soll mit dieser Frau denn sein?«

»Vielleicht sollten wir uns die Dame mal etwas intensiver vorknöpfen. Vielleicht spielt sie ja eine bedeutend wichtigere Rolle in diesem Fall, als wir bisher angenommen haben. Vielleicht ist sie sogar der Schlüssel zur Aufklärung des ersten Mords.«

»Schon wieder dieses verdammte ›vielleicht, vielleicht, vielleicht‹! Damit kann ich doch keine Mordanklage aufbauen!«, schimpfte der Oberstaatsanwalt wütend vor sich hin.

Tannenberg reagierte nicht auf den erneuten kritischen

Einwurf Dr. Hollerbachs, sondern antwortete an Schauß gerichtet: »Wie kommst du denn ausgerechnet jetzt auf diese völlig unverdächtige Frau?«

»Ich weiß auch nicht. Ist mir eben gerade so eingefallen.«

»Du, ich denke, du solltest dich einfach mehr um deinen Fall kümmern, als dich in meinen einzumischen!«

»Warum bist du denn so aggressiv?«

»Ich bin überhaupt nicht aggressiv!«, brüllte Tannenberg.

Petra Flockerzie erschien in der Tür und meldete sich wie ein Schüler mit gestrecktem Arm zu Wort: »Chef, draußen ist jemand, der eine Aussage machen will – wegen dem Mord an der armen Frau.«

Da der Oberstaatsanwalt beim Verlassen des Raums mit den Worten ›Wotan, wie er leibt und lebt!‹ noch einen giftigen Pfeil in Richtung Tannenbergs abgeschossen hatte, war dessen Bedürfnis nach Kontakt mit einem potentiellen Zeugen, bei dem es sich nach seiner spontanen Prognose bestimmt wieder um irgendeinen Aufschneider oder sonst wie gestörten Menschen handelte, auf dem Nullpunkt angelangt. Deshalb bat er Sabrina, sich um die Sache zu kümmern.

Bereits ein paar Minuten später erschien sie allerdings wieder im Zimmer ihres Chefs und sagte: »Entschuldige die Störung, Wolf, aber diesen Rentner solltest du dir wirklich anhören. Das ist äußerst interessant, was der beobachtet hat.«

»Na, los, sag schon.«

»Nein, das hörst du dir am besten selbst an«, beharrte Sabrina Schauß auf ihrer Forderung.

»Was? Ich soll das alles noch mal erzählen?«, beschwerte sich der etwa siebzigjährige, für einen Mann dieses Alters ausgesprochen gepflegt wirkende Rentner. »Da hätte ich wohl doch besser auf meine Frau gehört. Die hat mir nämlich geraten, mich da rauszuhalten. Mit denen kriegst du nur Scherereien, hat sie mich gewarnt.«

»Erstens sind Sie gesetzlich zur Zeugenaussage verpflichtet und zweitens brauchen wir ja nicht lange«, sagte Tannenberg, ernstlich bestrebt, die gewaltigen Eruptionen, die nach wie vor in seinem Innersten wüteten, nicht nach außen dringen zu lassen. »Erzählen Sie mir jetzt einfach mal, was genau Sie beobachtet haben!«

»Also, Herr Kommissar, wegen diesem kalten Mistwetter sind wir vor drei Wochen nach Südspanien in unser Ferienhaus geflüchtet. Und als wir gestern zurückgekommen sind, hab ich mich gleich an die Zeitungen gesetzt, die meine Schwester immer für uns aufhebt. Da freu ich mich nämlich …«

»Bitte fassen Sie sich kurz, guter Mann«, unterbrach der Kommissariatsleiter. »Wir haben hier wirklich sehr viel zu tun.«

»Ich kann ja auch wieder gehen«, gab daraufhin der Senior trotzig zurück.

Tannenberg konnte sich nicht mehr beherrschen und donnerte los: »Mann, legen Sie jetzt endlich los, sonst steck ich Sie in Beugehaft und lass Sie dort so lange schmoren, bis Sie mich anbetteln, Ihre Aussage machen zu dürfen!«

»Als ich den Zeugenaufruf in der Samstagsausgabe der *Rheinpfalz* gelesen habe«, antwortete der Rentner sichtlich beeindruckt, »ist mir eingefallen, dass ich genau an dem Tag – das war nämlich der vor unserer Abreise – am späten

Nachmittag noch mal unseren Hund auf dem Kahlenberg ausgeführt hab, bevor ich ihn dann zu meiner Schwester gefahren hab. Und als ich oben an der Bank angekommen bin …«

»An welcher Bank? Die, von der aus man die schöne Sicht auf den PRE-Park hat?«

»Genau die, Herr Kommissar.«

»Und? Weiter!«

»Auf der Bank hat so ein verwahrloster Penner gesessen. Hat mein Tasso einen Zirkus veranstaltet. Erst ist der Kerl etwas erschrocken, als er den bellenden Schäferhund gehört hat, aber als er dann die Leine sah, hat er sich gleich wieder umgedreht und weitergesoffen.«

»Sie haben also sein Gesicht gesehen?«

»Ja, kurz, als er sich zu uns umgedreht hat.«

Sabrina hatte ihren Chef ohne Worte verstanden. Sie verließ ihr Büro und kam ein paar Augenblicke später mit einem schmalen Aktenordner zurück, aus der sie ein Foto entnahm und es Tannenberg überreichte.

»War es dieser Mann hier, den Sie auf der Bank oberhalb des PRE-Park-Geländes sitzen gesehen haben?«, fragte der Leiter des K1.

Der Rentner blickte auf das entstellte Gesicht des toten Obdachlosen. »Ich weiß nicht genau, ob er das ist. Der sah irgendwie anders aus. Haben Sie nicht ein Bild von ihm, als er noch gelebt hat, eins, wo er die Augen offen hat?«

»Sabrina, gib mir mal den Personalausweis!«

»Der ist nicht in der Akte. Ich hab schon nachgeschaut.«

»Klar, bin ich blöd!«, bemerkte Tannenberg selbstkritisch und schlug sich mit der geöffneten Hand kurz an die

Stirn. »Den hat ja der Karl, wegen der Fingerabdrücke!«
Er begab sich an Sabrinas Schreibtisch und bediente die
Gegensprechanlage. »Flocke, sag mal dem Mertel, er soll
den Ausweis des Penners sofort zu uns hochbringen lassen.
Er bekommt ihn dann auch gleich wieder zurück.«

»Wolf, brauchen wir eigentlich gar nicht. Das Foto des
Mannes find ich bestimmt irgendwo in unserer Computerdatei.«

»Ja, irgendwo. Aber auch nur, wenn nicht wieder alles
zusammenbricht. Aber, mach mal. Ich bin gespannt, wer
schneller ist.«

Kurze Zeit später erschien der Leiter der kriminaltechnischen Abteilung höchstpersönlich. »Da hast du den Personalausweis. Ich wollte sowieso gerade zu dir, Wolf. Hast
du einen Moment Zeit?«

»Klar, Karl, für dich doch immer! Der Herr hier muss
sich nur noch geschwind dazu äußern, ob es sich bei
diesem Mann hier um den toten Penner handelt«, sagte
Tannenberg und hielt dem Rentner den in einer kleinen,
durchsichtigen Plastiktüte verstauten Ausweis vor die
Nase.

»Ja, Herr Kommissar, das ist er – hundertprozentig!«

»Na, das ist ja schon mal was!«, freute sich der berufserfahrene Kripobeamte und richtete beim Verlassen des
Raums noch murmelnd einige markante Worte an seinen imaginären Dauerkontrahenten: »Soviel zum Thema
Hirngespinste und wilde Spekulationen, Herr Oberstaatsanwalt!«

Bevor Tannenberg mit Mertel in seinem Dienstzimmer
verschwand, orderte er noch schnell zwei Espresso bei
Petra Flockerzie.

253

»Komm, setz dich, Karl. Was gibt's denn so Wichtiges?«

»Du erinnerst dich doch bestimmt noch an diese Totschlagsache vor einem halben Jahr, als ein Penner einem anderen im Suff den Schädel eingeschlagen hat«, antwortete der Spurenexperte, noch bevor er Platz genommen hatte.

»Klar!«

»Bei den Ermittlungen damals haben wir natürlich alle Penner aus dem Umfeld des Toten erkennungsdienstlich behandelt.«

»Genau. Und mit den von euch sichergestellten Fingerabdrücken haben wir ja dann auch schließlich ziemlich schnell diesen komischen, grobschlächtigen Kerl als Täter identifizieren können«, stellte Tannenberg anerkennend fest. »Der sitzt ja jetzt irgendwo im Knast, und kommt deshalb wohl folgerichtig auch nicht als Täter in unserem aktuellen Pennermord in Frage.«

»Ein Lob für die Kriminaltechnik aus deinem Mund! Hab Dank, oh Herr, dass ich das noch erleben durfte!«, bemerkte Karl Mertel ironisch und faltete dabei die Hände demonstrativ in Betmanier vor seinen Körper zusammen.

»Spinner! Sag jetzt endlich mal, was Sache ist!«

»Na gut: Die Fingerspuren, die auf den Dingen waren, die ihr im Wald gefunden habt, stammen eindeutig von Roswitha Junke, genannt Rosi. Dazu passen natürlich auch die Fußabdrücke: Schuhgröße 38, mit stark abgelaufenen Sohlen.«

»Toll, Karl! Wenn du nicht so alt und stachelig wärst, würde ich dich jetzt küssen!«

Das waren dem Kriminaltechniker nun doch entschieden zu viele Emotionen. Wie von der Tarantel gestochen verließ er deshalb den Raum und schlürfte lieber draußen im Vorzimmer unter dem Schutz von Petra Flockerzie seinen dampfenden Espresso – als im Chambre séparée bei einem glückstrunkenen Hauptkommissar.

Allerdings war ihm nur für kurze Zeit vergönnt, seinen Kaffee ungestört genießen zu können, denn Tannenberg vermochte dem in sein Büro hineinströmenden würzigen Espressoduft nicht länger zu widerstehen und folgte Mertel fast auf dem Fuß in das Refugium der Kommissariatssekretärin.

»Chef, haben Sie diese schreckliche Meldung auch schon im Radio gehört?«, fragte Petra Flockerzie, während sie ihm die kleine, weiße Tasse mitsamt dem dazugehörigen Unterteller überreichte.

»Was für eine schreckliche Meldung denn, Flocke?«, fragte Tannenberg verwundert nach.

»Ja, die über das Acrylamid?«

»Acryl ... – was? Also Acrylfarbe hab ich, glaub ich jedenfalls, noch zu Hause. Brauchst du welche?«

»Ach Chef, das ist doch keine Farbe.« Petra Flockerzie seufzte tief auf. »Das ist doch dieses Teufelszeug, von dem man so schwer krank werden kann. Das haben die Forscher gerade entdeckt. Das steckt in allem möglichen drin: vor allem im Knäckebrot und anderen Diätsachen. Was soll ich denn nur machen?«

»Ach, mach dich doch nicht verrückt mit diesem Quatsch. Wenn man immer alles glaubt, was die angeblich überall finden, darf man überhaupt nichts mehr essen. – Dich betrifft das doch alles sowieso nicht mehr, Flocke!«

»Wieso, Chef?«

»Na, ich denke, du bekommst demnächst diese Gutscheine für Beauty-Farms und Wellnesskuren. Die Ärzte dort geben dir bestimmt nur einwandfreie, risikolose Lebensmittel zu essen.«

Sabrina Schauß' Bürotür öffnete sich plötzlich. Tannenberg hatte sie und den auskunftsfreudigen Rentner völlig vergessen. Er wartete, bis der ältere Mann das Kommissariat verlassen hatte. Dann informierte er seine Kollegin mit wenigen Worten über die neuesten Erkenntnisse der Spurensicherung und beauftragte sie damit, umgehend bei der Zentrale die Fahndung nach Rosi in Auftrag zu geben.

»Wolf, bei der Kälte draußen habt ihr die besten Chancen, sie im Übernachtungsheim der Caritas in der Logenstraße zu finden«, mischte sich Mertel ein. »Das ist nämlich die einzige Unterkunft hier in der Stadt, die auch ein paar Plätze für Frauen hat.«

»Woher weißt du denn das nun schon wieder, Karl? Du wirst mir allmählich richtig unheimlich!«

»Manche Sachen weiß man eben«, orakelte der altgediente Spurenexperte, ohne auch nur ansatzweise seine Bereitschaft zu einer weitergehenden Erläuterung zu signalisieren.

Tannenbergs Heimweg führte ihn durch die mit schmutzigbraunen Schneeresten betupfte Dr.-Rudolf-Breitscheid-Straße in das so genannte Musikerviertel der Stadt, in dem er seit seiner Geburt lebte. Als er gedankenversunken an den vom Bahnhof in die Innenstadt eilenden Menschen vorbeischlenderte, zog ihn plötzlich eine unbekannte Macht in Richtung der Richard-Wagner-Straße.

Da sich sein Verlangen nach familiären Kontakten sowieso gerade in sehr engen Grenzen bewegte, wehrte er sich nicht gegen diese übernatürliche Einflussnahme, sondern ließ sich willenlos treiben, sehr gespannt darauf, wo ihn die Laune des Schicksals an diesem kalten Winterabend wohl hinführen würde.

Wie von Geisterhand ferngesteuert, verlangsamten sich bereits nach kurzer Zeit seine Gehbewegungen. Er blieb stehen – direkt vor der Tür des *Quartier Latin*, der ersten Studentenkneipe, die nach Gründung der Universität in den 70er Jahren ihre Pforten für die durstigen und diskutierfreudigen Oberstufenschüler und Studenten geöffnet hatte. In nur geringem Zeitabstand folgten ihr damals zwei weitere Lokale, womit sich das sogenannte ›Idiotendreieck‹ konstituiert hatte.

Kein Mensch wusste damals, wer diesen seltsamen Namen eigentlich geprägt hatte, aber bereits in kürzester Zeit hatte dieser Begriff einen derartigen Kultstatus erreicht, dass er selbst Jahrzehnte später, nachdem sich in der Zwischenzeit noch viele andere Kneipen zusätzlich im Musikerviertel angesiedelt hatten, immer noch ein oft benutzter Terminus war.

Recht unsicher darüber, ob er gerade an diesem Abend für eine Zeitreise in die eigene Vergangenheit bereit war, zögerte Tannenberg. Aber dann fasste er sich ein Herz, nahm allen verfügbaren Mut zusammen, drückte auf die goldenfarbene Messingklinke und schob die mit einer Glasfüllung versehene Holztür nach innen.

Nun stand er mutterseelenallein in einem kleinen, düsteren Windfang, der durch einen schweren, braunen, teppichähnlichen Vorhang vom Gastraum abgetrennt war.

257

Einen kurzen Augenblick überlegte er, ob er nicht doch besser kehrtmachen sollte. Aber da war es schon zu spät. Ihm kam nämlich ein junges Pärchen entgegen, das ihn zuerst etwas verdutzt anblickte, sich dann aber lachend an ihm vorbeidrückte.

Er hatte kaum seinen Blick in Richtung der Theke erhoben, als er schon freundlich begrüßt wurde.

»Das gibt's doch nicht – die Tanne!«, rief ein vollbärtiger, kräftiger Mann, der sofort auf Tannenberg zugelaufen kam. »Ich glaub's nicht! Dich hab ich ja schon ewig nicht mehr gesehen!«

»Hallo Frieder, altes Haus. Manchmal treibt es eben den Täter an den Ort seiner Schandtaten zurück!«

»Na ja, so schlimm waren wir früher ja auch nicht, oder?«, lachte er und strich sich mit beiden Händen über den in einem weiten Holzfällerhemd versteckten, aber trotzdem unübersehbaren Bierbauch. »Komm setz dich mal dahinten hin. Wenn ich mich nicht irre, war das doch damals euer Tisch, an dem du und dein Bruder und die ganzen anderen Freaks immer gesessen seid. Stimmt's?«

»Stimmt, Frieder! Du hast aber ein phänomenales Gedächtnis.«

»Brauch ich auch in meinem Job! Setzt dich mal hin! Was soll ich dir denn bringen? Wie wär's mit einem Rouge und einem belegten Baguette?«

»Genau das brauch ich jetzt!«

Als Tannenberg in der gut besuchten Kneipe auf einem alten Buchenstuhl Platz genommen und seine Arme auf der bemalten und verkratzten Tischplatte abgelegt hatte, schüttelte er immer noch leicht mit dem Kopf und lächelte ungläubig vor sich hin.

Als ob die Zeit stehen geblieben wäre!, dachte er. Dieselben Lampen, dieselbe Theke, ja sogar der Billardtisch stand immer noch an derselben Stelle. Wie oft haben wir hier gesessen und bis spät in die Nacht den Marsch durch die Institutionen geplant, mit dem wir die reaktionäre, faschistische Welt unserer Väter aus den Angeln heben und anschließend neu zusammenbauen wollten? Hatten hier an diesem Tisch gesessen, wo damals noch ein großes schwarz-rotes Che-Guevara-Plakat hing, hatten den brutalen Imperialismus der Amerikaner angeklagt und mit offenen Augen davon geträumt, dass Jean-Paul Sartre plötzlich die Tür öffnet, sich zu uns setzt und uns den Existentialismus erläutert.

Frieder erschien am Tisch seines unerwarteten Gastes und servierte ihm eine Karaffe französischen Landwein und ein mit Schinken und Käse belegtes Baguette.

»Da hab ich noch was dich, Tanne«, sagte er und zauberte ein kleines rotes Büchlein aus der Brusttasche seines blauweißkarierten Flanellhemdes. »Damit du ganz tief in die Welt unserer gemeinsamen Erinnerungen eintauchen kannst!«

»Das gibt's doch nicht!«, rief Tannenberg begeistert aus. »Du hast noch eine. Irre!«

»Ja, hast du deine etwa nicht mehr?«, fragte der Kneipenwirt mit einem demonstrativen Augenzwinkern und begab sich danach an einen der Nebentische zu einem zahlungswilligen Gast. Auf dem Weg dorthin drehte er sich aber nochmals kurz um. »Selbstverständlich bist du heute Gast des Hauses!«

»Danke, Frieder!«, war alles, was Tannenberg erwidern

konnte, zu sehr war er gefangen von diesem unscheinbaren, kleinformatigen Bändchen.

Wie eine kostbare Reliquie zog er es vorsichtig von der Tischmitte direkt vor sich, blickte kurz auf den roten fünfzackigen Stern und las sich selbst die in den billigen Plastikeinband gestanzten, kaum erkennbaren Großbuchstaben murmelnd vor: WORTE DES VORSITZENDEN MAO TSE-TUNG. Dann klappte er den dünnen Buchdeckel auf – ›Proletarier aller Länder vereinigt euch!‹, leuchtete ihm auf der ersten Seite in kräftigem Rot entgegen; versteckt am unteren Teil des Blattes war im zartem Grün vermerkt: Verlag für fremdsprachige Literatur, Peking 1967.

Gespannt wie ein Kleinkind, das zum ersten Mal die Schulbücher der ersten Klasse aufschlägt, blätterte er im Vorwort. Seine Augen bohrten sich in einen Satz, der kaum zutreffender das aufdringliche Verhalten der KBWler, wie sie damals die marxistisch-leninistischen Kader des Kommunistischen Bundes Westdeutschland nur nannten, bezeichnete: ›Am besten ist es, einige der Sentenzen des großen Vorsitzenden auswendig zu lernen, sie wiederholt zu studieren und wiederholt anzuwenden.‹ Und das hatten diese Jungs damals ja auch tatsächlich gemacht, stellte Tannenberg mit der zeitlichen Distanz von fast drei Dekaden fest.

Er erinnerte sich noch sehr gut daran, wie seinem einige Jahre älteren Bruder, der ja selbst politisch im SDS und im ASTA aktiv war, diese maoistischen Jünger auf den Wecker gegangen waren, wenn sie jeden Abend mit einem ausgeprägten Sendungsbewusstsein ausgestattet durch die Kaiserslauterer Kneipen zogen, Mao-Bibeln verteilten und ohne Unterlass deren Inhalt rezitierend ihre Botschaft unter die Leute brachten.

Meistens hatte er nur still dabei gesessen und interessiert zugehört, wenn sich die Studenten ihre komplizierten Theoriekonstrukte um die Ohren warfen und hatte nur ab und an mal einen kleinen eigenen Diskussionsbeitrag geleistet, der aber eigentlich nur unreflektiertes Nachgeplappere dessen war, was Heiner so gewöhnlich an politischen Weisheiten von sich gab.

Regelmäßig wurden die hitzigen Debatten durch eine Exkursion in die nur zwei Häuserecken entfernte Studentenpizzeria unterbrochen, wo man den stets in einen lautstarken Streit mit seiner korpulenten Gattin verstrickten Francesco mit Forderungen nach Optimierung der nur spärlich belegten Billigpizza mit Hilfe zusätzlicher Parmesangaben schier zum Wahnsinn trieb.

Tannenberg riss sich von seinen Gedanken los und versuchte, einige Gesprächsfetzen von den um ihn herumsitzenden jungen Leuten zu erhaschen. Aber schon nach einem kurzen Lauschangriff gewann er den Eindruck, dass man sich heute über alles Mögliche unterhielt – nur nicht über Politik.

Sein Blick schwebte hinüber zu dem angegrauten Kneipenwirt, der hinter der Theke stehend gerade ein Pils zapfte. Als dieser seinen Blick bemerkte, hob er linken Zeigefinger, drehte seinen Oberkörper zur Wand und wechselte die Musikkassette in der Stereoanlage aus. Dann drückte er die Starttaste, grinste in Richtung seines alten Weggefährten aus fernen Zeiten und wendete sich wieder der vorschriftsmäßigen Befüllung des bauchigen Pilsglases zu.

Sofort nachdem Tannenbergs Ohren die unverwechselbaren Anfangstakte von ›Child in time‹ vernommen hatten, erhöhte sich seine Pulsfrequenz, Wehmut umkrampfte sein Herz. Er sah sich durch eine Zeitmaschine plötzlich zurückversetzt in das Jahr 1975, wo an einem warmen Sommerabend, im *Quartier Latin* eine der legendären Sommerfeten stattfand.

Mit seiner Clique war er schon recht früh erschienen und hatte gleich damit begonnen, zum x-ten Mal das im Mai am Rittersberg-Gymnasium abgelegte, mit einem Notenschnitt von 3,8 mit Hängen und Würgen gerade noch so bestandene Gnadenabitur zu feiern.

Obwohl er es im Laufe seiner Oberstufenzeit durchaus ab und an geschafft hatte, eine junge Dame zumindest zeitweise für sich zu begeistern, musste er sich doch eingestehen, dass bei diesen Kurzliaisons die Richtige bislang nicht dabei gewesen war.

Zwar gab es am Mädchengymnasium in der Burgstraße, das man damals allerdings nicht so nannte, sondern nur als ›HWB‹ bezeichnete, genügend hübsche Burgfräuleins in Tannenbergs Altersklasse, aber entweder waren diese bereits in festen Händen oder sie waren unglaublich attraktiv und deshalb so extrem umschwärmt von den vielen brünstigen jungen Männern, dass diese hübschen weiblichen Geschöpfe sich anscheinend nicht festlegen konnten oder wollten.

Eines dieser begehrenswerten Geschöpfe hieß Lea und besuchte die 12. Jahrgangsstufe, die damals noch Unterprima hieß. Und genau diese junge Dame, die Tannenberg schon oft in die Kategorie ›absolute Traumfrau‹ eingeordnet hatte, kam an diesem warmen Juliabend ins *Quartier Latin*. Zu seinem großen Leidwesen allerdings nicht alleine, sondern mit einem Fanclub, dessen Mitglieder um die strahlende Lichtgestalt wie die berühmten Motten herumschwirrten.

Wehmütig und resigniert beobachtete er das um Lea herum inszenierte Balz- und Turtelspiel und schüttete Landwein um Landwein in sich hinein. Irgendwann legte er seine Lethargie dann ab, wankte in den Innenhof auf die provisorische Tanzfläche, schloss die Augen und gab sich nur noch der Musik hin. Er koppelte sich mehr und mehr von seiner Umgebung ab, war völlig in Frieders Lieblingskassette eingetaucht und registrierte nur am Rande den plötzlich aufkommenden starken Wind und die dicken Regentropfen. ›Lokomotive Breath‹ hob die Distanz zwischen ihm und der Musik vollständig auf, er verschmolz mit ihr zu einer Einheit.

Am Ende des Songs ließ er seine sehr harmonischen Tanzbewegungen langsam ausklingen und wartete mit geschlossenen Augen auf das nächste Stück. Plötzlich spürte er etwas Warmes und Feuchtes in seinen Händen: Es waren Leas Finger, die ihn sanft zu streicheln begannen. Als er verklärt die Augen öffnete und er sie pitschnass vor sich stehen sah, meinte er, sich nun völlig von der Realität abgelöst zu haben und in einen wunderbaren Traum hineingeglitten zu sein.

Um diesen Zustand so lange wie möglich zu konservieren, schloss er wieder seine Augen und wollte sich zu der beginnenden Melodie von ›Child in time‹ erneut tanzend in Bewegung setzen. Aber Lea hielt ihn fest, schmiegte zart ihren Körper an den seinen und gab ihm einen zärtlichen Kuss auf den regennassen Mund. Eine bislang nie erlebte Euphoriewelle schwappte über seinen gesamten Körper:

Er bekam Gänsehaut, Wärmeschauer durchfluteten ihn, er weinte vor Glück. Eng umschlungen standen die beiden im strömenden Regen und schmusten auch bei den nächsten tempogeladenen Hardrock-Stücken weiter.

Ohne Rücksicht auf Tannenbergs romantische Zeitreise machte sich plötzlich sein Handy mit Vibrationsalarm bemerkbar. Er zuckte zusammen und griff sich mit fahrigen Händen in die Innentasche seines Sakkos. Es war die Zentrale, die ihn darüber informierte, dass man die gesuchte Roswitha Junke in der Caritas-Einrichtung in der Logenstraße aufgespürt habe.

Umgehend machte sich der Leiter der Kaiserslauterer Mordkommission zu Fuß auf den Weg in das Obdachlosenasyl, das sich nur einen Steinwurf vom *Quartier Latin* entfernt in der unmittelbaren Nähe des Bahnhofs befand. Vor einem halben Jahr war er schon einmal dort gewesen und hatte im Zuge der Totschlag-Ermittlungen Zeugen befragt. Er hatte damals die Erfahrung gemacht, dass es sehr sinnvoll war, sich zuerst einmal mit der Leiterin des Übernachtungsheims über ihre jeweiligen Gäste zu unterhalten und sich dadurch über die verschiedenen Obdachlosen bereits im Vorfeld der anschließenden Befragung wichtige Informationen zu besorgen.

Die freundliche, sehr robust und burschikos wirkende Caritas-Mitarbeiterin empfing Tannenberg in ihrem Büro im Erdgeschoss.

»Ja, natürlich hab ich den Alfred Tauber gekannt. Zu dem man hier aber nur ›Bomben-Fredi‹ gesagt hat, weil er, sobald er morgens unser Haus verlassen hatte, immer als erstes zu *Aldi* ging und sich 'ne Zwei-Liter-Flasche, also eben so 'ne Bombe, Rotweinfusel, gekauft hat.«

»Was war das für'n Typ?«

»Der Bomben-Fredi war'n Einzelgänger, der hier immer nur im Notfall übernachtet hat. Wenn's draußen zu kalt war oder es ihm total dreckig ging. Ansonsten wollte der mit seinen Kollegen nichts zu tun haben. Außer mit der Rosi. Mit der ist er manchmal gemeinsam morgens losgegangen – zur Stichmaloche …«

»Wohin?«

»Zur Stichmaloche.« Schlagartig wurde ihr klar, dass Tannenberg mit diesem Begriff aus der Berbersprache nichts anzufangen wusste. »Ach so, Herr Kommissar, Sie verstehen das Wort ›Stichmaloche‹ nicht. Das heißt ›betteln‹ – im Gegensatz zur ›Knochenmaloche‹, was man mit körperlicher Arbeit gleichsetzen könnte.«

»Wieder was dazugelernt! Kannten die beiden sich schon lange?«

»Der Fredi und die Rosi?«

»Ja.«

»Ich glaub eigentlich nicht. Die Rosi kam etwa im September. Ich glaub aus Frankfurt.« Sie warf die Stirn in Falten, riss die Augenbrauen hoch und presste die Lippen zusammen. »Und der Bomben-Fredi kam aus Stuttgart, wenn ich mich nicht irre. Jedenfalls kam er später als die Rosi, so Mitte, Ende Oktober.«

»Gut. Danke! Dann schauen wir uns die junge Dame jetzt mal etwas genauer an.«

»Ich weiß allerdings nicht, ob eine Befragung in ihrem jetzigen Zustand etwas bringt, denn sie hat sich, bevor sie hierher gekommen ist, total abgefüllt. Das machen die Leute oft so, weil bei uns striktes Alkoholverbot herrscht. Normalerweise nehmen wir die dann ja gar nicht auf, wenn sie betrunken sind. Aber was sollen wir denn bei diesen Außentemperaturen mit ihnen machen. Sie wegschicken? Wir müssen ihnen doch Unterschlupf gewähren. Erst vor ein paar Tagen ist doch mitten in der Stadt ein Obdachloser direkt vor einem Pfarrhaus tot aufgefunden worden – erfroren unter einer als Weihnachtsbaum geschmückten Tanne!«

»Ja, ja, ich hab's mitgekriegt. Traurige Sache! Aber ich probier's trotzdem einfach mal mit der Rosi«, entgegnete der Kriminalbeamte und folgte der Leiterin in einen anderen Raum, der ihn irgendwie an eine kleine Kapelle erinnerte. Vielleicht hing es an dem großen Holzkreuz an der Wand oder an der brennenden schlohweißen Kerze, die auf dem runden Tisch rechts neben Roswitha Junke stand.

Im ersten Moment erschrak Tannenberg, als er dieses menschliche Wrack zum ersten Mal sah, das sich anscheinend nur mit Mühe auf einem schlichten Kiefernstuhl halten konnte. Er setzte sich ihr direkt gegenüber. Die Caritas-Bedienstete dagegen blieb an der Tür stehen, so als wolle sie eine mögliche Flucht der Obdachlosen verhindern, zu der diese aber aufgrund ihres ramponierten körperlichen Zustandes überhaupt nicht fähig gewesen wäre.

Rosi war anscheinend sturzbetrunken und konnte Tannenberg deshalb gar nicht richtig wahrnehmen. Bevor er sich an sie mit einer Frage wandte, betrachtete er sich die vor ihm sitzende Frau in aller Ruhe: Mit geschlossenen Augen irgendetwas vor sich hin brabbelnd oder brummend bewegte sie ihren mit ungescheitelten, fettigen und verfranzten Haaren spärlich bedeckten Kopf immerfort auf und nieder. Unter den zottelig über die gegerbte, rötlichbraune Gesichtshaut und weit über die Augen baumelnden Haarsträhnen klaffte eine weit herunterhängende Unterlippe, die ein wahres Trümmerfeld aus abgebrochenen gelb-braunen Zahnstümpfen offenbarte.

Bekleidet war die Frau mit einem in schwarz-grauem Fischgrätenmuster gewebten Mantel, unter dem eine dicke blaue Weste hervorlugte. Ihre vor dem Oberkörper zusammengefalteten, ruhelos zuckenden Hände steckten in schmutzigen, fingerlosen Wollhandschuhen.

Wie alt mochte sie wohl sein?, fragte er sich. 50 oder sogar schon 60?

Plötzlich öffnete Rosi die wässrigen Augen, ein müder, leerer Blick traf Tannenberg.

»Guten Tag, Frau Junke«, begann er zögerlich. »Sie sind doch Roswitha Junke, oder?«

»Wer will'n dat wissen, Jungchen?«, antwortete sie rülpsend.

Tannenberg wich dem übelriechenden Gestank aus, indem er sich mit einer schnellen Bewegung von seinem Stuhl erhob.

»Entschuldigung. Mein Name ist Tannenberg. Ich bin von der Kriminalpolizei und hätte ein paar Fragen an Sie.«

»Jungchen, merk dir mal: Bullen sach ich jar nischts! Lass misch in Ruhe!«, lallte sie, schloss wieder die Augen und begann erneut mit ihrer stumpfsinnigen Litanei.

Trotz intensiver Bemühungen, Roswitha Junke zu einigen Auskünften zu bewegen, war sie nicht bereit, auch nur ein, über die beiden bisher von ihr nuschelnd in den kahlen Raum geworfenen Sätze hinausgehendes Wort zu produzieren.

Wolfram Tannenberg gab sich schließlich geschlagen

und vertagte die Befragung auf den nächsten Morgen. Bevor er sich auf den Heimweg machte, bat er noch die Leiterin des Obdachlosenasyls, Rosi nicht aus den Augen zu lassen.

Seine Enttäuschung über das unergiebige Gespräch erfuhr eine zusätzliche Steigerung durch die ernüchternde Mitteilung eines Streifenbeamten, der im Obergeschoss die Habseligkeiten Roswitha Junkes durchsucht und außer den Sachen, die Obdachlose gewöhnlich mit sich führen, nichts Interessantes gefunden hatte.

12

Tannenberg machte in der Nacht kaum ein Auge zu. Immer und immer wieder beschäftigten sich seine Gedanken mit der Frage, ob Rosi wirklich die Ermittlungen entscheidend weiterbringen konnte oder ob er möglicherweise nur einem Phantom nachjagte. Trotz aller an ihm nagenden Zweifel aber spürte er intuitiv, dass er nicht auf dem Holzweg war.

Schon oft während seiner langjährigen Kriminalistentätigkeit war er an diesem Punkt angelangt, dort, wo man während der zähen Polizeiarbeit ein ums andere Mal vor einer scheinbar undurchdringlichen Nebelwand stand. In solchen Situationen hatte der ehemalige Leiter des K1, der alte Kriminalrat Weilacher, seine Mitarbeiter stets energisch dazu aufgefordert, den ganzen theoretischen Ballast über Bord zu werfen und sich auf ihr Gefühl zu verlassen, auf Berufserfahrung und Menschenkenntnis.

Horcht einfach in euch hinein, hatte er immer wieder gesagt. Ihr werdet sehen: Wenn ihr die richtige Spur erst einmal gefunden habt, ergibt sich alles andere wie von selbst!

An diesen Satz dachte Tannenberg zum wiederholten Mal an diesem Morgen, als er die kräftige Stimme von Michael Schauß im Korridor vernahm, dem er gestern Abend noch den Auftrag erteilt hatte, Rosi um acht Uhr in der Frühe in der Obdachlosenunterkunft in der Logenstraße abzuholen und sie anschließend ins Kommissariat zu bringen.

Roswitha Junke folgte ihrem Begleiter mit kleinen, schlurfenden Schritten und zum Boden gesenktem Blick in das Dienstzimmer des K1-Leiters. In Zeitlupentempo lümmelte sie sich auf den Besucherstuhl und sank sogleich wie ein Häuflein Elend in sich zusammen. Obwohl sie immer noch das Bild einer sehr traurigen Gestalt abgab, hatte sich der optische Gesamteindruck im Vergleich zum gestrigen Abend doch etwas verbessert. Irgendjemand schien sich ihr heute Morgen angenommen und ihr zumindest die Haare gewaschen zu haben. Auch der Geruch, den sie um sich herum verbreitete, war ein wenig erträglicher geworden.

»Los, zieh die Jacke aus! Die stinkt ja zum Himmel!«, herrschte sie plötzlich Kommissar Schauß barsch an, der anscheinend Tannenbergs Einschätzung hinsichtlich eines reduzierten Riechzellen-Bombardements nicht teilte.

Rosi reagierte nur mit einer abrupten, störrischen Bewegung, mit der sie ihre Arme vor dem verschlissenen Mantel verschränkte.

Während Tannenberg sich ihr gegenüber auf einen Stuhl setzte, blieb sein Kollege wie der Türsteher einer Discothek drohend neben der Obdachlosen stehen.

»Rosi, möchten Sie irgendwas: einen Kaffee oder einen Tee …?«

»Haste 'ne Zichte für mich?«, kam plötzlich Leben in die verwahrloste Frau.

Als Schauß den verständnislos fragenden Blick seines Vorgesetzten registrierte, übersetzte er sofort diesen Begriff aus der Berbersprache, den er bei seinen Befragungen in den letzten Wochen schon des Öfteren gehört hatte: »Die alte Pennerin will von dir eine Zigarette schnorren.«

Tannenberg hatte den Eindruck, dass die Präsenz seines Mitarbeiters nicht dazu geeignet war, die Auskunftsfreudigkeit von Rosi zu erhöhen. Deshalb forderte er Schauß auf, umgehend in der Kantine eine Packung Zigaretten zu besorgen und anschließend anstelle seiner Person, Sabrina ins Befragungszimmer zu beordern.

»Dann soll sie auch gleich die Kippen besorgen gehen. Ich bin doch hier nicht der Diener, den man dann gleich abserviert, wenn er seine Schuldigkeit getan hat!«, schimpfte Kommissar Schauß angesichts dieser Brüskierung wütend los und verließ mit energischen Schritten den Raum.

»Mann, haste nischt wat zu schlucken für mich?«

»Klar Rosi, hab ich was für dich!«, fasste Tannenberg einen Geistesblitz in Worte, öffnete das verschlossene Unterteil der rechten Säule seines Schreibtischs und entnahm ihr eine noch fast volle, etikettlose, mit einem wulstigen Korken verstopfte Weinflasche und ein Wasserglas.

»So, Rosi, da hab ich was für dich. Bin mal gespannt, ob er dir schmeckt«, sagte der Leiter des K1, während er das Becherglas zu einem Viertel befüllte. Dann schaltete er das Tonbandgerät ein.

Noch bevor er die Record-Taste ganz nach unten durchgedrückt hatte, kehrte in sein Gegenüber das Leben zurück. Ruckzuck schüttet sie die glasklare Flüssigkeit in sich hinein und schenkte sich sofort nach, diesmal aber so, dass kaum noch Luft im Glas Platz hatte. Mit einem großen Schluck halbierte sie den Inhalt und leckte sich mit ihrer rauen Zunge über die aufgesprungenen, farblosen Lippen.

Wolfram Tannenberg wurde es richtig weh ums Herz, als er mit ansehen musste, wie der wunderbar weiche Mirabellengeist, den ihm Dr. Schönthaler zu seinem 40. Geburtstag geschenkt hatte und den er in seinem Schreibtisch als eiserne Reserve für Notfälle aufbewahrte, nun wie der billigste Fusel auf Nimmerwiedersehen im gierigen Schlund einer chronischen Säuferin verschwand.

Aber seine Leidensfähigkeit wurde an diesem Morgen noch auf eine weitere harte Probe gestellt, denn schließlich war er Nichtraucher, allerdings kein normaler Nichtraucher, sondern einer von der militanten Sorte. Einer, der früher selbst ohne auch nur im geringsten Rücksicht auf seine Mitmenschen zu nehmen, seinen Qualm überall dort verbreitet hatte, wo er sich gerade befand.

Und gerade diese Spezies neigt ja erfahrungsgemäß dazu, den widerwilligen Abschied von dem eigenen Suchtverhalten in eine extreme Intoleranz gegenüber den ehemaligen Leidensgenossen münden zu lassen. So war es auch nicht verwunderlich, dass eine seiner ersten Amtshandlungen nach der Übernahme der Kommissariatsleitung darin bestanden hatte, per Dekret allen Mitarbeitern das Rauchen in sämtlichen Diensträumen des K1 strikt zu untersagen.

An diesem Morgen allerdings setzte er die Prioritäten aus guten Gründen anders, schließlich war Toleranz das Gebot der Stunde.

Deshalb überreichte Tannenberg Roswitha Junke freundlich die von Sabrina besorgten Zigaretten und beobachtete anschließend interessiert, wie sie den Filter der Zigarette abbrach, sich den weißen Stummel in ihren wässrigen Mund stopfte, ihn mit einem Streichholz entzündete, mit einem langen, kräftigen Zug den Rauch einsog und parallel dazu auf ihren Restzahnbeständen herumkaute.

»So, Rosi, jetzt bist du aber auch so nett und beantwortest mir einige Fragen.«

»Klaro, Chef!« Rosi nahm einen weiteren Schluck aus dem Wasserglas. »Wat willste denn wissen?«

»Also zuerst einmal interessiert mich, ob du den Alfred Tauber kennst?«

»Wen soll isch kennen?«

»Den Bomben-Fredi«, korrigierte sich Tannenberg umgehend, nachdem er seinen Lapsus bemerkt hatte.

»Der iss doch tot, der Fredi, oder etwa nischt?«

»Doch, der ist tot.«

»Dat war'n feiner Kerl, der Fredi!«, sagte die Obdachlose und warf ihren rechten Arm zur gestischen Untermalung ihrer Beurteilung unkoordiniert in Richtung des Ermittlers. »Dat war nischt so'n Kerl, wie die andern. Der hat mir immer wat abjegeben, von seiner Bombe. Dat war'n echt feiner Kerl. Wenn der jewollt hätt, hätt ich ihn auch dranjelassen. Aber der wollt ja nischt. Dat war eener mit Kuldur!«

Im ersten Augenblick vermochte Tannenberg nicht nachzuvollziehen, was Rosi mit dieser Aussage gemeint haben könnte, als er aber Sabrinas verschmitztes Lächeln registrierte, ging ihm umgehend ein Licht auf. Er zog es aber vor, dieses Thema nicht weiter zu vertiefen.

»Rosi, hast du gewusst, dass der Fredi oft im Wald übernachtet hat?«

»Ja.« Rosi steckte sich eine neue Zigarette an und befüllte sich abermals das Glas mit Tannenbergs exklusivem

Obstbrand. »Und da hatt ihn die Sau ja auch umjebracht. Diese Drecksau!«

»Hast du irgendeine Ahnung, wer das gemacht haben könnte?«

»Nee, gar keene, Herr Wachtmeester, gar keene!«

Tannenberg hatte das Gefühl, dass nun genau der richtige Zeitpunkt erreicht war, um in die geplante Offensive zu gehen. »Was hast du gestern im Wald an dem Erdloch und an der Baumhöhle gemacht? Du weißt schon: Da, wo der Fredi gepennt hat und wo er seine Sachen versteckt hatte!«

»Wat soll isch?«

»Rosi, du brauchst nicht zu leugnen. Wir haben deine Fingerabdrücke dort oben im Wald gefunden.«

»Ach, Herr Wachtmeester, jetzt kapier isch! Du willst misch abfüllen, damit ich dir wat stecke! Nee, ich sach jetzt jar nischts mehr!«, gab Roswitha Junke trotzig zurück und warf ihre mächtige Unterlippe über den Mund.

Dieses störrische Verhalten hatte der berufserfahrene Leiter der Kaiserslauterer Mordkommission vorab in seine Befragungsstrategie eingeplant.

»Gut, Rosi, dann erzähl ich dir mal etwas«, begann er mit ruhiger Stimme: »Irgendwie hast du von Fredi erfahren, dass er jemanden erpresst hat. Und zwar deshalb, weil er diesen Jemand bei einem Mord beobachtet hat.« Tannenberg machte eine kleine Pause und lauschte dem Nachklang seiner Worte. »Weißt du, wen er mit seiner Beobachtung unter Druck gesetzt hat?«

Rosi machte keinerlei Anstalten, die Frage zu beantworten.

»An deiner Stelle würd ich mir mal Gedanken darüber

machen, ob wir nicht auf die Idee kommen könnten, dass auch du den Fredi umgebracht haben könntest!«

»Isch? Du tickst doch nischt rischtisch!«, entgegnete die verwahrloste Frau und zeigte Tannenberg den Vogel. Dann versank sie wieder in stoische Totalverweigerung.

»Was hast du in der Baumhöhle gefunden?«

Keinerlei Reaktion.

Der altgediente Kriminalbeamte verringerte die körperliche Distanz zwischen ihm und der Obdachlosen, indem er seinen Kopf bis auf etwa dreißig Zentimeter dem ihren näherte. Nun nahm er auch wieder verstärkt den modrigen Geruch war, der die Frau wie eine Dunstglocke umgab. Er versuchte, ihr tief in die rotgeränderten, unterlaufenen Augen zu schauen; aber sie wich seinem aufdringlichen Blick aus.

»Wat soll dat? Zisch ab!«, fauchte sie wie eine aggressive Raubkatze, während sie den Kopf in seine Richtung drehte.

Aufgrund des scharfen, beißenden Geruchs, der aus ihrem Schlund strömte, musste er unwillkürlich die Luft anhalten. Er hatte das Gefühl, dass sich seine Nasenflügel gerade in einer Panikreaktion nach innen bogen, um so die arg malträtierten Riechzellen zu verschließen.

Obwohl er am liebsten geflüchtet wäre, riss er sich zusammen, denn er musste weitermachen, musste diese Chance nutzen. »Geh'n wir mal davon aus, dass du, Rosi ihn nicht umgebracht hast. Okay?«

Keine Antwort, nur leises Brummen.

»Dann stellt sich aber doch die Frage, wer dann?« Wieder legte er eine kurze Pause ein. »Ich sag dir jetzt mal was.« Seine Stimme wurde merklich lauter: »Der Mörder war auch dort oben im Wald und hat etwas gesucht. Und ich sag dir eins, liebe Rosi.« Nun schrie er: »Dieser brutale Kerl hat garantiert nicht die geringsten Skrupel, dich ebenfalls umzubringen! Du befindest dich in absoluter Lebensgefahr!«

Rosi zuckte zusammen.

»Isch hab doch niemanden jesehen!«, jammerte sie.

Tannenberg hatte plötzlich eine Eingebung. »Du kommst doch hoffentlich nicht auf die Idee, selbst die Erpresserin zu spielen. Oder, Rosi, hast du etwa schon?«

»Nee … Isch wees nischts … Isch wees nur, dat der Fredi wat jemacht hat. Aber nisch wat! Der hat nur noch von Italien jelabert. Dat er da bald hinwill. Und isch soll mitkommen.« Rosi schluchzte, zog die Nase hoch. »Der hat auch Geld jehabt. Keine Bomben mehr jekauft, sondern rischtige Weinflaschen.«

»Hast du dort oben im Wald Geld gesucht?«

Rosi zögerte mit der Antwort.

»Los, Rosi, sag schon!«, drängte der Kripobeamte.

»Ja … Aber isch hab nischts jefunden! Da war nischt.«

»Und was anderes?«

»Nee.«

Tannenberg glaubte ihr nicht. Vielleicht täuschte ihn sein Gefühl, aber er hatte den Eindruck, dass die Frau etwas vor ihm verbarg. Vielleicht war es auch nur seine angeborene Sturheit, die ihn jetzt nicht resigniert die Flinte ins Korn werfen ließ. Jedenfalls startete er einen allerletzten Versuch, einen, den er nicht nur bis vor zwei Minuten als völlig utopisch für sich ausgeschlossen hätte, sondern, der darüber hinaus auch noch absolut illegal war.

276

Er begab sich in den Vorraum zu seiner Sekretärin, die sich gerade mit Schauß und Geiger wieder einmal über irgendwelche gestiegenen Fondskurse unterhielt. Mit wenigen Worten erklärte er seine Idee und sammelte dann von seinen Mitarbeitern eine soziale Spende für eine bedürftige Obdachlose ein. Großzügig, wie Neureiche im Goldrausch nun mal eben sind, unterstützten alle Tannenbergs karitative Spendenaktion, zu der er selbst 50 Euro beisteuerte.

Als er wieder im Befragungszimmer erschien, hatte er insgesamt etwas mehr als 500 Euro eingesammelt, die er Roswitha Junke unter die Nase hielt.

»So, Rosi, ich mach dir mal einen richtig guten Vorschlag: Wenn du uns jetzt sagst, was du noch weißt oder was du aus dem Wald mitgenommen hast, bekommst du nicht nur das Geld, sondern ich verspreche dir auch, persönlich dafür zu sorgen, dass du in unser Zeugenschutzprogramm aufgenommen wirst. Weißt du, was das bedeutet?«

»Nee, keene Ahnung, Herr Wachtmeester.«

»Das heißt: Unterbringung in einer Pension, mindestens für ein paar Monate – inklusive Vollverpflegung!«

Die Obdachlose wurde plötzlich munter.

»Mit Badewanne?«, fragte sie mit strahlenden Augen.

»Rosi, ich versprech dir auch'n Zimmer mit Badewanne! Aber nur, wenn du auch was wirklich Interessantes für uns hast.«

»Und soviel Mäuse?«

»Klar, Rosi, versprochen!«

Von einer zur anderen Sekunde änderte sich ihr Gesichtsausdruck. Der Euphorieschub schien sich vollständig verflüchtigt zu haben.

»Aber isch hab doch gar nischts Dolles für euch, Herr Wachtmeester. Isch hab doch nur so'n komisches Ding jefunden ...«

»Was für'n Ding, Rosi? Los, sag schon!«

»So'n schweres Ding halt ... So'n Vieh halt!«

Tannenberg wurde von einem Adrenalinstoß durchflutet.

»Was für'n Vieh, Rosi? Vielleicht ein Bär?«

»Ja, so'n Bär!«

»Und wo ist das Ding?«

»Iss dat was Wichtijes, Herr Wachtmeester?«

»Klar Rosi. Wo hast du den Bär?«

»Na, im Bahnhof, in 'nem Schließfach!«

»Dann mal los, Rosi, schwing die Hufe! Da fahren wir jetzt sofort hin.«

»Jebongt, Herr Wachtmeester!«, sagte Roswitha Junke, erhob sich von ihrem Stuhl und ließ mit Hilfe einer geschickten Drehbewegung die noch halbvolle Flasche Mirabellengeist in ihrer geräumigen Jackentasche verschwinden. »Echt'n juter Stoff, Chef! Eijentlich viel zu schade zum Reinschütten!«

Du weißt ja gar nicht, wie Recht du hast, Rosi, seufzte Tannenbergs innere Stimme, die sich auch ab und an für den Konsum dieses Teufelswässerchens zu begeistern vermochte.

Bis auf Petra Flockerzie rückten alle Mitarbeiter des K1 zum Bahnhof aus. Sie parkten die beiden Zivilfahrzeuge direkt vorm Eingang und rannten direkt in den etwas abseits gelegenen Bereich, in dem sich die Schließfächer befanden.

Tannenberg ließ es sich nicht nehmen, das mit einer

Alutür verschlossene Versteck selbst zu öffnen. Als ob es sich um ein großes, rohes Ei handelte, zog er vorsichtig die *Aldi*-Tüte heraus, öffnete sie ganz behutsam, ließ sich von Geiger dessen Taschenlampe reichen, leuchtete hinein – und stieß plötzlich einen unglaublichen Freudenschrei aus.

»Jetzt hab ich ihn, diesen arroganten Sack! Jetzt hab ich ihn endlich!«, brüllte er wie ein Besessener in Richtung der Bahnhofshalle. Dazu ballte er seine Fäuste, schloss die Augen und warf den Kopf in den Nacken. »Ja, ja, ja! Ich hab's die ganze Zeit über gewusst!«, jubelte er weiter und begann wie ein Irrer um Rosi herumzutanzen.

»Wolf, nimm dich doch bitte mal zusammen! Was sollen denn die Leute denken!«, mahnte Sabrina Schauß, der dieser verrückte Auftritt ihres Chefs anscheinend ziemlich peinlich war. »Was ist denn überhaupt in der Plastiktüte – die Bärenskulptur?«

»Nicht nur das, liebes Sabrinalein«, antwortete Tannenberg singend.

»Ja, was denn noch?«, wollte Fouquet wissen.

»Ein wunderbar deutlicher Fingerabdruck in einem Blutfleck! Jappa-dappa-du!«

»Das glaub ich nicht!«, warf Kommissar Schauß skeptisch ein, ließ sich aber dann doch durch einen kurzen Blick in die Tüte recht schnell vom Gegenteil überzeugen.

In der Zwischenzeit waren zwei Beamte der Bahnhofspolizei mit ihren Diensthunden erschienen, die der eindrucksvollen Darbietung des ihnen persönlich bekannten Leiters der Kaiserslauterer Mordkommission grinsend beiwohnten. Vielleicht brachte das laute Aufheulen eines der Schäferhunde Tannenberg mit einem Mal wieder zur

279

Vernunft. Jedenfalls kehrte plötzlich sein Verhalten in den Bereich der Normalität zurück.

»Michael, du fährst jetzt Rosi ins Caritas-Heim in der Logenstraße«, sagte er, während er seine Hände wie beim Wasserschöpfen unter die in der *Aldi*-Tüte befindliche Bärenskulptur schob und dann den schweren Gegenstand sich vor die Brust drückte, extrem bedacht darauf, den in einem Blutfleck sich deutlich abzeichnenden Fingerabdruck vor Beschädigung zu schützen.

Dann drehte er sich der obdachlosen Frau zu, die gerade einen tiefen Schluck aus der auf geheimnisvolle Weise in ihren dauerhaften Besitz übergegangenen Mirabellengeist-Flasche nahm. »Und du, Rosi, bleibst solange in der Unterkunft, bis dich später jemand von uns abholt.«

»Wejen der Badewanne und dem Jeld, Herr Wachtmeester, nischt?«

Tannenberg war so sehr mit der logistischen Planung seines weiteren Vorgehens beschäftigt, dass er diesen Satz überhaupt nicht registrierte. Er mahnte Kommissar Schauß zur Eile und teilte ihm mit, man erwarte ihn und Geiger auf dem Parkplatz direkt vor dem *FIT.net*-Gebäude.

Selbst während der Fahrt hielt Tannenberg den wertvollen Fund wie einen schutzbedürftigen, kleinen Säugling vor seinen Oberkörper. Als er auf dem Wegweiser an der Abzweigung zum PRE-Park das Firmenlogo des Softwareunternehmens erblickte, steigerte sich seine Anspannung ins schier Unerträgliche.

Es dauerte nur ein paar Minuten, bis der von Schauß gesteuerte blaue Audi A4 am verabredeten Treffpunkt auftauchte. Nachdem Tannenberg seinen Dienstwagen verlassen hatte, übergab er seinen wertvollen Fund Sabrina.

Dann baute er mit Hilfe seiner Jacke und eines im Auto befindlichen grünen Parkas ein gut gepolstertes Nest, das ein Umfallen der Skulptur verhindern sollte. Schließlich legte er das Corpus delicti vorsichtig in die eigens dafür geschaffene Kuhle hinein und schloss behutsam die Beifahrertür.

»Chef, sollen Schauß und ich hier unten warten?«, fragte Geiger.

»Nein, ihr geht alle mit. So was gibt's ja nicht alle Tage zu sehen!«, erwiderte er grinsend.

Wie ein Politiker auf der Flucht vor einer Journalistenmeute, stürmte Tannenberg an der völlig konsternierten Empfangsdame vorbei, hechtete, zwei Stufen auf einmal überspringend, die helle Marmortreppe hinauf in den Bereich der Geschäftsleitung, steuerte zielstrebig auf eine Tür zu und riss sie ohne anzuklopfen auf.

Ellen Herdeckes Sekretärin blickte ihm mit demselben entgeisterten Mienenspiel entgegen, wie ihre Kollegin in der Eingangshalle und brachte nur ein einsilbiges ›Ja‹ auf die Frage bezüglich der Anwesenheit ihrer Chefin zustande.

»Einen wunderschönen Guten Morgen, liebe Frau Herdecke«, säuselte Tannenberg durch die spaltbreit geöffnete Tür in deren Büro hinein. »Ich stör Sie nur ganz kurz! Ich hab auch nur eine einzige Frage: Ist der Herr Professor im Haus?«

»Ja …, sicher …«, antwortete Ellen Herdecke verblüfft. »Er ist hinten im Konferenzzimmer bei einer Besprechung. Glaub ich jedenfalls!«

»Danke! Das war's schon. Einen schönen Tag noch!«

»Warten Sie doch bitte mal, Herr Hauptkommissar!«,

bat die kurzhaarige, adrett gekleidete Frau, die Tannenberg so sehr an seine verstorbene Lea erinnerte. Ellen kam hinter ihrem Computermonitor hervor und ging auf ihn zu. »Sie sind aber gut gelaunt heute Morgen. Sie strahlen ja richtig!«

»Muss wohl an Ihnen liegen«, rutschte es Tannenberg heraus. Nach einem Augenblick der Stille ergänzte er: »Ja, sogar in meinem Beruf gibt es manchmal Grund zur Freude!«

»Schön!«, sagte sie und blickte ihm tief in die Augen. »Übrigens hab ich vor kurzem im Internet recherchiert: Es gab tatsächlich irgendwann mal eine Schlacht bei Tannenberg.«

»Auch heute gibt es noch Schlachten – aber nicht *bei*, sondern *mit* Tannenberg!«, entgegnete er reaktionsschnell und riss sich mit einer enormen Energieleistung von diesem lebhaften Augenpaar los, das ihn die ganze Zeit über interessiert betrachtet hatte und dessen magischer Anziehungskraft er sich kaum zu widersetzen vermochte.

Das, was dieser – von Tannenbergs innerer Stimme als ›alberner Gockeltanz‹ diffamierten Episode – nun folgte, hatte durchaus den Charakter einer dramatischen Theaterinszenierung: Elanvoll marschierte der Leiter der Kaiserslauterer Mordkommission, seine zu unbedeutenden Komparsen degradierten Mitarbeiter im Schlepptau, zu dem von Ellen Herdecke beschriebenen Konferenzzimmer und platzte mitten in einen Vortrag des Firmenchefs hinein.

»Herr Professor von Wandlitz, aufgrund dringenden Tatverdachts in zwei Mordfällen und der daraus resultierenden Verdunklungs- und Fluchtgefahr nehme ich Sie hiermit vorläufig fest. Abführen!«

Gemeinsam mit Kriminalhauptmeister Geiger begab sich Michael Schauß zu dem Beschuldigten und legte dem völlig fassungslosen Mann silberne Handschellen an. Dann bauten sich die beiden wie Bodyguards links und rechts neben ihm auf.

Der erste, der seinen Schockzustand überwinden konnte, war der ebenfalls anwesende Firmenjustiziar. »Tannenberg, sind Sie denn nun völlig wahnsinnig geworden? Was soll denn dieser Auftritt? Worauf stützen Sie denn um Himmels willen Ihren geradezu irrsinnigen Aktionismus?«

»Neue Indizien, lieber Herr Anwalt! Neue Indizien!«

»Welche neue Indizien?«, fragte Dr. Croissant in das auflodernde Stimmengewirr der etwa zehn Konferenzteilnehmer hinein.

»Dazu werde ich Ihnen hier und jetzt nichts sagen. Wir werden ins Kommissariat fahren und dort zuerst eine ordentliche Vernehmung Ihres Herrn Mandanten, so muss man ihn ja jetzt wohl bezeichnen, durchführen. Sie können sich ja schon mal zu Hause an den Kamin setzen und den Text für eine Haftbeschwerde formulieren. Allerdings wird Ihnen wahrscheinlich der werte Herr Professor für geraume Zeit nicht mehr zu einem GO-Spiel zur Verfügung stehen. Aber Sie können ihn ja ab und zu mal in der JVA besuchen. Einen wunderschönen Tag noch!«

Gefolgt von seinen Kollegen, die von Wandlitz auf beiden Seiten eskortierten, und einem überaus erbosten, wüst schimpfenden Rechtsanwalt, gestaltete sich der Marsch durch das Firmengebäude angesichts der vor den weit geöffneten Bürotüren spalierstehenden, ungläubig gaffenden Menschen zu einem wahren Triumphzug für Tannenberg. In seinem Freudentaumel konnte er es sich nicht verkneifen, Ellen Herdecke ein Petzauge zuzuwerfen, das diese aber nicht erwiderte.

Während der Professor und sein ihn begleitender Anwalt in die Diensträume der Mordkommission im ersten Obergeschoss geleitet wurden, begab sich der Leiter des K1 höchstpersönlich mit seinem wichtigsten Beweisstück in den Händen zu der im Keller des Polizeigebäudes untergebrachten Kriminaltechnik.

»Hallo, Karl. Wirf sofort alles, an dem du gerade arbeitest, in die Ecke! Das hier ist viel wichtiger! Du musst mir so schnell wie möglich einen Fingerabdruckvergleich durchführen«, sagte Tannenberg und stellte die Plastiktüte samt ihres bedeutungsvollen Inhalts mitten auf Mertels Schreibtisch. »Sei bloß vorsichtig damit!«, ergänzte er mahnend, während er behutsam seine Hände unter die schwere Skulptur zwängte und den schwarzen Bären anschließend aus seinem Gefängnis befreite. »Sag mal, hast du jemals in deinem Leben einen derart schönen Fingerabdruck gesehen?«

»Nein, Wolf, noch nie!«, spottete der Spurenexperte.

»Wie lange brauchst du denn für einen Abgleich?«

»Ich weiß ja, dass du dich nicht die Bohne für unsere Arbeit interessierst – nur für die Ergebnisse ...«

»Jammer nicht! Sag schon!«

»Also, wenn ich mich extrem beeilen würde: eine halbe Stunde.«

»Los, dann beeil dich mal extrem!«, wiederholte Tannenberg die Worte des Kriminaltechnikers. »Es ist wirklich unglaublich wichtig!«

»Na, gut. Dann verschwinde jetzt aber sofort, sonst kann ich nicht richtig arbeiten!«, entgegnete Mertel und schob seinen unangekündigten, aufdringlichen Besucher mit der rechten Hand ziemlich energisch von seinem mit allen möglichen Papieren überlagerten Schreibtisch weg.

Als Tannenberg wenig später im Vernehmungsraum des K1 erschien, wurde er umgehend von Dr. Croissant verbal angegangen »Befreien Sie meinen Mandanten von diesen albernen Handschellen! Sonst ...«

»Sonst was, Herr Anwalt?«, unterbrach Tannenberg mit sich erhebender Stimme. »Wenn Sie sich jetzt ganz brav neben den Herrn Professor setzen, können wir darüber reden.«

Man merkte dem Juristen deutlich an, wie sehr er an dieser unappetitlichen Kröte herumkaute. Aber als er den flehenden Gesichtsausdruck von Wandlitz' bemerkte, schluckte er sie angewidert hinunter und setzte sich wie gefordert an den rechteckigen Resopaltisch.

Fingerfertig befreite Kommissar Schauß den Professor von seinen Fesseln.

»Das ist wirklich grotesk, Herr Hauptkommissar!«, sagte von Wandlitz kopfschüttelnd, während er sich gleichzeitig die schmerzenden Handgelenke rieb. »Sie können doch nicht einfach so ohne triftigen Grund bei mir in der Firma erscheinen, mich aus einer wichtigen Sitzung herausholen und mich wie einen Schwerverbrecher an meinen Mitarbeitern vorbei abführen.«

»Aber Sie haben doch mit eigenen Augen gesehen, dass

wir es konnten. Sonst wären Sie ja wohl auch nicht hier«, belehrte Tannenberg arrogant.

»Ich sag Ihnen eins, Herr Hauptkommissar, diesen Tag heute werden Sie Ihr ganzes Leben lang noch verfluchen! Denn so eine unglaubliche Behördenwillkür ist mir während meiner gesamten beruflichen Arbeit noch nie untergekommen! Sie werden ...«

»Lass doch, Frederik«, warf von Wandlitz beschwichtigend ein. »Das hier hat doch durchaus auch einen humoristischen Unterhaltungswert. Andere Leute gehen abends in den Komödienstadel und müssen dafür Geld bezahlen. Wir bekommen dieses lustige Bauerntheater völlig kostenlos dargeboten! Ich könnt mich wirklich totlachen! Bitte fahren Sie mit der Aufführung fort, Herr Hauptkommissar!«

»Ich versichere Ihnen, lieber Herr Professor: Das Lachen wird Ihnen gleich im Halse stecken bleiben!«

»Und ich schlage jetzt vor, dass wir diesen albernen Nonsens nun beenden«, forderte Dr. Croissant barsch und wurde noch ein wenig lauter: »Wir wollen jetzt endlich Fakten sehen! Und zwar umgehend!«

»Gemach, Gemach, Herr Anwalt!«, erwiderte Tannenberg ruhig. »Lassen Sie mich doch erst mal die durchgeführte Festnahme begründen.«

»Da bin ich jetzt aber wirklich mal gespannt, Herr Hauptkommissar«, gab der Justiziar der Firma *FIT.net* umgehend zurück.

»Professor Dr. Siegfried von Wandlitz«, begann der Kommissariatsleiter förmlich, »ich beschuldige Sie hiermit des vorsätzlich geplanten und brutal ausgeführten Mordes in zwei Fällen, und zwar an Ihrer Vorstandskollegin Susanne Niebergall und an dem Obdachlosen Alfred Tauber, genannt Bomben-Fredi.«

»Halten Sie kein Plädoyer, Sie sind kein Staatsanwalt!«, wetterte Dr. Croissant. »Präsentieren Sie uns endlich die Beweise für Ihre unhaltbaren Anschuldigungen – vor allem das angebliche neue Belastungsmaterial!«

»Ach, Herr Rechtsanwalt, seien Sie doch nicht so stur; gönnen Sie mir doch die kleine Freude. Ich hab schließlich so lange gebraucht, um den Herrn Professor überführen zu können. Fast wären es ja perfekte Morde gewesen«, sagte Tannenberg süffisant und lehnte sich genüsslich in seinem Stuhl zurück.

»Also, wenn Sie jetzt nicht gleich mit Ihrem neuen Beweis rausrücken, stehe ich auf und suche Oberstaatsanwalt Dr. Hollerbach. Und dann bin ich mal gespannt, wie das hier weitergeht!«

Diese unverhohlene Drohung verfehlte ihre Wirkung nicht.

»Nun gut: Wir haben bei einer Bekannten des ermordeten Obdachlosen die aus Susanne Niebergalls Büro verschwundene Bärenskulptur gefunden, die ja nicht nur die Tatwaffe ist, sondern darüber hinaus auch als Mittel zur Erpressung diente. Und auf dieser Bärenfigur haben wir in einem Blutfleck einen reliefartigen, extrem deutlichen Fingerabdruck entdeckt, den mein Kollege in der Kriminaltechnik gerade mit dem des Professors vergleicht. Wobei das ja eigentlich gar nicht nötig wäre.«

»Genau wie in einer Bananenrepublik: Wofür brauchen wir denn eigentlich Beweise? Die Hauptsache, wir haben einen Schuldigen!«, polterte gerade Dr. Croissant los, als Karl Mertel plötzlich in der Tür erschien.

»Wolf, komm mal bitte«, sagte er leise und drehte sich sofort danach wieder in die Richtung, aus der er gekommen war.

Tannenberg sprang von seinem Stuhl hoch und folgte dem Spurenexperten in den Vorraum, in dem Petra Flockerzie regungslos vor ihrem Computermonitor saß.

»Und, hast du das Ergebnis?«, fragte er mit erwartungsvoller Miene.

»Ja, ich hab das Ergebnis.«

»Was ist? Stimmen die Abdrücke überein?«

»Ja, das tun sie!«

»Toll, Karl! Endlich hab ich ihn, diesen Superschlauen!«, freute sich Tannenberg und wollte seinen alten Kollegen an seine stolzgeschwellte Brust drücken.

»Wolf, sie sind identisch. Aber …«, sagte Mertel und stockte.

»Aber was, Karl?«

»Aber sie stammen nicht von deinem Professor!«

»Was?«

»Ja, du hast richtig gehört: Die Fingerabdrücke auf dem Bären stimmen mit denen, die wir auf der Alarmanlage gefunden haben, überein. Absolut kein Zweifel! Aber es sind leider nicht die deines Hauptverdächtigen!«

Tannenbergs Gesichtsfarbe wurde immer fahler und gräulicher.

»Verfluchte Scheiße! … Das gibt's doch gar nicht!«, stammelte er kaum hörbar vor sich hin, denn er hielt dabei die linke Hand vor seinen Mund gepresst. »Und von wem sind die dann?«

»Keine Ahnung! Von einer uns bislang unbekannten Person. Es tut mir wirklich Leid für dich, Wolf.«

»Aber du hast doch in die Spurenakte geschrieben, dass ihr auf der Alarmanlage eindeutig seine Fingerabdrücke entdeckt habt …«

»Ja, schon«, unterbrach der Kriminaltechniker. »Aber da waren ja nicht nur seine drauf, sondern eben auch 'ne Menge anderer, zum Beispiel die vom Hausmeister. Und außerdem welche, die wir nicht zuordnen können, weil wir noch nicht wissen, von wem sie stammen.«

»Warum, um Gottes Willen, hast du mir das denn nicht gesagt?«, meinte Tannenberg vorwurfsvoll.

»Weil man von jemandem mit deiner Berufserfahrung eigentlich erwarten müsste, dass er eine Spurenakte richtig – das heißt vollständig – lesen kann. Aber du wolltest ja gar nichts anderes finden. Du wolltest doch nur deinen Professor überführen!«

13

Wie schon so oft in seinem bisherigen Leben reagierte Tannenberg auch auf dieses fürchterliche Waterloo mit einer, für jemanden, der ihn nicht besonders gut kannte, völlig überraschenden Reaktion. Wer erwartet hatte, er würde nun psychisch an diesem unglaublichen Desaster zerbrechen, sah sich getäuscht, denn er unternahm weder einen Selbstmordversuch, noch stürzte er sich in ein Alkoholdelirium. Er machte genau das Gegenteil: Er sammelte die in seiner widerborstigen Seele trotzig aufschäumenden Energiewellen und koppelte sie mit seinem unbändigen Überlebenstrieb.

Dann ging er todesmutig in die Offensive – sprich: zurück in das Vernehmungszimmer, das man an diesem Vormittag auch durchaus als Schlangengrube hätte bezeichnen können.

Mit wenigen Worte stellte er scheinbar emotionslos die unumstößlichen Fakten dar, bat Professor von Wandlitz formell um Entschuldigung für sein gravierendes Fehlverhalten und streckte ihm ohne jeden Skrupel als demonstrativen Beweis seines tief empfundenen Bedauerns die rechte Hand entgegen.

Auch der noch vor kurzem des zweifachen Mordes Beschuldigte reagierte ganz anders, als alle Anwesenden erwartet hatten – er nahm die Hand und schüttelte sie lachend.

»Respekt, Herr Hauptkommissar! Ich finde es total beeindruckend von Ihnen, dass Sie diesen Irrtum so offen und ehrlich eingestehen und hier nicht vor uns demütig zu Kreuze kriechen.«

»Aber Siggi, das geht doch nicht!«, mischte sich Dr. Croissant vorwurfsvoll ein. »Du kannst doch jetzt nicht so tun …«

»Doch, Frederik, ich kann! Mir imponieren nämlich solche Menschen ungemein, weil sie mutig zu den von ihnen begangenen Fehlern stehen und sich von Niederlagen oder Enttäuschungen nicht unterkriegen lassen.« Dann wandte er sich wieder Tannenberg zu. »Wissen Sie eigentlich, dass sich Ihr Beruf und mein Arbeitsgebiet gar nicht so sehr voneinander unterscheiden, wie man gemeinhin annehmen könnte?«

»Wieso?«, fragte der Kriminalbeamte verwundert, dem das Erstaunen über die völlig überraschende Reaktion des Professors deutlich ins Gesicht geschrieben stand.

»Die Antwort auf diese Frage, Herr Hauptkommissar, ist gar nicht so schwer zu finden: Denn auch in meinem Tätigkeitsbereich gibt es andauernd Frustrationen zu bewältigen; wenn es zum Beispiel mit der Neuentwicklung einer Software einfach nicht klappen will, oder der Vertrieb nicht rund läuft. Da kann man auch nicht einfach resignieren und den Kram hinwerfen. Sondern da muss man den Hintern hochkriegen und einen erneuten Anlauf wagen! Ohne diese Fähigkeit hätten wir in unserem Geschäft überhaupt keine Überlebenschancen.«

»Wirklich interessante Dinge, die Sie da sagen, Herr von Wandlitz – wirklich bemerkenswert!«

Der Informatikprofessor drehte sich von Tannenberg

weg und sagte an Dr. Croissant gerichtet: »Außerdem möchten wir doch alle wissen, wer Susanne umgebracht hat, oder etwa nicht, Frederik?«

»Doch, doch … natürlich«, stotterte der Rechtsanwalt.

»Und im Übrigen war die Besprechung, aus der Sie mich vorhin so bühnenreif herausgeholt haben, auch nicht sonderlich wichtig. Wenn ich ehrlich bin, war sie sogar todlangweilig. Da sollte ich Ihnen für die Unterbrechung sogar dankbar sein. Also, Herr Hauptkommissar, machen Sie sich mal keine Gedanken und geben Sie bei Ihren Ermittlungen jetzt wieder Vollgas; schließlich laufen da draußen in der Stadt noch zwei Mörder herum; beziehungsweise ein Doppelmörder! Die Angelegenheit wird selbstverständlich keinerlei Konsequenzen für Sie haben, jedenfalls nicht von unserer Seite aus. Also los, auf zu neuen Taten, meine Herren!«, spornte von Wandlitz die Kriminalbeamten an und verabschiedete sich, drehte sich aber kurz vor der Tür nochmals zu Tannenberg um. »Ich hätte da noch eine Bitte, die Sie mir erfüllen könnten – quasi als Wiedergutmachung.«

»Und die wäre?«

»Wenn Sie mir die Handschellen, die mir Ihr Kollege vorhin – übrigens auf eine ziemlich unsanfte Art und Weise – angelegt hat, spontan schenken würden, hätte ich wirklich nichts dagegen einzuwenden.«

»Komm, Michael, rück die Dinger raus!«

»Aber, Wolf, das kannst du doch nicht machen!«

»Natürlich kann ich das! Gib ihm jetzt endlich die Dinger!«

»Und die dazugehörigen Schlüssel bitte nicht vergessen!«, bemerkte der Professor lächelnd.

Nachdem der Unternehmenschef mitsamt seinem Firmenjustiziar das Kommissariat verlassen hatte, trommelte Tannenberg alle Mitarbeiter in seinem Büro zusammen. Nun bahnte sich der aufgestaute, bislang doch so erfolgreich gezähmte Ärger seinen Weg nach außen.

»So eine verfluchte Scheiße!«, schrie er plötzlich los, stürmte an die Pinnwand, riss mit abrupten, hektischen Bewegungen das Zugmodell mitsamt allen aufgehefteten Pappkärtchen von der hellbraunen Korkfläche. »Wir brauchen dieses alberne Zeug nicht mehr. Alles Blödsinn! Wir müssen völlig neu anfangen! – Los, Leute: Was haben wir bis jetzt an Fakten?«

»Wir haben die Mordwaffen: eine Bärenskulptur und eine Plastiktüte«, begann Kommissar Fouquet zögerlich.

»Stimmt nicht!«, korrigierte Tannenberg.

»Wieso?«

»Weil beim Pennermord noch eine zweite Mordwaffe im Spiel war: nämlich ein Armeegürtel … oder jedenfalls ein Gürtel, der so ähnlich aussehen muss. Mit diesem wurde, so sieht es zumindest die Rechtsmedizin, der Mann erdrosselt, während man ihm gleichzeitig die Plastiktüte über den Kopf gestülpt hatte.«

»Hast Recht!«, bestätigte Fouquet.

»Gut! Dann weiter! Was haben wir noch an Fakten?«, fragte der Leiter des K1, während er ein großes weißes Kartonblatt an die Korktafel pinnte und mit einem roten Edding zwei Kreise darauf malte, in die er die Namen der beiden Mordopfer schrieb.

»Na, du hast es ja gerade hingeschrieben: die Namen der beiden Toten«, bemerkte Schauß.

»Wir haben die Fingerabdrücke des wahrscheinlichen Mörders von Susanne Niebergall: einmal auf der Alarmanlage und dann noch den identischen auf dem Bären.«

»Richtig, Albert: des wahrscheinlichen Mörders! Wie sieht es mit Motiven aus?«

»Das Motiv für den Mord an dem Obdachlosen scheint mir ziemlich klar zu sein«, stellte Sabrina fest. »Da wollte jemand einen Erpresser loswerden.«

»Verdammt noch mal! Was würde ich dafür geben, wenn ich bloß wüsste, *was* dieser Penner gesehen hat! Und *wen* er mit seiner Beobachtung erpresst hat!«, warf Tannenberg ohne direkten Zusammenhang in die Runde. Dann ging er aber gleich auf die Bemerkung seiner jungen Kollegin ein. »Gut, Sabrina, das ist sicher nahe liegend. Sehe ich auch so! Aber Leute, was ist denn mit dem Tatmotiv für den ersten Mord?«

»Ja, Wolf, das ist eigentlich auch ziemlich klar. Die Tatausführung lässt doch mit einer sehr hohen Wahrscheinlichkeit auf einen emotionalen Hintergrund schließen, also auf eine Beziehungstat.«

»Und warum, lieber Michael, kann das nicht auch eine unglaublich geschickt inszenierte Finte sein, auf die wir alle hereingefallen sind? Vielleicht sollten wir uns gerade wegen der brutalen, scheinbar irrsinnigen Tatausführung genau auf diese Motivart einschießen. Was aber wäre, wenn hinter diesem Mord, der ja ein blindwütiger Amoklauf zu sein schien, statt des von uns bislang vermuteten blanken Hasses, ein ganz rationales, nüchternes Kalkül stecken würde?«

»Chef, Sie wollen bestimmt darauf hinaus, dass der Mörder uns die ganze Zeit an der Nase herumgeführt hat!«

»Super, Geiger, endlich auch schon kapiert?«, spottete Schauß.

»Komm, Michael, hör auf mit deiner Polemik! Wir müssen endlich einen Ermittlungserfolg vorweisen! Verdammter Mist, aber wir haben ja noch nicht mal einen Verdächtigen!«

»Genau, jetzt wo der Herr Professor wohl endgültig aus dem Spiel ist«, ergänzte Adalbert Fouquet mit gedämpfter Stimme.

»Also, Leute, es hilft nichts: Wir müssen wirklich wieder ganz von vorne anfangen. Deswegen gehen wir jetzt noch mal ganz konsequent alle Berichte durch und lesen alle Vernehmungsprotokolle aus beiden Fällen.«

Allseitiges Aufstöhnen.

»Vielleicht haben wir ja etwas Wichtiges übersehen. Wir müssen das Leben und das Umfeld dieser Susanne Niebergall nochmals auf den Kopf stellen. Und wir müssen uns auch über die Firma unseres lieben Herrn Professors noch ausführlicher informieren. Ich glaub, ich unternehme nachher mal einen kurzen Dienstgang zu den Kollegen vom K4, die kümmern sich ja schließlich um die Wirtschaftskriminalität. Vielleicht haben die ja irgendwas für uns.«

Tannenberg legte eine kurze Denkpause ein, dann fuhr er fort: »Wir brauchen unbedingt so schnell wie möglich die Fingerabdrücke von allen Mitarbeitern der Firma *FIT.net*. Genau! Vielleicht bringt uns ja das endlich weiter.«

»Da wird sich der Mertel aber freuen!«, rutschte es Geiger heraus.

»Bestimmt! Deswegen gehst du jetzt gleich mal runter zu ihm und überbringst persönlich die frohe Botschaft. Und sag ihm einen schönen Gruß von mir: Er soll alles stehen und liegen lassen und sich mit seiner Spurenschnüfflerbande sofort auf den Weg machen – während wir jetzt in die Kantine gehen! Ich hab nämlich einen Mordshunger!«

Weil Tannenberg eine tiefsitzende Aversion gegenüber jeglicher Form von Massenspeisung hegte, hatte er seit mehreren Jahren keinen Fuß mehr in die vor einiger Zeit in ›Cafeteria‹ umgetaufte ehemalige Kantine gesetzt. Umso erstaunter war er, als er sich in dem weihnachtlich dekorierten Raum im Erdgeschoss der Polizeidienststelle umblickte.

Nicht die um diese Jahreszeit ja durchaus übliche festliche Dekoration zog ihn in ihren Bann, sondern die drei Fernsehgeräte, in deren Bildschirme einige seiner Kollegen entweder kauend, trinkend oder einfach nur stupide gaffend hineinstierten. Einige standen nahezu regungslos davor, andere dagegen hatten sich Stühle und Tische so vor die Monitore platziert, dass sie die ganze Zeit über die Mattscheiben im Blick haben konnten.

Während Fouquet, der von seinem Chef den Auftrag erhalten hatte, ihm ein als ›Schlemmermenü‹ bezeichnetes Mittagessen zu besorgen, und die anderen Mitarbeiter des K1 sich in der Schlange vor der Essensausgabe einreihten, besuchte Tannenberg, neugierig wie er nun einmal war, nacheinander die Fernsehapparate, auf denen nichts anderes zu sehen war als verschiedenfarbige Laufbänder mit

296

Aktien- und Devisenkursen und permanent wechselnden Zahlenreihen, welche den aktuellen Indexstand von DAX, NEMAX usw. anzeigten.

Kopfschüttelnd nahm er an einem etwas abseits gelegenen Tisch Platz und wartete hungrig auf sein Mittagsmahl.

Als Kriminalhauptmeister Geiger kurze Zeit später die Cafeteria betrat, vollzog sich ein merkwürdiger Wandel in den Räumlichkeiten der ehemaligen Kantine: Nachdem der erste Beamte Geiger erspäht hatte, ging plötzlich ein Raunen durch die vor den Fernsehern versammelten Polizisten. Die meisten wandten sich von den Bildschirmen ab und blickten ihm erwartungsvoll entgegen.

Eine uniformierte dunkelhaarige Frau, die sich ebenfalls nach ihm umgedreht hatte, rief ihm laut zu: »Armin, hast du nicht 'nen heißen Tipp für uns?«

»Aber klar doch: *Morgan Stanley* wird in ein paar Stunden bekannt geben, dass sie den gesamten Softwaresektor von ›In Line‹ auf ›Outperformer‹ hoch stufen werden! Ich hab schon IT-Zertifikate geordert! Und die *MPI*-Researchabteilung geht in einer aktuellen Marktanalyse von einer weiteren Hausse im Technologiesektor aus. Der NEMAX wird innerhalb der nächsten zwölf Monate auf 15.000 Punkte steigen.«

Kaum hatten diese für Tannenberg völlig nebulösen Sätze Geigers Mund verlassen, kam hektische Bewegung in die anwesenden Polizeibeamten. Viele zückten ihr Handy und begannen, wild darauf herumzuhämmern. Andere wiederum bedrängten Geiger direkt mit Aufträgen, die er über *Midas-Power-Investments* für sie erledigen sollte. Nachdem er die Transaktionswünsche weitergegeben hatte, begab er sich, gestresst wie ein Topmanager, zu seinen Kollegen an den Mittagstisch.

»Sag mal, woher hast du denn eigentlich deine angeblichen Top-Informationen?«, fragte Adalbert Fouquet ungläubig.

»Vom SMS-Mitarbeiter-Dienst meiner Firma. Da gibt's für uns immer ganz aktuelle Insiderinfos! An der Quelle spielt der Knabe!« Geiger lachte herzhaft und schlug dem neben ihm sitzenden Schauß kumpelhaft auf die Schulter.

Obwohl Tannenberg wirklich sehr hungrig war, stocherte er, nachdem er die ersten Bissen fast ohne zu kauen gierig hinuntergeschlungen hatte, nur noch mehr als lustlos in dem sehr fade schmeckenden, angeblichen ›Schlemmermenü‹ herum, dessen Zentralbestandteil – ein fettes, sehniges Schnitzel – den Anschein erweckte, vorher schon mehrmals aufgewärmt worden zu sein.

Er blickte zu Geiger, dem kleine Schweißperlen auf der glänzenden Stirnglatze standen. »Sag mal, ich hab den Eindruck, du bist völlig verändert. Kann das sein?«

»Wieso, Chef?«

»Na, weil ich dich noch nie so engagiert erlebt habe. Wenn du das nur mal so bei deiner Arbeit machen würdest!«, sagte Tannenberg zu ihm und schob seinen Teller angewidert zur Seite.

»Aber, Chef, ich bin doch nicht blöd und reiß mir für das bisschen Gehalt den Arsch auf. Schauen Sie sich hier doch mal um: Das ist die Welt, wo die Musik spielt, wo das große Geld gemacht wird. Da lohnt sich auch der persönliche Einsatz. Nicht wie bei uns im Öffentlichen Dienst, wo es davon abhängt, welchen Schulabschluss man hat und in welche Laufbahn man eingeordnet wird. Und wo man machen kann, was man will, und trotzdem viel weniger Geld verdient, bloß weil man nicht, so wie Sie zum Beispiel, im Höheren Dienst ist! Wie hat die Marylin Monroe immer gesungen?«, gab er heute Mittag, nach dem Zitat mit dem Knaben und der Quelle, nun schon bereits den zweiten Lieblingsspruch seines *MPI*-Mentors Carlo Weinhold zum Besten: »Money makes the world go round!«

»Mensch Geiger, seit wann bist du denn der englischen Sprache mächtig?«, warf Kommissar Fouquet ketzerisch ein.

»Was willst du denn eigentlich von mir, mein liebes Adalbertchen? Dir passt ja nur nicht, dass auch andere jetzt einen Porsche fahren können, nicht nur die verwöhnten, reichen Fabrikantensöhnchen!«

»Geiger, mal was anderes«, entgegnete der Provozierte direkt: »Weißt du eigentlich den Grund dafür, dass Aktienkurse entweder steigen oder fallen?«

»Natürlich, lieber Kollege Fouquet, weiß ich das. Wahrscheinlich sogar besser als du, obwohl der feine Herr ja Abitur hat: Weil es zum Glück in unserem Land immer mehr wagemutige Menschen gibt, die ihr Geld in zukunftsträchtige, innovative Anlageformen stecken. Es ist nämlich ein neues Zeitalter angebrochen. Nur du hast es anscheinend noch nicht gemerkt!«

»Interessant! Soll ich dir mal sagen, was mein Vater für eine Erklärung dafür hat?«

»Wofür?«

»Na, für das Auf und Ab der Aktienkurse!«

»Du wirst es uns bestimmt gleich sagen«, wagte Armin

Geiger einen mutigen Blick in die Zukunft und schob sich ein soßetriefendes Fleischstück in den Mund.

»Mein Vater behauptet, dass sich die Börse ganz einfach erklären lässt: Aktienkurse steigen immer dann, wenn mehr Idioten als Aktien auf dem Markt vorhanden sind – und sie fallen, wenn es mehr Aktien als Idioten gibt.«

Tannenbergs Leidensfähigkeit wurde in den folgenden Minuten durch den hitzigen Diskurs seiner beiden Mitarbeiter so sehr auf die Probe gestellt, dass er irgendwann resignierte und sich wegen angeblichem spontanem Unwohlsein nach Hause verabschiedete.

Als er nach einem belebenden Spaziergang durch die kalte, klare Winterluft sich zu einem Kaffee in der elterlichen Küche einfand, fiel ihm gleich die angespannte, frostige Atmosphäre auf, die wie eine gewaltige Gewitterstörung im Raum hing. Seine Mutter umsorgte ihn zwar wie immer, wenn er in ihrem Reich erschien, wie einen kleinen Kronprinzen, aber irgendwie machte sie dabei einen recht deprimierten Eindruck.

Ihr Mann saß noch mürrischer und abweisender als sonst am Küchentisch, wie so oft um diese Zeit, in die *Rheinpfalz* vertieft. Sein Blick hatte sich auf einer Seite des Lokalsports festgefressen. Tannenberg konnte sich zunächst auf diese merkwürdige Situation keinen Reim machen, hatten sich seine Eltern doch im Laufe der langen gemeinsam verbrachten Jahre so optimal aufeinander eingespielt, dass es eigentlich nur ganz selten zu Streitereien zwischen ihnen kam.

Dann hatte er plötzlich eine Idee: »Sagt bloß, dieses fette kleine Mistvieh hat sich in die ewigen Jagdgründe zu seinem Dackelmanitu verabschiedet?« Sogleich bereute er, was er gesagt hatte und schob schnell nach: »Keine Panik, war nur ein kleines, überflüssiges Späßlein zur Mittagszeit!«

Da keinem der Alten ein Wort über die Lippen kam, die Mutter nur verständnislos den Kopf schüttelte, bohrte er nach: »Was ist denn los mit euch?«

Keine Antwort.

»Los, Mutter, sag endlich, was los ist!«

Margot Tannenberg legte das Geschirrhandtuch beiseite und blickte in Richtung ihres Sohnes.

»Dein Vater will, dass ich unterschreibe …«

»Was sollst du unterschreiben?«, unterbrach Wolfram Tannenberg.

»Ich soll mich bereit erklären, die Sparbriefe zu verkaufen. Aber das will ich nicht!«

»Vater, warum willst du denn eure Sparbriefe verkaufen?«

Keine Antwort, nur ein grimmiges Brummen.

»Weil er mit dem Geld ganz riskante Sachen machen will!«

»Was für'n Quatsch! Weiber, haben doch überhaupt keine Ahnung von solchen finanziellen Dingen! Deine Mutter ist ja noch sturer als ein alter Holzbock!«, grollte der Senior, ohne von seiner Zeitung hoch zu schauen.

Zuerst wollte Tannenberg eine provokative Spritze setzen, entschloss sich dann allerdings angesichts der bedenklichen Stimmungslage zu einer Deeskalationsstrategie, wie man sein geplantes Verhalten in der kriminalistischen Fachsprache bezeichnet hätte.

»Vater, komm, sei nicht eingeschnappt! Ich denke, es

301

ist besser, wenn ihr euer mühsam erspartes Geld auf der sicheren Seite liegen lasst.«

»Ist doch klar, dass mein Herr Sohn mal wieder seiner Mutter hilft. Genau wie umgekehrt. Ich bin doch bei euch beiden immer nur der Depp! Ihr haltet doch immer gegen mich zusammen! Aber der Heiner hat mir 5.000 Euro geliehen, und mit denen hab ich ganz tolle *Midas*-Fonds gekauft.«

»Was, du hast dir von Heiner Geld geliehen?«, fragte Margot Tannenberg entgeistert.

»Ja! Und damit mach ich 'nen Mordsgewinn! Die sind, seit dem ich sie gekauft hab, schon um 9% gestiegen. Also hab ich schon 450 Euro verdient – ohne einen Finger dafür krumm zu machen!«

»Wirklich, Jacob?«

»Ja. Das ist ganz einfach.«

Seine Frau überlegte einen Augenblick. »Aber ich will dein Wort. Du darfst nicht noch mehr Geld ausgeben. Und unsere Sparbriefe werden auch nicht verkauft!«

»Ja, du sollst halt deinen Willen haben!«, zeigte sich der Senior der Familie Tannenberg wieder versöhnlicher.

»Außerdem hat sich dein Vater vorhin über die Nachrichten im Radio aufgeregt. Als ob man sich über so was überhaupt aufregen müsste.«

»Was für Nachrichten denn, Mutter?«

»Die haben gesagt, dass das Saarland mit Rheinland-Pfalz zusammengelegt werden soll.«

Plötzlich kehrte noch mehr Leben in den alten Mann zurück. »Ich will diese Rucksackfranzosen nicht! Wir haben genug eigene Probleme! Die wollen sowieso bloß unser Geld haben! Genau, wie die aus der DDR!«

»Vater, du hast ja Recht! Aber ich hab gehört, dass jede pfälzische Familie einen Saarländer zugewiesen bekommen soll, den man dann als Küchenhelfer, Gärtner usw. einsetzen kann.«

»Was für'n Quatsch!«

»Ach, Gott Vater, mach dir doch keine Gedanken über ungelegte Eier. Das wird's nie geben, weil die dann im Saarland 'ne Volksabstimmung machen würden. Und du glaubst doch nicht im Ernst, dass die zu uns wollen!«

»Hoffentlich wird da nix draus! Wie kommt denn eigentlich der Herr Hauptkommissar mit seinen ungelösten Mordfällen voran?«, fragte der alte Mann mit einem schelmischen Lächeln.

Durch diese Frage verflüchtigte sich Tannenbergs anfängliche Freude über das verbesserte Binnenklima zwischen seinen Eltern innerhalb von Sekundenbruchteilen. Die deprimierende Berufsrealität hatte ihn wieder eingeholt.

»Es gibt nichts Neues, wir kommen einfach nicht voran«, antwortete er traurig und nippte an seinem heißen Milchkaffee.

Sein Vater, der ansonsten von Natur aus nicht gerade üppig mit Sensibilität ausgestattet war, schien die angeschlagene Befindlichkeit seines Sohns intuitiv zu spüren. »Kennst du eigentlich die Sage von König *Midas*?«

»Was? Die Sage von König *Midas*? Nein.«

»Also dann pass mal auf! Da hatte bei den alten Griechen oder Ägyptern, oder was weiß ich wo, ein König einen Wunsch frei. Und weißt du, was er sich gewünscht hat?«

»Keine Ahnung!«

»Er hat sich gewünscht, dass alles, was er angreift, zu

303

Gold werden soll! Und das hat dann auch geklappt: Alles, was er in die Hand genommen hat, ist sofort zu Gold geworden! Ist das nicht toll?«

»Ach, so, deswegen! Jetzt weiß ich auch endlich, warum diese Firma *Midas*, wo der Geiger so engagiert mitmacht, überall diese goldene Schrift verwendet.«

»Aber Wolfi, dein Vater hat dir noch nicht gesagt, wie dieses Märchen endet!«, bemerkte Mutter Tannenberg vom Kühlschrank her.

»Margot, das ist kein Märchen, sondern eine Sage!«, rüffelte Jacob.

»Und wie endet sie nun, deine Sage?«

»Na, dieser stinkreiche König wäre fast jämmerlich gestorben, weil natürlich auch das, was er essen und trinken wollte, sich sofort in Gold verwandelt hat, wenn es mit seinem Körper in Berührung kam.«

»Aber soweit ist es ja nicht gekommen, weil irgendwer ihm dann geholfen hat … So genau weiß ich das auch nicht mehr. Hab ich nur mal kurz im Internet überflogen. Übrigens hab ich noch sehr interessante Informationen für dich gefunden. Willst du sie haben?«

»Na, rück schon raus damit!« Obwohl er eigentlich gleich hätte wissen müssen, was der Senior mit seiner Offerte erreichen wollte, war er geistig so ausgelaugt, dass er erst verstand, worauf die Sache mal wieder hinauslief, als sein Vater ihn fordernd anblickte. »Ach so, verstehe! Was soll's denn diesmal sein?«

»Ein Jahreslos der Fernsehlotterie! Ist ja gar nicht so teuer. Nur 45 Euro. Du kriegst ja auch wieder einen Teil vom Gewinn!«

»Nur schlappe 45 Euro. Für euch elenden Geldsäcke

ist das ja eigentlich nichts. Wieso musst du mich bei den hohen Renditen, die du einstreichst, eigentlich immer noch so gnadenlos aussaugen?«

»Das ist doch nur eine gerechte Anerkennung für meine Sucharbeit, die du ja schon oft genug gut gebrauchen konntest.«

Tannenberg gab sich geschlagen. »Na, gut. Los, sag schon, was hast du rausgekriegt? Ich will mich nämlich noch ein bisschen aufs Ohr legen.«

»Da musst du aber mit mir ins Wohnzimmer an meinen Computer kommen. Das will ich dir nicht erzählen, das muss ich dir zeigen.«

Gerade in dem Augenblick, als Jacob sich etwas mühsam von seinem Stuhl erhob, betrat Heiner Tannenberg die elterliche Küche.

»Hallo Wolf, schau mal«, stürmte er gleich auf seinen Bruder zu und hielt ihm ein kleines, flaches Kästchen unter die Nase, das wie ein Diktiergerät aussah.

Als Tannenberg sich das kleine Ding aber näher betrachtete, stellte er fest, dass sich in diesem elektronischen Gerät ein kleiner Bildschirm befand, auf dem in mehreren übereinander liegenden Zeilen fortlaufende und sich anscheinend verändernde Aktienkurse angezeigt wurden.

»Weißt du, was das ist, Bruderherz?«

»Heiner, ist mir egal!«

»Das ist ein Skyper! Mit dem kann ich, wie bei einem Radio, ohne Handygebühren zu zahlen, die ganzen …«

»Lasst mich endlich in Ruhe mit diesem blöden Geldkram! Ich kann diesen verdammten Schwachsinn einfach nicht mehr hören!«, warf er genervt dazwischen und verschwand zu seinem Vater an dessen PC.

Jacob Tannenberg hatte seinen Computer bereits hochgefahren.

»Komm setz dich neben mich!«, forderte er, während er die Internetverbindung herstellte. »Ich kann es nicht haben, wenn jemand hinter mir steht. Da hab ich immer Angst, dass mich jemand umbringt.«

Der Kriminalbeamte entschied sich dazu, diesen Satz besser nicht zu kommentieren und nahm auf dem ihm zugewiesenen Stuhl Platz.

»Weiß mein Herr Sohn eigentlich, was Suchmaschinen sind?«

»Komm jetzt endlich zur Sache! Ich bin so kaputt. Ich muss mich jetzt ein bisschen hinlegen.«

»Ich hab ja diese Flat-Rate«, er splittete das englische Wort in zwei Teile und sprach es Deutsch aus, »und da kostet es mich ja immer nur den Grundpreis. Egal, wie lang ich drin bin.«

»Vater!«, mahnte Tannenberg erneut.

»Schau dir's halt selbst an«, sagte der Senior und tippte in das Cursorfeld zuerst den Namen ›FIT.net‹, dann ein mathematisches Pluszeichen und ergänzte schließlich *Midas-Power-Investments*. »Ich spiel manchmal einfach so rum. Und heute Morgen hab ich so zum Spaß mal das hier ausprobiert. Das eine ist doch die Firma, wo die arme Frau verbrannt ist und die andere die, wo viele – auch ich – ihr Geld anlegen. Ich hab also, wie Tobi immer sagt: eine Verknüpfung erstellt.«

»Na, dann mach endlich – und drück auf die Taste!«

»Das mach ich zwar jetzt gleich. Aber du blickst da sowieso nicht durch!«

Jacob Tannenberg setzte mit einer kleinen Tippbewegung auf die Returntaste die Suchmaschine in Gang, die innerhalb von Sekundenbruchteilen exakt neun Ergebnisse präsentierte.

Wie von seinem Vater prognostiziert, konnte der Kripobeamte mit den aufgelisteten Meldungen nichts anfangen. Jacob klickte daraufhin eine der angezeigten Suchergebnisse an, worauf eine Seite erschien, die oben am Rand mit ›Gerichtsurteilen‹ betitelt war.

»Schau dir das an! Das Interessante dabei ist, dass es nur auf diesen wenigen Seiten eine Verbindung zwischen den beiden Firmen gibt.«

»Warum soll es denn da auch eine Verbindung geben? Das eine Unternehmen entwickelt Software, das andere verwaltet Geld.«

»Es gibt aber eine Querverbindung«, entgegnete Jacob und blätterte auf der Seite nach unten. »Schau mal, was da steht: ›Prozessbevollmächtigter der Firma *FIT.net*: Dr. Frederik Croissant.‹«

»Ja, und? Das ist der Justiziar der Firma!«

»Und das hier?« Der Senior blätterte weiter nach unten. »Was steht da?«

Tannenberg las murmelnd vor: »Wie der Anwalt der Firma *Midas-Power-Investments*, Dr. Frederik Croissant, in der Verhandlung erklärte, entbehrten die haltlosen Vorwürfe jeglicher Grundlage.«

»Das ist ja'n Ding! Da hängen diese beiden Firmen doch tatsächlich miteinander zusammen! Über diesen feinen Herrn Anwalt! Und um was ging es bei diesen Gerichtsverfahren?«

»Kleinigkeiten: Beschwerden von Kunden, Klagen von entlassenen Mitarbeitern und ähnliches Zeug.«

»Vater, das ist wirklich sehr interessant!«, bedankte sich Tannenberg und verspürte einen kräftigen Energieschub, der seine Abgespanntheit von der einen auf die andere Sekunde verflüchtigen ließ.

»Das hab ich mir doch gleich gedacht, dass dir meine Informationen gefallen!«, bemerkte der Senior stolz und rief seinem Sohn, der bereits hektisch zur Wohnzimmertür eilte. »Aber ich hab noch was für dich. Komm noch mal her.«

Jacob wartete einen Moment, bis sich sein Sohn wieder neben ihn gesetzt hatte. »Weißt du, was ›Com-mu-ni-ties‹ sind?« Wieder sprach er den Begriff zerstückelt und in seiner Muttersprache aus.

»Nein, keine Ahnung.«

»Das ist so was wie's Tchibo …«

»Wie's Tchibo?«

»Ja, nur im Internet. Da treffen sich auch Leute und unterhalten sich – über alles Mögliche. Zum Beispiel auch über Firmen. Und da …«

»Vater, komm bitte auf den Punkt! Ich muss ins Kommissariat«, drängte Tannenberg.

»Also gut: Es gibt Gerüchte, dass diese Firma *FIT.net* kurz vor dem Konkurs steht. Die sprechen auch von ›Liquiditätsproblemen‹, oder wie das heißt.«

»Was? Das gibt's doch nicht!«

»Vielleicht sind's ja nur Gerüchte. Das, was im Tchibo erzählt wird, stimmt ja manchmal auch nicht.«

Tannenberg hatte den letzten Satz seines computerbegeisterten Vaters nur noch bruchstückhaft vernommen, denn fluchtartig hatte er die elterliche Wohnung verlassen. Mit überhöhter Geschwindigkeit fuhr er zum Pfaffplatz und stürmte die Treppe hinauf ins zweite Obergeschoss, wo sich die Diensträume des für Wirtschaftskriminalität zuständigen K4 befanden.

Der Leiter dieser Abteilung der Kaiserslauterer Kriminalpolizei, Gregor Kirsch, wegen seiner roten Haare auch ›Cherry‹ genannt, saß in seinem Büro am Schreibtisch und stöberte gerade in irgendwelchen Akten, als er seinen Kollegen aus dem K1 erblickte.

»Oh, welch seltener Glanz in meiner bescheidenen Hütte! Der Herr Hauptkommissar! Was verschafft mir die Ehre Ihres hohen Besuchs?«

Tannenberg war völlig außer Atem.

»Komm setz dich erst mal hin. Du bist ja ganz fertig! Was ist denn los?«

»Ich brauch … dringend ein paar … Informationen von dir!«

»Gut, Tanne, kriegst du ja auch! Aber jetzt beruhig dich doch erst einmal. In deinem Alter muss man sich allmählich daran gewöhnen, ein bisschen langsamer an die Dinge heranzugehen.«

»Halt hier keine philosophischen Vorträge! … Außerdem bist du doch genau mein Jahrgang …, wenn ich mich nicht irre.«

»Stimmt! Aber ich seh eben bedeutend besser und vor allem viel jünger aus als du!«

»Ha ha! Cherry, du musst mir helfen! Was habt ihr hier bei euch über die Firma *FIT.net* und die Firma *Midas-Power-Investments* – kurz: *MPI*?«

»Wie meinst du das?«

»Wie wohl? Ermittelt ihr gegen eine von ihnen, oder gar gegen beide?«

»Nein. Warum auch?«

»Weißt du etwas über eine Querverbindung zwischen diesen beiden Firmen?«

»Keine Ahnung, Tanne. So lange es da nichts zu ermitteln gibt, interessiert uns das auch nicht. Weiß nicht, ob das stimmt. Wir ermitteln ja nicht so einfach mal ins Blaue hinein, weil's uns langweilig ist oder so. Sondern nur dann, wenn ein konkreter Anhaltspunkt auf kriminelle Machenschaften existiert. Wir haben schließlich im Moment genügend andere Sachen, um die wir uns intensiv kümmern müssen, zum Beispiel um das, was sich da zurzeit um den 1. FCK herum abspielt. Ich kann dir flüstern, da wird einem so ziemlich die gesamte Palette dessen geboten, was das K4 an Straftaten zu bearbeiten hat. Mann oh Mann, geht's da ab! Ich bin echt gespannt, ob die jemals wieder aus diesem ganzen Schlamassel rauskommen. Also wir sind wirklich auch ohne Mord und Totschlag hier völlig ausgelastet. Das kann ich guten Gewissens behaupten.«

»Glaub ich dir ja, Cherry! Aber, ich will noch was von dir wissen: *FIT.net* soll Liquiditätsprobleme haben. Hast du da was läuten gehört?«

»Nee«, antwortete Gregor Kirsch kopfschüttelnd. »Im Übrigen sind Liquiditätsprobleme nicht strafbar. Das kommt in den besten Familien, ich meine natürlich Firmen, vor.«

»Wie kann es eigentlich überhaupt zu solchen wirtschaftlichen Schwierigkeiten bei so einem großen Unternehmen kommen? Erklär das doch mal kurz einem Normalsterblichen, der keine Ahnung von diesem verflixten Wirtschaftskram hat.«

»Tanne, das ist ganz einfach: Wenn du auf Dauer mehr

Geld ausgibst, als du einnimmst, kannst du irgendwann deine Rechnungen nicht mehr bezahlen.« Der Wirtschaftskriminalist wartete, bis sein Gegenüber ihm mit einem stummen Kopfnicken bestätigt hatte, dass er ihm bis hierhin gedanklich folgen konnte. »So, und dann musst du entweder an deine Rücklagen gehen oder, wenn keine mehr da sind, dir Geld bei der Bank leihen. Und wenn die das nicht macht, zum Beispiel, weil du keine Sicherheiten bieten kannst, dann hast du ein Liquiditätsproblem!«

»Okay, kapiert.«

»Weißt du, diese Gerüchte über angebliche Zahlungsschwierigkeiten eines Unternehmens werden oft von Konkurrenten, Börsenspekulanten oder von entlassenen Mitarbeitern bewusst gestreut. Meist entbehren sie jeglicher Grundlage.«

»Noch ein letztes, Cherry: Hab ihr irgendwas gegen *MPI* vorliegen, eine Anzeige oder so etwas?«

»Nee, überhaupt nichts. Noch nicht mal einen klitzekleinen Anfangsverdacht, keinerlei Hinweise auf irgendetwas Irreguläres. Die sind bis jetzt immer ihren Zahlungsverpflichtungen gegenüber den Kunden nachgekommen. Da hab ich ja auch mein Geld angelegt, wie viele andere Kollegen übrigens auch. Und du kannst sicher sein, dass wir allein schon deshalb ein wenig genauer hingeschaut haben. Aber da ist wirklich alles im grünen Bereich! Bist du eigentlich auch schon Kunde bei denen?«

»Nein.«

»Dann wird's aber mal Zeit! Weißt du, was wir machen: Ich werbe dich als Neukunde, und dann teilen wir uns meine Vermittlungsprovision!«

14

Wieder gingen ein paar ereignislose Wochen ins Land, in denen die Kaiserslauterer Mordkommission kaum Ermittlungsfortschritte erzielte. Zwar hatte man über die Person Dr. Frederik Croissants eine interessante Querverbindung zwischen der Softwarefirma *FIT.net* und dem Investmentunternehmen *MPI* entdeckt und damit einen möglicherweise Erfolg versprechenden neuen Ansatzpunkt gefunden, aber die Befragung des Anwalts gestaltete sich doch weitaus unergiebiger als von den Kriminalbeamten erhofft, schließlich konnte er auf die ernüchternde Tatsache verweisen, dass es wirklich nicht ungewöhnlich war, wenn eine renommierte Kanzlei gleichzeitig mehreren Firmen Rechtsbeistand leistete.

Auch die intensivierten Ermittlungen im persönlichen Umfeld der brutal ermordeten Susanne Niebergall waren nicht von Erfolg gekrönt, ergaben die Recherchen doch keinerlei neue Erkenntnisse. Ebenfalls ohne greifbare Ergebnisse endete die mühevolle Überprüfung aller Fingerabdrücke der *FIT.net*-Mitarbeiter, die von Mertel und seinem Team durchgeführt worden war.

Im Gegensatz zum frustrierenden Stillstand der polizeilichen Alltagsarbeit ereigneten sich an den Finanzmärkten zu dieser Zeit gewaltige Turbulenzen: Bilanzskandale und Unternehmenszusammenbrüche erschütterten die Weltbörsen. Ausgelöst wurde dieses Crashszenario vor allem von den in der Boomphase der vorangegangenen Jahre wie Phönix aus der Asche kometenhaft emporgeschossenen Technologiefirmen, die nun reihenweise wie Kartenhäuser in sich zusammenfielen.

Zu diesen negativen Begleiterscheinungen einer am zyklischen Wendepunkt befindlichen ökonomischen Wellenbewegung gesellte sich aufgrund der sich weiter zuspitzenden geopolitischen Konflikte ein explodierender Ölpreis, der die sowieso ziemlich angeschlagene Weltwirtschaft noch weiter belastete.

Obwohl die sogenannten Experten nicht müde wurden, gebetsmühlenartig den auch weiterhin ungebrochenen langfristigen Aufwärtstrend zu beschwören, kam es in Folge dieser dramatischen Entwicklungen an den Börsen weder zu einer sogenannten Jahresendrallye noch zu dem sonst üblichen Investitionsschub zu Beginn des neuen Jahres.

Während sich die großen Kapitalanlagegesellschaften aufgrund ihres enormen Informationsvorsprungs schnell auf die veränderte Lage einstellten und mit ihren Aktienverkäufen die Abwärtsbewegung noch weiter verstärkten, erstarrten die Kleinanleger entweder wie das berühmte Kaninchen vor der Schlange in völliger Handlungsunfähigkeit, oder sie ließen sich von den verheißungsvollen Versprechungen ihrer provisionsgierigen Berater zu einem sogenannten antizyklischen Käuferverhalten bewegen; was allerdings nichts anderes bedeutete, als dass man die bislang aufgelaufenen Wertverluste der Depots dadurch noch mehr ausweitete, indem man dem schlechten Geld noch gutes hinterher warf.

Kurzzeitig fand die Hoffnung der Anleger auf eine

Renaissance der wundersamen Geldvermehrung durch ab und an hell auflodernde Strohfeuer sogar Nahrung; aber letztlich vergrößerten sie durch diese neuen Engagements nur ihre Verluste, denn einer Zwischenerholung folgte stets ein weiterer Kurssturz – was wiederum manche tollkühnen Kleinanleger in Erwartung eines baldigen ›Turnarounds‹ zu einem Kaufen in die vermeintlich nur kurzzeitige Schwäche hinein verleitete.

›Günstige Einstiegskurse‹, ›einmalige Kaufgelegenheiten‹, ›attraktive Schnäppchenpreise‹ usw. trommelten die selbsternannten Kapitalmarktexperten immerfort ohne Unterlass – und die gutgläubigen, tumben Lemminge trotteten unbeirrt weiter in die existenzbedrohliche Zuspitzung ihrer eigenen finanziellen Situation.

Vor dem Hintergrund eines zusammenbrechenden Sozialsystems und trotz eines enormen Anstiegs von Arbeitslosigkeit und Staatsverschuldung sah die deutsche Politik über alle Parteigrenzen hinweg dieser verhängnisvollen Entwicklung nicht nur weitgehend tatenlos zu, sie verstärkte vielmehr die sich in immer mehr Gesellschaftsbereichen abzeichnenden negativen Tendenzen durch effekthascherischen Aktionismus und lähmende Scharmützel zwischen den einzelnen, traditionell äußerst egoistisch sich gebärdenden Interessenverbänden.

Auch Tannenbergs Heimatstadt konnte sich dem allgemeinen wirtschaftlichen Abwärtssog nicht entziehen: Der Stadtkämmerer verkündete ein Rekorddefizit nach dem anderen, aber der Oberbürgermeister träumte trotz der vielen zu stopfenden Haushaltslöcher weiter von einem, ›Pfalzarena‹ genannten, architektonischen Prestigeobjekt für seine Barbarossastadt. Und der 1. FCK stürzte, sowohl

in sportlicher als auch finanzieller Hinsicht, weiter unge-
bremst in die Tiefe.

Kriminalhauptmeister Geiger und seine ebenfalls immer
noch dem Prinzip Hoffnung frönenden Kollegen wollten
lange Zeit die radikalen Veränderungen, die sich auf den internationalen Finanzmärkten abspielten, nicht wahrhaben.
Trotzig verbreitete der *MPI*-Junior-Consultant weiterhin
die ihm von *Midas-Power-Investments* eingetrichterten
Börsenweisheiten, wie zum Beispiel: ›Buy on bad news‹
oder ›Wenn die Nacht am dunkelsten, ist der Sonnenauf-
gang nicht mehr fern‹; aber im Verlauf des weiter an Dynamik gewinnenden Börsencrashs hielt er sich zunehmend
mit seinen auswendig gelernten Sprüchen und angeblichen
Insider-Tipps zurück.

Da die Kursentwicklung ihrer Investments einen immer
enttäuschenderen Verlauf nahm, stieg die Unzufriedenheit
der von Geiger angeworbenen *MPI*-Kunden. Der noch bis
vor kurzem mit Gurustatus versehene Polizeibeamte wurde immer mehr zum Buhmann, der für den schmerzlichen
Kapitalverlust mitverantwortlich gemacht wurde.

Besonders diejenigen seiner Kollegen, die ihren wag-
halsigen Ausflug in die erbarmungslose Welt der globa-
len Kapitalmärkte über eine Kreditaufnahme finanziert
hatten, wurden ihm gegenüber zunehmend aggressiver,
mussten sie schließlich nicht nur den Buchverlust ihrer
Geldanlagen verschmerzen, sondern darüber hinaus auch
noch für die Begleichung der zum Teil beträchtlichen
Schuldzinsen der in Anspruch genommenen Darlehen
aufkommen.

Da immer deutlicher zutage trat, was die Profis schon
immer wussten, nämlich die Tatsache, dass die Börse, auf-

grund ihrer nur für Insider durchschaubaren Spielregeln, Kleinanleger lediglich als Kanonenfutter benutzte, wurde die Stimmung in allen Bereichen der Gesellschaft immer schlechter. Rezessionsangst, Konsumverweigerung, Angstsparen – mit einem Wort: Depression erfasste das Land.

Wie ein gefährlicher, heimtückischer Virus breitete sich auch in Tannenbergs näherem Umfeld die ökonomische und gesellschaftliche Depression mehr und mehr aus. Vater Jacob kannte, nachdem er auf Anraten seines jüngsten Sohnes seine spekulativen Finanzanlagen verkauft hatte, nur noch ein Thema, das ihn ebenso zu Hause, wie auch bei seinen Stammtischfreunden im Tchibo beherrschte: die höheren Steuern und gestiegenen Kommunalabgaben, verbunden mit einer ausgesetzten Rentenerhöhung.

Bruder Heiner stimmte unentwegt ein Klagelied über den nach seiner Meinung völlig indiskutablen, weil viel zu niedrigen, Tarifabschluss im Öffentlichen Dienst an. Und Schwägerin Betty lamentierte über die miserable Performance ihrer Ethik- und Ökofonds – ein Umstand allerdings, der bei Tannenberg nicht gerade Mitleidsattacken auslöste.

Mitten hinein in diese ebenso resignierte wie explosive Stimmungslage, die auch in den Diensträumen des K1 zu spüren war, platzte eines Nachmittags Kriminalkommissar Fouquet mit einer spektakulären Information, die er gerade von Interpol erhalten hatte.

»Das glaubt ihr mir nicht, wenn ich euch das hier zeige«, schrie er schon von der Flurtür aus und wedelte demonstrativ mit zwei weißen DIN-A4-Blättern. »Wisst ihr, was das ist?«

Irgendwie schienen seine Kollegen nicht sonderlich interessiert, nur Tannenberg fragte nach dem Grund für Fouquets Freudenausbruch: »Was gibt's denn so Aufregendes? Hat der FCK endlich einen Dummen gefunden, der ihm sein Stadion abkauft?«

Der junge Kriminalbeamte antwortete nicht auf den albernen Einwurf seines Vorgesetzten, sondern knallte ihm das Fax auf seinen mit Akten überfrachteten Schreibtisch.

»Lies selbst! Dann weißt du, warum ich mich so freue!«, frohlockte Fouquet und blickte ihn erwartungsvoll an.

»Das ist ja Wahnsinn!«, rief Tannenberg begeistert aus. »Kommst mal alle schnell her!«

In Windeseile hatten sich seine Mitarbeiter um ihn herum versammelt.

»Ihr werdet es nicht glauben. Das hier ist ein Fax von Interpol, in dem sie bei uns nachfragen, ob wir etwas über einen gewissen Thomas Krehbiel haben, der auf Gran Canaria in eine Schlägerei verwickelt war.«

»Und was ist daran so interessant?«, fragte Michael Schauß emotionslos.

»Wart's ab! Die haben ihn nämlich erkennungsdienstlich behandelt – und«, Tannenberg erhob seine andere Hand, in der er das zweite Blatt hielt, »und das hier ist von unserem lieben Kollegen Karl Mertel.«

»Der wollt's ja selbst hochbringen; aber ich hab's ihm einfach aus der Hand gerissen und bin sofort, nachdem er das Ergebnis hatte, zu euch hochgerannt«, warf Adalbert Fouquet ungefragt dazwischen.

»Und da steht, dass die Fingerabdrücke, die uns die spanischen Kollegen übermittelt haben, mit denen übereinstimmen, die wir sowohl an der Alarmanlage als auch auf dem Bären gefunden haben! – Wahnsinn, oder?«

»Das können Sie laut sagen, Chef!«, empfahl Geiger.

»Noch lauter, Geiger?«, lachte Tannenberg und warf sich, die Fäuste ballend, in seinem Bürosessel zurück.

»Ich kenne einen netten Kollegen in der Interpol-Zentrale, der soll sich gleich mal mit den Spaniern in Verbindung setzten und ihnen klarmachen, dass wir uns diesen Kerl so schnell wie möglich selbst vorknöpfen wollen.« Dann ergänzte er mehr zu sich selbst: »Schließlich geht's ja bei uns nicht nur um eine kleine Schlägerei, sondern um zwei Morde. Da machen die bestimmt keine Probleme, wegen Auslieferungsverfahren oder so.«

»Glaub ich auch nicht, Wolf«, stimmte Sabrina zu. »Die sind doch schließlich froh, wenn sie so einen Typen los sind. Und wenn der nicht gerade einen Landsmann von ihnen erschlagen hat, machen die bestimmt keine Schwierigkeiten.«

»Gut, dann ruf ich jetzt mal gleich den Interpol-Kollegen an. Und ihr versucht, alles, was ihr über diesen netten Herrn in euren Computern finden könnt, für mich in einem Dossier zusammenzustellen. Ermittelt mir ja mit größter Sorgfalt, schließlich geht's hier um Mordfälle!«

Nachdem seine Mitarbeiter ihn verlassen hatten, telefonierte Tannenberg umgehend mit seinem bei Interpol beschäftigten Berufskollegen, den er am Anfang seines Polizeidienstes einmal bei einem Lehrgang getroffen hatte und mit dem er seit dieser Zeit einen zwar unregelmäßigen, aber nicht minder freundschaftlichen Kontakt hielt.

Zur Feier des Tages ließ er sich anschließend von Petra Flockerzie einen doppelten Espresso bringen. Dann versuchte er dieses neue, aber möglicherweise entscheidende Mosaiksteinchen in die bisherigen Bilder, die er sich von den beiden Mordfällen zusammengebaut hatte, einzuordnen. Ihn ereilte aber sehr schnell die ernüchternde Erkenntnis, dass er ohne weitere Informationen bei seinen Rekonstruktionsversuchen keinen Millimeter voran kam.

Folglich beschränkte er sich an diesem Nachmittag darauf, dem großen Kommissar Zufall ausgiebig dafür zu danken, dass er wie schon so oft zuvor, nun auch noch ein weiteres Mal mit seiner unendlichen Güte das kriminalistische Alltagsgeschäft der Kaiserslauterer Mordkommission in entscheidendem Maße positiv beeinflusst hatte.

Kurz bevor er sich nach Hause aufmachte, erreichte ihn ein weiteres Fax, in dem man ihn über die Ankunft Thomas Krehbiels informierte, der bereits am folgenden Tag mit der 10-Uhr-Maschine auf dem Frankfurter Flughafen eintreffe und dort in Empfang genommen werden könne.

Der Mann, der Tannenberg am nächsten Tag genau zur Mittagszeit mit silbernen Handschellen gefesselt gegenüber saß, entsprach vom äußeren Erscheinungsbild weit mehr der Vorstellung, die man gemeinhin mit dem Begriff ›Dressman‹ verbindet, als der eines brutalen Gewaltverbrechers: kurz geschnittene, schwarze Haare, gebräunt, glattrasiert, muskulös, sehr gepflegt – allerdings mit einem etwas übertriebenen, herben Rasierwassergeruch umgeben.

Wahrscheinlich einer, der immer einen Akkurasierer in der Tasche hat, damit er sich wegen seines starken Bartwuchses zwei- oder dreimal am Tag überall rasieren kann, dachte Tannenberg, als er, nachdem er den Mordverdächtigen über seine Rechte belehrt hatte, das Tonbandgerät einschaltete.

Genau: Es sind die Augen, diese starren, kalten Augen, die ihn verraten, weil sie mehr über seine Persönlichkeit aussagen, als dieses gesamte aufgesetzte Styling, sagte der Leiter des K1 zu sich selbst, bevor er mit der Befragung begann.

»Ihr Name ist Thomas Krehbiel, geboren am 12.8.1969 in Halle/Saale; in Kaiserslautern polizeilich gemeldet seit Dezember 1995, wohnhaft in der Rousseaustraße 23. Ist das richtig?«

»Jawohl!«

»Was haben Sie vorher gemacht? Wo haben Sie vorher gelebt? Darüber haben wir nämlich keine Informationen gefunden.«

»Ich hab mich nach der Wende gleich in die Legion gemeldet.«

»In die Fremdenlegion?«, fragte Schauß nach.

»Jawohl!«

»Und dann?«, wollte Tannenberg wissen, während er in den spärlichen Personalunterlagen herumblätterte, die seine Mitarbeiter in der kurzen Zeit über den Beschuldigten zusammengetragen hatten.

»Dann bin ich hierher und …«

»Und haben Arbeit als Fahrer bei einem gewissen Christian Berger gefunden«, vollendete Kommissar Schauß ungeduldig und fing sich dafür umgehend einen tadelnden Blick seines Vorgesetzten ein.

»Jawohl!«

»Wer ist dieser Mann? Der muss ja ziemlich reich sein, wenn er sich einen eigenen Fahrer leisten kann.«

»Herr Berger ist der Chef von *MPI*.«

»Was? Sie sind der Fahrer des Firmenchefs von *Midas-Power-Investments*?«

»Jawohl!«

»Sagen Sie mal, können Sie eigentlich nichts anderes als ›jawohl‹ sagen? Wir sind hier doch nicht beim Militär«, fuhr Schauß ihn an.

»Doch: Ich will jetzt meinen Anwalt sprechen!«, entgegnete Thomas Krehbiel schlagfertig und fummelte nervös an seinen Handschellen herum. »Kann ich eine Zigarette haben?«

»Nein! Hier wird nicht geraucht!«, gab Tannenberg scharf zurück.

»Welchen Rechtsanwalt wollen Sie denn?«

»Doktor Croissant.«

»Das hab ich mir doch gleich gedacht!«, entgegnete der altgediente Hauptkommissar kopfnickend.

Tannenberg war klar, dass er die Chance nutzen musste, sein Gegenüber noch vor dem Eintreffen des cleveren Anwalts zu einem Geständnis zu bewegen. Deshalb nahm er kurzen Blickkontakt zu seinen beiden Mitarbeitern auf, die sofort verstanden, dass nun eine besondere Art der Befragungstaktik angesagt war.

»Sie sollten sich ganz genau überlegen, ob Sie sich ausgerechnet diesem Anwalt anvertrauen wollen«, begann Tannenberg eher beiläufig.

»Warum?«

»Weil wir glauben, dass er Ihnen bei den Problemen, die jetzt auf Sie zukommen werden, nicht sonderlich gut weiterhelfen kann.«

»Wieso?«

»Weil er Sie garantiert dazu bringen will, die Aussage zu verweigern.« Tannenberg wartete auf eine Reaktion seines Gegenübers, aber Thomas Krehbiel äußerte sich nicht. »Und genau das hilft Ihnen jetzt nicht weiter. Wir aber könnten Ihnen helfen.«

»Wobei?«

»Dabei, aus der Sache das Beste zu machen!«, mischte sich Kommissar Schauß erneut ein.

»Aus welcher Sache?«

»Jetzt tun Sie doch nicht so unschuldig, so als ob Sie überhaupt nicht wüssten, um was es hier geht«, beteiligte sich nun auch Adalbert Fouquet. »Meinen Sie wirklich, Sie würden bei uns mit so was durchkommen?«

Thomas Krehbiel rückte nervös auf seinem Stuhl herum und räusperte sich. »Warum machen Sie denn eigentlich wegen dieser kleinen Keilerei so'n Aufstand?«

Tannenberg wurde allmählich klar, dass der vor ihm sitzende, sonnengebräunte Mann bislang anscheinend noch von niemandem mit dem Tatvorwurf eines Zweifachmords konfrontiert worden war. Zwar hatte er Schauß, der Krehbiel mit zwei Streifenbeamten am Flughafen in Empfang genommen hatte, angewiesen, nicht mit dem Beschuldigten über die Angelegenheit zu sprechen, aber natürlich konnte er nicht ausschließen, dass die Spanier ihn davon in Kenntnis gesetzt hatten.

»Wegen dieser kleinen Keilerei machen wir keinen Aufstand«, entgegnete der Leiter des K1 gedehnt mit ruhiger Stimme. Dann schoss er plötzlich wie von der Tarantel gestochen in die Höhe, stützte sich mit seinen Armen auf den Tisch und schrie Thomas Krehbiel mit einem Abstand von höchstens 20 Zentimetern mit voller Lautstärke ins

Gesicht: »Aber wegen der brutalen, heimtückischen Morde an zwei wehrlosen Menschen machen wir einen Aufstand – und zwar einen gewaltigen!«

Krehbiels Blick begann zu flackern; er presste die Lippen zusammen und schluckte mehrmals, was ihm aber wegen der sich einstellenden Mundtrockenheit immer schwerer zu gelingen schien. Schweißperlen bildeten sich auf der glänzenden, gebräunten Stirn.

»Kann ich ein Glas Wasser haben?«

»Gleich! Erst noch ein paar kleine Fragen«, sagte Tannenberg, der wieder Platz genommen hatte mit gedämpfterer Stimme. »Wissen Sie, wir wollen Sie ja nicht quälen. Deswegen mach ich's jetzt auch kurz: Wir haben Ihre Fingerabdrücke auf der Bärenskulptur gefunden, mit der Susanne Niebergall auf bestialische Weise ermordet wurde. Und wir haben Ihren Fingerabdruck auf der Alarmanlage im Gebäude der Firma *FIT.net*, in der Frau Niebergall gearbeitet hat, gefunden. Und wir haben eindeutige Beweise dafür, dass Sie den Obdachlosen Alfred Tauber mit einer Plastiktüte und einem Armeegürtel ermordet haben.«

Natürlich wussten alle im Raum versammelten Mitarbeiter des K1, dass die von Tannenberg eben angeführten stichhaltigen Beweise im zweiten Mordfall überhaupt nicht existierten; aber in der Vergangenheit hatte dieser Trick schon des öfteren die Beschuldigten zu einem Geständnis verleitet.

»Es gibt jetzt zwei Möglichkeiten für Sie: Entweder Sie gestehen jetzt die beiden Morde, oder Sie schweigen und werden anhand der Indizien überführt. Aber ich kann Ihnen eins sagen: Der Richter verknackt die Angeklagten, von denen er kein Geständnis hat und die ihn mit einem langwierigen Indizienprozess nerven, stets zu höheren Haftstrafen. Ein Geständnis ist immer strafmildernd!«

Krehbiel warf den Kopf unruhig hin und her, schwieg aber weiterhin.

»Und in Ihrem Fall könnte das die anschließende Sicherheitsverwahrung verhindern, die Sie ohne Geständnis ziemlich sicher aufgebrummt bekommen.«

»Sicherheitsverwahrung?«

»Ja, Sicherheitsverwahrung«, schrie Tannenberg und blickte auf die Personaldaten des Beschuldigten. »Sie sind doch noch relativ jung. Sie sind jetzt 33. Wenn Sie gestehen, bekommen sie maximal 15 Jahre aufgebrummt; und sind vielleicht bei guter Führung sogar schon früher draußen.« Er hob erneut die Stimme. »Mann, dann sind Sie Mitte vierzig. Da können Sie doch noch was aus Ihrem Leben machen! Aber bei anschließender Sicherheitsverwahrung kommen Sie überhaupt nicht mehr raus! Also gestehen Sie jetzt endlich die beiden Morde. Dann haben Sie es hinter sich!«

»Los, Mann, werden Sie endlich vernünftig, gestehen Sie!«, erhöhte Kommissar Schauß weiter den Druck.

Man sah Thomas Krehbiel den inneren Kampf an, den er gerade mit sich selbst ausfocht. Mehrmals führte er abwechselnd dieselben Bewegungsabläufe durch: die Hände wie betend vor die Stirn gedrückt, mit den Fingern die schwarzen Haare durchfurchend, die Hände geöffnet auf die Ohren gelegt.

Plötzlich richtete er seinen Oberkörper auf, sog mit einem tiefen Atemzug die abgestandene Raumluft ein und seufzte.

»Gut«, begann er leise mit gebrochener Stimme. »Ich

gestehe den einen Mord.« Dann wurde er etwas lauter und energischer, zog die Augenbrauen nach oben: »Aber den anderen hab ich nicht begangen!«

Tannenberg sah sich kaum mehr in der Lage, seine Anspannung zu verbergen. Aber er war sich auch im Klaren darüber, dass eine unbedachte Äußerung oder Provokation von ihm oder seinen Mitarbeitern die Sache immer noch verderben konnte. Deshalb zwang er sich zu größter Disziplin.

»Herr Krehbiel, mein Kollege besorgt Ihnen jetzt ein Glas Wasser und Zigaretten«, sagte er mit scheinbarer Gelassenheit und warf Schauß einen kurzen Blick zu. »Welchen Mord haben Sie begangen? Den an dem Obdachlosen oder den an Frau Niebergall?«

»Den Penner hab ich plattgemacht. Aber mit dem Mord an der Frau hab ich nichts zu tun!«

»Aber wie kommen dann Ihre Fingerabdrücke auf die Bärenfigur und auf die Alarmanlage?«, wollte Fouquet wissen, der sich dafür sofort einen tadelnden Blick seines Chefs einhandelte.

»Komm, Michael, jetzt besorg endlich mal das Wasser und die Zigaretten«, herrschte Tannenberg den jungen Kommissar an und wandte sich danach sogleich wieder an sein Gegenüber. »Herr Krehbiel, ich denke, Sie tun sich und uns einen großen Gefallen, wenn Sie die ganze Angelegenheit mal von vorne, also der Reihe nach, erzählen. Wie hat das alles überhaupt angefangen?«

»Ja, wie hat alles angefangen?«, stöhnte der geständige Mörder und legte eine Besinnungspause ein.

»Fangen Sie doch einfach mal an zu erzählen, dann finden wir gemeinsam schon den roten Faden«, versuchte

Tannenberg die kurz bevorstehende schwierige Geburt tatkräftig zu unterstützen.

»Hier. Rauchen Sie doch erst mal eine!«, schlug Schauß vor, der eilig in den Raum zurückgekehrt war, und ein Glas Wasser, einen Aschenbecher, ein Streichholzbriefchen und eine unversehrte Packung Filterzigaretten vor den Beschuldigten auf den Tisch legte. Dann setzte er sich erwartungsvoll neben seinen Chef.

Thomas Krehbiel schnappte sich gleich die Marlboro-Packung, entfernte mit einer schnellen, geübten Handbewegung die Plastikumhüllung, klappte den oberen Teil der kleinen Pappbox nach oben, zog den aluminiumfarbenen Aromaschutz aus der Lasche, schlug die nun geöffnete Packung routinemäßig auf seinen Handrücken und griff sich die am weitesten herausgeschnellte Zigarette, steckte sie in den Mund und entzündete sie mit einem Streichholz. Es folgte ein tiefer, süchtiger Zug, den Tannenberg mit Abscheu registrierte.

»Herr Krehbiel, womit hat das alles angefangen?«, knüpfte der Leiter des K1 am vorherigen Gesprächsverlauf an.

Bevor er antwortete, zog der modisch gekleidete, schwarzhaarige Mann nochmals hektisch an seiner Zigarette und entließ einen Teil des grauen Rauchs durch seinen rechten Mundwinkel nach draußen. Der noch in den Lungen kurzzeitig verbliebene Rest entfleuchte, während er damit begann, den Kriminalbeamten der Kaiserslauterer Mordkommission seine Geschichte zu erzählen.

Intuitiv spürten Schauß und Fouquet, wie dringend ihr Chef eine Pause benötigte und wechselten sich deshalb bei der Befragung Krehbiels ab, der anscheinend der Meinung war, seine halbe Lebensgeschichte vor den Polizisten ausbreiten zu müssen. Aber da die beiden Kommissare wussten, wie wichtig es war, den Redefluss eines Verbrechers bei dessen Geständnis nicht zu zerstören, sondern ihn allenfalls ein wenig in die gewünschten Richtung zu lenken, ließen sie den kettenrauchenden Mann fast ohne äußere Einwirkung erzählen.

Erst als es für die laufenden Ermittlungen interessant wurde, legte Tannenberg seine Zurückhaltung ab und mischte sich wieder aktiv in die Befragung ein.

»Hab ich Sie da richtig verstanden? Sie sind an diesem Samstag im Oktober letzten Jahres, an dem Susanne Niebergall ermordet wurde, mit Ihrem Chef«, Tannenberg warf einen kurzen Blick auf die wenigen Notizen, die er während des Gesprächs auf das Blatt mit den persönlichen Daten seines Gegenüber gekritzelt hatte, »einem gewissen Christian Berger, zur Firma *FIT.net* gefahren.«

»Jawohl!«

»Warum?«

»Weil der Chef etwas mit ihr zu besprechen hatte.«

»Und was?«

»Das weiß ich nicht. Der Chef hat mir nur gesagt, dass er mit ihr Schluss machen wollte, weil sie total durchgeknallt sei, nachdem er sie flachgelegt hatte.«

»Inwiefern?«

»Die hätte halt von Zusammenziehen und Heirat gelabert. Und das wollte er halt nicht.«

»Und was ist da genau passiert?«

Thomas Krehbiel verstummte. Man merkte ihm den inneren Kampf deutlich an. Tannenberg kannte dieses

Verhalten sehr gut. Es trat häufig an der Stelle einer Vernehmung zu Tage, wenn es darum ging, Mittäter oder Auftraggeber zu benennen, vor denen man Angst hatte. Aber er hatte auch schon oft erlebt, wie diese starken Angstreflexe dadurch überwunden wurden, indem man dem Beschuldigten den Ernst seiner Lage klar vor Augen führte und ihm vor allem Strafminderung bei einem konstruktiven Verhalten in Aussicht stellte.

»Sie denken schon daran, dass, wenn Sie nicht Ross und Reiter nennen, also im vorliegenden Fall eben den Mörder von Frau Niebergall, Sie wegen zweifachen Mordes angeklagt werden. Einen haben Sie ja schon gestanden und den anderen können wir Ihnen anhand der Fingerabdrücke auf der Alarmanlage und der Bärenfigur locker nachweisen.«

»Aber ...«

»Nix aber! Sie können Ihren Hals nur retten, wenn Sie uns eine plausible Erklärung dafür liefern, wie Ihre Fingerabdrücke an die beiden Stellen gekommen sind. Ansonsten sehe ich schwarz für Sie, guter Mann – und zwar rabenschwarz!«

Diese plakative Drohung zeigte sogleich Wirkung, denn aus Thomas Krehbiels Mund sprudelte es hernach wie aus einer Bergquelle nach einer föhnbedingten, plötzlich einsetzenden Schneeschmelze.

»Ich hab die Frau nicht umgebracht. Das müssen Sie mir wirklich glauben! Ich ...«

»Wir müssen gar nichts – Sie müssen!«, unterbrach Fouquet und erhöhte den Druck noch weiter. »Vergessen Sie nicht: *Sie* müssen uns davon überzeugen, dass *Sie* nicht der Mörder von Susanne Niebergall sind!«

»Ich hab unten im Auto gesessen. Erst als der Chef völlig fertig mit dem blutverschmierten schwarzen Klotz in der Hand unten in der Tür stand, bin ich zu ihm hin!«

»Sie behaupten also, dass *er* die Bärenskulptur in der Hand hatte? Hab ich Sie da richtig verstanden, Herr Krehbiel?«, hakte Tannenberg schnell nach.

»Ja! In dem Moment hab ich natürlich nicht gewusst, dass das ein Bär ist. Das hab ich erst später gesehen.«

»Wenn er das Ding in der Hand oder sogar mit beiden Händen getragen hat, dann müssten doch auch andere Fingerabdrücke auf den Blutflecken zu finden gewesen sein? Oder etwa nicht, Wolf?«, fragte Schauß seinen Vorgesetzten.

»Wieso? Er hat doch Handschuhe angehabt!«, warf Thomas Krehbiel ein.

»Was? Dieser Berger hatte Handschuhe an?«

»Ja, solche schwarzen Lederhandschuhe. Die hat er oft im Winter getragen.«

»Komisch!«, rutschte es Tannenberg heraus. »Aber machen Sie mal weiter!«

»Na ja, der stand dann halt da wie ein Häufchen Elend. Da musste ich ihm doch helfen – oder?«

Niemand reagierte auf seine Frage.

Er zog gierig an einer neuen Zigarette. In den wie aus einem Ventil herausströmenden Rauch hinein fuhr er fort: »Ich bin dann zu ihm hin, hab ihn gestützt und auf die Treppe gesetzt. Dann hab ich ihn gefragt, was denn passiert sei. Und er hat gesagt, die Frau wäre plötzlich wie eine Irre über ihn hergefallen. Er hätte sich nur gewehrt. Dann sei sie unglücklich gestürzt und wäre sofort tot gewesen. Was sollte ich denn machen?«

»Das ist nicht die entscheidende Frage, Mann! Was *haben* Sie gemacht? – ist viel interessanter für uns!«, bemerkte Tannenberg trocken. »Und zwar genau der Reihe nach.«

Krehbiel schloss die Augen.

»Dann hat er gesagt, dass ich ihm helfen soll.« Er knabberte geistesabwesend auf seinen vor den Mund gepressten Händen herum. Anschließend blickte er hoch zur Decke. »Dann hat er gesagt, wir müssten einen Brand legen, um damit die Spuren zu verwischen. Ich soll im Gebäude rumgehen und was Brennbares suchen. Und das hab ich dann gemacht und hab im Keller die Benzinkanister entdeckt. Das hab ich ihm dann gesagt.« Er kniff erneut die Augen zusammen. »Aber ich hätte ja auch die Kanister im Auto nehmen können. Ich hab ja immer zwei Reservekanister dabei, denn ...«

»Nicht abschweifen! Weiter im Text!«, mahnte Tannenberg.

»Ich bin dann hoch, hab das Benzin verteilt und bin dann wieder runter zu ihm. Und da ist mir eingefallen, dass es bei denen im Gebäude, genau wie bei uns in der Merkurstraße – wo ich ja auch noch Hausmeister bin – bestimmt ein Feuermeldesystem gibt. Das hab ich ja dann auch noch gefunden. Und gleich die Alarmanlage mit ausgeschaltet. Mir ist nämlich die Idee gekommen, einen Einbruch vorzutäuschen«, sagte er nicht ganz ohne Stolz, einen Augenblick die dramatische Situation vergessend, in der er sich befand.

»Ach, das war Ihre Idee?«, fragte Fouquet spöttisch. »Dann haben Sie bestimmt auch die Scheibe eingetreten.«

»Ja, hab ich.«

»Und wie ging's dann weiter?«, wollte Tannenberg wissen.

»Dann hat der Chef gesagt, dass ich noch Benzin von oben vom Büro bis runter an den Eingang schütten soll. Damit ich das Feuer dort unten anstecken kann. Das hab ich dann halt noch gemacht«, sagte er und zog die Schultern nach oben.

»Und was ist mit der Bärenskulptur passiert?«, fragte Schauß.

»Die hab ich in eine Plastiktüte gesteckt, die ich immer hinten im Auto hab – man weiß ja nie, für was man die brauchen kann.«

Tannenberg brummte nur kurz auf.

»Und die Tüte hab ich dann oben im Wald unter Laub versteckt.«

»Anscheinend nicht gut genug!«

»Ja, leider …«

»Ja, leider«, wiederholte der Leiter der Kaiserslauterer Mordkommission seufzend. »Jetzt erzählen Sie uns noch die Sache mit dem armen Obdachlosen, den Sie brutal ermordet haben.«

Thomas Krehbiel zog mit fahrigen Händen eine weitere Zigarette aus der rotschwarzen Schachtel heraus. Seine linke Hand zitterte beim Versuch, ein Streichholz zu entzünden so stark, dass es abbrach, bevor es sich entzünden konnte. Er nahm die Zigarette wieder aus dem Mund.

»Ja, was sollte ich denn machen? Der Chef hat mich doch unter Druck gesetzt und mir gedroht, weil ich in der Sache bei *FIT.net* mindestens genauso drin hängen würde, wie er selbst. Denn *ich* hätte ja den Brand gelegt.

331

Und er könnt ja einfach sagen, *ich* wär's gewesen – also das mit dem Mord an der Frau.«

»Das stimmt, das hat er wirklich geschickt arrangiert!«, bemerkte Schauß und gab dem Mann Feuer.

»Wie ist die Erpressung denn eigentlich abgelaufen?«, wechselte Tannenberg das Thema.

»Das war so: Der Penner hat einfach beim Chef angerufen und ihm gesagt, er hätte uns beobachtet ...«

»Woher hat der denn gewusst, wer ihr seid?«, platzte Fouquet dazwischen.

»Ich nehm an, er hat die großen Firmenaufkleber auf dem Landrover gesehen, mit dem wir dort waren.«

»Und wie ging's dann weiter?«

»Na ja, der wollt halt 10.000 Euro für sein Schweigen haben. Das hat der Chef ja auch bezahlt. Und ich bin dem Typ halt, nachdem ich die Plastiktüte mit der Kohle im Volkspark in einen Mülleimer gesteckt hatte, gefolgt ...« Er stockte, räusperte sich und leerte das Wasserglas mit einem Zug.

»Und dann haben Sie gewartet, bis er in seiner Erdhöhle eingeschlafen war, haben ihm eine Tüte über den Kopf gestülpt, Ihren Armeegürtel um seinen Hals gelegt und so lange zugezogen, bis er sich nicht mehr gerührt hat. So war's doch, oder?«, fragte der Leiter der Mordkommission schonungslos.

Thomas Krehbiel schniefte kurz auf, zog ein akkurat gefaltetes Stofftaschentuch hervor und putzte sich laut die Nase.

»Ja ... So ... war's«, antwortete er stockend.

Tannenberg war sehr überrascht, als plötzlich Dr. Frederik Croissant die Tür des Vernehmungszimmers öffnete. Aber noch mehr als das unerwartete Auftreten des Anwalts erstaunte ihn die äußerst ungewöhnliche Reaktion des geständigen Mörders, denn dieser erklärte sofort lautstark seinen Verzicht auf eine juristische Unterstützung von Seiten des, vor kurzem noch von ihm heiß begehrten, smarten Firmenanwalts.

»Ach, der liebe Herr Rechtsanwalt! Sehr erfreut, Sie zu sehen!«

»Was soll diese affige Polemik, Herr Hauptkommissar?«, echauffierte sich Dr. Croissant, der ziemlich konsterniert über das abweisende Verhalten des *MPI*-Chauffeurs war.

»Ich freu mich wirklich, Sie mal wieder zu sehen, denn ich wollt Sie sowieso demnächst mal persönlich aufsuchen. Aber nicht wegen eines Rechtsstreits, sondern einfach nur mit der Bitte um eine Auskunft.«

»Tannenberg, ich hab jetzt weder Zeit noch Lust auf irgendeines Ihrer blöden Spielchen.«

Während Thomas Krehbiel von zwei uniformierten Beamten abgeholt wurde, bat der Kommissariatsleiter Dr. Croissant den Stuhl an, auf dem dessen vermeintlicher Mandant die ganze Zeit über gesessen hatte.

»Nein, bei Ihnen bleib ich lieber stehen.«

»Ach, Herr Anwalt, seien Sie doch nicht so misstrauisch. Ich will von Ihnen doch nur ein paar Informationen zu den Geschäftsbeziehungen zwischen der Firma *FIT.net* und der Firma *MPI*.«

»Dazu kann und darf ich Ihnen nichts sagen. Das wissen Sie doch ganz genau!«

»Aber der Firmenchef von *Midas-Power-Investments*, also dieser ominöse Christian Berger, für den Sie ja auch ab und an mal juristisch tätig sind, darf das doch, oder?«, fragte Tannenberg mit gespielter Naivität.

»Natürlich kann und darf der das, Herr Hauptkommissar. Aber, ob er das will – das wag ich doch mit Fug und Recht zu bezweifeln«, entgegnete Dr. Croissant arrogant und wollte gerade grußlos das Vernehmungszimmer verlassen, als Tannenberg ihm noch eine Frage hinterher warf.

»Ach, Herr Anwalt, ich hab da noch 'ne Kleinigkeit: Wissen Sie zufällig, wo sich der Herr Berger zur Zeit gerade aufhält?«

»Als ich vorhin die Firma verlassen habe, war er in seinem Büro.«

»Sehr gut! Dann seien Sie doch bitte so nett und teilen ihm mit, dass wir ihn hier bei uns umgehend zu sprechen wünschen. – Ach, wissen Sie was, Herr Anwalt: Das erledigen wir für Sie!«

»Und wenn er jetzt einen wichtigen Termin hat?«

»Das ist mir doch egal! Wenn er nicht will, wird er als dringend tatverdächtig im Mordfall der Susanne Niebergall vorläufig festgenommen und zur Not in Handschellen hierher gebracht.«

»Mit solchen Auftritten haben Sie ja inzwischen Erfahrung, Herr Hauptkommissar! Die Sache mit der Verhaftung des Professors war schließlich eine Granatennummer! Aber ich sag Ihnen eins: Wenn *ich* es zu bestimmen gehabt hätte, wären *Sie* nicht so einfach aus der Bredouille herausgekommen!«

»Na ja, vielleicht trifft's ja diesmal wenigstens den richtigen, lieber Herr Anwalt! Aber Sie haben Recht. Ich hatte schon meinen spektakulären Auftritt. Diesmal wird mein

334

Mitarbeiter Schauß mit Kollegen von der Streife diese interessante Aufgabe übernehmen.«

Ein wortloses Kopfnicken von Seiten des jungen Kommissars genügte Tannenberg als Rückmeldung. Er wandte sich wieder dem Rechtsanwalt zu: »An Ihrer Stelle würde ich gleich hier bleiben, denn ich werd das Gefühl nicht los, dass der werte Herr Berger dringend einen Rechtsbeistand benötigt.«

»Gut, wenn Sie sich schon wieder bis auf die Knochen blamieren wollen«, entgegnete Dr. Croissant. »Wo kann ich denn hier ungestört telefonieren?«

»Mit dem Handy?«, fragte Fouquet.

»Ja.«

»Das können sie gerne gleich hier erledigen«, bemerkte Tannenberg großzügig.

»Hier im Vernehmungszimmer, wo sie über die Mikrofone von draußen alles mithören können? Das würde Ihnen wohl so passen!«, gab der Anwalt aggressiv zurück und begab sich ins Treppenhaus, von wo aus er gleich mehrere Anrufe tätigte.

15

»Das ist ja wirklich ein richtig netter Zeitgenosse, dieser Thomas Krehbiel: 5 Jahre Fremdenlegion, Schlägerei auf Gran Canaria …«

»Na ja, Albert, so'n Mann für's Grobe eben«, entgegnete der Leiter des K1, nachdem sich die beiden Kriminalbeamten in Tannenbergs Dienstzimmer zurückgezogen hatten.

»Ob der Kerl wirklich so blöd ist oder ob er uns das nur glauben lassen wollte?«

»Wieso? An was denkst du gerade?«

Fouquet lehnte sich in seinem Stuhl zurück und schlug die Beine übereinander. »Na, an diese Sache im Treppenhaus: Da kommt dieser *Midas*-Chef angeblich völlig verstört die Treppe runter und erzählt seinem Chauffeur, Frau Niebergall sei in ihrem Büro unglücklich gestürzt usw. – und trägt Handschuhe dabei!«

»Genau! Das passt auf den ersten Blick überhaupt nicht zusammen. Aber eben auf den zweiten!« Tannenbergs rechte Hand, mit der er die ganze Zeit über nachdenklich sein Kinn gestützt hatte, öffnete sich und bewegte sich wie bei einem Karatekämpfer, der Handkantenschläge gegen einen imaginären Gegner ausführt, in Richtung Adalbert Fouquets. »Denn dann ergibt sein scheinbar merkwürdiges Verhalten plötzlich einen Sinn. – Warum?«

Das Schweigen seines Mitarbeiters wies Tannenberg

eindringlich darauf hin, dass dieser die Gedankengänge seines Chefs nicht so recht nachzuvollziehen vermochte; deshalb erläuterte er seine Behauptung: »Nehmen wir mal an, das alles, was sich da an diesem Samstagnachmittag in und um das Gebäude von *FIT.net* abgespielt hat, war eine von vorne bis hinten eiskalt geplante Inszenierung.«

»Ja, aber warum?«

»Weiß ich im Moment auf noch nicht! Wir klären jetzt zuerst mal diese Hypothese ab und spielen den möglichen Tatablauf durch. Okay?«

»Okay!«

»Also: Dieser Christian Berger lässt sich von seinem Chauffeur in den PRE-Park fahren. In das *FIT.net*-Gebäude geht er alleine rein. Entweder gelangt er mit einem Schlüssel hinein oder die Tür wird ihm von Frau Niebergall geöffnet. Dann tötet er sie und geht …«

»Stopp!«, unterbrach Fouquet. »Wie hat er sie umgebracht?«

»Gute Frage! Wir sind ja die ganze Zeit davon ausgegangen, dass er sie in einem regelrechten Blutrausch erschlagen hat. Was uns ganz schnell zu der Auffassung gelangen ließ, in Richtung ›Affekthandlung mit starkem emotionalen Hintergrund‹ ermitteln zu müssen. Was wir dann ja wohl auch sehr intensiv getan haben.«

»Stimmt!«

»Aber nehmen wir doch mal an, die Tat war eiskalt geplant. Er hat also von vornherein vorgehabt, sie zu erwürgen … Das würde auch viel besser zu allem anderen passen.«

»Warum?«

»Na, weil der Mord dann ja auch viel geräuschloser von-

statten gegangen wäre. Denn bei einer lautstarken Auseinandersetzung mit Susanne Niebergall hätte ja jemand auf
ihn aufmerksam werden können.«

»Da hast du Recht!«, stimmte Fouquet seinem Chef
zu.

»So und jetzt kommt der Clou: Erst *danach* hat er ihr
den Schädel brutal zertrümmert – eben um uns auf eine
falsche Fährte zu locken. Vielleicht hat er sogar erst noch
in aller Ruhe ihr Büro durchsucht, bevor er dann auf diese
barbarische Weise Hand an sie gelegt hat.«

»Aber der Gerichtsmediziner …«

»Albert«, fiel Tannberg seinem Mitarbeiter ins Wort,
»wenn ich mich richtig erinnere, konnte der Doc bei dem
stark verbrannten Leichnam doch überhaupt keine Stran-
gulationsmerkmale feststellen.«

»Ja, ich glaub, so was steht in seinem Bericht.«

»Wahrscheinlich vor allem deshalb, weil der Mörder zur
Sicherheit auch noch ihren Halsbereich bearbeitet und den
Kehlkopf vollständig zertrümmert hat.«

»Leuchtet mir ein«, erwiderte Fouquet. »Aber warum
dann diese komische Sache mit den Handschuhen?«

Tannenberg fixierte seinen Mitarbeiter mit einem stechenden Blick. »Denk mal scharf nach! Das ist doch nun
wirklich nicht schwer zu erraten! Dieser Christian Berger
muss absichtlich mit Handschuhen zu ihr hochgegangen
sein, eben um Fingerabdrücke zu vermeiden. Herr Kollege,
Sie vermögen mir zu folgen?«

»Ja, auch ohne deine geschwollenen Sprüche!«

»So, findest du? Na ja, gut. Der hat also diese Lederhandschuhe angehabt …, hat sich dann die Bärenskulptur
vom Schreibtisch geholt und ihr anschließend den Kopf

damit zermatscht. Einwände bis hierher, Herr Kommissar?«

Fouquet schüttelte nur wortlos den Kopf.

»Gut! Dann ist er die Treppe runter und hat die Mitleidstour abgezogen. Was ja wohl auch wunderbar funktioniert hat! Bei diesem Blödmann vor dem Herrn!«

»Richtig! Wie hat dieser Trottel so schön gesagt: Ich *musste* ihm doch helfen!«

»Ja, das war der einfachste Weg. Denn nur über diese Mitleidsschiene konnte er sich der Unterstützung dieses unterwürfigen, nicht gerade mit Intelligenz überschütteten Holzkopfes auch wirklich sicher sein. Und dann tritt dieser Idiot auch noch von innen die Scheibe ein – um in seiner Panik einen Einbruch vorzutäuschen! So ein Schwachsinn!«

»Aber wenn deine Theorie stimmt, war das ein perfekt geplanter Schwachsinn! Zumal dieser Krehbiel ihm ja nicht nur dabei geholfen hat, eine Straftat zu verschleiern, sondern auch noch den Tatverdacht auf sich gelenkt hat.«

»Das trifft genau den heiklen Punkt bei der ganzen Sache«, entgegnete Tannenberg und setzte eine bedenkliche Miene auf. »Denn wir haben ja außer der Beschuldigung eines Mörders nichts gegen ihn in der Hand.«

Es klopfte an der Tür.

»Herein«, schrie der Kommissariatsleiter mit lauter Stimme.

Langsam schob sich der Oberstaatsanwalt durch den Türrahmen.

»Tannenberg … Ich müsste Sie mal sprechen.«

»Dann tun Sie doch einfach, was Sie nicht lassen können!«

339

»Unter vier Augen, bitte.«

Tannenberg traute seinen Ohren nicht.

»Haben Sie eben wirklich ›Bitte‹ gesagt?«, fragte er ungläubig seinen nicht gerade überschwänglich herbeigesehnten Gast.

»Wenigstens heute mal keine albernen Scherze!«, bat Dr. Hollerbach und wartete ungeduldig, bis Fouquet den Raum verlassen hatte.

»Was gibt's denn so Wichtiges? Hat die Frau Dr. Glück-Mankowski Sie jetzt endgültig abblitzen lassen? Und Sie brauchen jetzt einen, bei dem Sie sich ausheulen können? Da sind Sie bei mir aber sicherlich an der falschen Stelle!«

Der Oberstaatsanwalt ging nicht auf Tannenbergs provokative Bemerkung ein, sondern nahm schweigend Platz.

»Herr Hauptkommissar … Ich habe da ein Problem«, begann er stockend.

»*Ein* Problem nur? Ich hab viele. Um nicht zu sagen: ganz viele. Wenn ich ehrlich bin, werden es eigentlich immer mehr.«

»Es ist mir wirklich *äußerst* unangenehm, aber ich muss Sie leider davon in Kenntnis setzen …, dass ich mich dazu entschlossen habe, die staatsanwaltlichen Ermittlungen in den beiden von Ihnen zur Zeit bearbeiteten Mordfällen in andere Hände zu übergeben.«

»Was? Wieso denn das?«

Tannenbergs Verblüffung stand ihm deutlich ins Gesicht geschrieben.

»Es ist mir wirklich äußerst unangenehm«, wiederholte sich Dr. Hollerbach, der aussah, als ob er gerade in eine

Zitrone gebissen hätte. »Aber es gibt leider keinen anderen Weg, Herr Hauptkommissar!« Er stockte. »Dr. Croissant hat mich nämlich vorhin darüber unterrichtet, dass Ihre Mitarbeiter gerade dabei sind, den Vorstandsvorsitzenden des Finanzunternehmens *Midas-Power-Investments* unter dringendem Tatverdacht festzunehmen und ihn dann hierher zu bringen.«

»Das haben Sie direkt von diesem schmierigen Firmenanwalt erfahren? Das ist ja wirklich hochinteressant!«

»Ja Gott, genau darin liegt ja das Problem«, sagte der Oberstaatsanwalt, während er mehrere Male seine halbgeschlossenen Fäuste erhob und sie wieder schlaff auf Tannenbergs Schreibtisch fallen ließ. »Wir kennen uns doch alle aus dem Golfclub. Und mit dem Christian Berger bin ich sogar per du.«

»Ach so, jetzt versteh ich endlich: Sie wollen mir damit sagen, dass Sie in den beiden Fällen befangen sind.«

»Ja, ich bin befangen«, gebar Dr. Hollerbach seufzend das eigentlich für ihn Unaussprechbare und rang anschließend wie ein Asthmatiker nach Atemluft.

Tannenberg wurde das Gefühl nicht los, dass ihm sein Gegenüber etwas Wesentliches verschwieg, deshalb bohrte er nach: »Da ist doch noch etwas, Herr Oberstaatsanwalt, was Sie mir sagen sollten, oder?«

»Na gut ...« Es folgte ein energischer Schlag mit der Faust auf den Tisch: »Ich hab eben auch ...«, Dr. Hollerbach schluckte, »Geld bei dieser Firma angelegt.«

»Also: Befangenheit im doppelten Sinne«, resümierte der Kripo-Leiter scheinbar gelassen, während in seiner von dem ranghöchsten Vertreter der Kaiserslauterer Staatsanwaltschaft in der Vergangenheit häufig arg malträtierten

Seele derweil ein gigantisches Feuerwerk der Schadenfreude abgebrannt wurde.

»Jetzt ist mir natürlich auch klar, warum Sie die Ermittlungen in den beiden Mordfällen abgeben wollen«, fuhr er fort. »Was sag ich wollen – müssen! Sie *müssen* Sie abgeben, weil Sie selbst involviert sind! Wie tief stecken Sie denn eigentlich in der ganzen Sache drin? Muss ich womöglich jetzt sogar gegen Sie ermitteln?«

»Jetzt hören Sie aber mal auf, Tannenberg! Lassen Sie mal die Kirche im Dorf!«

»Chef, der Schauß ist wieder da und hat den Verdächtigen dabei«, tönte plötzlich eine blecherne Stimme aus der Gegensprechanlage.

»Sag ihm, er soll mit unserem Gast ins Vernehmungszimmer gehen. Ich komm gleich nach«, entgegnete Tannenberg und wandte sich wieder an den Oberstaatsanwalt. »Ist Ihnen doch recht, wenn Sie ihm jetzt nicht über den Weg laufen müssen, oder?«

Dr. Hollerbach sagte nichts, sondern nickte nur dankbar.

Als der Leiter der Kaiserslauterer Mordkommission wenig später den Firmenchef in Begleitung seines Rechtsbeistandes in dem fensterlosen Raum sitzen sah, fiel ihm sofort die äußere Ähnlichkeit der beiden Männer auf, die sich allerdings weniger auf die Gesichter und den Habitus der Personen, als vielmehr auf deren Einheitskleidung bezog: dunkler Anzug, schwarze Schuhe und Socken, gleiche mit dicken, schrägen Querstreifen versehene Seidenkrawatten.

›Klamotten-Kloning‹ schob sich plötzlich ein merkwürdiger Kunstbegriff in Tannenbergs Bewusstsein, den er vorher noch nie gehört hatte, der ihm aber auch nicht so sonderlich gut gelungen schien, dass er das Gefühl hatte, ihn konservieren zu müssen. Um sich von diesem abschweifenden Blödsinn zu befreien, begann er einfach zu sprechen – ein in der Vergangenheit oft erfolgreiches Mittel gegen die aufdringlichen Ablenkungsversuche seines inneren Quälgeistes.

»Guten Tag, Herr Berger, mein Name ist Tannenberg. Ich bin als leitender Hauptkommissar für die Ermittlung in den beiden vorsätzlichen Tötungsdelikten, begangen an dem Finanzvorstand der Firma *FIT.net*, Susanne Niebergall, und dem Obdachlosen Alfred Tauber, genannt ›Bomben-Fredi‹, zuständig. Ich nehme an, mein Kollege, Kriminalkommissar Schauß, hat Sie über Ihre Rechte bereits bei der vorläufigen Festnahme belehrt.«

»Ja, das hat er«, antwortete der sehr gepflegte, dezent gebräunte Enddreißiger und rückte mit einer schnellen Bewegung seiner ungefesselten Hände die randlose Brille zurecht. »Kommen wir doch jetzt bitte zur Sache. Ich bin schließlich ein viel beschäftigter Mann! Was soll dieser Blödsinn hier überhaupt?«

»Aber, Herr Berger, ein Mordvorwurf ist doch kein Blödsinn! Was haben Sie denn für ein fragwürdiges Rechtsverständnis?«

»Also, Herr Hauptkommissar, meine Geduld ist jetzt definitiv am Ende«, stellte Dr. Croissant klar. »Erst diese lächerliche Verhaftung von Prof. von Wandlitz, wo Sie sich ja schon über alle Maßen blamiert haben. Dann auch noch diese wahnwitzigen Unterstellungen bezüglich meiner Person, wo Sie aus der Tatsache, dass ich sowohl für *FIT.net* als auch für *MPI* arbeite, irgendwelche völlig abstrusen Dinge ableiten wollten. Und jetzt auch noch die Festnahme von Herrn Berger! Sie bekommen gleich nachher eine knallharte Dienstaufsichtsbeschwerde an den Hals! Und zwar in beiden Angelegenheiten! Nach Ihrem erneuten Fauxpas stimmt von Wandlitz dieser Beschwerde garantiert jetzt auch zu!«

»Machen Sie doch, was Sie wollen, Herr Anwalt! Ich werde mich jedenfalls, das kann ich Ihnen getrost versichern, wenn ich mit dem Herrn hier fertig bin, intensiv mit Ihren Verstrickungen in die Mordfälle und die kriminellen Machenschaften der beiden Firmen beschäftigen.«

»Jetzt reicht's wirklich!« schimpfte der Anwalt los und sendete einen Scheibenwischergruß in Richtung des Ermittlers. »Komm, Christian, wir gehen! Der ist ja völlig übergeschnappt! Jetzt faselt er auch noch von kriminellen Machenschaften bei zwei für ihre Seriosität bekannten Kaiserslauterer Vorzeigeunternehmen.«

Tannenberg gab Fouquet und Schauß ein Zeichen. Beide stellten sich sofort vor die Tür und versperrten damit den Ausgang.

»Das gibt eine Anzeige wegen Freiheitsberaubung!«, schrie Dr. Croissant mit hochrotem Kopf.

»Falls Sie den Überblick verloren haben sollten, Herr Anwalt, kläre ich Sie gerne mal schnell über folgendes auf: *Sie* können selbstverständlich jetzt den Raum hier verlassen. Aber Ihr werter Herr Mandant ist vorläufig festgenommen. Haben Sie das verstanden, Sie Winkeladvokat?«

Dr. Croissant kniff wütend Mund und Augen zusammen, fand aber gleich wieder seine Selbstbeherrschung – und wechselte seine Taktik.

»Jetzt hören wir mal auf mit diesem kindischen Kasperletheater, Herr Hauptkommissar«, bot er augenscheinlich einen Waffenstillstand an. »Sie begründen uns nun mal in aller Ruhe Ihre Anschuldigungen; und wir nehmen anschließend in der gebotenen Sachlichkeit dazu Stellung. Dann werden Sie gleich sehen, dass es sich hier nur um ein gewaltiges Missverständnis handeln kann.«

Tannenberg erläuterte in den nächsten Minuten ausführlich die von ihm entwickelte Theorie des Tathergangs und benannte als Kronzeugen den bei *MPI* angestellten Fahrer Thomas Krehbiel, dessen Aussagen inzwischen in Form eines von ihm unterschriebenen Protokolls vorlagen.

»Sonst haben Sie nichts gegen mich in der Hand?«, wollte Christian Berger wissen.

»Das reicht doch wohl!«

»Nein, Herr Hauptkommissar, das reicht überhaupt nicht!«, stellte Dr. Croissant zufrieden fest. »Haben Sie die Fingerabdrücke meines Mandanten auf der Mordwaffe sicherstellen können?«

»Nein«, gab Tannenberg wahrheitsgemäß zurück.

»Haben Sie irgendwelche andere Indizien, mit denen Sie Herrn Berger belasten könnten – sieht man einmal von dieser ominösen Zeugenaussage ab, auf die ich gleich noch zu sprechen kommen werde?«

»Nein«, brummte der Kommissariatsleiter.

»Haben Sie ein Tatmotiv?«

»Kriegen wir schon noch raus!«

»Ich stelle also fest: Sie haben außer der Aussage eines des Mordes an diesem armen Obdachlosen eindeutig überführten Mörders, nichts gegen meinen Mandaten an Fakten vorzuweisen. Wobei ich in diesem Zusammenhang besonders deutlich die Tatsache hervorheben möchte, dass die Fingerabdrücke auf der Mordwaffe, mit der die Frau umgebracht wurde, ebenso wie diejenigen, die auf der Alarmanlage in der unmittelbaren Nähe des Tatorts sichergestellt wurden, nicht von meinem Mandanten, sondern von Herrn Krehbiel stammen. Ist das richtig, Herr Hauptkommissar?«

»Ja, aber …«

»Nichts, ja aber!«, unterbrach der Rechtsanwalt abrupt. »Außerdem präsentiert Ihnen Herr Berger jetzt gleich eine mehr als plausible Erklärung für das Verhalten seines ehemaligen Fahrers!«

Erneut rückte der Vorstandsvorsitzende von *Midas-Power-Investments* seine randlose Brille zurecht, diesmal aber bedeutend langsamer und behutsamer.

»Herr Hauptkommissar«, begann er zu erläutern, »ich kann mir die Anschuldigungen von Thomas Krehbiel nur dadurch erklären, dass er entweder von seiner eigenen Täterschaft ablenken will oder, dass er sich an mir wegen der vor drei Wochen erfolgten fristlosen Kündigung rächen will. Denn der feine Herr hat 5.000 Euro unterschlagen!«

»Was ich vor Gericht gerne bezeugen werde! Hiermit betrachte ich die von Ihren Kollegen ausgesprochene vorläufige Festnahme als aufgehoben. Irgendwelche Einwände?«, fragte Dr. Croissant mit einem triumphalen Lächeln auf den Lippen.

Totenstille.

»Dann bleibt uns nur noch, Ihnen einen wunderschönen Tag zu wünschen, lieber Herr Hauptkommissar!«

Anschließend verließ der Rechtsanwalt gemeinsam mit

seinem Mandanten das Vernehmungszimmer des K1 – zuständig für Straftaten gegen Leib und Leben.

Tannenberg erhob sich fassungslos von seinem Stuhl, blickte zu seinen beiden Mitarbeitern, die genauso konsterniert vor sich hinstarrten, schlenderte wortlos an seiner Sekretärin vorbei und steuerte apathisch auf sein Büro zu. Er nahm das plötzliche Telefonläuten, das vom Schreibtisch seiner Sekretärin zu ihm herüberdrang, nur als dumpfes Hintergrundgeräusch wahr.

»Chef, Ihr Vater ist dran«, rief Petra Flockerzie, die ihre Hand auf die Sprechmuschel gelegt hatte. »Soll ich durchstellen?«

»Was? Nein, keine Zeit! Wimmel ihn irgendwie ab!«

»Aber er sagt, es sei sehr wichtig!«

»Gut, dann leg mir's halt rein«, stöhnte Tannenberg, trottete in sein Dienstzimmer und ließ sich schlapp und ausgelaugt auf seinen Bürosessel fallen.

»Wolfram, ich hab was ganz Wichtiges für dich!«, tönte es aus dem kleinen Telefonlautsprecher.

»Was denn, Vater?«

»In einer dieser Neuer-Markt-Com-mu-ni-ties ist die Hölle los. Da geht's die ganze Zeit um Gerüchte wegen dieser Firma *FIT.net*. Die hätten viel höhere Umsätze bei ihren Bilanzen angegeben, als sie tatsächlich gemacht hätten. Luftbuchungen haben wir so was früher genannt. Und darüber soll morgen in einer Finanzzeitschrift ein großer Bericht stehen. Das ist doch bestimmt wichtig für dich, gell?«

Tannenberg bedankte sich artig für die Information und legte auf.

Es ist zum verzweifeln, sagte er deprimiert zu sich selbst.

Es gibt einfach keinen Weg, an diese smarten, aalglatten, eiskalten Typen ranzukommen. Und jetzt auch noch diese Story mit diesem doofen ehemaligen Fremdenlegionär. Ein klassisches Bauernopfer!

Und an die Könige kommt keiner ran, fasste Tannenberg seine frustrierenden Erkenntnisse aus Sicht eines leidenschaftlichen Schachspielers zusammen. Aber ich darf nicht aufgeben! Allein schon wegen dem alten Weilacher, der sich bestimmt im Grab umdrehen würde, wenn er sehen könnte, wie resigniert ich jetzt hier rumhänge!

Wie früher in seiner aktiven Handballerzeit kurz vor Beginn eines wichtigen Spiels, schlug er sich mit beiden Handflächen kräftig auf die Wangen, solange bis er einen kräftigen Schmerz verspürte, der ihn vor solchen Anlässen stets hellwach gemacht hatte.

Dann erhob er sich und begab sich eine Etage höher zu seinen Kollegen von der Abteilung ›Wirtschaftskriminalität‹. Er hatte Glück, denn Gregor Kirsch war anwesend.

»Cherry, ich hab noch was, das ich gerne von dir erklärt hätte. Dieses Wirtschaftszeug ist einfach nicht so mein Ding!«

»Meins bald auch nicht mehr; bei dem Dauer-Börsencrash. Komm setzt dich, Tanne! Was gibt's?«

»Also: Ich hab gehört, es soll neue Gerüchte über *FIT.net* geben …«

»Du mit deinen Gerüchten«, unterbrach der rothaarige Hauptkommissar, »wo schnappst du die denn immer auf?«

»Streng geheim! Also: In der morgigen Ausgabe einer bekannten Finanzzeitschrift soll ein großer Bericht darüber

348

stehen, dass *FIT.net* in Wirklichkeit viel weniger Umsatz macht, als sie in ihren Bilanzen angeben.«

»Das würde mich zwar bei dieser Firma sehr wundern, aber ganz auszuschließen ist das ja nie. Du musst dir nur mal anschauen, was in den USA, aber auch bei uns vor der eigenen Haustür, in jüngster Zeit für unglaubliche Bilanztricksereien aufgedeckt worden sind.«

»Ja, warum machen die das denn überhaupt? Was bringt das denen?«, fragte der Leiter der Kaiserslauterer Mordkommission einfältig.

Gregor Kirsch blickte seinen Kollegen fassungslos an. »Sag mal, Tanne, bist du wirklich so naiv, oder machst du nur so?«

»Ich versteh einfach nichts von diesen Zusammenhängen. Weil es mich nicht die Bohne interessiert!«

»Sollte es aber! Also, dann pass mal auf: Nehmen wir mal an, die Gerüchte um *FIT.net* würden tatsächlich stimmen.«

»Okay!«

»Dann wäre das folgendermaßen abgelaufen. Sag mal, hast du nicht bei deinem letzten Besuch irgendwas über eine mögliche Querverbindung zu *MPI* angedeutet?«

»Hab ich. Aber du hast das ja als reine Spekulation abgetan!«, sagte Tannenberg mit vorwurfsvollem Unterton.

»Egal! Jetzt nehmen wir einfach mal an, *Midas* würde einen Großteil der *FIT.net*-Aktien besitzen.« Gregor Kirsch kaute nervös auf einem roten Bleistift herum. »Und diese Aktien wären in vielen *MPI*-Fonds untergebracht. Kannst du mir folgen?«

»Cherry, ich geb mir allergrößte Mühe! Wenn's zu schlimm wird, sag ich's dir!«

»Gut! ... So, nun setzt *MPI* die Firma *FIT.net* massiv unter Druck, und zwar in der Hinsicht, dass sie zu den Quartalsenden jeweils enorme Umsatzsteigerungen vorweisen soll. Denn hohe Umsatzsteigerungen bedeuten ... Na?«

Tannenberg zuckte mit den Schultern.

»Immer weiter steigende Aktien- und Fondskurse, weil die Anleger, eben wegen des schnellen Unternehmenswachstums, sich auf diese Aktien geradezu stürzen. Und wenn dann nur ein kleiner Prozentsatz des gesamten Aktienbestandes auf dem Markt ist – man spricht da von einer sogenannten ›Marktenge‹ der Anteilsscheine – dann explodiert der Kurs dieses Unternehmens förmlich. Kapiert?«

»Einigermaßen! Aber was bringen da diese Luftbuchungen?«

»Also manchmal, Tanne ...«, Gregor Kirsch schüttelte verständnislos den Kopf. »Auf welchem erdabgewandten Planeten lebst du denn? Logisches Denken wird da jedenfalls nicht in der Schule gelehrt!«

»Erklär mir's halt!«, bettelte Tannenberg.

»Wenn eine Firma irgendwann diese gewaltigen Umsatzsteigerungen eben nicht mehr aus eigener Kraft hinkriegt, hilft man nach und erfindet einfach irgendwelche neuen Kunden. Und, schuppdiwupp, hat man neue Umsätze!«

»Das ist ja echt interessant! Und wer bekommt das in einer Firma mit?«

»Na ja, normalerweise mindestens der Chef. Und wenn man's sehr geschickt anstellt, vielleicht noch höchstens der Finanzvorstand.«

»Also Susanne Niebergall!«

»Wer?«

»Ach, ich hab nur laut gedacht! Übrigens wollt ich dir noch sagen, wir ermitteln gegen den *Midas*-Chef, einen gewissen Christian Berger wegen dringenden Mordverdachts.«

»Was? Das ist ja unglaublich! Da verkauf ich sofort meine *Midas*-Fonds! Wenn das die anderen nämlich mitkriegen, stürzen die Kurse ins Bodenlose! Danke, Tanne, das ist echt'n guter Insidertipp! Eigentlich ist deren Nutzung ja verboten. Aber ich kann mich ja wohl auf dich verlassen, oder?«

»Klar, Cherry, klar. Ich weiß ja noch nicht mal, was das überhaupt ist, so ein Insidertipp. Wie soll ich denn so was dann weitergeben können?«

Nachdem Tannenberg das K4 verlassen hatte und die ersten Treppenstufen hinunter in Richtung seines Dienstbereichs gegangen war, hörte er bereits das lautstarke Gezeter, das seinen Ursprung eindeutig in den Räumen der Mordkommission hatte.

Als er die Flurtür öffnete, blickten zwar einige der Versammelten kurz zu ihm hin, ohne allerdings ihre verbale Auseinandersetzung zu unterbrechen. Mit geröteten Köpfen schrien Michael und Sabrina Schauß auf Geiger ein, Fouquet stand tröstend neben der völlig aufgelösten, weinenden Sekretärin, die in sich zusammengesunken hinter ihrem Schreibtisch kauerte.

»Ruhe!«, schrie Tannenberg so laut er nur konnte. »Was ist denn hier los? Seid ihr alle völlig durchgedreht?«

Michael Schauß reagierte überhaupt nicht. Er schien wie von Sinnen. Mit beiden Händen griff er in Geigers

Jackenrevers, zog ihn zähnefletschend zu sich heran und hob den deutlich kleineren Mann ein paar Zentimeter in die Höhe.

Das war nun wirklich zu viel des Guten.

Tannenberg warf sich in Ringrichtermanier zwischen die beiden Kampfhähne und schrie dem jungen Kommissar mitten ins Gesicht: »Schluss jetzt, Michael! Wenn du ihn jetzt nicht sofort loslässt, suspendier ich dich auf der Stelle! Dann kannst du in 'ner Disco als Rausschmeißer anfangen!«

Das energische Einschreiten des Kommissariatsleiters zeigte Wirkung: Zuerst entkrampften sich Schauß' Hände, dann löste sich nach und nach die gesamte körperliche Anspannung.

Kriminalhauptmeister Geiger bewegte seinen Hals mehrmals in beide Richtungen, so als wolle er dessen Drehfähigkeit überprüfen. Dann rückte er Jacke und Hemd zurecht und entfernte sich ein paar Schritte von seinem heißspornigen Kollegen.

»Geiger, du gehst jetzt sofort runter zu Mertel und fragst nach, ob er was Neues für uns hat. Und dann versuchst du alles Mögliche über diesen Christian Berger rauszukriegen. Ich will dich heute hier oben nicht mehr sehen! Kapiert?«

»Kapiert, Chef!«, antwortete er und machte sich wie ein geprügelter Hund aus dem Staub.

»Sagt mal, was ist denn hier eigentlich los?«

»Ach, Wolf«, begann Sabrina mit leicht zitternder Stimme, »wir haben doch Geld bei Geiger angelegt; und jetzt wird das immer weniger. Du kannst richtig sehen, wie es immer weniger wird ...«

»Warum verkauft ihr denn nicht endlich diesen ganzen Kram?«

»Weil die Kurse doch schon so stark gefallen sind; vielleicht steigen sie ja bald wieder«, entgegnete Sabrina und setzte einen finalen Stoßseufzer.

»Oder auch nicht! Und ihr habt am Schluss alles verloren!«

»Chef, seien Sie bitte ruhig!«, schniefte Petra Flockerzie hinter ihrem Computermonitor hervor.

»Aber weißt du, was das Allerschlimmste an der ganzen Sache ist?«

»Nein, Michael, sag mir's!«

»Der Geiger, dieser Drecksack, darf seine gesamten Vermittlungsprovisionen behalten! Der will uns noch nicht mal unsere 2.000 Euro zurückgeben, die er bei unserem zweiten Vertragsabschluss ganz für sich alleine kassiert hat!«

»Nein, Michael, das ist überhaupt nicht das Allerschlimmste, wie du in deiner unglaublichen Verblendung meinst! Das Allerschlimmste ist, dass ihr vor lauter Geldgier die Realität völlig aus den Augen verloren habt! Was habt ihr denn selbst noch vor einiger Zeit für irre Hirngespinste gehabt? Überall wo ich hingekommen bin, ging's nur noch um Performance, Kaufempfehlungen, heiße Insidertipps. Was habt ihr nicht alles in diesem verfluchten neuen Goldrausch an Blödsinn von euch gegeben? Wisst ihr das denn nicht mehr? Könnt ihr euch denn nicht mehr daran erinnern, wie sehr ihr euch alle in diese Wahnvorstellungen hineingesteigert habt?«

Tannenberg blickte sich um, aber alles blieb still.

»Aber *ich* weiß es noch ganz genau: Dienst quittieren,

dicke Autos fahren, protzige Immobilien kaufen. Und jetzt? Alle eure Träume sind wie Seifenblasen zerplatzt! Habt ihr denn noch immer nicht kapiert, dass der Traum vom mühelosen, grenzenlosen Reichtum immer nur für die ganz oben in Erfüllung geht? Habt ihr nicht auch als Kinder bei diesen tollen Kettenspielen mitgemacht, wo einem versprochen wurde, dass, wenn man an zehn Freunde eine Ansichtskarte schickt, man irgendwann aus der ganzen Welt tausende zurückbekommt? Hat irgendeiner von euch da mal mehr als eine oder zwei erhalten?«

Niemand regte sich. Alle, bis auf Fouquet, hielten den Blick nach unten gesenkt und ließen die Gardinenpredigt unkommentiert über sich ergehen.

»Der Geiger hat vielleicht Glück gehabt, weil er zufällig bei den ersten dabei war, die dieses verdammte Kettenspiel unter die Leute gebracht haben. Aber nicht, weil *er* so genial war, sondern weil ihr so blöd gewesen seid, auf diesen Schwachsinn hereinzufallen! So, Leute, das musste mal gesagt werden! Und da ihr euch nun leider mit der traurigen Realität konfrontiert seht, dass ihr hier weiter euren Dienst schieben müsst, werdet ihr jetzt alle sofort konzentriert an die Arbeit gehen. – Und von diesem ganzen anderen Mist, der ja schließlich eure private Angelegenheit ist, will ich hier an eurem Arbeitsplatz nichts mehr hören oder sehen. Haben wir uns verstanden?«

Nur stilles Kopfnicken.

»Wolf, ich hab das Gefühl, wir sollten uns diesen Fahrer noch einmal vorknöpfen«, durchbrach Kommissar Fouquet die Mauer des Schweigens, die sich in den letzten Minuten im K1 aufgebaut hatte.

»Genau, Albert! Und nicht nur das. In den nächsten

Tagen werden wir mit allen uns zur Verfügung stehenden Mitteln versuchen, Informationen über diesen cleveren *MPI*-Chef und seinen aalglatten Anwalt zu bekommen. Leute, wir kriegen die! Und wenn's auch vielleicht lange dauert, aber die gehen uns nicht durch die Lappen! Und wenn ich diese verdammten Ermittlungen zu meiner Lebensaufgabe machen muss!«

»Wo fangen wir an?«

»Du hast es eben doch schon gesagt, Albert. Wir beide fahren jetzt in die JVA, wo der Krehbiel in Untersuchungshaft sitzt, und nehmen uns dieses sympathische Bürschchen mal etwas intensiver zur Brust. Der muss doch als Fahrer alle möglichen Dinge mitbekommen haben. Das gibt's doch gar nicht, dass der nichts weiß!«

Dann wandte er sich an Kommissar Schauß, der immer noch apathisch neben seiner bildhübschen Frau stand. »Michael, du kümmerst dich um den werten Herrn Berger und stellst sein Leben auf den Kopf. Ich will alles über ihn wissen, jede Kleinigkeit! Los, los, schwingt jetzt endlich eure Hufe!«

Nachdem Tannenberg seine Mitarbeiterin Sabrina mit weiteren Ermittlungsaufträgen betraut hatte, machte er sich gemeinsam mit Adalbert Fouquet auf den Weg zur Justizvollzugsanstalt in der Morlauterer Straße.

Allerdings wurden die an die erneute Befragung des ehemaligen Fremdenlegionärs geknüpften Erwartungen nicht einmal annähernd erfüllt, denn der langjährige Fahrer des *MPI*-Chefs wurde anscheinend stets völlig von solchen geschäftlichen Informationen abgeschirmt, die auf kriminelle Machenschaften hätten hindeuten können.

Bei den Inhalten, die er zum Besten gab, handelte es sich

um für die Ermittlungen völlig unbedeutende Aussagen, die sich auf Firmenklatsch oder unbeweisbare Unterstellungen bzw. Beschuldigungen bezogen.

Tannenberg gewann sowieso im Verlaufe des ernüchternden Gesprächs den Eindruck, dass, auch wenn Thomas Krehbiel von irgendwelchen spektakulären Angelegenheiten Kenntnis erlangt hätte, er aufgrund der bei ihm unzweifelhaft vorhandenen intellektuellen Beeinträchtigungen nicht in der Lage gewesen wäre, diese zu verstehen.

16

Der Anruf aus der Zentrale erreichte den Leiter der Kaiserslauterer Mordkommission mitten in der extrem spannenden Endphase des B-Jugendspiels, das die Mannschaft seines handballbegeisterten Neffen Tobias an diesem verregneten Sonntagabend gegen die Erzrivalen von der TSG Friesenheim bestritt.

Als Tannenberg davon hörte, dass mehrere Anwohner unabhängig voneinander die Polizei verständigt hätten, weil sie glaubten, in einem Wohnhaus Schüsse gehört zu haben, dachte er zunächst für einen Augenblick daran, seine Abfahrt bis zum Spielende hinauszuzögern. Als er dann aber erfuhr, dass es sich um ein Haus ausgerechnet in dem Ort handelte, in dem er sich gerade aufhielt, stürmte er sofort aus der Sporthalle und brauste zu der nur einen Katzensprung entfernten Straße.

Da er an seinem dienstfreien Wochenende verständlicherweise keine Waffe mit sich führte, war er sichtlich erleichtert, als er in der direkt am Waldrand gelegenen Sackgasse mit dem merkwürdigen Namen ›Auf der Rott‹, einen Streifenwagen vor der hell erleuchteten Backsteinvilla stehen sah, in der anscheinend die Schüsse gefallen waren.

Wahrscheinlich wegen des starken Regens hatten sich nur einige wenige Schaulustige vor dem Haus eingefunden. Da Tannenberg sensationslüsterne Gaffer grundsätzlich auf den Tod nicht ausstehen konnte, eilte er grußlos an ihnen vorbei.

»Was ist denn passiert?«, fragte er den an der nur spaltbreit geöffneten Haustür als Posten abgestellten uniformierten Polizisten.

»Da drinnen liegt eine Leiche – ein toter Mann«, flüsterte der junge Beamte, der anscheinend verhindern wollte, dass die am Grundstückszaun versammelten Passanten seine Worte mithören konnten.

»Ist schon jemand von der Kriminaltechnik da?«

»Nein, Herr Hauptkommissar, die von der Spusi sind noch nicht da. Aber an uns liegt es diesmal nicht! Wir haben nämlich vorhin, gleich nachdem wir den Toten gefunden hatten, die Zentrale verständigt.«

»War ja kein Vorwurf, Herr Kollege, war ja nur eine Frage«, entgegnete Tannenberg freundlich, der nur zu gut wusste, wie hartnäckig sich die Vorurteile innerhalb der Kollegenschaft gegenüber den angeblich so arroganten und besserwisserischen Mitarbeitern der Kripo hielten. »Geben Sie mir mal ihre Plastikhandschuhe! Ich hab nämlich keine dabei. Braucht man ja normalerweise als Zuschauer eines Handballspiels auch nicht, oder?«

Der Streifenpolizist hatte anscheinend keine Antwort auf diese seltsame Pseudo-Frage parat, also zog er es vor, sich dazu besser nicht zu äußern und überreichte dem Leiter des K1 lieber schnell die dünnen, durchsichtigen Handschuhe, die er stets in einer Außentasche seiner Jacke bei sich trug.

»Steht die Identität des Toten bereits fest?«

»Ich weiß nicht. Ich hab nur gehört, dass das Haus einem gewissen Christian Berger gehören soll …«

»Was?«, schrie Tannenberg so laut, dass sofort alle versammelten Zaungäste, auch diejenigen, die sich angeregt miteinander unterhielten, zu ihm herüberschauten. »Mann, warum sagen Sie das denn nicht gleich?«, schimpfte er und drückte sich an dem verdutzten Beamten vorbei in das überaus repräsentative Wohngebäude.

»Entschuldigung ..., Herr Hauptkommissar ..., aber ich wusste ja nicht ..., dass Sie den Mann kennen«, stammelte der junge Uniformierte.

»Kennen ist vielleicht zu viel gesagt«, zischte Tannenberg.

Blitzschnell durchforsteten seine Augen die weitläufige Eingangshalle. Als er den Leichnam nicht gleich entdeckte, drehte er sich mit einer geschwinden Bewegung in Richtung des Beamten um.

»Wo liegt er denn?«, rief er dem eingeschüchterten Polizisten zu.

»Im Bad!«

»Und wo ist das Bad? Mann, los sagen Sie schon!«

»Oben ... Ich glaub ... zweite Tür rechts!«, stotterte der junge Streifenbeamte.

Tannenberg war schon auf dem Weg dorthin. Mit kurzen, schnellen Schritten trippelte er die halbkreisförmige Terrakotta-Treppe hinauf ins erste Obergeschoss. Um möglicherweise vorhandene Spuren nicht zu verwischen, mahnte er sich trotz der unbändigen Spannung, die von ihm Besitz ergriffen hatte, selbst energisch zur Vorsicht und betrat das mit weißem Marmor geflieste und mit großen Spiegelflächen bestückte, edle Badezimmer auf Zehenspitzen.

Dann sah er etwas, das er für lange Zeit nicht mehr

vergessen sollte – ein skurriles Bild, das sich tief in ihn eingrub: Christian Berger lag auf dem Rücken in einem großen dreieckigen Luxuswhirlpool. Der Kopf war auf einem Schaumstoffkissen gebettet; der Körper lag nach vorne zur Raummitte hin ausgestreckt, die Knie allerdings waren stark angewinkelt und ragten mit ihren Spitzen ein wenig aus dem Wasser hervor.

Eigentlich nichts Ungewöhnliches, sollte man meinen, schließlich handelte es sich bei dieser Beschreibung doch lediglich um eine Wiedergabe der Zustände, die um diese Uhrzeit wahrscheinlich millionenfach in Deutschland in dieser oder ähnlicher Form hinter verschlossenen Badezimmertüren herrschten.

Was allerdings nicht so recht in diese traditionelle Vorstellung von einem sonntäglichen Körperpflegeszenario hineinpassen wollte, war, dass der nackte Mann in der weißen Luxuswanne drei Kugeleinschläge in seiner Brust aufwies. Untrügliche Anzeichen für eine massive äußerliche Gewaltanwendung, wie es so treffend im Polizeijargon hieß – und die ursächlich dafür verantwortlich war, dass Christian Berger wohl nie mehr aus eigener Kraft seinen exklusiven Entspannungstempel verlassen konnte.

Denn an der Tatsache, dass der Mann tot war, bestand für Tannenberg auch ohne die fachwissenschaftliche Analyse des Gerichtsmediziners nicht der geringste Zweifel. Zu offensichtlich waren die direkt in die Herzgegend abgegebenen Schüsse.

»Wolf, wo bist du denn?«, rief plötzlich eine wohlbekannte Stimme aus dem Eingangsbereich der Villa.

»Hier oben!«, antwortete Tannenberg mit lauter Stimme

und ergänzte: »Karl, hast du den Leichenknipser dabei? Den brauch ich nämlich jetzt unbedingt!«

»Nein, aber ich kann genauso gute Pin-up-Fotos von dir schießen, wenn du willst«, scherzte der Kriminaltechniker, der gemeinsam mit zwei, ebenfalls in die für Spurensicherungsmaßnahmen vorgeschriebenen Plastikanzüge gehüllten Kollegen die Treppe heraufgestiegen kam.

»Zieht euch das hier mal in aller Ruhe rein!«, bemerkte der Leiter des K1 mit einem für ihn doch eher ungewöhnlichen Ausflug in die aktuelle Jugendsprache.

»Wahnsinn!«, kam es aus drei Mündern gleichzeitig und war alles, was den Männern zu diesem Anblick einfiel.

Wie gebannt starrten sie regungslos auf das mit gelben Schaumresten übersäte goldfarbene Wasser. Zahlreiche Massage- und Luftsprudeldüsen sorgten zum einen dafür, dass das Badewasser permanent umgewälzt wurde – und zum anderen, dass eine Unzahl darin herumschwimmender Goldtaler immerfort durcheinander gewirbelt wurden.

»Das sind doch diese ekligen Dinger, die innen mit so einem unglaublich zähen Karamell gefüllt sind, und die man nie weich bekommt, egal wie lange man sie im Mund hat«, bemerkte einer der Spurensicherer.

»Ja, genau die sind das«, murmelte Tannenberg zustimmend vor sich hin, während Mertel schon damit begonnen hatte, dieses beeindruckende Ambiente fotografisch für die Nachwelt festzuhalten.

Erst jetzt registrierte er die etwa einen halben Meter links von dem Oberkörper des Toten auf dem Fliesenboden in einem Edelstahlkühler befindliche Champagnerflasche und den recht unauffällig zwischen mehreren, mit edlen Badeessenzen gefüllten Behältnissen stehenden

Champagnerkelch, mit dem sehr treffend die gegenwärtige Situation beschreibenden Slogan ›*Midas-Power-Investments* – Der Weg in *Ihre* goldene Zukunft!‹

»Kann denn niemand mal dieses bescheuerte Blubbern abstellen?«, polterte Tannenberg ohne Vorwarnung los. »Karl, wann bist du denn endlich fertig mit diesem blöden Geblitze?«

»Schon passiert! – Was bist du denn schon wieder so schlecht drauf, Wolf? Es ist doch Sonntag«, sagte der Kriminaltechniker mit einem provozierenden Grinsen.

»Ja, wirklich: ein ausgesprochen schöner Sonntag! Ach, weißt du, mir gehen diese Morde einfach manchmal auf den Wecker! Was schätzt du wohl, wie lange der Mann schon tot ist?«

»Du weißt doch, dass für so was unser Doc zuständig ist.«

»Ja, klar, aber du mit deiner Berufserfahrung kannst das doch inzwischen genauso gut. Ich will ja auch nur wissen, ob die Tatzeit in etwa mit dem Zeitpunkt übereinstimmen kann, an dem die Anrufe bei der Zentrale eingegangen sind.«

»Wann war das genau?«

Tannenberg blickte auf seine Armbanduhr. »Warte mal … Das Spiel war fast fertig.« Er warf die Stirn in Falten und rechnete zurück. »Da war's kurz vor sieben. Dann … war's ein paar Minuten vor sieben, als die Anrufe eingingen. Und jetzt ist es halb acht. Also vor etwas über einer halben Stunde.«

»Ja, das kommt schon hin, schätz ich mal. Der Mann ist noch nicht sehr lange tot. Der ist ja auch noch warm. Aber das kommt natürlich auch von dem warmen Wasser. Wieso willst du das denn überhaupt so genau wissen? Es liegt doch wohl auf der Hand, dass es die von den Nachbarn gehörten Schüsse waren, die den Herrn hier vom Leben in den Tod befördert haben.«

»Du hast Recht, Karl. Normalerweise würde ich so 'ne doofe Frage garantiert nicht stellen. Aber ich sag dir, was ich in den letzten Monaten so alles an Finten, Irrwegen und Fehlinterpretationen erlebt habe, ist derart verrückt, dass ich einfach überhaupt nichts mehr unbefangen glauben kann.«

»Man kann wirklich kaum mehr etwas mit Sicherheit sagen«, stimmte der Kriminaltechniker kopfnickend zu. »Aber das hier sieht einfach aus wie eine bilderbuchmäßige Hinrichtung!«

»Bilderbuchmäßige Hinrichtung? Karl, du redest manchmal fast genauso blöd daher wie ich!«

»Das hängt wahrscheinlich damit zusammen, dass wir uns schon so lange kennen! Wir sind ja schon fast ein altes Ehepaar.«

»Na, hör mal!«

»Kommt bitte mal hier runter ins Wohnzimmer!«, rief plötzlich einer der Mitarbeiter Mertels.

Die beiden Kriminalbeamten verließen umgehend das Badezimmer und begaben sich in einen riesigen Raum im Erdgeschoss, an dessen fensterlosen Längsseite sich eine reich bestückte Bibliothek befand. Auf der, von vorne gesehen, rechten Seite stand einer der Spurensicherer und zeigte auf einen geöffneten Wandtresor.

»Völlig leer!«

»Also ein Raubmord!«, sagte Tannenberg mehr zu sich selbst.

»Sieht so aus. Übrigens haben wir in einem Schnell-durchlauf keine Hinweise auf ein gewaltsames Eindringen in die Villa entdeckt«, stimmte Mertels Kollege zu.

»Gut! Dann hat er seinen Mörder vielleicht gekannt …«

»Ja, vielleicht! Oder der Täter hat mit einem Trick erreicht, dass ihm geöffnet wurde. Oder es waren mehrere Täter. Oder es ist alles mal wieder ganz anders, als wir meinen bzw. meinen sollen, nicht wahr, Wolf?«, unterbrach Karl Mertel achselzuckend. »Nichts Genaues weiß man nicht!«

»Jetzt fängst *du* ja auch noch an zu philosophieren! Eigentlich reicht mir unser Doc mit seinem komischen Geschwafel! Na ja, vielleicht brauchen das ja Männer in eurem Alter«, entgegnete Tannenberg schmunzelnd mit einem Augenzwinkern.

»Die paar Jährchen!«

»Wenige, aber entscheidende! Aber gut: Sucht mal weiter. Auf mich könnt ihr jetzt ja wohl verzichten. Ich verzieh mich nach Hause. Schließlich ist heute Sonntag!« Dann schlug er sich mit der flachen Hand an die Stirn. »Und ich muss ja noch Tobi in der Sporthalle abholen. Den armen Kerl hab ich ja fast völlig vergessen!«

»Ja, siehst du, Wolf, auch in deiner Altersklasse gibt es schon Alzheimerpatienten. Aber du hast Recht: verzieh dich mal besser! Du altes Trampeltier vernichtest uns hier sowieso bloß alle Spuren!«

Erfreut registrierte Tannenberg beim Verlassen der Villa einen starken Zuwachs an Schaulustigen. Dadurch erhöhte sich nämlich die Chance beträchtlich, von einem der Passanten das Endergebnis des Handballspiels zu erfahren, das er vor einer halben Stunde hatte vorzeitig verlassen müssen.

»25:24 gegen Friesenheim gewonnen«, riefen ihm gleich mehrere Dansenberger triumphierend auf seine Frage hin entgegen.

»Jawohl! Super!«, schmetterte er laut zurück, denn ein Sieg gegen diesen vorderpfälzischen Traditionsverein war schon in seiner eigenen Aktivenzeit ein absolutes Highlight gewesen.

Als Tannenberg am nächsten Morgen von Dr. Schönthaler im Kommissariat aufgesucht wurde, konnte er sich nicht daran erinnern, in dessen Gesicht jemals zuvor einen derart versteinerten Ausdruck gesehen zu haben.

»Ich hab die Geschosse im Körper des Toten sichergestellt«, begann er förmlich.

»Ist ja wohl auch dein Job! Oder hast du etwa den Beruf gewechselt, ohne mir was davon zu sagen?«, versuchte der Leiter des K1 ihn mit einer kleinen Provokation etwas aufzumuntern.

»Weißt du, was für ein Kaliber die Mordwaffe hat?«, fragte der Gerichtsmediziner, ohne dabei eine Miene zu verziehen.

»Woher soll ich das denn wissen? Bin ich etwa Jesus? Hab ich Sandalen an?«, gab der Kriminalbeamte zurück, sah aber sogleich ein, dass dieser vermeintliche Scherz nicht gerade als gelungen zu bezeichnen war.

»9 Millimeter!«

»Ach du Scheiße! … Das heißt ja …«

»Genau das heißt es!«, unterbrach Dr. Schönthaler. »Ich war auch schon bei Mertel; und der ist sich ziemlich sicher, dass die verwendete Pistolenmunition zu einer Walther P 5 gehört!«

»Oh, nein! Eine Dienstwaffe! Weißt du, was das bedeutet?«

»Ich mag gar nicht daran denken!«

»Mann, oh Mann, das wird einen Aufstand geben. Die Presse wird uns die Hölle heißmachen! Und der Hollerbach wird ausflippen!«

»Klar, der ordnet als erstes eine Beschießung aller Dienstwaffen in seinem Zuständigkeitsbereich an.«

»Was soll er denn auch anderes machen?«, entgegnete Tannenberg frustriert und zog dabei mit einem Ausdruck der Hilflosigkeit die Schultern nach oben.

»Der Mertel hat schon damit angefangen. Er hat die waffentypischen Spuren auf den Geschossen sichergestellt. Ich war dabei. Das ist tatsächlich wie ein Fingerabdruck! Die unterscheiden sich völlig voneinander!«

»Na ja, wenn es wirklich einer von uns war, dann haben wir ihn wenigstens schnell! Sag mal, wird diese Waffe nicht auch vom Bundesgrenzschutz und von der Bundeswehr verwendet?«

»Keine Ahnung! Aber ich hab überhaupt kein gutes Gefühl bei der Sache. Wenn ich mich nämlich richtig erinnere, hat diese Investment-Firma viele Polizisten unter ihren Kunden!«

»Stimmt, Rainer! Wir müssen unbedingt an die Kundenkartei von *MPI* ran!«

Tannenberg trommelte anschließend alle seine Mitarbeiter zu einer Dienstbesprechung zusammen, um ihnen die schockierenden Erkenntnisse mitzuteilen. Es herrschte große Betroffenheit, die noch gesteigert wurde, als Petra Flockerzie auf die Abwesenheit Geigers verwies, die bislang niemandem aufgefallen war.

»Ja, ich weiß auch nicht, wo er ist«, sagte Kommissar Schauß. »Flocke, versuch ihn mal auf seinem Handy zu erreichen!«

Nur wenig später rief die Sekretärin: »Nur: ›Der von Ihnen gewünschte Gesprächspartner ist zurzeit leider nicht erreichbar!‹ – Sonst nichts!«

Auch über den Festnetzanschluss bei ihm zu Hause in Erfenbach war der Gesuchte nicht zu erreichen.

»Flocke, frag mal in der Zentrale nach, ob die vielleicht wissen, wo er abgeblieben ist«, forderte Tannenberg. »Sagt mal, ist der heute Morgen eigentlich überhaupt zum Dienst erschienen?«

»Die Zentrale weiß auch nichts«, meldete sich kurz darauf Petra Flockerzie zu Wort und ergänzte: »Also, Chef, ich hab ihn heute Morgen noch nicht gesehen.«

»Verdammt! Hoffentlich hat dieser Idiot keinen Scheiß gebaut!«, fluchte Michael Schauß und sprach damit exakt das aus, was alle anderen in diesem Augenblick dachten.

Ein Gedanke allerdings, der in seiner Konsequenz so dramatisch war, dass ihn alle Anwesenden einfach am liebsten aus ihrem Bewusstsein getilgt hätten. Sabrina suchte derweil händeringend nach anderen, weitaus unspektakuläreren Erklärungsmöglichkeiten für sein unentschuldigtes Ausbleiben.

»Ich denke, wir sollten ihn zuerst einmal hier im Haus suchen«, schlug sie vor. »Vielleicht sitzt er ja in aller Seelenruhe in der Kantine und trinkt Kaffee!«

»Können wir uns sparen!«, bemerkte plötzlich Fouquet

trocken und deutete auf Geiger, der gerade völlig abgehetzt die Tür hereingestürmt kam.

»Chef …, ich hab unten gehört …, dass Sie mich dringend brauchen … Entschuldigung! … Aber mir ist so 'ne … Sauerei passiert!«

»Komm, jetzt reg dich erst mal ab!«, versuchte Tannenberg seinen gestressten Mitarbeiter zu beruhigen.

Man merkte ihm deutlich die Erleichterung an, die ihn erfasst hatte, obwohl ihn mit Geiger nicht gerade das beste persönliche Verhältnis verband. Aber angesichts der Tatsache, dass sein Kollege nicht unbedingt den Eindruck erweckte, als ob er gestern Abend in Dansenberg den *Midas*-Chef hingerichtet hätte, konnte er sich durchaus die Freude über sein Erscheinen zugestehen – entschied er spontan.

»Da hat mir doch irgend so 'ne Granantensau heute Nacht meinen Porsche mit einem Eimer goldener Ölfarbe übergossen! Wenn ich diesen Drecksack erwische, dem dreh ich den Hals rum!«

»Mach doch nicht so 'nen Wind wegen deinem blöden Auto! Das ist doch bestimmt vollkaskoversichert!«, meinte Sabrina verständnislos. »Wir haben hier im Moment ganz andere Sorgen!«

»Aber ich wollte doch heute den Porsche verkaufen! Und jetzt diese Sauerei! Da springt mir mein Käufer doch glatt ab!«, schimpfte Kriminalhauptmeister Geiger unbeeindruckt weiter.

»Wieso verkaufst du überhaupt dein Auto? Ich dachte, du darfst die Provisionen behalten«, sprudelte es aus Fouquet unkontrolliert heraus. Er hatte völlig vergessen, dass Tannenberg seinen Mitarbeitern eine Erörterung dieses

Themenbereichs in den Räumen der Mordkommission strikt untersagt hatte.

»Was nutzen mir denn diese verfluchten Provisionen? Ich hab doch noch 'nen Haufen Kredite laufen.«

»Warum hast du dich denn verschuldet? Ich versteh überhaupt nichts mehr! Ich hab die ganze Zeit über gedacht, du machst so 'ne Unmenge Geld mit deinen Geschäften. Wieso denn das jetzt auf einmal?«, fragte Michael Schauß verwundert.

»Ich hab halt gedacht, ich könne mit noch mehr Einsatz noch mehr Gewinn machen. Dann kam aber über Nacht dieser schreckliche Börsencrash. Und dadurch ist der Wert meiner Sicherheiten eben stark gefallen. Und dann gab's diese automatischen Zwangsverkäufe – bei den schlechten Kursen«, antwortete Geiger zerknirscht.

»Ach so, der superschlaue Herr Kollege hat den Hals einfach nicht vollgekriegt!«, bemerkte Tannenberg spöttisch. »Hör auf zu jammern! Bist selbst dran schuld! Und jetzt ist Schluss mit diesem Thema! Schließlich haben wir einen neuen Mord aufzuklären!«

Das Machtwort wirkte.

»So, Leute, wie gehen wir bei unseren Ermittlungen vor?«

»Kundenkartei! Wolf, wir brauchen dringend Einblick in die Kundenkartei! Die ist bestimmt der Schlüssel zu dem Ganzen!«, fasste Kommissar Fouquet eine spontane Inspiration in Worte.

»Das ist klar. Ich hab vorhin schon den Mertel angerufen. Die gehen heute in die Firma und stellen dort alles auf den Kopf.« Triumphal grinsend blickte Tannenberg in die Runde. »Übrigens hat der werte Herr Oberstaatsanwalt diesmal überhaupt keine Probleme damit gehabt, ganz schnell beim Richter einen Durchsuchungsbefehl zu besorgen. Der soll sogar noch gestern Abend, kurz nachdem er von dem Mord an seinem Golfpartner erfahren hatte, bei ihm gewesen sein. Wer hat eine Vorstellung davon, wie die Tat abgelaufen sein könnte? – Ja, Michael!«

»Es sieht ja wohl ganz danach aus, als ob der Mörder mit seiner Waffe in die Villa rein ist …« Er nahm die linke Hand zum Kinn und knetete darauf herum. »Ich wollte gerade sagen: Und dann hoch ins Badezimmer ist und ihn dort im Whirlpool erschossen hat! Was ja aber völliger Blödsinn wäre! Denn es gibt ja keine Einbruchspuren. Und das bedeutet natürlich, dass dieser Christian Berger seinem Mörder selbst die Tür aufgemacht hat. Und auch wenn er gerade vorher in der Badewanne gelegen hatte, wird er ja wohl kaum danach wieder in die Wanne gestiegen sein.«

»Stimmt, Herr Kollege, das ist wohl eher unwahrscheinlich!«, entgegnete Tannenberg trocken.

»Aber noch was anderes«, ergänzte Michael Schauß: »Der *Midas*-Chef muss ja auch den Tresor geöffnet haben. Das kann er ja wohl kaum von der Badewanne aus gemacht haben.«

»Schon wieder hundert Punkte, Herr Kollege! Also gehen wir mal davon aus, dass der Täter diesen Christian Berger mit Waffengewalt gezwungen hat, ihm den Tresor zu öffnen. Wer von euch hat eine Idee, wie's dann weiterging?«

Sabrina meldete sich zu Wort: »Ich denke, er hat ihn dann gezwungen, sich auszuziehen und in die Badewanne zu legen. Und hat ihn dann mit drei Schüssen ins Herz erschossen!«

KRIMI IM GMEINER-VERLAG

Hildegunde Artmeier
Drachenfrau

332 Seiten. 11 x 18 cm. Paperback.
ISBN 3-89977-610-0. EUR 9,90

Ein Mann wird in seiner Wohnung in Regensburg grausam ermordet. Die Situation am Tatort deutet auf einen Lustmordhin. Der Tote ist an ein Bett gekettet, die Pulsadern sind aufgeschnitten und die Tatwaffe liegt ein paar Meter vom Opfer entfernt – neben einer Peitsche – Lilian Graf, die toughe Kommissarin und ihr Kollege stehen zunächst vor einem Rätsel. Wer ist die unbekannte Frau im schwarzen Lackmantel? Hat Sie etwas mit dem Mord zu tun? Und was ist mit der seltsamen Thea? Auch die Firma BioMed gibt Rätsel auf. Und dann gerät Lilians Privatbereich auch noch ins Wanken, als sie überraschend ihrer großen Liebe begegnet und die alten Gefühle wieder aufflammen.

Manfred Bomm
Himmelsfelsen

376 Seiten. 11 x 18 cm. Paperback.
ISBN 3-89977-612-7. EUR 9,90.

Der Himmelsfelsen hoch über Eybach: Eines Morgens tönt ein grausamer Schrei durch den friedlichen Ort und nichts ist mehr so, wie es einmal war. Ein Mann ist vom Felsen gestürzt. Selbstmord oder Mord? Wer könnte Interesse am Tod des Ulmer Diskothekenbesitzers haben? Seine zwielichtigen Geschäftspartner oder gar eine eifersüchtige Frau? Und weshalb muss der Bruder des Toten, eine stadtbekannte Persönlichkeit, noch mit einem weiteren Todesfall fertig werden? Fragen über Fragen – und ein verzwickter Fall für den sympathischen Hauptkommissar Häberle und sein Team.

www.gmeiner-verlag.de

KRIMI IM GMEINER-VERLAG

Gunter Haug
Hüttenzauber

311 Seiten. 11 x 18 cm. Paperback.
ISBN 3-89977-600-3. EUR 9,90.

Die Heilbronner Hütte in den Vorarlberger Alpen feiert ihr 75–jähriges Bestehen. Mitten drin im Getümmel: Kommissar Horst Meyer. Nein, nicht bei den Feierlichkeiten, sondern vorsichtshalber schon ein halbes Jahr zuvor, im Herbst des Jahres 2002. Der gemütlich–zünftige Ausflug in die Berge nimmt allerdings rasch eine völlig ungeplante Wende: Kollege Michael Protnik samt Partnerin Bebele spurlos verschollen, ein nackter ohnmächtiger Mann am Gipfelkreuz, eine Wasserleiche im Bergsee, ein eifersüchtiger Ehemann und eine spannungsgeladene Atmosphäre in der Hütte, die sich jederzeit in einer gewaltigen Explosion zu entladen droht.

Bernd Franzinger
Pilzsaison

441 Seiten. 11 x 18 cm. Paperback.
ISBN 3-89977-606-2. EUR 9,90.

Wolfram Tannenberg, frischgebackener Leiter der Kaiserslautere Mordkommission, wird in seinen ersten Fall gleich mit einem mysteriösen Verbrechen konfrontiert: In südlichen Teil des Stadtwaldes lieg auf einem Sandsteinfelsen eine weibliche Leiche, in deren aufgeschlitzte Kehle mehrere Pfifferlinge stecken Die Kriminalbeamten tappen völli, im Dunkeln. Bereits wenige Tag später finden Spaziergänger ein weitere Frauenleiche. Tannenberg Gegner ist ein geschickter Stratege ein leidenschaftlicher Spieler, de immer eine Überraschung für sein Häscher bereithält.

GMEINER-VERLAG

www.gmeiner–verlag.de